살아온 기록들

가족들 ▲

◀ 백향란

김영국 ▲

1973년 약혼 때 ▲

큰아들 6살 때 입학한 선생님과 친구들 ▲

아들과 딸 어릴 때 ▲

시어머님과 조카·아들·딸 ▲

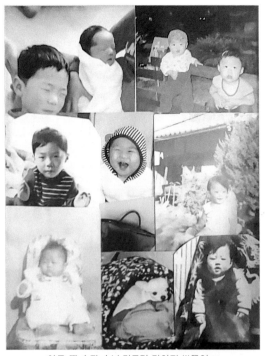

아들·딸·손자·손녀·기르던 강아지 뽀뚱이 ▲

베네치아에서 그린 자화상 ▲

칠순 때 ▲

제 28195 호

상 장

이용자 수기부문

장려상   백 향 란

귀하는 보건복지부가 주최하는 「2022년
치매극복 희망 수기·영상 공모전」에서
우수한 성적을 거두었기에 본 상을 수여
합니다.

2022년 9월 21일

보건복지부장관
직무대행 제1차관   조 규 홍

표 창 장

행복한 마음그림상
백향란

위 사람은 힘들기도 했으나 성실하게 지내온
자기 삶을 긍정적으로 바라보고 표현함으로써
모두에게 아름다운 삶의 모습을 보여주었기에
표창합니다.

2022 년 8 월 1 일

내 마음의 봄 날
예술샘 일동 손.편.한.

내 인생 칠십 년

암흑 속에서도 태양은 뜬다

내 인생 칠십 년

암흑 속에서도 태양은 뜬다

2025년 2월 21일 초판 1쇄 인쇄 발행

지 은 이 ㅣ 백향란
펴 낸 이 ㅣ 박종래
펴 낸 곳 ㅣ 도서출판 명성서림

등록번호 ㅣ 301-2014-013
주   소 ㅣ 04625 서울시 중구 필동로 6 (2, 3층)
대표전화 ㅣ 02)2277-2800
팩   스 ㅣ 02)2277-8945
이 메 일 ㅣ msprint8944@naver.com

값 20,000원
ISBN 979-11-94200-68-0

내 인생 칠십 년

암흑 속에서도
태양은 뜬다

백향란 자전적 에세이

도서
출판 명성서림

머리말

인생을 살면서 기나긴 세월을 자식도 낳고, 낳은 자식이 나이가 들어가고 내 나이도 벌써 70년이 넘었다. 살아온 세월을 가슴에 품고 글을 한번 써 보고 싶어서 우리 딸한테 이야기를 했더니 결혼도 하기 전에 원고지를 두툼한 것을 세 권을 사 주었다. 그때는 지금보다 젊었고 내 얘기를 쓴다는 것이 자신감이 들지 않았고, 식구들의 치부를 드러내는 것 같아서 망설였고, 사는 것이 바빠서 그런 생각조차 잊고 살았다.

지금에 와서 보니 나이 들어 남편도 이 세상을 떠나셨고 비슷한 나이니 갈 날이 머지않은 것 같아 묻어 두었던 소원이나 풀고 싶어서 20여 년 전 딸이 사 준 원고지에 드디어 펜을 들었다.

70년 세월에 대한 것은, 우리 남편이 세상을 떠나고 미우나 고우나 오랜 세월 같이 살던 사람이 떠났다 생각하니, 다시 볼 수 없다는 허전함을 그냥 써 보고 싶었다.

돌아가시고 혼자 있다 보니 영화필름처럼 지나온 세월이 생각나고 해서 있는 그대로 썼다. 쓰다보니 원고지가 여러 권이 되었다. 어떻게 책을 내야 될지 몰랐으나 복지관에 한문 서예 쓰는 곳을 다니면서 이 사람 저 사람 알게 되었고, 그곳에서 만난 친구들이 책 만드는 출판사를 전화번호랑 알려 줘서 명성서림 도서 출판사 박종래 대표님을 만났고, 용기를 내어 이 글을 출판하게 되었다.

책을 만든다고 생각하니 무척 설렜다. 내가 살아 생전 이런 날이 오다니... 나도 세상에 책 한 권을 남기고 간다는 것이 믿기지가 않았다. 백향란이란 이름 석 자, 우리 부모님이 지어주신 향기 향 란초 란 정말 향기 나는 란초라는 말인가.

부모님께서 건강한 몸을 주셔서 여태까지 잘 버티고, 긍정적인 생각과 마음을 주셔서 스트레스 잘 안 받고 훌훌 털어 버리고, 항상 웃으면서 상대방을 슬프지 않게 한다는 것은 금을 줘도 못 사는 마음이겠지.

이 얼마나 좋은 마음인지, 이러한 인성과 천품을 선물로 주신 우리 부모님께 감사한다.

언제까지 살지는 아무도 모르니까 사는 날까지 웃고 즐기면서 재미있고 행복하게 살아 보련다.

2024년 10월 30일 백향란
1949년 9월 4일생 76세

차례

수필

1

산간 오지 유년시절

경북 봉화군 소천면 임기라는 조그마한 마을에서 1949년 음력 9월 4일에 세상 구경하러 태어나서 칠십 년이란 세월을 뒤돌아보니 글로 남겨 보고 싶어 펜을 들었다.

내가 나던 해에 할아버지께서 중풍이 들어서 지팡이를 들고 다니시면서 거동도 못하면서 누워 계셔야 했다. 그러는 동안 5년이 지난 뒤 남동생이 태어났다.

나는 오빠 언니 다음 세 번째인 딸딸로 났다. 옛날 어른들은 남아 선호 사상 시대에 남자 동생이라고 1년 지난 돌날 그 옛날에도 돌잔치를 어른들 환갑잔치처럼 해 주었다.

어릴 때 큰고모는 결혼했고, 막내 고모도 계셨고, 삼촌 할머니 가족이 다 같이 대식구가 살았다. 동생이 태어나던 1954년도에 중앙선 철도가 생겼다.

객지 사람들도 철도 공사하는 데 돈 벌러 들어오고, 장사하는 사람도 많이 생겨 구경하러 나가 놀다가 들어오니 동생이 태어나 있었다. 다섯 살 먹은 내가 어디서 데려왔냐고 물으니 전봇대 밑에서 주워 왔다 하신다. 동생 하나 더 줍고 싶어서 해질 때까지 전봇대만 쳐다보고 기다리고 있자니까 할머니께서 찾으며 난리 났었는데, 캄캄해서 집에 울고 들어오니 어디 갔다 왔냐고 혼쭐이 났었다.

다섯 살 차이이고 순했으며, 백일 때 데리고 놀았고, 시골에서 그 옛날에 농사짓고 바쁘니 우리 둘이 잘 크고 잘 데리고 자랐다. 언니는 나보다 세 살 더 먹었으니 어른들 심부름을 많이 했다. 할아버지가 편찮으셔서 잔소리가 많으니 심부름도 하지만 학교에 갔었다.

나는 동생과 노는 바람에 아홉 살에 입학을 했다. 학교는 집에서 3km 정도 되었으니 먼 학교를 다니느라 힘들었는데, 내가 5학년 되던 해에 언니는 졸업하고 동생이 일곱 살에 1학년 들어갔다. 언니하고 다니다가 언니는 졸업하고 동생이랑 다니니까 좋았다. 임기국민학교 언니는 10회 졸업하고, 나는 1963년 2월 15일 13회로 졸업했다.

동생과 학교에 다니는 중, 삼촌이 결혼을 하고 막내 고모도 결혼을 하게 되니까, 우리는 삼촌을 내보내는 것이 아니라 우리가 이사를 하게 되었는데 아주 산골로 가게 되었다.

아버님이 소천면에 면서기로 다니시다가 할아버지가 편찮으시니까 농사할 사람도 없고 해서 나오게 되었는데, 농사도 기껏 해 봐도 식량도 안 되니까 처음에 면에서 나와서 할머니하고 바닷가 가서 생선 장사한다고 묵호로 가셨다.

그때도 비가 많이 와서 오징어를 생것을 사 가지고 건조를 제대로 못했다. 다 비를 맞혀서 빳빳해 그냥도 먹을 수가 없을 정도였다.

그래서 팔지도 못하고 우리 고생만 시키는 꼴이 됐다. 임기역 앞에 밭이 수십 마지기 되는데, 철도 닦느라고 반은 잘려 나가고, 그 밭에다 담배를 심어서 잎을 따려면 손에 진이 쩍쩍 달라붙는데, 다 따면 새끼줄로 길게 엮어야 했다. 담배 건조실은 지금의 15층 아파트 정도로 높게 지어서 양쪽에 길게 다락 때 같이 탄탄하게 해 놓고, 담배를 다락 때 거리에 맞추어서 양쪽 끝을 건조실이 차도록 매달아 불을 때서 찌게 된다. 그러려면 밤낮으로 며칠을 쪄야 되는데, 그것을 다 찌면 또 말리느라고 그 긴 발을 하나하나 다 풀어야 한다. 햇빛에 말리려고 해가 나면 내어 널었다가 비가 오면 걷어 들였다가를 반복했다. 할아버지는 몸으로는 못하시니까 말로 내다 널어라 들여놓아라 하시는 통에 아주 힘들었던 그 시절이 하나하나 생각한다.

우리 오빠, 언니, 나 셋이서 할아버지 말씀 한 마디 한 마디에 얼마나 힘들고 고달팠는지 모른다. 다 말린 담배를 다 빼서 색깔대로 차곡차곡 모양 있게 이쁘게 묶어야 전매청에 가지고 가면 등급대로 돈을 받아오는데, 그렇게 힘들게 해서도 일 년 생활이 안 되었다. 할머니랑 아버님 생선 장사 가시면 돈은커녕 썩은 생선만 가지고 오신다. 먹지도 팔지도 못한 것만 몇 가마니 가져오니 먹다 먹다 모두 버려 버렸다.

우리는 담배 때문에 그 고생을 하는 동안 모자(할머니와 아버님)분은 그러고 오신다. 할아버지는 편찮으시고 어쩔 수가 없자 아버지가 나가시더니 풍수지리를 본다면서 할아버지 아픈 것이 조상 묘 탓이라고?

한문을 잘 아시니까 산에 다니시는데, 거기도 선생이 있고 장명수 김수갑 아버님이랑 여러분이 따라다니셨다.

다니다가 어디 산골에 터 좋은 데 봐 놨다고 갑자기 이사 가야 한다고 하셔서 우리가 살던 집은 작은 아버님께 땅과 집을 다 주고, 우리는 남의 헌 집을 하나 사서 뜯어다가 집만 하나 덩그러니 지어 놓고 다 이사를 했다.

남의 산소 앞에 집만 하나 지어 놓고 떡하니 이사를 왔으니, 물은 10리 길을 내려와서 물동이로 이고 날라다가 썼다. 몇 년을 살다가 옆에다가 거기도 300여 발짝 가야 될 자리에 우물을 파서 살고, 이사 와서 양식이 떨어지면 소나무 송구를 벗겨 송구떡 해서 먹고, 쑥을 뜯어 쑥떡 해 먹었다. 엄마랑 언니랑은 미리 와서 그렇게 사는 동안, 동생과 나는 작은집에 삼촌과 숙모가 전학을 하는 것보다 그냥 다니라고 놔두고 와서, 나는 5학년, 동생은 2학년 그냥 다녔다.

하루는 되게 추운 날 숙모가 추우니 학교 가지 말라고 한다. 그러나 학교 가도 된다고, 안 춥다고 나섰다니, 소리를 지르고 야단을 친다. 우리가 아무 잘못도 하지 않았는데 왜 그러는가 했더니, 엄마 아버님 있는 집으로 데려다 준다고 하는 게 아닌가. 작은아버지가 그 추운 겨울날에 동생과 둘을 앞세우고 나섰는데, 우리 이사 간 집은 차도 없고 걸어서만 가야 하는 곳이었다.

산등을 몇 개를 지나고 골짜기를 몇 개나 지나야 하는 우리 집 법전면 늘산리. 나중에 춥고 억울해서 울면서 갔더니 어머님께서 안 그래도 우리가 이 추운 날 학교나 잘 갔나 걱정하는 판에 우리가 가니 깜짝 놀라 웬일이냐며 기절을 하실 뻔했단다. 삼촌은 그렇게 데려다 놓고 할 말이 없으니 말도 없이 가 버렸다.

　그래서 그다음 날부터는 우리 집에서 학교를 다니게 되었다. 동생하고 둘이 집에서 다니면 8(20리), 9(30리)km 되는 데를, 아침에 일찍 나가서 다니다가 내가 1963년 2월 15일 졸업하고 나자, 동생이 혼자 다니니까 무섭고, 너무 멀다고 했다. 큰 개골 옆에는 무서운 짐승이 있다고 거짓말해서 법전국민학교로 전학을 하여 거기서 졸업을 하고, 춘양중학교를 나와 고등학교는 서울 용산역 앞에 용산공고를 나왔다.

　나는 겨우 졸업하고 집에서 있는데 오빠가 젊어서 힘이 좋으니까 산전뙈기도 좀 일구고 언니랑 나랑 다 같이 농사일을 하고 있었다. 그러는 도중 오빠가 군대를 가게 되니 모든 일을 언니랑 둘이서 다 하게 되어 버렸다.

　아버님은 별로 일을 많이 안 해 봐서 공무원도 하고 일월 광산에도 좀 가 계시고 면서기, 생선 장사, 풍수지리에 한세월을 다 보내셨다. 젊어서는 할아버지가 하시었지. 그러는 사이 오빠가 크니까 후로는 오빠가 다 했다.

　우리 할머니가 옛날에 이퇴계 선생님 양반 자손이라 그 옛날에도 사돈지 다 읽고, 양반 자손이라고 되게 깐깐하고 보통 분이 아니었다.

　엄마는 처녀 공출한다 해서 거기 안 보내려고 나이도 15세 때 17세 아버님을 만나 결혼을 하셨으니 무엇을 알았겠고 무엇을 했겠는가. 우리가 크고 보고 있는데도 밥이 조금 질면 가마솥에 밥을 하는데 거기다 물을 한가득 부어 버리고, 불씨를 꺼뜨린다고 재가 가득 있는 데다 물을 부으면 그 먼지에 집안이 어떻게 되었겠냐고~ 모르면 그 어린 것을 가르쳐야지, 어찌 그렇게 별나게 하신 건지 정말 야속했었다.

뭐가 마음에 안 차면 이불을 뒤집어쓰고, 몇 날 며칠 빌고 빌고 또 빌어도 본인이 풀려야 일어나고, 정말 너무너무 야속했다.

우리 집의 일들은 오빠가 군대에 가 버리자 우리만 들볶으니 정말 지겨웠다.

소죽 끓이려면 청솔가지를 때서 연기가 펑펑 나니 눈이 매워 죽겠고, 어머니는 먹을 것이 없어 임기에 있는 큰집 작은집 다니며 쌀 보리쌀 좁쌀 닥치는 대로 얻어다가 방고개재를 넘어 우리 집까지 오신다. 이십 리가 넘는 고갯길을 식구들 먹여 살리려고 그 고생이신데, 잠시 쉬려고 내려놓으면 다시 머리에 올려놓지 못하니 사람이 오가는 것을 보며 쉬어야 한다. 그 고개를 넘어 집까지 오고 허구헌 날 그런다고 생각하니 너무 지겨워서 올여름 농사 거의 지으면 서울 구경 시켜 달라고 떼를 썼다.

구경 시켜 줄 테니 끌덕 돌가리 하면 곡식을 새 흙을 엎고, 갈아 덮어주면 시골에서 끝마친다고 동네 모여서 음식 푸꾸 먹는다고 음식을 집집이 해서 놓고 동네 당집 있는 데서 먹고 즐기며 그해 농사 잘 지었다고 하루를 즐기는 날이다.

시골 있는 동안에는 수예 학원을 다녔다. 우리 동네 마녀무에서 언니가 어른들한테 자기는 못 해도 향란이라는 뭐라도 배워야 된다고 졸라서 배우게 되었다. 그 시기에는 송구나 수리춰 뜯어다가 떡을 해서 주물러 먹고 살았다. 목숨이 붙어 있으니 산다고 해야 되나, 너무 힘든 세상이었다.

그래도 언니 덕분에 수예를 배웠고, 그 첩첩산중에서 춘향까지는 30

리(12km)인데 매일 왔다 갔다 60리를 하루도 안 빠지고 3개월을 다녀서 횟보, 양복걸이 수를 다 놓아서 언니 결혼할 때 해 주었고 열심히 배웠다. 무엇을 하면 끝장을 보는 기질이 있었다.

초등학교 다닐 때 할아버지가, 딸들은 글씨를 알면 살기 힘들어진다고, 친정에 눈물 흘리면서 편지나 하고 그런다고 못 가게 아침이면 마루에 나와서 지키고 있었다. 책보를 미리 울 밖에 갖다 놓았다가 가만히 가고, 할아버지 회갑 때에 잔치할 때도 가만히 학교에 가서 가족사진에 나는 한 장도 같이 찍은 것이 없다.

몇십 리가 되어도 일단 가야겠다고 약속을 한 이상 빠지면 큰일 나는 것 같은 기분이 들어 어디든 개근을 해야 된다.

농사일 끝마치고 서울 구경 안 시켜 준다고 떼를 썼더니, 당시 큰고모님 댁이 흑석동에 있을 때, 아버지랑 고모네 집에나 잠깐 갔다 오자고 올라왔는데 나는 이때가 기회다 싶어 그 길로 시골에 안 내려갔다.

아버님 혼자 가시면서 며칠 쉬다가 오라 하고 가셨는데 그 길로 안 가고 노량진에 있는 요꼬 회사 공장에 들어갔다. 그때는 전차가 다닐 때였다.

구경한다고 혼자 흑석동에서 제1한강 다리를 건너서 갔다 왔다 하면서 어디 일할 데 없을까 하다가, 흑석동 반대쪽으로 내려가 봤더니 노량진 롯데제과 있는 쪽에 요꼬 공장이 엄청 많이 있는 것을 알았다. 촌뜨기가 무조건 일할 수 없냐고 물었다. 뭐 할 줄 아냐고 묻길래 자수를 배웠고 미싱을 할 줄 안다고 했더니, 그럼 오바로크를 해 보라고 해서 그렇게 들어가서 코바늘 좀 다를 줄 아니까 검사를 하라 한다. 코바늘 검사는 확실해서 1차 검사 뚫어진 것 메우고 하다 보니까 잘하게 되었다. 여기서 좀 하다 옮기면 월급도 좀 많이 주고....

67년도 서울에 왔고, 고모님 집에서 처음 노량진으로 갔으며, 삼양동에서 외사촌 동생이 같이 있자고 해서 현자하고 같이 있다가, 불광동 와서 북한산 아래 구파발 바로 우체국 맞은편에 있었다. 그때는 북한산에서 내려오는 냇물에 목욕도 많이 했었다.

구파발에 혼자 방을 얻어서 살고 있을 때 내 동생 종옥이 고등학교 졸업하고 거기 와서 조금 있다가 가고 여기서 파주 용주골 요꼬 공장이 지어져서 이사를 가는 바람에 그리로 가서 꽤 오래 있었다. 검사원 인정도 받고 잘 있었는데 집에서 선보러 내려오라는 연락이 왔다. 저녁차로 청량리까지 가서 가자마자 중앙선 기차를 타고 시골까지 가느라 엄청 오랜 시간이 걸렸다. 집까지 가니 행여라도 내가 안 올까 봐 걱정이 늘어졌더라고. 좋든 안 좋든 보기나 해야지 서울 와서는 사는 데 헤매다 보니 세월이 훌쩍 가 버렸다. 조상님이 계시고, 시골에서는 누구 손녀 하면 다 아니까 어른들 망신이라도 안 시키려고 그러다 보니 시간이 훌쩍 가 버렸다.

돌아보니 18세에 와서 어느덧 25세가 되어 있었다. 시골에서는 걱정이 늘어져서 엄마가 삼촌한테 향란이 신랑감 구해 보라고 부탁을 했던 모양이다. 작은아버님 처남댁의 친정 동생의 부인의 동생 처남 이렇게 연결해서 중신을 한 건데 일단은 영주에서 선을 보기로 했다.

우리는 녹동에서 영주까지 아버님 어머님 나 셋이 가다가 엄마가 철도 건널목 신호등 오르내리는 줄에 걸려서 다리를 다치게 됐다. 겨우 치료를 하고 영주를 힘들게 가서는 장미다방에서 만나 한번 보고 식당으로 가자고 신랑감 누나 시아버지가 야단을 하신다. 어른이 그러니 어쩔 수 없이 따라갔다.

그쪽에서는 누나 시아버지, 누나와 매형, 우리 시어머니, 작은 어머님, 올케언니 이렇게 모였는데, 그 노인네가 시집 잘 왔다 소리는 안 할 테고 장가 잘 갔다 소리는 할 테니 그만 여기서 약혼식을 하자고 난리시다. 아무 소리도 못했다. 그쪽에서는 금반지 3돈짜리를 사람도 안 보고 해 갖고 왔는데, 우리 집에선 준비도 없었다. 처음 선본 자리에서 그렇게 하리라고는 생각도 못했지만, 내 반지 1돈짜리하고 그때는 금 1돈에 4~5만 원 했으니 그 돈 더해서 3돈짜리 해 주고 약혼을 그렇게 쉽게 끝나고 집에 들어오려는데 안 보내 주는 거였다. 할 수 없이 시누이 집에 같이 가서 거기서 밤을 지내고 그 이튿날 집에 왔더니 엄마가 난리를 내셨다.

다리가 아파 죽겠는데도 73년 1우월 13일, 어쨌든 약혼은 했고 나는 서울로 다시 올라왔다. 결혼은 가을에 할 요량을 하고, 요꼬 회사 승림 산업에 와서 약혼은 했다 하고 마냥 있었다.

그런데 난데없이 9월에 신랑이 아무 연락도 없이 무대포로 찾아온 거였다. 회사에 수출품 승림산업이라고 수를 멋있게 놓아서 회장실에 걸어 주고 회사 사람들과 송별식 다 하고 우리 신랑 인사를 시키고 일 하던 것은 다 정리했다. 회장이 퇴직금도 조금 챙겨 주고 해서 방도 빼고 짐도 부치고 같이 내려왔다. 그런데 세상에 시누이 집에 데려다 놓고 물도 그 밑에 길옆에 있는 물 길어다가 과수원에 일하는 사람 밥을 해 주라는 것이다.

형님은 어디 볼일 보러 가고, 조카딸 용미도 아파서 병원 간다 하고,

나를 혼자 데려다 놓고 점심을 해 주라니…. 굶길 수는 없으니까 점심을 해 주었다. 금방 안 보내 주니 며칠을 일만 해 주고 거의 일주일 지난 뒤에 갔더니만 엄마가 막 뭐라고 하신다. 결혼 안 한 색시가 그렇게 있는 것이 어디 있냐고, 멍청하다고 하셨다.

그리고 한 달도 안 돼서 73년 10월 30일 결혼식을 했다. 노인네들이 계시니까 우리 집 마당에서 예식을 마치고 녹동까지 걸어와서 울진 가는 버스를 타고 근남 석류굴 앞 시누이네 집 옆으로 신행을 가게 되었다.

석류굴 앞 둘째 시누이가 다섯 분인데, 위로 큰시누이가 둘은 배가 다른 시누이고 영주 시누이부터 2남 3녀는 우리 시어머니고 씨는 같은 씨라 했다. 몰랐는데 결혼해서 알게 되었다.

배다른 둘째 시누이댁으로 신행을 가고, 방은 조그마한 것 하나 얻어 그 옆에 살게 되면서 도로공사 함바를 하는데, 큰댁은 집도 없었고 공사 따라 다니면서 울진에서 대흥리까지 공영토진 회사가 그 험악한 길을 닦는데 그 학고방 같은 집에서 10년 동안에 애 셋을 낳고, 배고, 밥장사(함바)를 하면서 그렇게 세월을 보냈다.

살림은 얻은 집에 두고 우리 두 식구 짐만 싸가지고 행곡 가서 겨울에는 일을 못 하니까 그냥 집에서 놀고 여름에만 도로공사 하는데, 박정희 시대 때 먹을 것이 없으니 시숙이 새마을사업 하는 데 나가면 밀가루 한 포씩 타 온다. 그것을 가지고 콩가루도 없이 국수를 해 먹고, 정부미 한 포 타 오면 1주일도 안 돼 없어졌다. 처음 살림 차려 주고 시어머니가 챙겨 주신 보리쌀 한 말, 쌀 한 말, 그것이 살림의 전부였다.

그것 다 먹고 맏동서한테 갔다. 두 형제뿐인데 하나라도 살다 보면 다 살게 되니 서로 나눠서 살게 되겠지 싶어 오만 궂은일은 다 하고 고무장갑이 없어 도랑에서 빨래를 하려면 힘들겠지만, 조금만 더 고생하자면서 달랬는데, 공사 끝나니까 서울 친정 간다고 시숙하고 가더니 친칠라 돕바(반코트&토퍼) 호랑이 털 같은 것 하나 사 주고는 모든 것이 끝나 버렸다.

그 학고방 같은 집에 살 때, 내가 빨래를 다림질하고 있었는데, 신랑이 오더니 옆에서 자꾸 시비를 거는 건다. 남의 친정을 자꾸만 이야기하니까 나도 화가 나서 참다가 소리를 확 질렀더니 내 따귀를 때리는 거였다.

처음이니까 나도 겁에 질리고 놀라서 시숙과 맏동서 있는 방으로 달려가서 때린다고 일렀더니, 시숙이 쫓아 나와서 동생 따귀를 때렸다. 그러니까 맞은 사람이 가만히 있을 리 없지. 나도 이젠 장가가서 어른인데 왜 형이 나를 때리느냐고 싸움이 벌어졌다.

우리 신랑은 씨름을 해서 상도 타고 한 사람이라 시숙이 못 이긴다고, 공사할 때 같이 일한다고 와 있던 형님 동생 대호가 그 처남한테 밧줄을 가져오라고 하더니, 난데없이 밧줄을 가지고 와서는 그걸 처남 남매가 거들어서 신랑을 꽁꽁 묶어 놓았다. 신랑이 안 묶이려고 몸부림치면서 시숙 와이셔츠를 당겨 다 찢어지고, 초저녁에 땅거미 지기 전에 그렇게 시작한 것이 날이 꼴딱 새도록 난리를 쳤다. 일곱 살 먹은 조카 딸(미경이)하고 나하고 둘이 밤새도록 울며 빌며 살려달라고 애원해도 자기 직성이 풀릴 때까지 난리를 치는 거였다. 우리 신랑 줄 묶인 자리가 다 멍이 들어 온몸이 구렁이를 감아 놓은 것처럼 되었고, 날이 새고 풀어 놓으니 나보고 가자고 난리를 쳐서 따라나섰는데 몇 발짝 못 가서 쓰러져 내가 이길 수가 없었다.

중간에 집이 하나 있기에 무조건 들어가서 사람 좀 살려 달라고 울며불며 난리를 떨었더니 그 집 아저씨가 와서 데려가 그 집에 뉘어 놓았다. 새색씨라서 어찌할 수도 없으니 약을 산다고 길도 모르는데 무작정 허둥지둥 물어물어 울진까지 갔다. 거기 우리 시어머니가 시이모네 집에 계시기에 보고 대성통곡을 했었다.

신랑 하나 보고 여기까지 왔는데 이런 법이 어디 있냐고 설움이 북받쳐 죽겠다고 했다. 어머니는 약만 이것저것 사다 주더니 혼자 가라고 하고는 안 오시는 거였다.

나중에 갈 테니 혼자 가라 하시는데 얼마나 서럽던지... 그냥 혼자 와서 약만 바르고 신랑만 두고 맏동서 집에 가서 죄송하다고 하고 밥을 싸다가 신랑 먹이고, 몇 날 며칠을 시숙한테 빌었다. 내가 뭐 죄가 있다고, 그러나 밥술이라도 갖다 먹이려면 빌어야지 별 수 있냐고. 계속 나을 때까지 남의 집에서 있다가 몸이 나을 만하니까 석류굴 앞에 우리 보금자리를 마련했다. 신랑은 그 집에 있고, 나는 큰집에 와서 있고, 이불 빨래도 하고 함바집 할 준비로 왔다 갔다 했다. 거리가 10리쯤은 되는데 신랑은 자기 혼자 있으니까 친구들 불러서 화투놀이를 하고 돈을 잃었는지, 나더러 약혼 때 해 준 반지 빼 주면 자기가 팔아 쓰고 더 큰 것 해 준다 한다. 어이없어서 시어머니한테 일렀더니 일렀다고 또 난리다.

어머니가 오셨다. 옆방 작은 것이 하나 있었는데 양쪽에 방이 있고 중간에 부엌이 있는 구조였다. 거기는 연탄을 때는 곳인데 연탄 피우고 자다가 소변보러 일어났더니 연탄가스를 마셨나 보다. 일어나면 자빠지고 일어날 기운이 없어 쓰러지니 어머니가 놀라 김칫국이랑 먹여 주셨고, 마당에다 자리 깔아 주어 한참 누웠다가 몇 시간 후에 깨어났다. 다른 사람은 괜찮았는데 나만 그렇게 죽다가 살아났다.

결국은 그렇게 비실거리며 지내다가 공영토건 공사 시작해서 신랑은 중간에 초소 조그마한 것 지어놓고 경비한다고 거기 가서 지내고, 나는 시어머니랑 함께 노무자 잡일 하는 사람 수십 명을 따로 밥을 해 주게 되었다. 맞은편에 천막집을 지어서 수십 명 밥을 해 주고, 우리 만동서는 직원들과 간부들 밥을 따로 해 주었다.

간부는 한 10명 정도였다. 그들은 항상 깨끗하니 고정 식사를 하고, 시어머니랑 둘이서 일하는 곳 사람들은 맨날 들락날락 자기네 멋대로 다니고, 항상 일정한 인원이 아니었다. 그런데도 임신이 되어서 배불러 가지고도 할 일은 해야 되고, 만삭이 되어서 친정에 가서 처음이라 며칠을 아프고 헤매다가 춘양병원에 가서 1974년 7월 24일 하늘이 노랗도록 고생하다가 9시 10분 정도에 출산하고 보니 아들이었다. 아들 하나~! 그것밖에 남은 것이 없었다.

공영토건 도로공사는 몇 년이 지난 뒤에 끝이 났다. 그 뒤로 큰집이 온정 백암온천 있는데 그 고개 넘어 설미광산에서 함바를 또 한다고 들어가는데 우리도 같이 가게 됐다. 별 수 없었다. 돈이 있나, 여건이 되나, 그냥 가자면 가야 되고 아무런 힘이 없었다.

형제간에는 아직 말도 잘 안 하고 나만 중간에서 이쪽저쪽 애쓰는 거였다. 어쩔 수 없이 설미에 있는 아연광산에 갔는데, 큰집이 밥장사하는 곳에서 매일 그 많은 설거지랑 하면서, 애기 키우면서, 또 딸이 배 속에 들어 있어 배가 불렀지만 하라면 하라는 대로 군소리 없이 살았다.

집은 광산에서 사택을 지어 주었기 때문에 옆집 살면서 큰집에 가서 눈만 뜨면 거기 가서 일하며 살아야 했다.

큰집은 아침만 되면 빨랫거리를 다 모아가지고 우리 문앞에 갖다 놓았다. 애기 기저귀에 우리 빨래, 큰집 빨래, 요새는 세탁기나 있지, 그때는 세탁기 같은 것도 없고 흘러가는 개울물에 거기 빨래하러 가려면 큰 다라이에 하나 가득히 이고 갔다. 빨려면 수 없이 왔다 갔다 하면서 빨아야 했고, 잠시라도 좀 쉬는 시간이 없었다.

우리 신랑은 거기 와서는 "성광장에 반장이다"라며 감투 썼다고 또 큰소리치고, 이 사람 저 사람 어울려 다니며 화투 치고 술 먹고 돈을 한 번도 주는 꼴을 못 봤다. 월급 타서 술값 주기 바쁘고 그때는 통장으로 주지 않고 봉투로 주니 한 번도 받아보지 못했다.

큰소리만 뻥뻥 치고, 맨날 큰집에서 얻어먹고, 일하고 돈 한 푼 못 받고... 그러다 보니 집에 오지도 않고 다니면서 노름을 하기 시작했다. 돈을 다 잃고 와서는 나보고 돈 좀 구해 오라고 야단을 하면, 나는 "돈 구할 데가 어디 있어"라고 말대꾸를 하니 말 안 듣는다고 또 나를 때린다.

친정에 아버님이 편찮으시다고 거짓말하고 형님한테 구해 오라 하니 기가 막힌다. 벌어주는 꼴도 못 봤는데 말 같은 말을 해야 듣지. 그때는 딸아이가 배 속에서 8개월 됐을 때였는데 문을 걸어 놓고 되는대로 때리니 애가 얼마나 놀랐을까나.

큰애가 마침 놀다가 문 앞에 와서 엄마하고 부르기에 문을 펄떡 열고 나와서 큰집 어머니 방에 숨어 문을 걸어 잠그고 있었는데, 신랑이 쫓아와서 칼로 문종이를 다 찢어서 뜯고, 문고리를 벗기더니 머리숱도 없는 것을 얼마나 잡아당겼는지, 지금도 없는 정수리 머리숱은 그때 다 빠진 것 같다.

그 후로 신랑은 나를 사람 취급도 안 하고 괴롭히더니, 이월에 어머니 생신이라고 시누들이 모두 오셔서 "색시한테 잘하지 그러냐"라고 야단을 치고 가셨다. 그 후에는 쬐금 나아지는 것 같더니, 맨날 온정 가서 살다시피 하고 술 먹고 집에는 잘 안 온다. 어머니는 식구가 집에 안 오면 어디 좀 찾아보라고 걱정을 하셔서 어디 있나 하고 갔다 눈에 띄면 집에 와서 난리가 나고, 주먹이 날라오고, 아예 나는 안 보고 사는 것이 좋았을 정도였다.

서방이라고 늘 그렇게 본체만체하니, 기가 죽어서 시키면 시키는 대로, 야단치면 야단치는 대로 살았다. 딸이 배 속에 들어 산달이 다 되어 가는 어느 날, 피곤해서 잠이 잠깐 들었다. 어머니가 쌀 씻으라는 것을 아직 시간도 많이 남아 있어 조금 있다가 해야지 한 것이 깜빡 잊어버렸다. 술 먹고 온 신랑한테 어머니께서 며느리가 당신 말 안 들었다고 일러 가지고 얼마나 때리는지….

배가 남산만 한데 때릴 곳이 어디 있다고 그렇게 때리는지, 아주 무섭고 징그러웠다. 어느 날 초저녁, 국수를 삶아 먹자고 해서 삶은 국수를 먹고 자게 되었는데, 자꾸 소변이 마려워 일어났다 누웠다 하느라 잠을 제대로 못 잤다. 요강에 올라앉으면 울컥 하혈을 하는 것이었다. 그것을 보고는 엄마 모시러 간 신랑은 오지도 않고, 어머니가 평해택시 불러 놨으니 기다리란다. 와서 그 얘기만 하고 차 오면 데리러 온다고 가 버린 뒤에 나는 하도 뒤가 마려워 요강에 올라 앉았다가 앞으로 엎어지면서 딸이 세상에 나오게 되었다.

새벽 5시 30분. 1977년 4월 7일 새벽 5시 30분에 어머니는 택시 왔다고 오셨는데 아기를 낳았으니 택시는 되돌려 보내고 그때 시어머니가 오셔서 하혈을 이렇게 많이 하는 것은 처음 봤다면서 걱정하신다. 아침에 미역국 한 그릇 끓여 주고, 바로 옆이 큰집이니까 왔다 갔다 하는 것이 미안하고 죄송해서, 산바라지 첫 국밥 한번 끓여준 것 먹고, 뒤로는 내가 알아서 챙겨 먹었다. 시어머니가 오시는 것이 불편해서 내가 해서 먹고 하는데, 남편은 큰집에서 자다가 일 갔다 저녁에 잠깐 들여다보고 또 언제 봤는지 모를 정도로 여전히 술집으로, 색시집으로 도대체 사람이 할 짓을 안 하고 다니는 거였다. 산후조리라고는 보름도 안 하고 일어나 빨래하고 돌아다니면서 일했다.

신생아기에다가 세 살짜리 아들 있지, 사는 것이 그저 숨이 붙어 있어 사는 거였다. 맏동서한테는 말대꾸 한마디 안 하고 살아서 한 번도 싸우거나 싫은 소리는 안 했던 것 같다.

나는 모든 것을 참았다. 손뼉도 마주쳐야 소리 난다고 대꾸해야 싸우지, 대꾸 안 하는데 혼자 야단하다가도 끝내게 되는 것이었다. 큰집, 내 집 다니며 일을 하다 보니 바빠서 애들 챙길 시간이 그리 많지 않았다. 어느 날은 우리 큰아들이, 이웃집 애들이 뭘 먹고 노니까 같이 어울렸나 보다. 이웃에서 식초를 주면서 먹으라 줬대요. 빙초산인데 그때는 그것이 그렇게 독한 줄 몰랐었다.

우리 큰아들은 그것이 먹는 것인 줄 알고 만지다가 쏟았고, 팔에 쏟아 옷이 젖으며 살과 옷이 붙어 버린 거야. 그것도 모르고 가위로 옷을 자르고 보니 이미 살이 푹 파여 있었다.

그 보드라운 살을 내가 잘못해서 그런 지경으로 만들었으니 지금도 보면 그 생각이 난다. 그나마 다행인 것은, 안 먹은 것이 얼마나 하늘이 도왔는지 감사하다고 생각했다.

내가 바빠서 별로 챙기지 않아도 애들 인성은 나를 정말 애먹이지 않고 잘 커 주고 있었다. 우리 딸은 그 어린 것이 한 번 울음 나왔다 하면 젖을 물려야만 그치는 애기라 엄청 힘들었다. 울기만 하면 다른 사람이 달래질 못하니 어디를 가든 불러대야 했다.

도랑에 빨래하러 가면 수없이 왔다 갔다를 반복해야 되고, 어떨 때는 부를 사람이 없으니 혼자 놔두게 되었는데, 아랫목에 예쁘게 잘 눕혀 놓아도 일하다 와 보면 윗목 꼭대기에 올라가 있었다. 조그마한 책상 하나 두고 가면 그 밑에 기어들어 가서 울다 지쳐 있을 때가 가끔 있었다.

그럴 때는 업고 가서 빨래를 하든지, 여름에는 물 다라이에 앉혀 놓고 하든지, 매일 그런 생활을 하고 살았다. 그러는 도중 딸이 아파서 숨을 옳게 못 쉬며 경기를 하기 시작하는데 너무 힘들었다. 숨을 들이쉬면 내쉴 줄을 몰랐다. 옛날에는 애기들이 그러면 바람이라고 하며 바람 따는 사람 찾아 몇십 리를 헤매고, 허둥지둥 가 보면 외출하고 없어서 그렇게 허탈하게 온 적이 몇 번이나 있었다.

그러다 나중에는 후포 동해병원을 찾아갔다. 거기서는 제법 큰 병원이었다. 살리려고 큰맘을 먹고 그 병원 입원을 한 일주일 했는데도 차도가 없어 똑같았다. 애기가 나아지지가 않고, 일주일이 넘어도 차도가 없이 같으니까 초조해졌다. 의사 선생님께 왜 빨리 안 고쳐지냐고 따져 물었더니 고칠 수 없다고 퇴원하라는 거였다.

병원에서는 돈 들어가지, 나가라 하기는 하지, 어쩔 수 없이 집에 애를 데리고 왔는데, 남편이란 작자는 술이나 먹고 신경도 안 쓰고 나 혼자서만 애를 썼다. 그때는 아직 삼십도 안 된 스물아홉 살 어린 색시로, 뭐라 하면 더 큰소리치고 가지도 못해 울고 있는데, 이웃에 사는, 남편과 같이 회사 다니는 김송정 아저씨가, 청송에 가면 송 의사라고 있는데 그냥 병원을 차려 놓은 것이 아니고 우물 정자 개인 집이니 찾아가 보라고 한다. 거기 가서 못 고치면 가망 없다고 가 보라는 바람에 애기 아빠랑 시어머니랑 셋이서 나섰다. 가다가 죽으면 버스에서 내릴지라도 가자고 나섰다.

평해 둘째 시누이가 떡 방앗간을 하는데 들렀더니 시누이 시어머니가 장사하는 집에 죽은 아이 데려와서 재수 없다고 야단을 해서 쫓겨나왔다. 정류소에서 버스를 타고 청송으로 가는 길과 영덕에서 갈아타고 청송으로 가는 길이 달라서 바꿔 타고 청송에 내려서 김송정 아저씨가 말한 대로 송 의사를 물으니 다 알더라고.

다행히 잘 찾아갔더니 며칠동안 입원해서 있으라고 한다. 어머니랑 신랑은 집으로 되돌아오고 나만 애기를 데리고 청송에 남아 있었다.

나이가 지긋해 보이는 의사 선생님은 점잖아 보였다. 우리 딸을 고쳐 줄 것 같은 생각이 들면서 마음이 점차 푸근해지고 죽을 것 같은 심정이 점점 가라앉았다. 주사를 놓고 약을 먹이니 그렇게 넘어갈 듯 깔딱거리던 애기가 숨을 제대로 쉬며 잠이 들었다.

그렇게 여기저기 헤매면서 다니느라 세월만 다 보내고 보니 그때는 겨울이었다. 사월에 태어난 애가 온 일 년 동안 사네 죽네 하면서 세월을 보내다 보니 추운 겨울에 갈 때는 날씨가 춥다는 것을 느낄 새도 없이 헤매다 갔었는데, 오 일인가 있다가 의사가 집에 가서 또 그런 일이 있으면 지체 말고 오라고 하면서 퇴원하란다. 거기서 나올 때는 눈이 온다는 걸 못 느끼고 왔는데, 영덕까지 나오니 울진 가는 차가 길이 막혀 못 가는 상태가 되었다.

병원에서 눈 온다는 것을 생각했으면 거기서 며칠 더 있는 것이 애기한테도 나았을 것을~. 배 속에 있을 때 당월 달 돼서 배를 때리는 바람에 기겁을 했으니 애기도 놀래서 그런 것 같다.

그때는 그런 것 생각할 여유도 없고, 죽어가는 애기를 고쳐야겠다는 생각밖에 없었기 때문에 죽어가던 애기를 살려서 퇴원하란 소리에 앞뒤 생각할 겨를도 없이 나왔던 건데 눈이 많이 쌓여 있었다. 길은 막히고, 막힌 버스가 개통이 되어야 평해를 갈 수 있는데.... 어쩔 수 없이 영덕까지 나와서 그러니 돌아갈 수도 없고 오도 가도 못하고 갇혀 버린 꼴이었다.

어쩔 수 없이 여인숙에 가서 이틀 밤을 지내면서 밥 먹을 돈이 없어 쫄쫄 굶으며 기다리는 중에 울진 가는 차가 뚫렸다고 해서 버스를 타고 평해까지 겨우 왔다. 도착해서 누나 집에 들어가니 웬일로 남편이 누나 집에 나와 있는 게 아닌가. 무심한 듯 했어도 그래도 걱정은 하는구나 싶어 반가웠다.

영덕까지 나왔으나 차가 없어서 여인숙에 머물게 된 애기, 밥 사 먹을 돈도 없고, 이틀 밤을 겨우 잠만 자고 온 애기를 했더니 시누이가 밥을 차려 주었다. 주는 것 먹고 온정 차도 막혔으니 걸어서 가야 하는 상황이지만, 그래도 애기 아픈 것 고치고 신랑까지 마중 왔으니 마음으로 기뻐서 얼마든지 걸어갈 수 있다고 큰소리치면서 나섰다.

차가 다니지 않은 길이라 눈이 무릎까지 쌓였는데, 신랑은 애기를 한 번도 받아주지도 않고, 나는 애기를 업고 뒤따라가느라고 죽을 힘을 다 쓰면서 가는데 앞에 가면서 하는 말이, "집에 가서 내하고 같이 병원에 있다가 같이 지금 왔다."라고 거짓말을 하라고 한다. 그동안에 나한테 간다 해 놓고 색싯집에서 그 시간을 다 보내고 있었던 게 틀림없었다.

세상에 일도 안 나가고, 애기 아파 병원 간다고 거짓말하고, 온정 색싯집에서 세월을 보내고 있다가 내가 올 때 되니까 누나 집에 잠깐 와서는 우릴 데려가면서 그런 거짓말을 시키니 도대체 사람이 할 짓이냐고. 그래서 온정 입구에 가서 그 여자를 한번 봐야겠다고 떼를 쓰고 안 갔다.

보여주지는 않고 하도 화가 나서 여인숙에서 하룻밤을 지내면서 약속을 했다. 온정에 오지도 않고 여자 만나지도 않고 착실하겠다고 하나 믿을 수가 없어서 새벽에 애기랑 남편이 자고 있는데 잠도 안 오고 한번 만나나 보고 가야겠다 싶어서 온천옥 색시란 것을 알고 있으니 거기를 찾아가서 불렀다.

여자가 나오더니 누구냐고 묻는다. "나는 김영국 씨 아내다"라고 밝히고 얘기 좀 할 게 있어서 왔다고 했더니 방으로 들어오라고 했다.

그 색시 하는 말이, 시골에 딴 데 계신다더니 오셨냐고 묻는다. 그 말에 분명히 거짓말을 했구나 싶어서 "그래요. 다른 곳에 애기들 하고 있다 와 보니 외로워서 자꾸 찾아다닌다고 소문이 있습디다. 오거든 잘해 주세요. 남자가 혼자 떨어져 있다 보면 생각날 때가 있으니 오면 잘해 주세요."라며 나도 그러고는 더 이상 뭐라 말할 수도 없어 가겠다 하고 올라왔더니, 어디 갔다 왔냐고 따지지 뭔가. 아무 말도 안 하고 가자고 애기를 업고 그 고개를 넘어왔다.

평해까지는 30리, 설미고개 넘어오는 데도 10리, 모두 40리 길을 애기를 업고 그렇게 힘들게 와도 한번 받아주지도 않았다. 그 먼 길을 힘들게 와도 인정 한번 안 해 주고 어찌 그리 자기만 잘났는지 원.

그렇게 힘들게 왔는데... 식구라고 생각한다면 좀 며칠이라도 참아야지, 바로 가다니.... 그것이 사람이 할 짓이냐고~.

아침에 도시락 싸 놓으면 그것만 들고 가고, 저녁에 오는 것을... 사람을 볼 수가 없으니 도대체 혼자 살지 장가는 왜 가서 이렇게 사람을 힘들게 하냐고 했더니 잔소리한다고 닥치는 대로 또 두들겨 팬다. 내가 너무 겁나서 쫓겨 나와 그냥 그 온정 고개를 넘다 보니 평해 우리 시누이한테까지 가게 되었다.

젖이 불어 아프니 애기 생각밖에 안 났다. 저녁에 형님을 모시고 집에 왔더니, 어머니도 계시고 시누이도 있는데 막 때리면서 갔으면 그만이지 왜 왔냐고 한다. 형님도 어머니도 아들 편이지 내 편이 아니더라고. 어머니가 온천옥 여자한테 가서 애기 엄마가 나갔으니까 애기를 맡으라고 하니, 그 색시가 우유랑 설탕이랑 사 주더라면서 받아다 애기를 먹였다고.... 같은 편이었던 것이었다. 그러니 아들이 때려도 말리지도 않았던 것이지. 그렇게 야속할 수가 없었다.

그래놓고는 큰소리치며 나가 버리더니 자고 아침에 와서 싸 놓은 도시락은 가지고 간다. 아침에 나가면서 오늘 예비군 훈련이 있으니 갔다 온다고 했다.

그러더니 또 안 들어오는 거였다. 여기저기 사람이 죽어서 초상 치른다고 난린데도 안 들어오니 저녁에 애기 둘 재워 놓고 넘어갔다. 악이 나니까. 무섭지가 않았다. 그 밤중에 산 등을 넘을 때는 엄청 무서운 자린데 그런 것은 생각도 안 났다.

월급을 타도 돈 한 푼을 안 줬다. 나는 매일 눈만 뜨면 큰집에 가서 허덕거리다가 애기들 울면 젖 먹이고, 사는 것이 희망도 낙도 없이 이런 세월을 산다는 것이 지치고 너무 화가 났다.

그래서 그 고개를 넘어가 죽기 살기 한판 하겠다고 갔는데, 온천옥에 가서 보니 문 앞에 우리 신랑 신발과 그 색시 신발 두 켤레가 나란히 있었다. 문을 두드리면서 무조건 문을 열고 들어가 불을 켰더니, 벗고 자던 두 사람이 황당해서 옷을 주워 입고, 신랑은 무조건 말도 없이 닥치는 대로 그 여자 앞에서 나를 때리기 시작했다.

그리고는 나를 질질 끌고 나왔다. 입구에 느티나무 한 그루가 엄청 큰 고목이 있는데 그 앞에까지 끌고 오길래 집에 오는 줄 알고 끌려 왔지. 그런데 때릴 목적이던 것이었다.

거기 와서 아주 직성이 풀릴 때까지 때려서 정신이 없는데 나무 옆에 처박고서는 자기는 그 색시한테로 다시 가는 거였다. 정신을 잃고서 얼마 지난 뒤에 일어나 보니 온몸이 엉망진창이 되어 있었다.

그래도 애들 생각이 퍼뜩 나서 그대로 집으로 돌아왔다. 집에 오니 다행히 밤에는 오래도록 자서 깨지는 않았다. 이제는 오로지 애들만 보고 살아야겠다는 생각뿐이었다.

그 이후로는 정도 사랑도 아무것도 느끼지 못하고 살고, 하는 대로 가든지 오든지 내가 해야 할 도리만 하고 살았다.

 광산에 예비군 소대장이라고 책임은 소대장 부인이라 다 돌아오고 있었다.

 어디 예비군 모임이 있고, 밤에 보초를 선다든가 하면, 야식을 다 해 바쳐야 하고, 온정학교에서 축구를 한다면 가마솥을 다 챙겨 가지고 육개장 반찬 밥을 해서 동네 사람들 다 먹여야 하고, 그런저런 수발들은 말도 못 했고, 물론 예비군 색시들이 같이하기는 해도 너무 힘들게 살았다.

 때리는 것이 무서워서 오든 말든 아무 생각이 없었고, 큰집에 일하는 것도 힘들고, 그렇게 살다 보니 해가 바뀌고, 어쩌다 한번 오면 술 먹고 와서 술김에 사랑한답시고 사람을 건드리면, 나는 눈을 감고 언제 끝나냐 하는 생각뿐이고, 그러다 보면 혼자 끝내고 가 버리고, 부부의 생활이란 게 너무도 징그러울 뿐이었다. 가끔 오면 짐승이 덤비는 것 같다는 생각밖에 없었다.

 그러다가 막내가 들어선 거였다. 우리 딸이 두 살 먹고 들어서서 계속 딸은 막내를 낳을 때까지 젖을 먹었다.

 하도 자릅(자주) 싸고 많이 아파서 겁이 나곤 했다. 아프면 언제고 우선 청송으로 달려가곤 했다. 나중에는 하도 자주 가니 의사가 "약방에 가서 증류수와 페니실린, 가루약 두 가지 달라 하면 주니까, 주사기 사서 증류수를 가루약에 넣어 잘 흔들고 주사기에 넣어 애기 궁둥이에 넣으면 효과를 볼 것이다"라고 아예 가르쳐 주었다. 그렇게 열만 나면 시킨 대로 했더니 그 후에는 의사한테 안 가도 잘 낫고, 초등학교 삼학년 때까지 그렇게도 엄청 고생했는데 그 후로는 건강하고 한 번도 속을 안 썩였다.

79년 막내가 배 속에 들어서 4월에 나와야 할 아기가 5월 6일이 되어도 안 나와 영해병원에 갔더니, 배 속에서 여물어서 나오기가 힘들 거라며 병원에 입원하라고 한다. 검사만 하고는 죽어도 집에 가서 죽는다고 바로 왔다. 출산일이 넘었는데도 안 나오니 내 배 속에 다른 것이 들어 있는 것 같아서 은근히 걱정이 되었다.

나는 사는 것이 힘들다 보니 입덧이다 뭐다 할 여유가 없었고, 그냥 배가 부르면 애기인가 보다, 날 때 되면 낳나 보다 하며 그렇게 살았던 거였다. 우리 남편은 내 몸에 관해서 물어본 적도 걱정한 적도 없었고, 그렇게 무관심할 수가 없었다.

유월 해가 엄청 긴데 저녁 다 해 먹고 설거지를 끝내고 나니 배가 갑자기 살살 아팠다.

79년 6월 20일, 저녁 아홉 시 넘어서 방에 들어가 배 아프다고 누워 있자니, 집 앞 사택에 나하고 같은 성을 가진 백 씨 아주머니가 살았는데, 아 글쎄 우리 신랑이 그분을 찾아가서 우리 집에 잠깐 와 보라고 연락만 해 놓고 자기는 딴 데로 술 먹으러 내빼 버렸다.

그 아줌마가 내게 오더니 달이 넘어서 어떻게 될까 봐 겁을 내고 벌벌 떨고 있는 참에, 많이 아프지도 않고 머리가 새까맣고 똘망똘망한 애가 나왔다. 아줌마가 너무 예쁜 아들이라고 하면서 태만 자르고, 첫 국밥을 대충 해 놓고는 알아서 먹으라 하고 가 버렸고, 신랑이라는 자는 밤새도록 옆방에 자면서도 밥 한 그릇을 안 갖다 주는 거였다.

내 옆에 있으면 좀 깨워서 달라고라도 할 텐데, 보이지도 않는 옆방에서 자니 그러지도 못하고 밤새도록 배는 고프고, 애기에게 젖은 먹여야 되고 허기가 져서 늘어져 있었다. 늦게 일어나 밥을 달라 해서 한술 먹고는 그 후부터는 혼자 찾아 먹으면서 친정 엄마한테 전보를 쳤더니, 오셨으나 하루만 보고 유월이라 바쁘다고 가 버리셨다.

그렇게 1979년 6월 21일은 셋째(막내)가 태어난 날이었다. 조카딸 숙이도 밥을 해 준다고 오긴 왔는데 애기가 어떻게 이렇게 조그마하냐더니 가 버리고, 그 후론 그냥 내가 해 먹고 다 했던 것 같다.

시어머니는 영주에 가 계셨는지 얼마 후에 오셨는데, 내가 당최 불편해서 내가 다 해 먹는다고 했다. 그렇게 스스로 해서 먹고 산후조리 같은 것은 생각도 못 할 일이었다.

막내가 태어나서 젖을 먹으니, 엄마 젖은 딸이 그 전날까지 먹은 건데 이젠 록이가 먹고 있으니 다시는 엄마 옆에 오지도 않았고 밥 잘 먹고 컸다.

셋을 데리고 큰집에 왔다 갔다 일하랴, 젖 먹이랴, 밥 챙기랴 너무 힘들었지만, 막내가 나고 이듬해 여섯 살인 큰아들을 선미초등학교에 넣었다. 학교에 넣어 놓으니 잘 다녔다. 여섯 살짜리여도, 학교만 갔다 오면 숙제부터 하고 나가 놀고, 숙제를 안 하면 절대로 안 나갔다.

공부를 곧잘 따라 하니까 선생님이 이뻐서 책도 주고 상도 타 오고, 다른 애들 여덟 살에 들어갔는데도 우리 큰애가 항상 일등을 했다.

그러나 모든 일에 만족이란 없는 것. 공부는 따라가는데 운동이 처지는 거였다. 나이가 두 살이나 어리니 그럴 수밖에~ 그렇지만 아직 애기인데도 2학년이 되고 또 3학년이 되면서부터는 잘 따라가고 있었다.

큰아들이 3학년이 되던 해에 광산이 파산을 해서 다 뿔뿔이 흩어져야 했다. 거기 있을 때 누가 안다고 우리를 찾아왔다. 우리 애기들 중 딸을 보더니, 이 아이는 20집에서 동냥을 하여 광산 가는 길에 용소라는 곳에다 동냥한 쌀을 던져 주고 절을 세 번 하면서 "모든 액운 다 거둬 가고 하는 일마다 잘되게 해 주십시오"라고 빌면, 평생 먹을 것은 끊이지 않게 살 것이라고 한다.

물은 엄청 깊었고 시퍼런 물이 무서웠다. '밑져 봐야 본전이다'라는 생각으로 다 했다.

그때는 애들한테 좋다는 짓은 다 해야 했으니까.

그런 힘이라도 있어야 살아갈 힘이 생기니까.

큰집은 번 돈을 다 챙겨서 평해 버스 정류소에 땅을 사서 집을 지었다. 방을 많이 꾸며서 여인숙을 하고, 앞에는 가게를 꾸며 운영을 한다고 평해에 자리를 잡았다. 우리는 돈도 없고 어떻게 할 수 없어, 제천에 무슨 광산이 있다고 하기에 광산 찾아 제천까지 가게 되었다.

우리 큰아들은 한 학년 내려서 전학을 시켜 달라 했더니, 공부는 따라갈 수 있다고, 그냥 넣어도 된다고 해 주는 바람에 3학년 전학증을 떼어 가서 금성면 양화리 초등학교에 3학년으로 들어갔다.

여덟 살밖에 안 되는데 집을 좀 멀리 얻어서 학교 다니기가 멀었다. 재관이라는 아이가 있었는데, 걔는 오 학년쯤 되어 같이 다닐 수 있다는 것이 다행이었다.

애들 아빠는 하청을 맡아서 뭘 한다고는 하는데, 오나가나 돈 한 푼 갖다 줄 줄을 모른다. 설미에 있을 때는 고달파도 먹고 사는 걱정은 없었는데, 제천에서는 먹고 살길이 참으로 막막했다. 그래서 어린 애들을 두고 품값을 받고 농사일을 하러 다녔다.

미수가 다섯 살, 막내가 세 살, 애들을 두고 일을 갔다 오면 먹을 것도 없고 하니까, 미원을 설탕으로 알고 먹다 쏟고, 부엌을 엉망진창으로 해 놓은 적도 있다.

그렇다고 뭐 먹을 것을 해 놓고 갈 줄도 모르고 내가 와야 밥을 한 숟갈씩 먹고 했으니, 동네 할머니들이 저렇게 이쁜 애기들을 두고 일을 다니냐며 야단이셨다.

한 푼이라도 벌어야 살았으니까 어쩔 수 없는 노릇이었다. 우리는 거리채 방 한 칸에 살고, 주인네는 큰집에 마루도 무진장 컸다. 하루는 신랑이 술을 잔뜩 먹고 오더니 이유도 없이 투정을 걸어왔다. 그 재관네 마루에서 내가 아무 말도 않고 앉아 있었을 때다. 올라오면서 내 가슴을 찬다. 내가 오뚝이처럼 일어났더니 다시 등을 발로 차서 높은 마룻데 마당으로 떨어졌고, 턱이 돌부리에 박혀 버렸다. 그대로 마당 한복판에 떨어지면서 이마가 푹 파여 피가 철철 흘러 엉망이 되었는데도 그냥 보지도 않고 훌쩍 나가 버렸다.

주인아줌마가 피를 닦고 약을 발라 주며 빠르게 치료를 해서 낫긴 했지만, 아직까지 흉터도 있고, 두고두고 지금까지 안 잊히는 것은 마음이었다.

일 년도 안 살고 학교 가까이 헛간 같은 넓은 집이 있다길래 그리로 이사를 했다. 양화초등학교 맞은편에 개울 하나 건너면 광산도 집 쪽 개골에서 얼마 안 가면 있고 하여, 조건이 괜찮을 것 같아서 그리로 이사를 했던 것이다.

거기서는 마을이 좀 넓은 동네라 일거리도 많고, 애들 아빠 다니는 회사도 가깝고 해서 그런대로 괜찮았다. 방이 한 칸 비니까 광산 과장인가 하는 분을 거기서 잠을 자게 하고, 밥도 해 주고, 다만 몇 푼이라도 보탬이 되려고 했더니, 그분이 자기 회사 직원들 점심을 좀 해 주겠냐고 부탁한다. 해 주겠다고 약속을 하고 그때부터 남의 일 갔다가 열한 시에 와서 점심을 해서 회사까지 얼른 갖다주고 와서 또 일하러 가곤 했다. 그릇은 그 이튿날 가져가서 전날 것을 가져오고, 그리고 일을 가면 그 사람들 점심시간이 있으니까 또 가서도 일을 똑같이 하곤 했다. 그렇게 열심히 점심을 해다 준 것을 밥값 받으러 갔더니 애기 아빠가 찾아갔다는 것이다.

신랑이 오기를 기다리고 있다가 밥값 받았다면서~? 빨리 달라고 했더니 세상에 자기 밑에 일한 사람들과 회식을 했다고 한다.

"이거 말이냐 되냐고. 당신이 살림할 돈을 안 갖다 주니까 내가 이렇게 힘들게 하는 거 아니냐고, 세상에 내가 밥해 준 밥값을 받아다가 회식을 하다니 도대체 사람이 할 짓이냐?"라고, 너무 화가 나서 "그것을 어떻게 받아 쓸 수가 있냐?"라고 난리를 쳤더니, "식구가 쓸 수도 있지 그러냐"라고 하면서 마구 닥치는 대로 또 때린다. 안 맞으려면 참아야지 어떻게 하겠는가. 때리고 맞으면 사랑방에 있는 아저씨도 안 말리고, 이웃집 사람도 부부싸움에는 안 말린다고 구경만 하는 거였다.

나는 말려 줄 때를 바랐는데....

매에 못 이겨 쫓겨나서 도망을 나오긴 했는데 아무리 생각해도 갈곳이 없었다. 무작정 기차를 타고 서울로 갔다. 청량리에 내려서 갈 곳은 없고, 소개소를 찾아가서 일할 데를 소개해 달라고 했더니 얼마 있으니까 사람이 왔다. 잠실에 있는 갈빗집이라고 했으며, 일할 사람이 많아서 시키는 것만 하면 된다고 했다.

거기 책임자가 와서 데려가면서 한 달을 못 채우면 소개비를 내가 줘야 하고, 한 달이 넘으면 주인이 준다고 했다. 나는 알겠다 하고 그날부터 먹고 자고 갈빗집에서 지냈다. 처음에 설거지하면서 조금 지나니까 밥 짓는 것을 가르쳐 주었다. 쌀을 한 번에 두 말씩 씻어 담가 놓았다가 불은 쌀을 층층대로 넣고 떡 찌듯이 찌는 거였다.

하루에 몇 번씩 쪄 댔다. 그것도 처음에 한두 번 가르쳐 주더니 그 후에는 내가 계속 '밥모'를 하고, 반찬 하는 사람은 '찬모'만 하면서 자기 하는 일만 하면 되는 거였다. 설거지하는 사람은 시다바리, 주방장은 냉면 빼고 육수 빼고 고기 장만하고 식당으로는 보통 큰 집이 아니었다.

그 생활이 한 달 두 달 가까웠다. 손님이 애기들 데리고 와서 고기 먹는 것을 보면 나도 애들 생각나고, 남편 안 보는 것은 참 좋은데 애들 생각나서 매일 걱정이었다.

그래서 생각다 못해 친정에 편지를 썼다. 막내라도 데려다 놓고 있으면 내가 자리 잡고서 데리러 가겠다는 내용이었다. 그런데 아무 반응이 없다. 그래서 신랑한테 죽으면 죽고 살면 살고의 마음으로 용기를 내서 편지를 써서 주소도 없이 보냈다.

이렇게 맞아 가면서 살 수 없으니 깨끗이 헤어지자. 그리고 애들만 주면 나는 다른 것 필요없으니 그냥 살겠다고 사정을 하면서 편지를 보냈는데, 그때부터 영주 누나를 못살게 졸라서 찾아다니는 거였다.

정릉 다리 옆에 '잠실갈비'는 4층짜리 건물인데, 지을 때 그렇게 지었는지 안으로 구멍을 내서 스위치만 누르면 오르내리는 장치를 해 놓았고 홀에는 항상 손님이 가득 찼다. 잠실에도 하나 있고, 정릉에도 바로 다리 옆에 식당이 있었으며 간판은 똑같았다.

잠실갈비에도 회식한다고 가 본 적 있었다. 여사장인데 엄청 돈이 많은 것 같았다.

편지에 주소는 안 썼지만, 신랑은 우체국 직인이 어느 우체국이라는 것을 알고 정릉 쪽을 온 군데 찾아다녔는데, 맏동서 여동생이 바로 갈빗집 옆에서 옷 장사를 했나 본데, 그 근처에 와서 찾아다니다가 만났단다. 바로 옆이라서 그런지 그 갈빗집을 어떻게 찾아왔더라니까.

나는 찾아올 사람이 없는데....

아무 생각 없이 애들을 어떻게 데려올까 하고 있는데, 누가 나를 찾아왔다 해서 나가 보니 영주 누나랑 사형과 신랑이었다. 찾아와서 내게 가자고 아주 선심 쓰듯이 나를 살살 달랜다. 애들 생각이 나서 안 그래도 맘이 짠했는데....

갈빗집 근무가 두 달이 안 되었는데도 사장님은 내가 일한 월급 그날까지 다 계산해서 보내 주셨다. 애들을 두고 와서 얼마나 생각났겠냐고, 얼른 가라고 해서 할 수 없이 나섰다. 신랑에게서는 그길로 술 안 먹고 잘하겠다는 약속을 받았고, 달래듯 제천 살던 집으로 왔다.

누나가 와서 봐주다시피 했는데도 사는 것이 그야말로 엉망진창이었다. 애들을 위해 그동안 영주에 갔다 왔다 해 가면서 시누이가 고생을 많이 하셨다. 그렇게 힘이 들어도 그 동생 편이니 신랑은 자기가 잘난 줄 알고 도통 변하지를 않는다.

술을 끊겠다고 약속을 하면 뭐하누. 결단하지 않으면 자기 버릇은 변할 수 없다.

누나들도 엄마도 다 똑같다. 그렇게까지 신랑이 나를 괴롭히는 걸 옆에서 보면서도 한 번도 야단을 치거나 혼을 내는 법이 없으니, 신랑은 자기만 잘났다고 하는 거였다.

우리 큰애는 그때 자기도 어렸는데 동생들을 데리고 힘들었다고.... 얼마나 미안하던지 제일 안쓰러웠다.

이젠 애들 버리고 나가서 뭐가 잘했냐며, 그것만 타박하고 더 괴롭히고, 술은 더 마시고, 바깥이고 안에서고 닥치는 대로 때린다. 그런데 때리는 걸 봐도 누구 하나 말리는 사람도 없어 너무 야속했다. 어쩜 이웃집 아저씨조차 내가 맞을 때 보고 안 말릴까 했는데, 정말 안 말린다. 그런데 얼마 안 되어 전기 일하다가 전기에 감전되어서 멀쩡한 사람이 갑자기 죽었다고 하는데... 놀랍기도 했지만, 나는 터지고 맞더라도 그래도 사는구나 싶었다.

신랑이 오토바이 하나 사달라고 하도 떼를 써서 중고로 몇 푼 안 주고 하나 사 주었더니 얼마 안 돼서 영월로 출퇴근을 한다. 술 먹다가 어떻게 미용사하고 바람이 난 거였다. 허구헌 날 저녁이면 영월로 오토바이를 타고 휑 하니 갔다가 자고 아침에는 출근하고, 저녁이면 가고 아침이면 오고 거기에다 신경을 쓰고 다니니까 나를 좀 덜 괴롭히는 것 같아서 나를 한번 만나게 해 달라고 부탁을 했다. 한 번에 재천 어디로 나오라고 해서 나는 안 때리면 좀 살겠다 싶은 마음에 그 약속 장소로 갔다.

갔더니 둘이는 벌써 와서 술을 먹고 있었다. 내가 가서 하는 말이, 무조건 가면 잘해 주라고 부탁한다고 했다. 돌아오면서 우리 집에도 가끔 놀러 오라 했더니 얼마 안 돼서 정말로 데리고 왔더라고~. 둘이 앉혀 놓고 술 사다 주고, 밥해 주고 했다. 마음껏 놀으라고... 얼마나 지겨우면 그랬겠냐고...

나는 이젠 안 맞으려면 무슨 일이든 다 해 주겠다는 생각뿐이었다. 우리 사랑스러운 아가들 때문에라도 어떻게든 살아 보려고 온갖 고통과 더럽고 잔인한 생활이라도 살 수만 있다면 무엇을 못 참겠냐고.... 그런 생각에, 신랑이 무슨 짓을 하든 말든 가만히 건들지만 않으면 참고 살아야겠다는 생각뿐이었다.

사는 집에 터가 넓어서 병아리를 10여 마리 사다 키웠더니, 그 닭이 크기도 전에 술 먹고 오면 한 마리씩 잡으라 하는 바람에 제대로 키워 보지도 못하고 다 잡아먹었다.

욱하고 성질이 올라오면 주먹부터 날아오니 무섭고 지겨워서 색싯집에 가든지 하게 하고, 무엇이고 돈이 많이 안 드는 한은 다 해 주고 그렇게 세월을 보냈다.

어떤 날은 색시한테 가서 자고, 술 먹고 해롱거리고 오다가 옷에 똥을 싸서 온 옷에 똥 냄새가 나는 통에 살 수가 없고, 도대체 사람이 할 짓은 안 하고 그 좋은 세월을 보냈던 것이다.

옆 사람은 괴롭지만 자기는 그 인생이 좋아서 그러고 사는지 도대체 이해할 수가 없었다. 술을 먹었다 하면 1차, 2차, 3차 어쨌든 끝장을 봐야 하고, 그 술값은 자기가 다 내야 하고, 얻어먹는 것은 죽어도 하기 싫은 사람 그 자체였다. 백만장자처럼 살고 싶은데 여건을 만들어 놓고 그래야지. 여건은 개차반으로 해 놓고 그렇게 부자 행세를 하려 하면 되겠는가 말이다.

김장을 하려고 광산에 점심도 해 주고 방에 과장도 있고, 우리 식구도 다섯 식구니 먹어야 되고 해서 백 포기 정도 소금에 절여서 씻으려고 마당에 수도에서 건져 씻고 있을 때였다. 막내가 놀다가 오는 길에 아주 작은 다리 하나가 있었는데 어린 것이 거기를 건너오다가 도랑에 빠졌나 보다. 병 조각이 있었는지 바로 눈 위에 꽂혀서 피가 철철 흘렀다.

얼마나 놀랐는지, 제천에 있는 병원까지 가려면 너무 멀고 어떻게 할 수 없어서 이웃집 아주머니한테 쫓아갔다. 매일 애기들 두고 일만 다닌다고 혼내던 아줌만데 시골에 급한 대로 소독하고, 아까정기(머큐로크롬-빨간약)를 발랐다. 그랬더니 애기살이라 그런지 피가 멎으며 빨리 나았는데 지금도 자세히 보면 흉터가 남아 있다.

집구석에서 뭘 한다고 애들을 다치게 했냐고 시작을 하는데, 얼마나 못살게 하던지 아무 일을 하지 못하게 사람을 괴롭혔다. 애기가 다치는 바람에 왔다 갔다 헤매다 보니 배추가 저녁때까지 있었는데, 거기다가 남편이 와서 괴롭히니 무엇을 할 수 있었겠냐고~! 애들 데리고 갈 수도 올 수도 없는데 하도 두들겨 패서 그 손아귀를 벗어나 너무도 무서워서 도망 나왔는데, 다시 가려니 너무 무서웠다.

그래서 도망 나와 울진 시집으로 갔다. 어머니랑 동서가 왜 왔냐고 하는데, "하도 때려서 도망 나왔는데 들어갈 용기가 안 생겨 갈 데는 없고 여기로 왔습니다."라고 말했다. 친정으로 안 가고 이리 왔다고 잘했다 하셨다.

"며칠 있다가 잠잠하거든 가라"라고 하면서 아무 말씀도 하지 않으셨다.

그동안에 혼자서 애들 셋 먹일 밥을 할 줄 알았겠나~. 각시가 또 도망을 갔으니 기가 막히겠지. 당연히 내가 들어갈 줄 알았는데 하루 이틀 지나서도 안 갔더니 애들 셋을 데리고 영주 누나네 집에다 데려다 놓았다.

그러니 큰애가 열 살 5학년, 미수가 일곱 살, 막내가 다섯 살, 아직은 어린 애기들을 데려다 놓았으니, 거기서도 막내는 엄마 찾고 난리였던가 봐. 우리 집으로 데리고 온다고 큰조카가 데리고 나섰는데, 영주에서 안동으로 와서 버스를 타려 차에서 내려 조카가 화장실 갔다 올 동안 꼼짝 말고 있으라 해 놓고 갔는데, 애들이 엄마 찾는다고 뿔뿔이 흩어졌다는 것이다. 화장실 갔다 오니 그 자리에 애들은 없고, 찾느라고 몇 시간을 헤맸다고 했다.

몇 시간 후에 헤매다가 찾았는데, 어디 갔었냐고 야단을 쳤더니 엄마 찾아다녔다고 했단다. 아주 용의 조카가 진땀을 뺐다고 했다. 지금도 그때 일만 생각하면 앞이 캄캄했었다고 했다. 참으로 한 사람 때문에 여러 사람이 고생하는 상황이었다.

그때 애들을 데리고 왔기 때문에 시숙이 멀리 둬서는 안 되겠다 싶었는지, 바로 제천에 가서 정리하고 자기가 여기 땅 사 놓은 것이 있고 광산을 시작했으니 옆에 와서 책임지고 같이 하자고 데리고 왔다. 그때는 나는 안 가고 시숙이 먼저 혼자 가서 다 정리하고 그 김장 배추 다 버리고 거기서 그렇게 오는 바람에, 집이고 뭐고 물어보지도 않고 어떻게 끝냈는지 지금도 약간은 궁금하다.

그때 바로 평해로 안 가고 후포 안 구석 촌 동네로 들어가서 조그마한 방을 얻어 살았다. 말은 같이 어쩌고저쩌고 데려왔는데 아직 시작도 안 했던 때다. 맨날 놀면서 술만 먹고 허구헌 날 술에 취해 주정만 하고 그렇게 살고 있었다.

우리 큰애는 후포초등학교 5학년으로 전학을 했다. 후포 와서는 또 노가리 째는 일을 했다. 무엇이라도 해서 돈 벌 것이 없냐고 이웃집에 물어봤더니, 여기는 노가리 까는 것이 항상 있단다. 자기만 부지런하면 생활비는 된다고 해서 이웃집 아줌마를 따라가서 까는 법도 배웠다. 한 푸대를 집으로 가져와 물 뿜어서 거꾸로 놓았다가 작업하면 잘 까졌다.

나는 그저 한 개라도 더 까서 애들하고 밥이라도 먹고 살려고 죽을 둥 살 둥 까고 있는데, 남편은 술만 먹고 오면 그것을 바깥으로 냅다 버리는 것이었다. 이유는 좁은 방에서 냄새 난다고 말이다. 촉촉이 적셔 놓으면 거기는 어디 가도 냄새가 나고, 어디 가도 안 까는 사람이 없는지라 부지런히 하면 하루 1포씩을 할 수 있고, 돈 만지는 재미로 죽을 둥 살 둥 까는 것이 사는 길이라고 하는데, 돈도 안 갖다주는 주제에 노가리 깐다고 눈에 띄면 집어던지는 바람에 그 후에는 남편이 나가고 없을 때만 가만히 하고, 있으면 안 하는 척을 했다. 그렇게 사는 것이 얼마나 곤욕이었는지... 어디 그뿐인가. 반찬하려고 쪽파를 한 바구니 다 듬어서 깨끗이 씻어 놓았는데 술에 취해 오더니 그 파를 바구니째로 바깥 흙구덩이에 던져 버리는 심술은 또 뭔가. 도대체가 감당할 수가 없다고 숨 쉬고 사는 것이 다행인지 불행인지 이렇게 있다가는 도저히 살아갈 수가 없을 것만 같았다.

그래서 나는 큰집에 가서 허구헌 날 저렇게 못 살게 하니 어쩜 좋겠냐고 징징댔다. 어머니께서 안 되겠다며 또 평해 큰집 곁에 오게 되었다.

일 년도 안 돼서 큰애는 육 학년이 되자마자 평해국민학교로 왔고, 막내 조카가 우리 큰아들보다 두 살 더 먹었는데 같은 학년이 되었다. 홍두는 여덟 살에 들어가서 열세 살이고, 우리 큰애는 열한 살인데 같이 육 학년이었다.

그래도 공부는 어린 우리 아들이 잘해서 여기저기 전학 다니다가 왔는데도 늘 상장을 타 왔다. 홍두는 못 타니까, 형님이 동생한테 진다고 혼을 내니 그것도 민망했었다.

평해에서는 고등학교 넘어가는 산동네에 방을 얻었는데 부엌을 오르내리려면 문지방이 높고, 부엌도 한 길은 되고 너무나도 힘들었지만, 큰집 가까이 왔으니 좀 나아질까 기대했다.

막내가 어릴 때 배에 돈점처럼 아토피가 생겼는데 그것이 별짓을 다해도 안 낫고 오랫동안 다 커서 군대까지 다녀와도 안 나았는데 지금 결혼하고는 말이 없으니 모르겠다.

사는 것은 맨날 똑같고, 신랑은 둘째 누나 떡방앗간 하는 곳에 안 가면 집에서 늘어져 있으니 나는 정말로 애가 타서 살 수가 없었다.

시숙이 광산을 한다고 해서 후포에서 여기까지 이사를 왔는데, 사는 것도 힘들고 와서는 좀 괜찮을까 싶었으나 형편은 나아지지가 않았다. 신랑이 맡아서 하면 형편이 좀 풀릴까 기대를 했는데, 가끔 나가서 일하고 온다고 다니기는 하고, 큰돈 벌 듯이 말로는 떵떵거리며 다녔지만 늘 기대는 어긋나곤 했다. 설마 먹을 것이야 갖다주겠지 했지만,

한 달 두 달 기다려도 돈 한 푼 안 갖다주니 어떻게 살겠는가. 형님한테 쌀이라도 한 포 사 달라고 했더니 자기네도 힘들어 죽겠는지 쌀 사 줄 돈이 어디 있냐고 한다. 자기네는 정류소 앞에서 버젓이 장사를 하고 집도 넓은데, 그렇게까지 하면서 10원 한 장 안 주고 그렇게 매정할 수가 없었다. 지금도 잊히지 않는다.

고추 장사들이 고추 꼭지 따 주면 한 근 따는데 50원이라서 그것도 돈이라고, 고추 꼭지를 밤새도록 날을 꼴딱 새어가며 따면 100근은 다듬을 수 있었다. 백 근이면 5천 원. 그것도 돈이라고 한 푼이라도 벌 욕심에 밤낮으로 땄더니 입술이 부르터서 지금도 흉터가 남아 있다.

쌀이 떨어지면 외상으로 한 번은 먹는데, 그다음에는 줘야 할 것을 미리 줘야 줄 수 있건만, 돈이 없는데 염치없이 또 달라고 할 수만 없어 말도 못하고 벙어리 냉가슴 앓듯 했다.

어쩔 수 없이 떡방앗간 하는 누나한테 가면 그 형님이 조금씩 주었다. 그때는 그 형님이 그렇게 부러울 수가 없었다. 하루는 왔다 갔다 하는 중에 평해 정류소 옆에서 포장마차를 하던 아줌마가 그것을 팔고 가게를 차린다고 하는 이야기를 들었다.

그러나 내게는 돈 한 푼이 없고, 내가 그런 것을 해 보지도 않았고,

큰집에나 다니며 고추 꼭다리를 따는 일만 했고, 시간이 있으면 장사를 하면서 버스 기사들 밥을 다 해 먹이던 때였다.

거기 가서 늘 그런 준비하고 여인숙에 이불 빨래를 큰 냇가에 리어카로 싣고 가서 빨아오고, 어머니 빨래 계속하고... 몇 년을 그렇게 힘들게 지내면서 나도 한번 뭘 시작해 봐야겠다고 생각했다.

우리 살던 집 옆방에 부부가 있었는데 남편은 면사무소에 다니고 그 부부에게는 아들 쌍둥이가 있었다. 우리와 한집에 사는 그 애기 엄마한테 부탁했다. "정류소 옆에서 장사하던 아주머니가 포장마차를 판다 하니 내가 해 보고 싶다. 그런데 돈이 없으니 한 15만 원만 빌려주면 내가 장사해서 그것부터 갚을 테니 부탁 좀 하자"라고 사정했더니 빌려주었다.

그때까지 나는 어디 남한테 돈 빌리는 것을 한 번도 안 해 봤었는데 그 15만 원 가지고 안주를 조금 만들어서 김밥도 하고, 회 같은 것 평해시장 한쪽 끝에다가 자리를 잡고 팔곤 했다. 5일마다 장인데 장날은 괜찮았다.

김밥은 팔다가 남으면 집에 가져와서 애들을 먹였다. 우리 큰애는 김밥을 좋아했다. 그것을 시작하고는 밥은 안 굶었다. 한 달도 안 돼서 빌린 것 갚고 내 것으로 시작이 됐다. 신랑은 저녁이면 시장에서 그딴 장사를 해서 창피하다고 나를 달달 볶아 댄다.

먹고 살려면 뭐라도 해야지.

장사는 처음이라, 손님들이 술 한 잔씩 먹고 돈을 내면 쑥스러워서 똑바로 받지도 못했다. 얼굴은 돌리고 손으로 받고 그렇게 시작했다.

그렇게 한 일 년을 하고서 시장 있는 바닥에 이사를 했다. 방은 한 칸인데 엄청 넓어서 애들하고 굴러가면서 살 수 있어 좋았다. 시골에는 보증금과 월세가 얼마 안 돼서 이사를 했는데, 가게도 하나 있어서 거기다 포장마차처럼 하면 되겠다 싶어 간판을 '포차식당'이라고 해서 오픈했다. 이젠 시장에 안 나가고 집에서 살림하며, 애들 보면서 하게 되어 얼마나 좋은지 모른다.

장날에는 사람이 많이 온다. 시장에서 장사 좀 하던 사람이 여기 와서 한다고 일부러 와서 회도 먹고, 붉은 게는 그때 열 마리 만 원 할 때 한 마리에 2천 원씩 받을 수 있어서 엄청 갖다 팔았다.

시골 닭은 엄청 굵은 걸로 짜장 넣어서 닭발을 해 놓으면 모두 정말 잘 먹고, 여름에 개울가에 시장에서 하던 포장 가져가서 하면 학생들이 많이 먹으러 왔다.

그때 큰아들은 평해중학교에 들어가고, 홍두는 후포중학교 들어가고 갈리었다. 졸업할 때 우리 아들은 표창장도 타고 우등상도 많이 탔다. 중학교에 가서도 다리 밑에서 장사하느라고 있다 보면 상 탔다고 가지고 오고, 그것이 내게 힘이 돼서 그때는 그 보람에 즐겁게 일해 왔다.

큰아들이 중 1학년 때, 딸은 2학년에 올라가고, 막내는 평해 유아원에 들어갔다. 조카딸 애기 미정이는 나이가 같아서 같이 넣었다. 그때부터 명자는 안 좋았을 텐데 동원이랑 남매가 연년생이라 미정이는 외가에 와서 다니게 되었다. 둘이 유아원에서 무용도 하고 씩씩하게 잘 다녔다. 유아원에 일곱 살에 들어가서 1년을 다니다가 초등학교 1학년에 들어갔다.

신랑은 그나마 그것도 장사라고, 여기저기 다니면서 자기가 포차식당 주인이라며 외상으로 먹고 다니고, 온정까지 왔다 갔다 하려면 오토바이가 있어야 한다고 하도 들들 볶아서 술 안 먹으면 사 준다고 맹세하고 사 주었더니, 그때부터는 막 타고 여기저기 신나게 다닌다.

술을 먹고 오토바이를 타면 자기 맘에 안 나가는 것 같았는지 무조건 막 당겨서 여기저기 가서 처박고서는 누가 밀었다 한다. 한번은 파출소에서 아저씨 모시고 가라 해서 쫓아갔더니 사고 낸 사람 처리 안 한다고 난리를 치는 거였다. 거기서 그만 가자 해도 안 되니까 나한테 연락했다는 거였다.

데리러 갔더니 떼만 쓰고 하도 말을 안 들어서 사고처리 해 준다고 벌금만 냈다. 술 먹고 오토바이 탔다고 그냥 보내려 했더니 사고처리 안 해 준다고 떼를 써서 벌금만 20만 원을 낸 꼴이라니….

떼를 쓸 걸 써야지, 어찌 그렇게 힘들게 하는지. 어디 그뿐인가, 포차식당 주인이라고 큰소리치며 다방에서 외상을 해 놓고 그 후에 가서 먼저 찻값 얼마 있다고 하면 갚아주면 되는 것을, 날 보고 안 갚아 줬다고 사람 망신시켰다고 집에만 오면 난리를 친다. 내가 먹으라고를 했나, 먹는 걸 봤나, 누가 얘기를 했나, 내가 도대체 어떻게 알 수 있겠냐 말이다.

또 포차식당에 손님이 오면 내가 주인이이까 "어서 오세요, 무엇을 드릴까요"라고 하면, 도대체 네가 술집 색시냐 술집 아가씨냐 하면서 장사하는 사람 불러 앉혀 놓고 맥주 가져오라고 일삼는다. 한 병 한 병 손님한테 먹은 돈을 받을 수가 있나, 손님 다 쫓아버리고 온종일 날이 새도록 괴롭히니 어떨 때는 쫓겨나서 갈 데도 없었다. 떡방앗간 하는 시누이네도 사장어른이 계시지, 어디 갈 곳이 없어서 돼지우리 옆에서 밤을 샐 때도 많았다.

날 새고 애들 밥 주려고 가만히 오면, 어떤 놈하고 붙어서 밤새고 왔냐고 또 시비를 건다. 어떻게 사람을 그렇게까지 괴롭히는지, 어쩜 그리도 못됐는지, 너무나도 지겨웠다.

우리 큰아들, 그 어린 것이 학교 갔다 오면 앞에 앉혀 놓고 술에 취해 한 말 또 하고 한 말 또 하고... 얼마나 지겨웠을까? 내가 애를 내보내면 애들을 그따위로 한다고 나한테 덤비니 그러지도 저러지도 못해 너무나도 애달파 죽고 싶을 때가 한두 번이 아니었지만, '이 어린 자식들 지켜야지' 오직 그 생각뿐이었다.

그 넓은 방 그냥 쓰다가 애들 옷가지가 너무 흩어지니 내가 무조건 장롱 하나 사자고 해서 농방(가구점)에 갔다. 티크 장롱 그것 하나 사 가지고 와서 방이 넓은 고로 중간에 놓으니 방 2개로 쓸 수 있었다. 중간을 막아 놓으니 애들도 자기들끼리 놀고 방 두 칸이 처음으로 생긴 셈이다.

남편과 나는 눈만 뜨면 싸움을 했다. 아니, 거의 남편의 일방적인 시비라고 봐야겠지. 그러더라도 장사는 해야 했다. 때리면 맞았고... 그렇다고 장사를 안 할 수는 없으니까 했던 것이다. 끝까지 버텨야지. 2일과 7일은 5일장인데 장날만 되면 수많은 사람이 들락거리는데 그것쯤 참아 줄 수가 없었을까. 내가 바람을 피우는 것도 아니고 말이다.

매일 싸우며 맞으며 세월은 가고 새로운 학기가 돌아왔다. 우리 막내까지 학교에 다 보내게 되었다.

우리 막내를 1986년 3월 3일에 입학을 시켜놓고 나니 너무나도 뿌듯했다. 학생이 셋이라 열심히 벌어서 가르쳐야지.

그전에는 아빠가 술 한 잔씩 먹고 오면 막내아들과 딸에게 씨름도 시켰다. 처음에는 딸이 이기더니 막내가 크니까 명색이 남자라고 막내가 이기는 거였다. 남자라서 역시 힘이 다르긴 했다.

우리가 매일 싸우다시피 하니까 딸이 "아빠 내가 춤출게"라고 하면서 춤도 춰서 못 싸우게 하고, 그렇게까지 애들도 못 싸우게 하려고 별짓을 다 했는데도 그놈의 술을 하루라도 안 먹으면 안 될 정도니 고칠 길이 없었다.

어떻게라도 참고 살려고 애를 썼다. 그때 시어머니는 편찮으셔서 병명도 모르고 누워 일어나지도 못했다. 조그만 골방 하나 얻었고, 애들이 밥을 갖다 드릴라치면 할머니가 애들에게 진통제 약 사다 달라고 조르고 해서 애들이 할머니에게 겁을 냈다. 툭하면 약을 사 달라고 한다. 내가 애들 보고 "할머니가 약을 사 달라 해도 사 드리지 마라"라고 하니 애들은 누구의 말을 들어야 할지 몰라 또 겁을 냈다.

어쨌거나 장사를 해서 한 푼이라도 벌어야 살 수 있으니 어떻게 해야 살 수 있을까? 하다가 장이 아닌 날은 초등학교 옆에 촌 동네를 간다. 그곳엔 논밭이 많이 있어서 거기까지 가서 모심기도 하고, 벼도 베 주고, 농사일은 힘만 있으면 할 수 있으니까 사람 구하기가 힘들고 일거리 있는 곳이면 무조건 가서 일하고 몇 푼 받아서 애들하고 살고, 그것이 나에게는 다른 생각을 할 수 없는 낙이었다.

그렇게 열심히 허덕이면서 살진대는, 자기도 사람이라면 가만히만 둬도 살겠는데, 집에만 들어오면 트집이니 도대체가 코에 걸면 코걸이 귀에 걸면 귀걸이였다. 전생에 무슨 원수끼리 만난 건지 살 수가 없으니 안 당한 사람은 모를 일이다.

그렇게 시시콜콜 사람을 괴롭히니 너무 지겨워서 우리 친정 부모님한테 전보를 쳤다. 그때는 전화도 없고 편지는 너무 늦던 때라 그나마 전보는 당일로 들어가니 부모님 모신 자리에서 끝을 보고 싶었을 뿐이었다.

뭔 일인가 싶어 부모님이 오셨다. 식사 반찬을 이것저것 마련해서 차려놓고 도저히 못 살겠으니 엄마 아빠 해결 봐 달라고 했더니, 그 자리에서 신랑이 아버님한테 하는 말이 딸 데려가라고 소리소리 지르면서 난리다. 술에 잔뜩 취해 있었는데, 상 머리에 앉아 혼자서 술을 부어 먹고, 마시고, 또 먹고, 반찬이 맛이 있느니 없느니, 이것을 먹으라고 해놓았냐고 하면서 아버지 앞에서 상을 엎어버린다. 아버님은 하도 기가 막혀서 말도 않고 일어나신다. 가시면서, 너희의 문제니 너희끼리 해결하라면서 나가서 여관에서 주무신다고 가시는 거였다.

내가 울면서 시숙한테 가서 일렀다. "어머니 아버지가 오셨는데 애들 아빠가 술주정을 하니 여관에 주무시러 가셨다"라고 했더니, 시숙께서 그 여관에 찾아가 자기가 동생을 잘못 가르쳐서 그러니 용서해 달라고 하면서 앞으로 제수씨 고생 안 시키게 잘 타이를 테니까 한 번만 봐 주시면 고맙겠다고 빌고 또 빌고 했단다. 부모님은 그 이튿날 평해서 녹동까지 새벽에 버스를 타고 가셨다.

그렇게까지 하고 얼마 안 되어 동네 아저씨가 와서는 집을 지을 테니 여러 명 밥을 해 달라고 얘기를 한다. 그러겠다 했노라고 신랑에게 말했더니, 그런 것들과 어울려서 무슨 짓을 하려고 그 노가다쟁이들 밥을 해 준다고 하냐며 사람을 달달 볶는다. 그러더니 하루 종일 맥주를 한 병 달라 해서 다 먹고 떨어지면 또 달라고 종일 옆에 앉아서 꼼짝도 못 하게 한다. 애들은 여러 명인데 세탁기도 없고 매일 수돗가에서 빨래를 할라치면, 신랑은 수돗가에 와서 그 빨래를 온 사방에 던지고 늘어놓고 빨래도 못하게 하면서 술 먹는 자기 옆에 앉아 있으라 하니, 지옥이 따로 없었다.

그러거나 말거나 때리지만 않으면 살겠는데, 자기 시키는 대로 안 하고 들어갔다 나갔다 한다고 무조건 잡고 무자비하게 닥치는 대로 때려대니, 순간 살겠다고 도망 나온 나는 다시 들어가려니 무서워서 발이 안 떨어진다.

애들 생각하면 죽어도 그 앞에서 죽어야 하는데, 설마 자기 자식 잡아먹기야 하겠나 싶어서 나도 더 이상 들어가 죽으나 나와서 죽으나 매한가지라는 생각과 죽으면 죽으리라는 생각으로 차를 타고 가다 보니 봉화 친정어머니한테로 갔다.

싸우다 맞은 대로 왔으니 꼴이 엉망이었겠지. 얼굴은 멍투성이고, 온몸이 피투성이인 채로 갔으니 나를 본 엄마는 너무 기가 막혀서 아무 말도 못 하신다. "서울에 언니도 있고 동생도 있으니 그리로 가서 어떻게 좀 해 봐라"라고 하시면서 서울까지의 차비를 몇만 원 주셨다.

나는 갈아입을 옷도 없었다. 그대로 기차를 타고 청량리역에 내려서 택시를 타고 동암역까지 가는데 택시 기사가 어디서 이렇게 변을 당했냐고 물어본다.

2

서울의 달동네 생활

시골에서 큰일을 당하고 지금 동생네 집으로 찾아가는 길이다. 그 아파트 작은 층에 살 때 갔었는데, 편지 봉투를 하나 들고서 찾아갔다. 동생보다 동생댁에게 더 창피하고 부끄러웠다.

그때는 새색시 시절이라 너무나 깍듯이 잘했다. 결혼하고 처음이었으니까, 밤이면 깨끗한 이부자리까지 깔아 주면서 자라고 하고, 아침이면 잘 잤냐고 한다. 미안해서 오래 있을 수도 없고 하여 언니 집을 목적 삼아 나왔는데 나와서 보니 아가씨 때 살던 고모님 댁 흑석동이 생각난다. 결혼 전에 고모네 집이 있던 그곳에 갔더니, 고모 댁도 없고 고모님은 난곡동으로 이사를 갔다고 한다.

혹시나 하고 난곡으로 가는 길에 고물상 앞을 지나게 되었는데, 보니 포장마차가 상태가 멀쩡한 것이 있어서 고물가게 주인한테 물어봤더니, 누가 안 한다고 고물로 갖다 놓은 거라고 한다. 그리고 사용하려면 10만 원만 주고 가져가라고 한다. 평해에서 하던 경험이 있으니 남의 집 일을 해 주는 것보다는 낫겠다 싶어서 동생한테 갚아 줄 테니 50만 원만 빌려 달라고 했다. 그랬더니 고맙게도 얼른 해 주는 것이었다.

50만 원을 가지고 포장마차 10만 원 먼저 지불했다. 그리고 내가 있어야 할 방을 얻으려고 부동산에 들렀다. 지하방 보증금 30만 원에 오만 원짜리를 얻고서, 10만 원을 장사 밑천으로 삼았다. 이것저것을 사고, 하루 시작해서 팔고, 그다음 날 또 재료를 사서 장사하고, 하루하루 하다 보니 충분히 혼자는 살 수 있었다.

난곡사거리 모퉁이에 포장마차를 갖다 놓고 장사를 시작했다. 끌고 다니지는 못하니까 그 자리에 고정시켜 놓고, 오후 3~4시부터 새벽 손님 없을 때(3~4시)까지 손님이 있으면 같이 있고, 손님이 안 가면 5시까지도 했다.

술안주로는 닭발, 오뎅 국물도 국물이 없으면 고갈비라고 고등어 구워서 통째로 주는 것과 어쨌든 많지는 않지만 몇 가지를 잘하고 있었다. 한 3개월은 그럭저럭 잘해서 종옥에게서 빌린 50만 원도 갚았다. 주인집 할머니가 손자를 데리고 있는데 내가 가끔 애기도 봐 주고, 우리 애들 생각하면 미칠 것만 같았다. 난곡시장에서 하루하루 장사할 것 사다가 준비 다 해 놓고 나면 버스를 타고 여기저기를 다니곤 했다.

내가 포장마차로 장사하는 데가 국회의원이 다니는 길목이라고 낮에는 끌고 들어가라고 하더니 나중에는 또 아예 못하게 하여 그것도 계속할 수 있는 배짱이 없었으므로 팔려고 내놓았다.

그랬더니 금방 팔렸다. 그 사람 보기에는 내가 잘한 것 같았나 보다. 그냥 원금 10만 원에 팔아서 어디 살 곳을 찾아서 또 여기저기 다녔다. 영등포역에 있는 뒷골목에 가 보니 술주정뱅이도 많고 색싯집도 많고 사람 살 곳이 못 되었다.

할 수 없이 언니가 산다는 양평동을 찾아서 처음으로 찾아간다고 버스를 탔다. 영등포에서 언니 집이 양평동이란 것만 알아서 찾아갔는데 오목교 전에서 내려야 했으나 잘 본다고 봤는 데도 한 정거장을 지나쳤다.

지나다 창문 밖으로 보니 오목교가 옛날 목동 아파트 들어서기 전에 옛날 집이고 다 쓰러지기 일보 직전이다. 판잣집 동네를 헤매다 보니 빈 집들도 있고 거기 보니 뭐가 적혀 있었다. 자세히 보니 가게가 100만 원에 월 5만 원이라고 적혀 있었고 전화번호까지 있었다. 그때는 전화도 없을 때라 옆에 있는 사람한테 전화 좀 걸어달라고 부탁을 했다.

그랬더니 주인이 가까이 살아서 금방 나왔다. 내가 주인한테 돈이 모자라는데 좀 어떻게 안 되겠느냐 했더니 얼마가 있냐고 묻는다. 있는 것은 50만 원밖에 없는데 편리를 좀 봐 달라고 했다. 가게 주인은 자기가 백만 원을 받을 수 있으니 보증을 서고 일수를 내어 주게끔 해 주겠다고 하며 당장 일수 아줌마를 불렀다. 주인이 책임지고 50만 원을 내면 하루에 6천 원씩 주고, 백만 원을 내면 하루에 12,000원씩 줘야 된다고 했다.

방세 30만 원 받으니까 50만 원을 내서 육천 원씩 매일 100일 동안 끊어 주고 또 필요하면 또 내고.... 알았다고 하고 몇 수년을 필요한 만큼 요긴하게 잘 썼다.

그렇게 해서 빈집이니까 금방 할 수 있고 좋았다. 난곡에 가서 주인한테 방도 빼고 잘 있다가 간다고 했다. '참 좋은 사람 만나서 잘 있다가 헤어지는 것도 복이다'라는 생각이 들었다.

깔끔히 정리하고 오목교에 와서 바로 그릇 몇 개 필요한 것 사서 다시 또 시작했다. 예전 포장마차에서 쓰던 것은 그대로 다 줘 버렸다. 그때부터 목동 아파트 짓는다고 집을 팔고 사고 야단법석이었다. 그때 천만 원만 있으면 헌 집 같은 것 골라잡아 살 수 있었는데 허물어져 가는 집들 비어 있기도 하고, 말도 못 했는데 조금 있자니 부동산이 왕창 올라가고 난리가 났다.

시골에서 우리 막내 3월 3일에 입학시켜 놓고, 10일 만에 신랑한테 맞고서 쫓겨 나왔고, 난곡에서 3개월 다 돼서 오목교를 왔는데 다 정리해 놓고 언니한테는 며칠 지난 뒤에 가서 종옥이한테 들렀다가 난곡에 다시 와서 3개월이나 있다가 오목교에 와서 가게를 얻어 장사 시작했다 했더니 깜짝 놀라면서 그렇게 하도록 몰랐다고 얼마나 놀라던지…….

그때는 전화도 없어서, 가지도 오지도 않으면 모르고, 언니도 바빠서 낮에는 매일 일 나가니까 구경도 못하니 서로가 살기가 다 힘들 때였다. 언니도 아들 셋에다 딸 하나 애들만 넷인데 다락방에 일어서지도 못할 정도인데 아들 셋은 거기서 잠자고 딸은 언니 부부랑 같이 지내고 있었다.

그러고 있는데 갑자기 우리 신랑이 애들 셋을 다 데리고 학교도 안 보내고, 그렇다고 방학도 아닌 유월 말일경에 자기랑 언니네 그 복잡한 집에 와 있는 거였다.

누나들이랑 찾아다니다가 찾을 데가 없으니 친언니니까 들이밀고 있다 보면 무슨 연락이 있겠지 하는 생각에, 낮에 언니 형부 일 나가고 애들 다 학교에 가고 우리 애 셋이 자기랑 있을 거 아닌가.

언니가 제부를 볼 때, 동생 고생만 시키고 힘들게 하는 걸로 보였겠고, 저러다 지치면 가겠지 하고 나한테 연락도 하지 않고 하루 이틀 있는 중에, 형부가 가만히 나한테 찾아와서 동서가 애들 셋을 다 데리고 와서 있으니 처제가 알아야 될 것 같아서 알려주려는 거였다. 나 원 참, 그 소리 듣고 내가 어떻게 가만히 있겠는가.

저녁 일찍 끝나고 언니 집에 갔다. 아무도 없는 대낮에 칼로 애들을 다 찔러 죽이고 자기도 죽는다고 큰 애를 찔러서 팔에 피가 흐르고, 막내는 옷이 찢어지고, 애들을 얼마나 겁을 줬는지 불쌍하고 화도 나고 어떻게 할 수가 없었다. 술 안 먹기로 약속을 하고서는 내 집으로 다 데리고 왔으나 그때부터 실상 전쟁은 시작되었다.

장사를 하려니 그 좁은 데 있으면서 애들은 그 이튿날 학교에 데리고 가 입학을 시켰다. 전학증은 나중에 떼다 준다고 했다. 둘째 딸은 목동초등학교 3학년, 막내는 1학년, 큰 것은 신목중학교인데 일단은 구경만 하고 평해중학교에 다시 가서 교육 구청에 신청을 해 놓고서, 티오가 있고 그 후 연락이 오면 가는 거였다.

큰집에 있으면서 애들이 그동안에 얼마나 설움을 받고 살았는지, 큰집에 있으라니까 먼저 겁부터 낸다. 막내 그 어린 것이 놀다가 좀 늦게 가면 밥때 맞춰서 안 오고 늦게 왔다고 야단이고, 밥을 먹다 밥숟가락 긁는 소리를 내면 듣기 싫다고 소리 지르고, 도대체 평생 키울까 봐 겁을 먹고 있는 것 같았다. 애기들을 얼마나 잡았는지를 고모들이 다 얘기해 줘서 알게 되었다.

그래서 고모가 애들 설움 준다고 한번 되게 난리를 쳤다고 했다. 우리 막내가 학교에 간 지 열흘 돼서쯤 일이었고, 엄마가 없으니 얼마나 그리웠겠는가. 엄마 찾아서 간다고 버스를 타고 울진까지 갔다고 했다. 정류소에 차가 항상 대기해서 많이 있으니까 타고 갔던 모양이다.

울진 정류소에 내려서 사람이 다 가도 마냥 혼자 어른도 없이 그러고 있으니 정류소 직원이 다가와서는 엄마가 없냐? 어디서 왔냐? 물어봐서 이름을 대며 평해초등학교 1학년이라고 말하자, 정류소 직원이 곧바로 학교에 연락을 했고, 1학년에 우리 막내가 있음을 확인해서 그렇게 연락받고 찾아왔다고 했다.

딸은 고모네 집에 가 아빠 밥을 날라다 주느라고…. 곧 죽어도 자기네가 뭐라도 해서 애들 거둘 생각은 안 하고, 초등학교 3학년짜리 한테 밥을 날라다 먹고 사는 아빠가 도대체 세상 어디에 있냐고. 답답한 마음에 결국에는 다 데리고 찾아와서 그때부터 서울 생활이 시작된 거였다.

그 후에 내가 한번 내려가서 큰아들 전학증 떼어 오면서 작은 애들도 다 학교 정리하고 거기 있던 살림은 아무것도 안 가지고 왔다. 겨우 애들 어릴 때 사진과 상장, 그것밖에 가져온 것이 없고, 방세 3, 4개월 안 준 것 정리하고 다 끝냈다. 큰아들은 신목중학교에 넣었다. 그때는 신목중학교를 새로 지어서 전학 온 학생만 받는데 모의고사를 쳐서 1등 한 학교였다.

3회까지 전학생 받는 학교. 신목중학교 2회 졸업생이거나 아파트 사는 전학생만 받는다고 하는데, 우리 큰아들에게 어느 아파트에 사냐? 몇 동에 사냐? 물어서 엄청 힘들었다고 했다.

중학교 2학년이었고 열네 살 정도인데 애들이 다 모르는 것을 손들어 대답했더니, 조그마한 것이 공부는 잘하고 똑똑하니까 집이 어디냐? 너네 아빠 뭐하냐? 그때는 몰랐는데 커서 가끔 그런 소리 하는 걸 보니 엄청 가슴이 아팠다.

신목중학교를 졸업하자마자 양정고등학교가 만리동에서 목동 육 단지에 이사 와서 큰아들이 졸업하던 해부터 양정에서 공부하게 되었고, 학교는 힘 안 들이고 잘 다녔다.

딸내미는 목동초등학교를 졸업하고 목중학교에 들어갔다. 얘네 반 학생은 1,000명이었다. 50명씩 20반까지 대단했었다. 막내아들은 똑똑해서 늘 상을 타 오고 반장, 부반장이어서 바빴다. 그저 가진 게 없어서 힘은 들었어도 애들이 옆에 와서 이렇게 열심히 하니까 힘은 났다.

줄넘기를 하면서 전교생이 다 함께 뛰는데 다들 쓰러지고 마지막에 둘이 남아서 이길 줄 알았는데 결국 쓰러져 2등을 했다고 한다. 아침을 든든하게 먹고 갔으면 1등을 했을 텐데 아침을 굶어서 1등을 못했다 하니 그것도 당최 가슴 아프고 안됐었다.

어머니들끼리 일일 찻집을 한다. 그래서 나, 반장, 부반장, 간부급 엄마들은 티켓을 한 30개씩 팔고 하는데, 나는 직접 그런 것을 나서지는 못해도 엄마들 하는 것 따라다니면서 어지간한 것 흉내는 다 했다.

큰아들 학교에서는 엄마들이 10만 원, 20만 원씩 걷어서 학교에 자금 쓴다고 모았는데 그것도 힘들었다. 나도 한두 번까지는 냈다. 엄마들끼리 모여서 밥도 먹고 육 단지 엄마들 집에 같이 가서 차도 마시고.... 그럴 때 그들 집 안에 들어가 보면 으리으리하고 집도 평수가 아주 넓은 집이었다.

10등 안에 드는 애들의 엄마들은 나중에 불법이라고 찍혀서 그만두었다. 양정학교가 TV에도 나오고.... 학부모들이 돈을 모아서 무얼 한다고 나오는 바람에 끝났다.

그 좁은 단칸방에서 당장에 어떻게 할 수가 없었다. 아파트 짓는 감독들이 한 번씩 들러서 아파트 짓는데 일을 한다는 소릴 듣고, 우리 아저씨(애들 아빠)에게 일 좀 시켜주면 뭐든지 할 수 있다고 부탁을 했다. 나오라고 해서 갔는데 일 부탁 차원에서 대접하느라 실컷 퍼 먹여놓고 돈 한 푼도 못 건지고, 며칠 일하고는 노가다는 힘들다며 어지간히 오래 할 것 같이 했는데 소장, 감독에게 술만 먹였건만 그걸로 끝나고 말았다.

힘들어서 못 하겠다고 안 나가는 거였다. 그러니 어쩐다. 뭐라도 해야 사는데....

나는 포장마차를 그만두고 싸구려 화장품을 집 앞에 놓고 팔았다. 처음엔 곧잘 나갔는데, 그때는 돈 있는 사람이 별로 없고 다 못사는 동네다 보니 여름에는 그럭저럭 팔았는데 겨울이 오면서 유리병이 얼어 깨져서 화장품도 팔 수가 없었다.

그래서 리어카를 구해서 버스 정류장 옆에서 오징어를 구워 팔고 오뎅 국물도 팔았다. 날씨가 워낙 추워져 몸은 옷을 많이 입어서 그냥저냥 참을 수가 있었는데, 발이 워낙 시려워 떨어져 나가는 것 같았다.

겨울을 나고 몇 개월 그 장사를 했는데, 바로 옆에 살던 총각들이 이사를 가야 할 일이 생겨서 헌 옷 작업복을 나보고 사서 하라고 권하기에 솔깃했다. 나는 돈이 한 푼도 없을 때라, 돈이 없어 할 수 없다고 했더니 외상으로도 된다고 말하는 거였다.

팔아서 나중에 돈이 되면 줘도 된다며 맡아서 해 보라고 한다. 자기네는 안산에 집을 사 놓은 것이 있어 들어가야 된단다. 지금은 급하지 않으니, 집도 한 칸 있고 물건하고 몽땅 그것을 외상으로 인수받아서 물건은 집 밖에 내놓고 팔면 되고, 물건 떼는 곳은 중부시장(그곳은 헌옷만 파는 곳)이라고도 알려 주었다. 시장에 내가 필요한 옷만 전화해서 준비해 놓으라고 하고, 약속한 날짜에 가서 부탁해 놓은 만큼만 가지고 오면 된다고 코치해 준 대로 하였고, 이것저것 하던 때와는 달리 그 후로 모든 것이 안정이 되었다.

그 총각들이 나를 살려 준 거나 마찬가지였다. 집도 주고, 물건도 주고, 물건 해 오는 데를 알려 주고.... 그렇게 고마운 사람들이 어디 있나 싶어서 되는대로 모아 우선으로 총각들에게 바로 부쳐 주었다.

가족이 같이 지내기에는 방이 너무 좁았다. 다락은 겨우 기어들어가 잠만 자는 공간으로 만들어서 애들은 밤이면 거기 기어올라가 자고, 아침이면 내려와서 학교 다니고.... 그래도 같이 한집에서 물건 팔고 살림을 하는 것이 좋았다.

플라스틱 바구니 하나에다 애들 옷가지 빨아서 놓고, 진짜 아무것도 없이 새로운 시작이었다.

얼마 있다가 옆에 방이 하나 더 생겼다. 다락 쪽에 물건을 많이 해다가 쌓아 놓고, IMF 터지기 전에는 매일 아침저녁으로 노가다 일하는 사람이 많아서 그걸로 생활해 나갔다. 애들이 그때는 중학생부터 3개월에 한 번씩 학비를 내고 있는데 그런 것도 내 가면서 그나마 잘 살고 있었다. 신랑은 그때 5단지 6단지 아파트를 짓고 일할 때 며칠 나가다가 말았다. 놀고 그냥 있으면 술이나 먹지 말아야지, 참나, 술을 먹고 별짓을 다하고 다녔다.

옆에 젊은 사람이 살았는데, 어느 날은 괜히 술 마시고 그 사람들을 괴롭혀 그들이 고소한다고 난리를 치는 바람에 내가 죄송하다고, 약주를 해서 그러니 이해하시라고, 빌고 빌어 가까스로 넘어갔다.

시누이의 딸 숙이가 은영이 돌이라고 감주를 좀 해 달라고 부탁해서 해 주겠다고 약속을 했다. 솥이 적으니까 조그마한 솥에다가 몇 번을 했다. 신랑이 큰 다라이는 자기가 씨름해서 상으로 탄 다라이라고 주었다. 그때는 물통으로 물을 길어 먹을 때였다. 다라이에다가 감주를 식혀서 통에 넣어 가겠다고 식을 때를 기다리고 있는데, 술 먹고 비틀거리며 소리 지르면서 오더니 한 다라이 가득 감주에서 김이 나는 것을 보고서 눈 깜짝할 사이에 신발을 거기다가 잔뜩 넣어버렸다.

얼마나 기가 막힐 노릇인지…. 다시 할 수도 없고 아침에 가지고 가야 하는데, 형님은 울진 평해서 모든 것을 다 해 가지고 오셨는데…. 정말 약속해 놓고 거짓말을 한 것 같아서 지금도 생각하면 여간 속상했던 일이 아니었다.

그렇게 속을 썩이더니, 설에 우리가 시골을 안 가고 집안 종손이 살고 있는 보광동 칠룡이네를 가게 되었다. 그곳을 가게 된 이유가 있다.

우리 신랑하고 나이는 같고 항렬은 조카다. 조카 어머니가 나한테는 사촌 동서이고, 그때는 계시면서 무당 신을 받아 점도 보고 집에 가 보면 부처님도 모시고 있고 신당도 있었다. 신랑은 그 조카를 만나서 같이 무슨 투자를 하면 몇 배로 남는 것이 있다고 내게 돈을 백만 원만 해 달라 해서 일수를 또 내어서 줬다.

그때는 나도 세상 물정도 모르고, 처음 만났으니 거짓말하겠나 싶어서 해 줬더니 한 달 두 달 세월이 가도 그 돈 소식은 깜깜무소식이었다. 어떻게 됐나 물으면 아직 멀었다고만 하니 하도 답답해서 설날에 일부러 시골 안 가고 거기 큰집을 가 보았다.

윗대 조상이니까 제사도 지낸다. 자기 집을 지키고 사니까....

딸만 둘인데 결혼시킬 때 둘 다 그 후에 다녀왔다.

그 집에 가서는 조카에게 "투자한다 해서 돈을 해 준 것과 진행되는 과정 얘기가 없어서 내가 그것도 알아볼 겸 물어보려고 왔는데 어떻게 되었냐?"라고 하니, 그 조카가 하는 말은 내게 또 충격이었다. "삼촌이 얘기 안했냐?고, 그때 마장동에 가 경마에 투자해서 다 날리고 끝나버렸는데 무슨 소리 하시냐?고, 숙모님은 모르시냐?"라는 그 얘기 듣는데 너무 어이가 없더라고. 내가 물어보지 않았으면 아직까지도 몰랐을 일이지.

알고 나니 차라리 후련하긴 한데 그놈의 백만 원도 일수 100일을 12,000원씩을 갚아 나가던 형편이었는데 계속 모르고 있었더라면 일수 몇 년을 그렇게 쓰고 살았는지 모를 일이었다.

나중에는 신협에서 융통해서 갚아 주고, 그렇게 10년, 20년 쓰고 살았던 것 같다.

신랑은 어느 날, 울진서 같이 자란 친구를 만났는데 동방전기 소장이라 했다. 가끔 만나고 하더니 마침 롯데월드 지을 때 그 친구가 그곳 전기공사를 다 맡아서 한다고 거기 다닌다 하기에 다행이다 싶었고, 고맙다 하고 이젠 정신 좀 차리려나 생각하며 고마운 마음으로 믿어야지 했는데 매일 술이다. 술값을 주다 떨어지면 한밤중에 전화를 해서 돈 얼마 가지고 어느 술집으로 오라고 한다. 참말로 징글징글했다. 그때는 지하철도 없고 버스는 오목교에서 강남까지 가는 것이 있는데, 다닐 시간에 연락하면 그나마 버스 타고 오갈 텐데, 술 마시다 돈 떨어지니 늦은 시간에 연락이 오는데, 그렇다고 안 갈 수도 없고....

택시를 타고 강남까지 2~3만 원 들여가면서도 어떻게 해서라도 전기 공사하는 그 회사에 다니게 하려고 하라는 대로 고분고분 말 잘 듣고 심부름도 시키는 대로 다 해 주었다. 속으로는 욕이 나와도 겉으로는 싫은 내색도 못하고 그렇게 힘들게 하더니, 내 동생 종용이를 거기 입사시켜 놓았단다. 그때 종용이는 군대를 갔다 와서 주유소에 다니고 있을 때였다. 종용이를 불러 전기회사 롯데월드 다니라고 해 줬고, 젊은 애 총각 하나에게도 일자리 해 주고, 아가씨 하나는 결혼까지 시켜 주어 아들 하나 낳고 살게도 해 줬다. 남한테는 그렇게 잘하면서 자기 앞가림은 못하는 그야말로 바보 남편이었다.

맨날 허풍떨고 그 허세 때문에 사람들은 잘 속는다. 어지간히 백만장자처럼 그럴 듯하게 행세하니 처음엔 잘 따라 주다가 나중에는 그 실체가 드러나면 창피해서 더 이상 직장을 다니지 못하고 나오는데, 그 속 그 마음 나도 모르겠다.

　수시로 실컷 술을 퍼마시고 매번 술값 가져오라고 난리더니 직장을 한 달도 못 채우고, 돈은 일한 것은 찾았는지 말았는지 괜히 무슨 일이 있었는지 술에 취해 자고는 아침에 안 일어난다. 그만 그렇게 하루 이틀 회사에 안 가더니만 결국 끝나 버렸다.

　그래도 종용이는 롯데월드 완공 끝날 때까지 다니다가 전기기술 다 배워서 자격증까지 땄고, 전기 회사까지 차렸다. 이후 장가도 가고, 동방전기 간판을 걸고 사무실도 차려서 돈도 잘 벌더니 건축까지 해서 집도 지어 분양하고 나름 잘 나갔다. 그런데 아뿔싸, 호사다마라고 했던가~! 그 시절에 어음 가지고 돌리다 보니 한 군데서 돈 문제가 터지면 돌아가면서 부도가 나게 되고, 동생이 너무 사람이 착해서 이 사람 저 사람 사정을 다 봐주다 보니 혼자 다 끌어안고 가는 것 같았다.

　갑자기 무너지니 수십억이 부도나서 거리에 나 앉게 되었다. 다행히 언니가 천만 원 줘서 보증금 걸고 월세 60만 원짜리로 가서 살게 되었다. 막냇동생에게 그렇게 힘든 일이 닥치다니....

　우리 애들은 어느새 다 커서 각기 직장에 다니며 살게 되었고, 나는 헌 옷 팔아서 사는 것은 그럭저럭 살고 있는데 맞은편에 과일집이 임대물로 나왔다. 그 집 딸이 우리 딸이랑 같이 학교를 다녔기에 아는 집인데 그 과일가게를 팔고 옆으로 옮긴단다. 그런가 보다 하고 있었는데, 가게를 내놓은 사정이 있었던 것 같다. 들어 본즉, 젊은 사람이 한쪽 다리를 약간 저는 아저씨랑 아들 둘 데리고 그 과일가게를 사서 이사를 왔고, 그곳에서 이제껏 장사하던 사람에게서 같은 장사는 안 하기로 약속을 하고 믿는 마음에 김포에서 여기까지 왔는데, 팔고 바로 옆에 가서 똑같은 장사를 했다니 가게를 사 가지고 온 사람이 열받아 매일 싸움을 했겠지. 가게를 팔은 사람이 워낙 억세서 싸우다 싸우다 어떻게 해 볼 수가 없으니, 싸워가면서는 못 살겠다고 나보고 가게를 사라는 거였다.

자기네는 5백만 원 주고 왔는데 나보고는 450만 원만 달라며 졸라서 결국은 450만 원에 외상을 하고 거기를 오게 되었는데 그렇게 넓고 한마디로 대궐이 따로 없었다.

방이 한 칸이고 가게가 넓은 것은 우리가 오면서 방 두 칸을 더 만들고 온돌방도 만들고 해서 큰방은 아들 둘이 쓰게 하고 작은 것 하나는 딸 방, 또 하나는 우리 둘(신랑 각시) 방하고, 가게에는 옷걸이를 해 놓고 작업복과 옷을 팔고, 가게 한쪽은 칸을 만들어서 작은 공간을 마련하였다. 애들 아빠가 놀고 있으니까 땅 관리하는 아저씨가 조그마한 장소이지만 부동산을 한번 해 보면 어떻겠냐고 꼬셔서 그 아저씨랑 우리 아저씨랑 부동산을 같이 한다고 준비했다. 어디 가서 하루 실습하면 수료증을 준다고 했다는데….

그 아저씨는 허가증이 있었나 보다. 그래서 점포를 반 칸으로 나눠 가게를 만들고, 탁자 하나 놓고 의자 놓고 둘이 그때부터 부동산 한다고 시작을 했다. 한 번도 부동산 관련, 팔고 사는 걸 구경도 못 했다. 우리는 그때 돈이 없어 싼 것이 있어도 할 수 없는 형편이었고, 큰집이 그때 평해에서 집을 산다고 알아봤다 하니 그 돈으로 여기 투자하라고 연락했던 것 같았다.

삼익아파트 터에 구옥이 있었는데 28평 기준으로 해서 28평 넘으면 한 평이라도 내 주고 모자라면 모자라는 평수 값을 내고 28평에 한해서 아파트를 지어 45평을 준단다. 돈 한 푼도 안 내고 그렇게 장만하는 집 말이다. 그때 당시 그 구옥을 전세가 8천만 원에 우리가 세 들어 있었는데 집값은 1억 2천만 원짜리였다. 잘하면 전세금에서 조금만 더하면 집을 장만할 수 있는 좋은 기회였다.

시숙이 오셔서 계약했다. 집주인에게 잔금 줄 때 하필 토요일이었다. 당연히 서류를 떼어 보고 줘야 확실한데 그러질 못했다. 요새는 컴퓨터로 떼어 볼 수 있지만 그때는 아날로그 때라, 토요일이면 관공서가 다 쉬니까 서류 없이 믿고 확인도 않고 잔금을 집주인한테 줄 수밖에 없었다. 주고 나니 집주인이 흑심이 생겼던 모양이다. 하필 토요일에 와서는 등기를 확인할 수가 없으니 어쩌리요. 시숙도 강력하게 동생을 믿고 다음에 주라 했으면 고생을 안 했을 텐데....

우리가 등기를 월요일에 떼어 보고 주겠다고 하니 시숙이 굳이 자기가 왔을 때 끝내고 내일 이전하자는 것이었다. 그렇게 울며 겨자 먹기로 잔금을 미리 주는 바람에 이전은 안 되고 일이 낭패로 돌아가 버렸다.

그 이튿날 이전한다고 갔더니, 주인이 전세대출을 6천만 원이나 받았다고 한다. 기가 막힐 노릇 아닌가. 그 돈 받느라고 형사건으로 해서 2천 2백만 원은 받았는데, 나머지 금액은 민사건으로 세월만 끌게 되었다. 그 사람들은 주식하느라고 집 한 채 날려 먹고도 나쁜 짓까지 하고.... 남의 가슴 아프게 하고선 왜 사람을 괴롭히고 못 할 짓을 하는지....

자기네도 못살고 우리도 힘들고 세상 몇 달 동안~1년이 넘도록 법원

일 보느라 시숙이 오시면 주무셔야지, 밥해 드려야지....

처음에는 법원을 형제만 갔는데, 나중에 탄원서를 내 손으로 써서 가져가 내가 판사들한테 하소연했더니 그 방법이 좀 더 먹히자 갈 때마다 나더러 같이 가자고 한다. 계속 따라다니는 것이 그렇게 힘들 줄이야.

나중에 법원으로부터 집주인에게 갚아주라는 판결문은 받았는데 차압이라고 붙이려 해도 소도 언덕이 있어야 비빈다고, 그 집도 주식하다가 그렇게까지 됐으니 판결문 들고 찾아가 보면 뭐 하나 싶었다. 집을 좀 비싸게 샀다고 생각하기로 했다. 큰집은 그렇게 우여곡절 끝에 4~5천만 원을 더 준 듯하게 집을 장만하게 되었다.

아파트 다 지어서 분양했을 때, 큰집이 이사 올 일이 없다며 팔게 되었다. 3억 4천 5백만 원을 받았는데 집값 떼인 것까지 합해 1억 5천 8백만 원을 제하고도 2억 돈이 남았다. 그런데 큰집에서 어쩜 한 푼도 남기지 말고 다 내려보내라고 한다. 분양할 때 팔아 집이 바로 나가서 복비도 하나도 안 들고 실로 득이 많았건만 처사를 그리하니, 우리는 닭 쫓던 개 지붕 쳐다보는 식으로 속이 너무 많이 상했다.

큰집은 김포에다도 땅 조금 포함해서 나와 있는 집을 샀다. 그 집에 사람이 살고 있는 상태로 샀고, 살 때에 조건이, 팔게 되면 비워주기로 한 거였다. 김포 그 집과 땅을 신안아파트 사는 사람하고 바꾸기로 했는데, 약 일 년 지난 뒤에 판다고 비워달라고 하니 살고 있는 사람이 안 비워 주고, 오히려 얼마 내라고 떼를 쓰기까지 하는 거였다.

신안 아파트하고 계약을 1,000만 원에 했는데, 세 든 사람은 안 비워 주고 떼를 쓰며 땅세도 하나도 안 내고 공짜로 살았다. 땅값을 한 달에 얼마 매겨서 땅값 청구를 했더니 천 몇백만 원을 받으라는 법원 판결이 나왔다. 그 소식을 전해 듣고는 살던 사람은 밤에 소식도 없이 언제 갔는지 도망가다시피 해 버렸다.

신안 아파트 사람은 결국 날짜 안에 안 비워 줬다고 천만 원을 내라 해서 우리 돈으로 물어 주었다.

나중에 그 집을 비워서 땅과 집을 다 팔아 큰집에 내려보냈다. 내가 10년 동안 식모살이를 할 때까지는 일언반구 말도 없던 시숙은 미안하니까 2천만 원만 고생했다고 큰 인심 쓰듯이... 그러니까 너무 화가 났다. 돈을 2억, 3억을 벌어서 보냈는데 복비도 제대로 안 주고 다 내려보내라 하다니....

당시 오거리 부동산은 신랑이 다른 아저씨와 동업하던 때였다. 라이프빌라가 매물로 나왔다.

신안아파트 건에 천만 원 준 것은 우리 돈으로 줬으니까 그 대신 천만 원과 시숙이 준 2천만 원 해서 그것도 오거리 부동산 아저씨 빌려줬었는데 혹시 못 받을까 봐 내가 빨리 달라고 닦달을 했더니 신랑이 받아가지고 7천에 나온 라이프빌라를 샀다. 내가 가지고 있는 3천만 원과 전세 4천만 원을 안고 사 버린 거였다. 그렇게 내 집을 사 놓고는 전세금 내줄 돈도 없고 마냥 그렇게 살았다.

그 당시 우리가 사는 동네는 오목교 다리 부근이었는데 집은 무허가라 물이 없어 리어카로 공동 수도에서 6년을 끌어다 살았다. 빨래도 집에서 헹구어 오는 도중 세탁소에 들러 물기를 탈수해서 오곤 했다. 물이 없으니 작업복 청바지 같은 것을 한 100장 정도 빨고 나면 꼭 병이 난다. 너무 힘들어서 강서구청 88체육관 안에 들어 있는 수도사업소에 매일 가서 수도 좀 설치해 달라고 애걸복걸을 했다.

무허가 건물이라 무조건 안 된다고만 한다. 할 수 없이 펌프를 묻어 보려고 우물 파는 장비를 불러서 5m~10m 팠다. 물이 나오긴 하는데 흙물이었다. 먹을 수가 없고, 여기저기 파고 또 뚫어 봐도 흙물만 쏟아지고 맑은 물은 나오지 않았다.

사람을 불렀으니 땅을 판 값만 지불하고 죽기 살기로 수도사업소 쫓아다니면서 졸랐다. 그 사람도 똑같은 사람인데 젊은 아줌마가 매일 쫓아다니니 지겨워서 나중에는 옆집 수도를 끌어오는 수밖에 없다고 나와서 옆에 사는 집에다 부탁해 본다고 했다.

나도 같이 나서서 옆집으로 갔다. 개발하기 전에 은행나무가 큰 것이 있었던 집이었다. 내가 개인적으로 부탁을 하면 걸린다고 안 해 줄 것은 뻔한데, 수도사업소 직원이 와서 부탁하니 안 줄 수가 없지. 결국 수도사업소 직원을 통해 허락을 받았고, 공사는 우리 쪽에서 사람을 대서 다 했다.

어쨌거나 그렇게라도 하니 물만 있어도 사는 것 같았다. 중고 세탁기 하나 쓰려 해도 물이 있어야지. 결국은 아쉬운 대로 수도가 설치된 셈이었다. 그런데 말이다. 그렇게 수고스럽게 여러 번 쫓아다니면서 물을 끌어 와서 수도를 설치해 놓았으면 공사비라도 좀 내고 써야지, 공사비를 하나도 안 내고 동네가 다 쓰면서도 고맙다는 말 한마디 없다. 정말 세상엔 이상한 사람도 많다. 그러거나 말거나 내가 아쉬워서 한 거니까….

수도사업소 직원에게 진심으로 너무 고마웠다. 파는 옷들을 싸게 사다가 빨래만 안 해도 얼마나 살맛 나던지....

청바지는 세탁기에 세제를 많이 넣고 몇 장을 넣어 빨면 어쩜 그리도 잘 빨리는지 신기할 정도였다. 처음으로 세탁기를 쓰니 세상 신났다.

뒤에 공터가 좀 넓게 있었는데 걸레 장사가 들어와서 걸레를 태산같이 갖다 쟁여 놓고 작업해서 팔고 했다.

과일 장수 원 씨가 아직 옆에 빈터에 장 항아리를 조금씩 담아서 갖다 놓은 바람에 늘 구더기가 버글버글했다. 그놈의 항아리를 안 가져갈 거냐고 몇 번 물어봤더니 안 가져간다고 쓸려면 쓰라고 한다. 분명히 얘기해 놓고는 벌레가 버글거려서 보기도 흉한 터라 나중에 사용할지라도 씻어야겠다 생각하고서, 그 안에 있던 것 봉지에 싸서 버리고 깨끗이 씻어서 바싹 말렸다가 안에 두었더니 과일 장수가 어디다 두었냐고 묻는다. 쓰려고 씻어 뒀다니까 자기 거라고 달라고 한다. 안 쓴다고 버린다 할 때는 언제고 남이 고생스럽게 씻고 말리고 해 놓았더니 달란다. 정말 기가 막혔다.

제 물건이라고 달라 하니 할 수 없이 줬는데 내 맘 같아선 '그럼 씻어서 고생했으니 반씩 하자 하던가' 그러나 그건 나만의 생각으로, 원 씨네는 단지가 네 개인데 몽땅 다 가져간다는 것이었다. 세상에 요렇게 얄밉고 얌체 같은 사람이 또 있나 싶었고, 엄청 서운해서 지금까지도 가끔은 생각나곤 한다. 이상한 사람도 많은 중에 항상 나는 '애들이 크고 있으니 나는 남 싫다는 짓은 안 하고 살아야지' 생각하고 살면서 매일 싸워도 남한테 좋은 듯 매일 웃으면서 살았다.

어느 날 옆집에서 작업복 바지를 줄에 널었다며 걷으러 왔다. 자기 청바지 비싼 것을 빨아서 우리 줄에 널었는데 없어졌다고 난리다. 나는 어느 것이 비싼지 모르니까 찾아보라 했다.

날 보고 비싸고 좋은 미제 바지라 갖다 감추었냐고 난리를 해서, 나는 그런 바지는 보지도 못하고, 그리고 청바지가 그냥 청바지지, 뭐가 그렇게 좋은 건지 알 수가 없었다.

그 여자가 와서 꽥꽥 혼자 소리를 지르는 바람에, 우리 신랑이 내게 훔쳤느니 아니니 따져 묻고, 이웃집 여자가 와서 떠든다고 나는 말도 하지 않고 가만히 있는데 사람을 몽둥이로 닥치는 대로 그 도로가에 지나다니는 사람이 다 보게 계속 자기가 직성이 풀릴 때까지 사람을 패는 거였다. 창피해서 도망도 못하게 그 센 손으로 움켜잡고 때리니, 맞은편 건물에서 술장사하는 사람이 계속 보고 있다가, 사람이 자기 부인을 저렇게 때릴 수가 있냐고 아줌마 죽겠다고 기겁을 할 정도였다.

우리 엄마가 그때 마침 오셨었는데 한참 있다 보니 없어지셨다. 나는 엄마한테 좀 말리지도 않고 어떻게 그냥 갔냐고 원망했더니, 하도 심하게 때리고 있어 엄마가 말려도 소용이 없을 것 같고 해서 아들들 데리러 갔다 하셨다. 가면 뭐해 안 오고 만 걸.......

남편이라는 자는 때리다 자기가 지치면 술이나 퍼마시고, 그때는 때리지만 다시는 때리지 않고 살겠다는 말은 하지만, 그건 언제나 생각뿐. 이젠 너무너무 지겨웠다.

영등포역이 옛날에 있던 역사를 없애고 새 역사를 짓고 있을 때였다. 누군가가 양말 공장이 부도가 나서 없애려 한다며 그것을 용달로 한

차 싸게 줄 테니 앞뒤를 꿰매서 팔아 보라고 한다. 손으로 할 수는 없는 일이라 을지로 작업복 하러 다니는 길에 봐 뒀던 미싱 오바르크 가게에 가서 미싱과 오바르크 기계를 중고로 사서 집에 가져왔다. 양말도 팔아서 주기로 하고 한 차 가득 가져왔다. 한 번 뒤집어 꿰매면 또 한 번 뒤집어야 하는 작업인지라 우리 애들한테 아르바이트를 하라고 했다.

한 켤레 10원, 10켤레면 100원, 그래도 학교 갔다 오면 애들이 뒤집어 주어 조금은 수월했다. 그 작업 끝나면 영등포역 새로 짓느라 밑으로 돌아가게 길을 만들어 놓았는데 그곳에서 팔곤 했다. 나 말고도 다른 것 파는 장사꾼이 많이 있었다.

길옆에 양말을 한 보따리 갖고 가기만 하면 10켤레 1,000원씩에 다 팔고 오곤 했다. 싼 데다, IMF 터지기 전이라 작업복이고 작업 양말이고 많이 팔았다.

하루는 양말 팔러 갔다 왔는데 딸을 얼마나 때렸던지 빗자루 삽자루는 다 부러지고, 애는 울어서 눈이 퉁퉁 부어 있었다. 왜 그러냐고 물었더니 들어가는 입구에 통닭 장사가 있는데, 그 집 애가 우리 미수랑 같은 반 아이인데 자꾸 애를 갈구고 집으로 쏙 들어가고 하니 문을 집어 찼던 모양이다. 그러는 중에 유리가 깨졌다고 애를 그렇게 팬 거였다. 아빠라는 사람이 그 유리를 맞춰 줄 수도 있으련만, 6,000원밖에 안 했는데, 딸아이가 머슴애랑 싸웠다고 그렇게 별나게 때렸으니 가족이라고 조금도 생각하는 것이 없는 늘 자기 기분 내키는 대로 사는 사람이었다. 욱하면 뒤는 생각도 안 하는 사람이었다.

부동산을 같이 하던 아저씨가 부인이 새벽에 교회에 나가다가 풍을 얻어서 아저씨가 다 해 줘야 된다고 이제 부동산은 그만두고 그곳을 신발가게로 만들어, 일하는데 필요한 신발은 다 갖다 팔았다.

안전화, 농구화, 운동화, 여러 가지 동대문 신발 도매상가에 가서 물건을 해 가지고 오자면 지하철을 타고 머리에 이고 손에 들고 여간 힘든 것이 아니었다.

옷을 워낙 많이 하니까 용달로 싣고도 오지만, 신발은 그렇게 많이 안 하고 필요한 것만 구색을 맞춰 가져오려니 그렇게 힘들게 오갔다. 오면 집에서 늦게 왔다고 야단만 치고, 밥때 넘겼다고 소리 지르고, 자기 입 하나인데 있는 밥 찾아 먹으면 될 것을.... 너무도 야속했다.

우리 집 바로 옆에 아들을 셋이나 둔 아저씨 한 분이 계셨다. 하는 일은 아주머니들을 식당 같은 곳에 소개해 주는 소개소라고 했다. 아줌마들이 왔다 갔다 해도 뭐하는 곳인지 물어보지도 않고 있었는데 나중에 일하는 아줌마들을 소개해 준다고 했다.

지나다 보면 그냥 인사 정도 하고 지내고 있었는데, 하루는 갑자기 오라고 부른다. 그러더니 눈썹을 어찌하려고 무조건 누우라고 한다. 내가 눈썹이 별로 없으니 어떻게 해 주려나 싶어서 잠깐 눈 감고 누워 있었더니 따끔한 자극이 느껴진다. 아프다고 했더니 별것 아니라며 조금만 참고 있으라고 한다. 한참 있다가 다 했다고 일어나라 해서 보니 약간 부어 있었고 이상했다. 그리고 나서는 2만 원 달라고 하는 거였다.

나한테는 돈이 얼마이니까 할 거냐 말 거냐 물어도 안 보고 내 눈썹을 자기 맘대로 만지고선 돈을 달라고 하니... 참나~ 어이가 없었다. 내게 눈썹 문신할 거냐고 물어보면 안 할 것 같으니까 일부러 그렇게라도 해 주고 싶었다고 말하는 데는 어쩌리.... 그래서 2만 원을 주었다.

따지고 보면, 내게 허락받으려고 했으면 나는 분명히 안 한다고 했을 게 뻔했다. 고맙다는 생각이 들어서 두말하지 않았다. 며칠 지나서 보니 화장할 때도 눈썹 그릴 일도 없고 너무 좋았다. 남의 덕에 얼떨결에 문신을 하긴 했지만, 그 후로 부기가 더 빠지고 나니 외려 그때 그렇게 하길 잘했다는 생각이다.

그럭저럭 몇 해가 지나가고 어느 날, 걸레 장사가 포장을 둘러쳐 놓고 아주머니들이 골라 면 걸레 묶어서 팔고 있었다. 나일론은 골라내어 그 것은 그것대로 쓰는 데가 있고, 늘 사람이 들락거렸다. 겨울에 연탄난로를 피워놓고 불을 갈고서는, 재에 불씨가 남아 있는 것을 그 옆에 놓았던가 보다. 바람이 부니 불이 붙어 사방에 불꽃이 튄다.

먼저 소방서에 연락해 놓고 얼른 가스통을 잠그고, 우리 애들 방 쪽에 작업복을 많이 해다가 놓을 자리가 없어서 밖에다 천막을 덮고 쌓아 놓았는데, 책꽂이랑 책이랑 그것이 탈까 봐 겁이 나서 어떻게 할 수도 없고, 발만 동동 구르고 벌벌 떨고 쳐다만 보고 있었다.

그때 마침 소방차가 와서 물을 뿌리고 불을 끄고 나니 다행히 우리 집으로 불이 건너오려는 찰나에 소방차가 와서 불을 꺼 주어 하나도 타지도, 다치지도 않았다.

아는 사람들이 와서 이것저것 조금은 옮겨주기도 했는데, 이구동성으로 착하게 사니까 하늘이 도왔다고 모두에게서 인사 정말 많이 들었다. 맨날 신랑한테 혼나고, 찍소리도 못하고 애들을 챙기며 사는 것이 안타깝다고 이웃집이 이미 알고 있었다.

그날 이후 옆에 불이 나서 탄 사람들은 다 떠나버렸다. 걸레 파는 집은 불을 냈으니 다시 할 수도 없고, 옆에 소개소도 반 이상이 타서 대충 꾸며 사람만 살고, 소개소는 다른 곳을 얻어서 영업하였다.

나는 아들들 둘 다 결혼할 때까지 예식장에 가 주었다.

우리 동생네가 치와와 강아지 두 마리를 엄마가 다니시는 교화원에서 가져와, 암놈은 자기네가 키우고, 우리 신랑이 할 일 없이 심심해하니까 키우겠다고 하여 수캉아지를 가져와서 매일 안고, 씻고, 이쁘고 귀엽게 키웠다.

나는 매일 바쁘니까 쳐다도 안 보고 남편이 혼자 씻기고 밥 주고 애들도 학교에 다니느라 강아지를 돌볼 시간은 없었다. 큰 개도 한번 길옆에 집을 지어놓고 잠깐 키웠다가 팔았다.

누가 지나다 팔라고 졸라서, 먹는 것도 벅차고 길가에 지나다니는 사람들이 냄새 난다고 하는 말도 듣기가 싫어서 팔고 없앴는데, 새로 데려온 그 강아지는 다 커도 조그마하고 일단은 원해서 가지고 와서 키우게 되었다. 어쩌다 내가 뽀뚱아 하고 부르면 말귀를 알아듣는 양 그렇게 좋아하면서 날뛸 수가 없었다.

이름은 '뽀뚱이' 이쁜 이름이다.

우리 큰애가 고등학교 다닐 때 시어머니가 돌아가셨다. 어머니 환갑년에 락이가 태어났으니 고등학교 2학년 때 77세, 함자는 안의봉, 10월 26일 날짜도 잊지 않고 기억하고 있다. 아버님은 내가 결혼하기 전에 돌아가셨고 7월 12일 제사 날짜만 기억하고 있다.

어머님 돌아가셨을 때 신랑하고 내려가서 수많은 일이 있었지만, 부모님의 일이니 집에서 잘 치르고, 산소는 영주의 시아버님 옆에 가지런히 해 놓았다. 그때까지도 시매부가 계시고, 잘해서 산소도 쓰고, 처음에 애들하고 아빠랑은 추석에 항상 영주로 가는데 나는 기제사 추석에나 울진 집에 갔다.

큰아들 장가가기 전까지는 평해까지 버스를 타고 다녔다. 그러려면 아침에 집에서부터 7시에 나선다. 그때는 오목교 지하철이 없었던 때라 버스를 타고 강변역까지 가려면 두 번 갈아 타야 해서 일찍 나가야 한다.

문래역이나 영등포구청이나 2호선을 타야 강변역까지 가니 한두 시간을 미리 나서는 거였다. 거기 가서는 백암온천 가는 9시 아침 첫차를 탄다. 워낙 멀으니 하루에 두 번밖에 안 다니는데, 아침 9시 첫차를 타면 오후 4시나 도착하게 되고, 조금 막히거나 연착되면 5시가 넘을 때도 있다.

한번은 가다가 길이 험하고 눈이 많이 오고 해서 10시가 넘어서나 들어간 적도 있었다. 내가 가야만 그 시간부터 시장을 보고 이것저것 준비해서 제사를 지내게 되니, 그릇에 차려 올리기만 하면 될 정도로 만반의 준비를 다 해야 했다.

그러던 중에도 미경이가 대구 가서 공부하다 미술학원 차려서 한다고 하더니 갑자기 연애해서 결혼한다고 했다.

우리 시숙이 바닷가라 일거리가 많다고 발파 면허시험에 합격해서 면허를 따자, 우리 신랑도 덩달아서 딴다고 한다. 몇 사람 같이 갔는데

기왕 면허에 관심이 있다면 글자 한 자라도 책을 보고 공부해서 면허 취득할 생각은 않고, 같이 간 사람 밥 사 주고, 잠재우고, 술 사 주고....

무슨 백만장자 따라다니면서 뒤치다꺼리하는 사람처럼 말이다. 같이 간 사람들은 면허를 다 따가지고 오는데, 창피하지도 않은지... 나중에 같이 간 사람이 다 얘기해 주어 알게 되었다. 실컷 얻어먹고도 욕하는 것은 뭐냐고~!

똑같이 같은 목적을 가지고 갔는데, 다른 사람 공부할 때 술 먹고 화투 치고 같이 간 사람 돈 다 대주고 자기네가 계산한다는 데도 미리 낸다고 설치며 미리 돈을 내버리고, 얻어먹고도 미안하니 다 얘기를 한다.

기왕지사 그럴진대는, 면허증이라도 따가지고 왔으면 다행이련만, 그것도 못 따고 다른 사람들은 다 합격해서 왔는데.... 뭐 하는 사람인가 당최 모르겠다.

시숙께서는 그 면허를 가지고 방파제 작업을 해서 돈을 엄청나게 벌었다. 그해 평해에서 최초로 아파트를 지었는데 도화맨숀 202호를 사서 이사하고, 그 집에다가 자개장 세트로 몇천 만 원 주고 사들이고, 미경이 결혼 시키는데 처음이라고 오만 것 다 해 주고, 시집에 보내는 음식도 30박스가 넘게 해 주었다.

미경이가 어릴 때 고생을 많이 하며 자란 것을 봐서 그런지 내가 봐도 그애에겐 그렇게 해 주는 것이 좋았다. 나도 작은엄마라고 한복 한 벌을 해 주었다. 그때는 집에서도 음식을 하고 신랑이 대구 사람이라 대구에서 결혼식을 했다.

조카사위는 남의 안경점에서 직원으로 있다고 했는데 사람이 키도 크고 말끔했다. 막내아들이라 하고 걸릴 데도 없고 노래도 잘하고, 어른한테도 잘하고, 참 우리 조카딸이지만 어려서 같이 있으면서 온갖 겨울 고생은 다 했으니 잘 가서 좋고 고맙다는 생각이다.

미경이 어릴 때 우리 시숙은 자주는 안 싸우는데 한번 붙었다 하면 우리 형님이 돈 보따리 가지고 집을 나가서 미경이랑 나하고 둘이 그 수발을 다 해야 되는 때도 있었다.

정류소 사람 밥해 먹이다 없어지면, 때 되어 사람들이 올 것 아닌가. 어쩔 수 없이 준비해서 차려줘야 하니 그렇게 하다가 내가 형님 간 줄도 모르고 있을 때가 있었다. 그러면 미경이가 혼자 준비해서 줄 때가 있었다. 사는 것이 모두 다 그렇게 겪고 사는 것인가 싶었다.

시숙도 매몰찬 사람이다. 100원을 쓰면 1,000원이 생기고 천원을 쓰면 만 원이 이익이 있어야 되는 사람이다. 절대 손해 볼 짓은 안 하니까 동생하고 안 맞아 서로 얼굴도 안 보려 하니, 내가 맨날 빌고 잘못했다 하고…. 시숙한테 비는 사람은 이 세상에 아마 나밖에 없을 것이다.

둘째 시누이 떡방앗간에 시매부가 옛날에 경찰하고 잘나갔었나 보다. 내가 갔을 때부터는 아무것도 안 하고, 큰소리만 치면서 쉬는 기간이었는지 그런 모습만 보게 되었다.

정치가 바뀌면서 운동하던 사람이 떨어지고 반대쪽이 되는 바람에 실업자가 되었다고 한다. 그러면 형님이 떡방앗간을 하니까 도와서 같이하면 될 텐데 형님은 사람을 써야 할 형편인데, 그것은 하지 않고 밖으로만 나돌면서 나 몰라라 하고 큰소리만 치니 좋아할 식구가 어디 있겠는가. 그냥 그러거나 말거나 본인이 하고 싶은 대로 두는 것이 서로 편하다는 생각이 들었다.

큰아들 용환이 결혼시킬 때는 시골에서 뻑적지근하게 했다. 사돈들 한번 오면 상다리가 부러질 정도로 나는 새각시 때라 참 대단하다고 생각했다. 우리 할아버지가 계셔서 멀리 못 가고 우리 집 마당에서 결혼식을 했다. 할아버지 중풍 때문에 걸음을 못 걷는 데다가, 또 그때는 다 결혼을 그렇게 대부분 집 마당에서 하던 때였다.

1973년 10월 30일에 결혼하고 그해 12월 18일에 할아버지가 돌아가셨다. 나 태어나던 해 중풍에 걸려서 내가 25세에 결혼하고 나니 두 달도 안 돼서 세상을 떠나셨다. 어른들이 나 결혼하는 것 보고 가시려고 많이 참고 기다리셨다고들 후일담이다. 그때까지 말씀도 잘하시고 다리만 못 쓰실 뿐이지 정신은 맑으셨는데....

결혼할 때 동네 청년들이 새신랑 거꾸로 매달고 발바닥을 때리는 게 다반사였는데, 그것은 그래야 먹을 것이 생기고 잘산다며, 그렇게 새신랑을 다룬다고 하는 풍습에서였다.

시골에서는 오빠 친구들이랑 내 나이, 언니 또래 친구들이 서로 비슷하면 대부분 같이 어울린다. 젊은이들이 엄청 많이 모여서 신랑 발바닥 때리는 작업을 시작하려는데 할아버지가 손도 못 대게 하셨다.

내가 말을 잘 듣고 착하다고 이뻐하셨다. 그 손주사위를 손도 못 대게 호통을 치시는 바람에 아무것도 못하고 술만 먹고 갔다. 또래들은 잔뜩 벼르고 모였는데 그 재미난 행사를 제대로 해 보지도 못하고 허탈하게 헤어졌다.

먹을 것은 실컷 갖다줘서 마음 놓고 먹고 가라는 바람에 나도 꽤 겁났었는데, 끝나고 하루 더 있다가 3일 만에 시집이라고 돌아왔는데, 쪼그마한 양쪽 방이고 중간에 부엌, 그렇게 시집살이가 시작되었다.

울진 석류굴 바로 앞에 시어머니가 다른 둘째 시누이 옆에 와서 살림이라고 차렸는데, 어머니가 쌀과 보리쌀 한 말씩인가 사 주고는 영주에 어머니가 낳으신 큰 시누이 집에 흥덕이 네 살 먹은 것 지팡이 삼아 앞세우고 매일 거기 가서 계셨다.

영주에서 오시면 울진에 가서서 어머님 친정집에 가 계시고, 형제들이 6형제나 되니 여기저기 다니시며 집에는 잘 오지 않으셨다. 그때는 큰집도 일정한 집이 없고, 도로공사 함바집 할 때마다 따라다니며 베니어판으로 학고방을 짓고 살았다.

겨울에는 공사도 추우니 쉬고, 여름에는 날씨가 따뜻하니 하고, 비 오고 궂은 날은 못 하고 그렇게 해서 함바집을 시작, 어머니랑 같이하게 되었다.

일을 안 하고 쉴 때, 시이모님, 형님, 제일 큰집 큰어머님한테 인사도 하고, 큰댁도 알 겸 어머님을 따라가게 되었는데 사촌 종동서가 애기를 업고 있었다. 그런데 애기 머리가 문어처럼 흐물흐물 앞뒤로 빙빙 돌아가고 있잖은가. 나는 그것을 보고 너무 놀라 집에 와서 우리 신랑한테 애기 머리가 돌아가더라고, 이상하다고, 왜 그러냐고 물었더니, 신랑이 대답해 주기를, 시숙 사촌 형님이 군대 가서 전사를 당했단다. 그리고 돌아가신 지 꽤 오래되었는데 형수가 바람을 피우다가 임신이 되었단다. 집에서 어른들 알까 봐 지우려고 독한 약을 먹었는데 그 때문에 애기가 뼈는 다 녹으면서도 숨은 붙어 있는 째로 나온 것이 그렇게 된 거라고 한다. 정말 어른이 잘못해서 나온 이상, 죽이지도 살리지도 못할 그런 인생이 되어 버린 거였다. 여자아이라고 하였다.

그리고는 내 삶이 힘들어 잊어버리고 있다가 집안에 무슨 일이 있으면 다 모이게 되는데, 그때 그 아이가 생각나면서 어떠냐고 물어보게 되었겠지~. 그러면 그냥 그대로 살아 있다고 큰딸 결혼할 때까지도 잘 있으면서 그 아이도 성장했으니 멘스도 하고 여자들 하는 것은 다 하고 산다고 했다.

그렇게 세월이 흘러 30이 넘어서까지도 살았는데, 30몇 살 되어서 하늘나라로 갔다고 하였다. 옆 사람은 얼마나 힘들게 살았을까? 목숨이란 꼴깍하면 파리 목숨보다 약한 것 같은데 사람 구실 못하면서도 30년을 넘게 살았다 생각하니 인간 생명이 참 대단하다고 느껴져 정말 좋은 세상 살면서 무엇이든 아름답게 생각하면서 살아가야겠다는 마음이 들었다.

우리 할머니는 할아버지 돌아가시던 해에 치매가 걸려서 12년을 그러고 사셨다. 우리 엄마가 15세 어린 나이에 아버지 한 분 따라서 시집을 와서 어르신 중풍에, 치매에, 얼마나 고달팠겠는지 짐작이 간다.

아버지는 아버지대로 나돌아다니고 그러면서 우리 다섯 살씩 차이 나도 일단 낳아서 키웠으니, 우리 6남매인데 종옥 밑에 종무라고 정말 똑똑한 애가 일곱 살이 되어서 가 버린 것이다.

아버지가 괜히 정을 떼려고 그러는지 엄청 미워하고 때리고 그랬다. 지금도 눈에 선한 어린 동생이었는데, 가끔 생각날 때가 있다.

할머니의 치매는 겉잡을 수 없었다. 시골인데도 처음에는 집에 계시라고 두고 들에 갔다 오면, 소죽 끓이는 가마솥에 쌀로 밥을 한가득 해 놓고, 울타리 남의 밭이 있는데 곡식을 잔뜩 뽑아다 놓는다. 불날까 봐 겁나서 들에 옆에 모셔다 놓고 가만히 계시라 하면 도망가서 도대체 찾아다니느라 갖은 고생을 하곤 했다.

막냇동생이 나랑 띠동갑인데, 그 동생이 마이크를 사다가 놓고 할머니가 집에서 없어지면 마이크로 소리를 질러서 이웃 사람이 찾아올 때도 있고, 찾으러 나갈 때가 많았다. 동생도 힘들고, 붙잡고 있을 수도 없고, 정말 기막힐 노릇이었다.

엄마가 이불 빨아서 꿰매놓으면 다 따서 홑청을 물에 갖다 담가놓고 우리가 무얼 사 가지고 가면 할머니는 우리 왔다고 소리치면서 "누구세요?"라고 하던지, 먹을 것을 드시라고 하면 단지 안에다가 감추어 버리고…. 그렇게 12년 동안을 사셨으니, 어른들 병환이 끝날 무렵에 우리 엄마는 환갑이 넘어 있었다.

할아버니 중풍 간병에 25년 세월과 할머니 치매 치다꺼리에 12년 세월을 지냈던 것이다. 15세에 시집와서 병 수발에 애들 키우고, 또 자궁이 아파서 막냇동생을 낳고 자궁을 몽땅 들어내는 수술도 하였다.

그때는 빼빼 말라서 송장 같았다는데, 마침 집에서 키우던 염소가 있어 기력을 보충 좀 해야 된다고 하며 한 마리 잡아서 드렸는데, 기름기가 다 빠져서 먹으면 설사를 하니, 몸에 안 맞는다고 식구들이 먹고 말았단다. 할머니는 엄마의 정성값인지 어쩐지 그렇게 세월이 지나다 보니 살아나서 91세까지 사셨다.

치매 할머니가 12년 동안 숱한 애간장을 다 녹이다가 12월 20일에 돌아가셨다. 사망일이 할아버지랑 이틀 차이밖에 나지 않는다.

그때는 우리 큰아들과 딸은 두고 막내만 세 살인가 해서 데리고 왔다. 와 보니 집에 다들 모여 있고 손님도 많이 와 계셨다. 엄마가 동생 장모님 오셨다고 인사를 시켰다. 종옥이 장모님이고 우리 둘째 사위라고 인사하라고….

그럼 인사만 하면 그만인데 인사하고 나오더니 신랑은 나한테 따지듯이 볼멘 소리로, "종옥이 장모면 장모지 뭐가 그리 대단한 사람이라고 인사를 하라고 하나"라면서 삐쳐서는, 날 보고 오려면 오고 말라면 말란 식으로 횡하니 내뺀다.

음력 12월이니까 눈은 쌓여 태산인데 나도 참 어리석었다. 그렇게 가니 겁이 나서 막내아들을 업고 부랴부랴 뒤를 따라나섰다. 녹동 삼거리까지 가야 울진 가는 버스를 타는데, 애를 업고 가니 미리 나선 사람 따라서 가느라 허둥지둥 미끄러지고 헤매면서 겨우 삼거리에 도착했다. 시골이니 버스가 빨리 오기나 하냐고…. 벌벌 떨면서 마냥 기다리다가 버스를 타고 울진까지 오니 초상도 안 치르고 왜 벌써 왔냐고 또 야단이다.

세상에 할아버지 돌아가셨을 때도 한번 비슷한 일이 있었다. 그때는 결혼하고 두 달도 안 돼서 친정에 초상 치르러 갔는데, 외사촌 오빠가 내 신랑이라고 좋다고 반가워서 향란이한테 잘해 주고 잘 살라고 몇 마디 했더니 자기가 뭔데 이래라 저래라 하냐고 삐쳐서 또 간 적이 있었더랬다.

그때는 애도 없고 결혼한 지 얼마 안 됐을 때였고 내가 울면서 빌면, 할 수 없이 따라서 오긴 했다.

여태까지 살면서 친정에 가서 자고 온 것은 큰아들 낳을 집이 없어서 간 거였는데, 데리러 온다고 했으니까 어련히 때가 되면 오겠지 기대했지만 오지 않았다. 그때 아직 공사장 함바집 하느라 바쁜 때였으니까 7월 24일 우리 큰애 춘양병원에서 낳고, 국밥 한 그릇 먹고 바로 퇴원했다. 그때는 낳는 병원비가 아들이면 2만 원도 아무 소리 안 하고 다 주고, 딸을 낳으면 깎는다는 우스개 얘기가 있을 때의 얘기다.

집에 와서 나는 입덧 같은 것은 없으니까 미역국이랑 뭐든지 잘 먹고 있었다.

우리 할아버지 1일, 15일 삭망 제사를 지내는 팔월 초하룻날이다. 우리 집에는 디딜방아가 있어서 종일 떡가루를 발방앗간에 빻아서 송편을 하루 종일 만들고 찌는데 사람이 여럿이 있다 보니 에피소드도 왕왕 있었다. 우리 종숙모와 작은엄마가 그날 웬일로 와서 거든다고 하더니 떡을 앉히고 물을 붓지 않아서 떡이 새까맣게 타버렸다.

엄마랑 작은엄마가 큰집 숙모님까지 모셔서 서로가 물 부은 줄로만 알고 있다가, 불을 잔뜩 때는 중에 타는 냄새가 진동하고 보니 물이 없어 그 모양인 걸 나중에서나 알았던 것이다. 나는 애기 낳은 지 얼마안 되는데, 그걸 알고선 종일 고생한 것이 물거품이 되매 헛웃음이 나와 죽을 뻔했던 게 기억난다.

지금 생각해도 얼마나 속상했겠나 싶다. 아버님은 종일 했던 떡이 어찌 상에 안 올라오니 잊어버린 줄로만 알고 궁금해하시며 가져간다고 달라시고.... 정말로 난감했었던 사건이었다.

그 세월이 지나 수없이 해가 바뀌고 세월이 흘렀다. 서울이란 곳에 살면서 새해가 와서 설을 쇨 때는 조상님께 차례를 올리고 하는 것이 절차요 도리다.

추석이 되어 시골을 가자면, 신랑은 큰아들은 데리고 영주에 산소가 있으니 벌초를 해야 하는 고모네 집으로 가고, 나는 우리 막내를 데리고 안동으로 가서 버스 정류소에서 영덕으로 가는 버스를 타려고 가게 된다.

먼 거리다 보니 점심을 해결하고 가야 한다. 서울에서 청량리역까지 새벽에 아무것도 못 먹고 가면 배가 많이 고프다. 그러니 안동에 내려 버스 정류소를 조금 돌아서 있는 비빔밥을 파는 식당에서 해결한다. 싸고 제일 먹기 편하니까 몇 년 동안은 그것만 먹고 갔다.

막내아들이 좀 커서 산소에 아빠랑 다닐만 할 때는 아들 형제 데리고 산소에 풀 베러 가고, 딸애는 나랑 같이 가서 부침 준비를 해서 주면 조용히 앉아 잘 부치며 제법 엄마의 손포를 덜어 주곤 했다. 그 시간 나는 혼자 하던 것을 도와주니 고기 찌고 나물국 끓이고.... 딸 덕분에 얼마나 고맙고 수월했는지 모른다.

항상 이것저것 혼자서 다 했다. 가게에 밥 챙겨다 드려야지, 빨래 같은 것 세탁기에 넣어서 돌려야지, 청소해야지.... 형님은 명절에는 장사가 더 잘되니까 눈만 뜨면 욕심에 가게로만 나가신다.

집은 엉망이든 말든 신경도 안 쓴다. 명절 때 아니면 촌에 그렇게 바뻘 일이 없겠지만, 백암온천이라 서울 사람 오면 오징어야 마른고기야, 하루에 매상이 4백만 원 5백만 원 하니 어찌 안 그렇겠냐고.... 그러니, 눈으로 보면 청소야 빨래야 안 할 수가 없었다.

장사 끝나고 집에 오면 씻고 자기가 바쁘다 매상을 4, 5백만 원 올리려면 얼마나 많은 사람과 씨름을 했겠냐며 한바탕 설명이다. 아침에 일어나면 접시에 다 담을 수 있도록 나는 밥하고 준비만 해서 드리면 담아서 상에 올리게끔 그러면 되는 줄 알고 있었는데, 한번은 차가 막혀 늦게 10시 넘어서 갔다가 혼나고, 밤이 새도록 준비해서 아침 차리도록 해 놓았다.

다른 때는 시장도 봐서 했는데 늦게 간 날은 마침 시장은 봐다 놓으셨더라.

삼십 년을 다니다 보니 이런 일 저런 일 얼마나 많은 일이 있었겠는가.

또 한번은 추석에 제사 차린다고 갔는데 그때는 혼자 갔었다. 아버님이 기성에 와 계시면서 여기저기 한문 선생도 하며 풍수지리학 공부도 많이 하고 계셨다. 우리 할아버지 할머니 내외분 산소를 다른 곳에 모셨다가 아버지는 당신이 살아 계신 동안 어른들 산소 자리나 옮겨 놓아야 마음이라도 편할 것 같다고 늘 그러셨다.

그런 고로 할아버지 산소를 처음에는 기성의 어느 높은 산에 모셨는데, 처음에 뫼신 곳은 차를 밑에 세워놓고 한 시간을 걸어서 올라가야 하는 거리였다. 그다음 해에 갔더니 바로 밑에까지 도로가 나서 산소까지 자가용이 갈 수 있었다. 얼마나 신기한 일인지....

아버님은 그것을 진즉에 알고 그곳에 할아버지 묘를 쓰신 것 같았다.

아버님이 교화원에서 한문도 가르치고, 교리고 가르치고 하느라 여기저기 거주지를 옮겨 다니셨다.

교화원 본교는 대구에 있는데 지역마다에도 다 있다. 엄마는 영등포에서 다니고, 아버님은 진주에도 계셨고, 김천도 계셨고, 여기저기 다니며 선생님 하시면서 여기도 부모님 산소가 있으니까 옆에 계시면서 자주 가 보려고 지원하셨다고 했다.

거기에 계시길래 추석이니 잠깐 가 보고 오겠다고 동서한테 얘기하고 갔다. 평해서 기성까지는 몇 정거장 안 된다.

동서에게 허락을 받고 가 보니, 추석이라 오빠가 오셔서 같이 시장을 보게 됐다. 시장하실까 봐 밥을 먼저 해결하고 시작하려고 했던 것 같다. 나는 밥은 안 먹어도 되니 식사할 동안에 준비하느라고 소금 간을 약간 해서 닭 찌고, 고기 찌고, 부침개 부치고, 국 끓이고 조금씩 해서 금방 다 끝냈다.

그런 것은 해마다 해서 길이 났다. 얼른 다 해 놓고 나니 아버님도 처음이라 어찌해야 될지 몰랐었는데 너무 고맙다고 하신다. 나도 마음이 뿌듯하고 기뻤다. 아버님으로부터 고맙다는 말은 처음으로 들었다.

모든 것을 마치고 평해 시집에 와서 제사 음식을 정신없이 장만하느라 바빴지만, 잘했다는 생각이 들었고 할아버지 산소에도 한번 가 보고 싶었다. 울진까지 늘 가도 거기까지는 아직 허락이 안 되는지 그동안엔 한 번도 못 가 뵈었었다.

동생이 사방 다니면서 한번 구경삼아 가자고 했는데, 종옥이도 바쁜지 약속은 했는데 아직도 소식은 없다. 우리 시매부님도 뭐가 바쁜지 매일 그렇게 쫓아다니시더니, 갑자기 영주에서 손녀딸 신영이 돌이라고 사과를 한 박스 부쳐 놓고 한 삼 일 있었는데 집으로 오셨다.

왜 쓸데없이 영주까지 가서 사과를 부쳤을까.

집으로 와서는 손녀 첫돌이라고 간다고 나가셨대. 그리고는 애 돌날이 돼도 안 오셨다. 영주에서 집에 간다고 나온 사람이 왜 안 오실까? 도무지 소식도 알 길이 없었다. 그런데 얼마가 지난 뒤에 동네 사람이 나무하러 산에 갔다가 시매부 시체를 발견해서 알 수 있었다.

거기는 차도 없고 걸어서 가야 하는 산인데 힘들게 그 산에까지 올라가서 죽었을까? 그때까지의 생각을 해 보았지만 너무 어이없는 일이었다. 왜 멀쩡한 사람이 그렇게 생을 마감했을까.

시매부의 사체를 모시고 왔다. 밖에서 죽은 사람은 집으로 못 들어간다고 해서 논 있는 사거리에 천막을 치고 우리 신랑이 신체를 지키고 있었다. 매형 시체를 지키고 있으니 문상객들이 오는 사람 가는 사람 술 한 잔, 한 잔 권했는지 얼마나 마셨나 술에 취해 말을 못할 정도였다.

신랑이 술에 취해서는 큰집 정류소 여인숙이고, 가게고, 그 힘센 주먹으로 가게 유리문을 주먹으로 다 깨고, 2층 여인숙 문은 발로 뻥뻥 다 집어 차서 깨부수고, 신영이를 볼 사람이 없어서 내가 업고 있었는데 애들이 쫓아와서 큰집 가게에 가 보라고 하여 허겁지겁 갔더니, 유리고 문이고 다 부숴 놓고 온 팔이고 다리고 피투성이인데 시숙이 연탄 집게를 가지고 찔러 죽인다고 내리 찌르고, 신랑은 피투성이가 된 채로 밑에서 나자빠져 있었다.

내리 찌르고 있는 시숙에게 내가 쫓아가서 울며불며 어떻게 이렇게 하시냐고 빌고, 빌고, 또 빌고 해서 떼어 놨다. 초상 다 치르고 났는데, 시숙은 나만 보면 다 복구해 놓으라고 야단이다. 아무것도 없는 것 뻔히 알면서 그러는 것 보니 너무 야속하다. 언제고 사건 사고를 유발하는 술이 문제, 문제였다.

부모님 재산이고 혼자서 선생질도 조금 했고, 차 사업한다고 있는 재산 다 날리고, 영주 과수원에 가서 조금 살다가 누나한테 넘기고, 있는 것 없는 것 혼자 다 털어먹고, 동생은 나이 차이가 있으니 혼자 그러거나 말거나 말 한마디 못 하고, 돈벌어서 혼자만 정류소에 땅 사서 집 짓고 가게하고 하더니 그것이 다 곪아 터져서 그 난리를 쳤던 것이다. 그러나 혼자만의 생각으로 그렇게 하니 누가 알아주냐고~.

자기만 나쁜 사람 된 거지 뭐. 알아 듣게끔 말이라도 해야지.

그렇게 남편이라는 사람은 욱하는 성격만 올라왔다 하면 감당 못 하게 물불을 안 가릴 정도로 난리를 치고, 남한테는 상대방이 미리 건드리지만 않으면 자기가 미리 덤비지는 않는데 나한테만 모든 것에 물불 안 가리고 잔인한 인간이다.

마누라가 무슨 죄인지 무대포다. 코에 걸면 코걸이, 귀에 걸면 귀걸이다. 자기 말을 안 받아주면 주먹부터 날라오고.... 산다는 것이 지옥이 따로 없었다. 쫓겨 나오고 도망을 가도 또 만나야 되고, 자식들 때문에 우리의 인연은 죽어야 끝이 나지 싶었다. 그렇지 않고는 안 보고 살 수 없는 형편이었다.

우리 오빠한테 애들 아빠 김 서방 좀 안 보게 해서 애들만 같이 살 수 있으면 좋겠다 했더니, 김 서방이 헤어져 주지 않는 이상 다른 방법은 없다면서 그냥 살아야 한다고 한다. 그러니 이젠 빠져나갈 수도 없고 애들만 어떻게 해서라도 키우노라면 어떤 일이 있어도 죽지 않고 살아가겠지.

오목교에서도 술만 먹고 집까지는 어떻게 오든지 찾아와서는 밤중에 국수 끓여라, 밥 가져와라 하면서 생떼. 내가 여태까지 저녁도 안 먹고 술만 먹었느냐고 한마디만 하면, 힘들게 해서 차려다 준 상을 잔소리한다고 이부자리 깔아놓은 좁은 방 안에 그냥 상째로 엎어버린다.

어디 다니다가 고기 키우는 어항을 사다가 놓은 적이 있었는데, 정작 놓을 곳이 없어서 쌀통 위에나 책상 위에나 올려놓고 보던 것을, 무엇으로든, 어찌 되었든 화가 나면 그냥 던져 버려 그 좁은 방에 잠자리 깔아놓았다가 그 위에서 고기가 펄떡거리고 온 방에 물벼락을 맞게 한다.

그 이튿날, 빨래하랴 청소하랴 얼마나 지겹고 힘이 들까만, 성질이 나면 우리 집이 바로 도로인데 온 찻길에 신발과 작업복을 던져서 길을 막아 놓는다. 도로 양쪽에 차들은 서서 빵빵거리겠지. 그러면 나는 울면서 그놈의 물건을 다 치워야 한다. 자기는 그래 놓고선 인정머리라고는 코딱지만큼도 없는지라 문을 닫아 다 잠가 버리고 열어 주지도 않는다.

갈 곳이 없는 나는 옛날 다방에 가서 커피 한 잔 시켜 놓고 종일 있다가 해가 지면 가만히 들어온다. 어떨 때는 때리기 시작하면 좋게 나와서 그냥 하염없이 걷는다. 가다 보면 언니네 집에 가서 못 들어오고 있다가 밤늦게 다 잠든 뒤에 들어오곤 한다. 애들 도시락은 싸서 학교라도 보내야 하니까 새벽에 와서 가만히 딸아이 이름을 부르면, 밤새도록 울고 앉아서 자지도 않고 붙잡고 흐느끼면서 친구 집에라도 가고 싶었지만, 아빠가 엄마한테 자기 찾아오라고 괴롭힐까 봐 그냥 엄마 올 때만 기다리고 있었다며 서럽게 울어댄다. 애들 도시락 싸서 학교 보내고 나면 또 난리를 칠까 봐 겁나서 밥 달라하면 밥 주고, 마음대로 대꾸도 못 하고, 가만히 두면서 눈치만 보고, 시키는 대로 하고 살아야 했으니 많은 날이 그냥 서러울 뿐이었다. 또 어느 날은 술만 먹으면 트집을 걸었다. 물론 한두 번이 아니었지만....

나를 보고는 친정 욕을 마구 해대고, 늙은 엄마 욕도 하고 건드리는데 겁나니까 참았었다.

동생네가 식당을 하게 되었다. 우리 동생이 용산공고를 졸업하고 대학교에 못 갔다. 그때는 종합청사가 서대문에 있을 때였는데, 거기 시험을 보고 들어갔는데 직장에 들어가 보니 시골서 부모님이 교화원에 나가시는 것을 아는데, 마침 종합청사 옆에 교화원이 있었던 거였다.

부모님이 다니던 때니까 동생도 거기를 나가게 되었는데 거기 선생님이 자기 딸하고 우리 동생을 이어줘서 결혼하게 되었다. 우리 동생은 나한테 오려면 나는 아무것도 가진 것 없고 불알 두 쪽뿐이니 어떻겠냐고 물었다나~.

그쪽에서 볼 때, 착실하고 굶기지는 않을 것 같다며 하자고 해서 그때 종합청사 취직하자마자 결혼을 쉽게 했다. 그 집은 부자였다.

친정엄마가 가만가만 도와주는 것 같자, 우리 동생이 도움을 받지 말라고 야단을 쳤다. 그래도 친정에서 몰래몰래 도왔더란다. 서울에서 액세서리 장사하면서 구김 없이 잘 살았는지 우리 시골에 한 번 왔을 때 얼마나 놀랐겠나 싶었지만, 잔소리 한마디 않고 아들 형제 낳고 잘살고 있다.

결혼을 하고 난 후, 마누라가 야간대학이라도 가라 해서 기자촌에 조그마한 살림집을 차리고선 거기서부터 통신대, 명지대, 홍익대 등 몇 개나 학교를 야간으로 다녔다. 직장 다니면서 공부하느라고 이사도 많이 했다.

애기도 금방 들어서서 아들 둘을 낳았다.

내가 아는 것만 해도 기자촌 명지대 종합청사가 과천으로 이사를 가서 동암역 쪽에 두 번, 평촌시장에 와서 건어물 장사도 두 번인가 했는데, 평촌에 있을 때 막냇동생이 결혼을 했다.

고등학교가 최종일 때는 후배들이 들어오면 진급이 잘 안 됐는데, 대학교를 몇 개를 나오고부터는 진급도 금방 되어서 이십 년 넘게 다녔다. 그런데 IMF 그 무렵, 처남들이 공장을 한다고 식당을 차려 줄 테니 와서 책임지고 구내식당을 하라고 난리 치고 꼬셔서 퇴직하게 됐다. 그 무렵에는 본인이 퇴직하면 퇴직금과 몇 달치 더 주는 것도 있고, 한 푼도 손해 없이 몽땅 받고 나왔는데, 그 후에는 권고사직이나 명퇴로 직원을 줄이느라 곳곳이 난리였다.

식당은, 그릇이야 뭐 전기세 다 차려줘서 몸만 들어가 일하는, 손님 밥만 해 주는 그런 장사는 수월했다. 일만 시키면 손님은 고정이고, 아줌마 두 사람 두고, 동생이 시장 보고 준비물만 사다 주면 다 하게 되어 있었다.

종옥이는 처남 회사에 경리부장으로 관리해 주고 월급은 월급대로 받으면서 동생댁은 애들이 어리니 애들보고 운전을 배워서 친구들이랑 재개발하는 데를 구경삼아 다니면서 헌 집도 가끔 사라고 했다. 한 군데를 더 한다고 해서 엄마더러 시골 다 정리하고 올라오시라 했다. 우리 집과 전답은 조카딸 용세가 샀다.

능안이 논이 다섯 마지기, 문고개 밭이 네 마지기, 당집 옆집이랑 몽땅 오백만 원에 영주 시누이의 딸이 사서 거기 들어가고, 우리 친정은 몽땅 정리하고 엄마는 서울에 올라오셨다. 난곡에 고모님이 계시니 그 옆에 사시다가 또 어디 동네 좀 사시다가, 종용이가 군에서 제대해서 있을 데가 없어서 엄마가 같이 있게 되었다. 그러다가 양평동 언니 사는 동네 옆에 삼성 아파트 옛날 빌라텍 방 한 칸을 얻어서 거기 살게 되었다.

엄마는 교화원에 다니고, 종용이는 처음 와서 주유소 다니다가 동방전자 다니면서 전기를 배워서 자격증을 따고, 거기 있을 때 결혼도 하고, 엄마는 또 혼자 계시게 되었다.

엄마가 종용이 하고 같이 계실 때 우리 신랑이 술 취해서 한바탕하더니 내 멱살을 바짝 움켜잡는다. 손을 빼서 도망이라도 가려 하니 워낙 바짝 잡아서 질질 끌려서 오목교 다리를 건너 엄마 사는 집으로 갔다.

밤이 늦었는데 문 앞에서 소리를 지르니, 동생이랑 엄마가 놀라서 깨어 문을 열어 보고는, 신랑이 내 멱살을 잡고 그러고 있으니 얼마나 기가 막힌지 말을 잇지를 못한다.

동생이 군에 갔다 온 지 얼마 안 되고 젊은 혈기에 매형을 확 붙잡더니 "우리 누나가 당신한테 무엇을 그렇게 잘못했길래 이렇게까지 숨도 못 쉬게 끌고 왔냐"라고 대들었다. "잘못한 게 있으면 대 봐라"라고 하면서 끌고 밖으로 나갔다. 옆집 언니에게 내가 쫓아가서 종용이 하고 김 서방하고 싸우니 언니가 와 보라면서 언니를 불러냈다. 나와 보니 기가 막힐 노릇이지 뭐. 무슨 말할 수도 없자 어딜 잠깐 가더니 각개목을 찾아와서는 마구 등 줄기를 내리쳤다.

"내 동생이 무슨 잘못을 그렇게 많이 해서 동네방네 다니면서 이렇게 사람을 괴롭히냐?"라고 아주 되게 야단을 쳤다.

언니가 막 살지 말라고 소리소리 지르고, 아주 끝장을 낼 지경이었다.

그 후로도 신랑은 자기 잘못은 생각도 안 하고, 언니랑은 말도 않고, 그전에는 언니를 좋다 하더니 그 후에는 언니하고 말도 못 하게 하고, 종용이도 싫어하고, 남편은 아주 자기의 잘못이란 것을 도통 모르고 사는 사람이었다.

그렇게까지 하고도 또 와서 나는 작업복을 팔아야 했다. 애들하고 살아야 하니 제쳐놓고 할 일은 해야 했고, 자기는 백만장자 부럽지 않게 좋은 옷 비싼 것 입어야만 하고, 겉멋만 들어서 김 사장이라고 부르며 다녀야 하고, 나는 허구헌 날 허리 꼬부라지게 일만 하다가 자기가 하라면 하라는 대로 하고, 안 맞으려니 어쩔 수가 없었다.

그러다 종용이가 장가가고서 나가 살게 되고 엄마는 오목교에서 다리 건너자 마자 어수룩한 집들이 많은 중에 그 동네 조그마한 방을 하나 얻어 그리로 오게 됐다.

　엄마 사시던 동네는 아파트 짓는다고 해서 비워 주고 왔다. 언니네도 그 후에 재개발한다고 해서 살던 집 조금 밑에 가정집 2층인데 꽤 방도 여러 개 되고 식구들이 살 만하여 옮기기로 했다.

　신랑한테, 언니네 이사해서 가야 하는데 세제라도 하나 사 가게 돈 있으면 2~3만 원 달라고 했더니 한 푼도 없다고 난리다. 이사도 덜하고 빨리 오라고 자꾸 수선을 떨어서 "원래 그런 사람이다"라고 하고는 이사 다 하고 물건 대충 들여놓고 왔는데, 아침에 2만 원도 없다던 사람이 돈 60만 원을 양복 속주머니 넣어 놓았는데 칼로 찢어버리고 소매치기 당했다고 그 돈 해내 놓으라고 아주 사람을 잡아먹을 듯이 야단법석을 떤다. 그뿐인가, 또 늦게 왔다고 야단에....도대체 징그러워서 못 살겠다.

　결국은 그놈의 60만 원 해 주느라고 얼마나 힘들었는지, 생각만 해도 울화통 터져 내가 물건 하러 가면 집을 보고 있으면서도 한 번도 물건을 팔았다며 준 적이 없다. 얼마가 됐든 팔면 그걸로 끝난 거였다. 나는 살면서 커피란 것이 없어 한 번도 집에서는 커피 생각도 않고 살았다.

　조카딸 숙이가 자주 집에 오곤 한다. 병에 든 프림과 설탕을 자기네 먹으려고 사다 놓았던 것을 삼촌하고 한 잔씩 타서 먹어보라고 하면서 가져와 두고 가곤 했다. 한 잔씩 먹다 보니 아바이도 밥 먹으면 달라고 한다.

　그래도 아무 생각 없이 있었는데 옆에 소개소 아주머니를 괜히 욕을 하면서 쫓아간다고 하길래 어떻게 술을 끊게 할 방법이 없을까 싶어서 오목교 길옆 상마약국이라고 약사도 좋고 해서 한번 가서 물어보았다.

술 끊는 약이 없냐고 물어봤더니 알콜빙이라는 약이 있는데 술 마시기 전에 먹으면 얼굴이 약간 달아오른다고 하고, 만약에 사람이 잘못되는 일은 없냐 물으니, 다 보사부에서 허가받아 검증된 것이니까 술 먹은 것보다는 괜찮다는 설명에 용기를 내서 먹이기로 마음을 먹었다.

술을 좀 안 먹으면 그렇게까지는 덜 할 것 같아서, 그리고 안 살 거면 몰라도 살려면 한번 명심하고 어떻게 해서라도 남편 자신은 몰래 술을 끊게 하고자 하는 것이 목적이었다.

그 결심이 서고 처음부터는 어디 나간다 하면 국이나 찌개에 넣었는데 다 먹지 않으니까 안 되겠다 싶어서, 그다음에는 밥을 조금 담고 그것을 붓고 위에다 나머지 밥을 덮어서 줬는데 역시나 그 밥을 다 먹어야 하는데 남기곤 하니 생각처럼 쉽지는 않았다.

밥에 넣는 경우, 밥 색깔이 노랗게 변하니까 들킬까 봐 겁부터 나서 작전을 바꿨다. 접시에 놓고 물을 부어 놓으면 살짝 녹여 커피에다가 프림 타듯이 넣어 마시라 했다. 남편이 다행히 커피는 남기는 일 없이 다 마셔서 제일 좋은 방법이라 생각했다.

그때부터는 어디를 간다고 하면 커피 한 잔 마시고 가라고 해서 타 주면 먹고 가곤 했다. 그러고도 제발 이젠 나이가 있으니 술 좀 조금씩만 마시고 오라고 부탁을 꼭 하곤 했다.

술 끊는 약을 탄 커피를 마시고 외출한 날은 돌아와서 하는 말이 "오늘은 술이 안 받아서 안 먹었다."라고 여실히 말로 몸 상태를 말해 주었고, 술을 안 먹고 온 날은 술 마신 날처럼은 그렇게 난리굿 치는 일도 덜 했다.

한번은 외사촌 신랑 기부가 왔다. 술을 먹겠다 해서 커피를 똑같이 타서 우리 신랑은 술 끊는 약을 타고, 기부는 그냥 마시게 했다. 그리고 술을 한 잔 먹고 기부는 괜찮은데 우리 신랑은 얼굴 벌게지면서 푹 고꾸라지는 게 아닌가.

얼마나 놀랐는지 상마약국에 가서 얘기했더니 청심환을 한 알 주면서 갖다 먹이라 주길래 가져와서 먹였더니 금방 일어나고 괜찮았다. 그래서 그 약이 효과가 있음을 확인한 바 되어 그 뒤로 더욱 정성을 들여서 삼 년을 먹였다.

3

가부장적 남편의 습관

술 끊는 약을 먹이는 도중에, 어른들 제사가 있어서 혼자 갈 때가 가끔 있으면 미리 약을 좀 먹이고, 또 제발 술 좀 먹지 말라고 당부하기도 했다. 다행히 시숙도 술을 별로 안 드시는지라 남편의 술 마시는 횟수가 점점 줄어들었다.

자기가 자꾸 술자리를 만들면 끝도 없겠지만, 술을 먹고서 몸에 이상이 있음을 알고 안 먹겠다는 생각을 하는지 조금씩 줄어드는 게 여실해 보였다.

한번은 약을 안 먹고 나간 날이 있었는데, 술을 조금 먹고서 이상이 없는 듯하니 마냥 평소처럼 마시고 오는 날도 있었다. 그래서 나는 정신을 바짝 차리고 가고 오는 것을 잘 체크 했어야 했다. 거의 해가 바뀌면서 점점 횟수가 줄어들었다.

어떤 날은 날 보고 하도 야단하니 우리 큰애가 어느새 부쩍 자라서 엄마 역성을 든다. 엄마가 무슨 잘못을 했다고 맨날 때리냐고 때리는 아빠 손을 확 잡아채니까 애들이 다 내 편만 든다고 큰아들 따귀를 때리더라. 어려서는 그럭저럭 참던 아이가 감수성이 제법 있다 보니 이제 뛰쳐나가 독서실인가 어디 가서 오지도 않는다. 애들 연락처도 아는 것이 없고, 나만 도로가 큰길에 가서 밤을 꼴딱 새며 기다리고 있었다.

어디 아는 데가 있어야 가 보던가 하지. 큰길에 가서 올 때만을 기다리다 집에 들어오면 애 찾아오라고 쫓아내곤 했다. 어쨌든 난리만 치면 밖에서 기다리고 애태우고 그러고 살았는데, 큰아들이 대학교 생각하고 양정고등학교에 갔던 애가 졸업할 때 영등포 직업학교 졸업장을 내미는데, 그곳에 간 줄도 전혀 모르고 있다가 그 졸업장을 같이 가지고 와서 얼마나 놀랐는지 모른다. 왜 그렇게 했냐고 물으니, 우리 집이 사는 게 힘드니까 얼른 돈 벌려고 그 방법을 택했다는 거였다.

대학교를 일단 4년제는 안 되더라도 2년제라도 가라고 하여 갈 때는 본인은 전자과 컴퓨터를 배우고 싶어 했는데, 아빠가 굳이 전기과를 가라고 해서 전기는 세상이 바뀌어도 필요하니까 굳이 마다할 일도 아니고 해서 동양전문대 전기과를 들어갔단다. 입학을 해 놓고 과가 맘에 안 들었다나. 게다가 친구가 다단계로 꼬셨는데 처음에는 영어를 배워야 한다고, 외국 사람과 같이 방을 쓰면 영어를 배울 수 있다고 해서 그러겠다고 따라갔더니 다 거짓말이었다고 한다.

학교에 가 보니 입학금은 냈는데, 학교는 며칠 다니다 말아서 한 달이 넘으면 등록금도 돌려받을 수도 없는 상황이 돼 버렸다. 큰아들은 학교에 안 나가고 그래서, 어쩔 수 없이 다단계에 빠진 걸 떼어 놓자면 친구를 못 만나게 멀리 보내야겠다 해서 그때 선옥이 막내 시누이가 제주도 사니까 돈을 좀 줘서 고모네 집에 가서 놀다가 학교에 가고 싶을 때 오라고 보냈다. 만일 돈이 부족하다면 보내줄 테니 연락하라 이르고, 그렇게 시누네 한두 달 정도 있었다.

동양 전문학교 91학번인데 97년도 졸업하게 되었다.

군대는 3년 전북 임실로 가서 면회도 가고 부모가 가면 무조건 외출이 허락되었다. 그런데 밖에 나온 뒤에는 저는 저대로 가고, 우리는 둘이 다니며 덕진공원 연꽃 많은 곳에도 가고 동물원에 다니고 우리끼리 다니다가 하도 이름난 음식이라 전주비빔밥을 사 먹었는데 생각보다 실망이었다.

해가 지니 시간 돼서 들어가는 것 보고 우리는 차를 타고 왔다. 처음에 면회 가면 면회실에서 절을 하고 우리 아들이 제일 효자 같았지 뭐. 하여튼 내 눈에는 아들이 그렇게 보였다. 군에서 스트레스 받아서인지 돈처럼 동그랗게 머리가 빠졌는데 그것을 보고 집에 오니 제대할 때까지 걱정이 이만저만이 아니었다.

군대 제대하고 바로 복학했다. 가을에 제대해서 그 이듬해 봄에 복학했으나 군대 가기 전에도 1년 반 쉬었지... 그러다 보니 5~6년이 후딱 지나 버렸다.

학교에 들어가서 공부하고 졸업할 때가 97년이었다. 처음 시작이 전기니까 그냥 그걸로 졸업하고 자격증을 따야 하니 졸업하고도 학교 가서 열심히 공부했다. 학교 가면 고등학교 때부터 같이 다니면서 집에도 같이 자고 꽤 친한 친구도 있었다.

우리 막내는 무엇이든지 자기가 갖고 싶다고 생각하면 어떤 방법을 써서라도 갖고 마는 성격이다. 애들 타는 스케이트보드를 졸라서 하나 사 줬다. 집이 길옆이다 보니 타다가 목이 말라 금방 물 먹으러 나간 사이 누가 가져가 버려서 얼마나 애달퍼 하는지 하나를 더 사게 되었다.

유난히 어리고, 키도 다른 애들보다 작고 해서 합기도를 배우라고 보내게 되었다. 오랫동안 다녔다. 중고등학교는 양정을 다녔다.

합기도를 익히니 자신감이 생겨서인지 적어도 남한테 지고 다니지 않아서 좋았다. 이웃집 애가 늘 깐족거리고 우리 애를 괴롭힌다는 소리에 무조건 남한테 지지 말고 운동해서 이기고 오라 했다. 자식이 이기고 와서 돈을 물어주는 일이 있더라도 지고 울면서 오면 어느 부모인들 속상하지 않으랴.

동구가 늘 괴롭혀서 한번 호되게 치고 때려 이기고 왔다는 말에 속으로는 반가웠다. 그러다니 개네 엄마가 찾아와서 눈이 잘못됐느니 어디 맞아서 피가 나느니 해서 애들은 다 그런 거라며 이해를 구하고 약을 사다 주고 죄송하다고 하고 끝냈다.

중학교 때 학교에 갈 일이 있어 가면 선생님한테 "우리 막내 록이는 키가 얼른 안 커서 좀 걱정입니다."라고 하니, 선생님이 "걱정하지 마세요, 애들하고 노는 것 보면 자기보다 배가 넘는 큰 애들도 집어 차고 하는 것 보면 걱정할 것 없다고, 대통령이 키 큰 사람 봤냐고 작은 사람이 똑똑하고 머리도 빠릅니다."라고 하신다.

그런 말 들으면 너무 정말로 신이 났다.

음료수 한 통씩 사서 모임이라면 안 빠지고 열심히 다녔다. 양정중·고등학교, 정말 애들 학교는 전통 있고 좋은 학교라고 생각한다. 이 넓은 서울에서도 오대 고등학교(중앙, 휘문, 양정, 배재, 동양)에 속하는 학교에 다닌다는 것이 내겐 자랑이었다.

고등학교에 진학해서도 이웃에 있는 스카이락 카페에서 아르바이트를 얼마나 열심히 부지런히 했는지, 거기서도 인정을 받았던 것 같다.

딸내미가 중학교 3학년 때이던가, 오목교 입구에 아주 오래된 빌딩이 하나 있었는데, 우리가 거기 간 지 얼마 안 되어서 밑에 지하 공간 넓은 데를 개조해서 과자공장을 하던 때였다.

만드는 곳은 아니고 포장하는 공장이었다. 그곳에서 우리 딸이 과자 포장하는 알바를 했는데 애들이 말을 잘 들으니 거기서 초콜릿 같은 것 가끔 가지고 와서 맛도 보고 많은 보탬이 되었다.

맨날 사는 것이 힘들다 보니 애들도 자기들이 일할 수 있는 여건만 되면 열심히 했다. 지금 삼성전자 자리에 주유소가 있었는데 거기도 꽤 오랫동안 다녔고 어디든지 가면 착하고 말을 잘 들으니 사람들이 가는 곳마다 이뻐하고 본인이 나오지 않는 이상은 열심히 한 것 같다. 스카이락에 아르바이트하면서 본인이 가지고 싶은 것 다 가질 수 있으니 열심히 했던 것 같다.

학원 오갈 때 타고 다닌다고 자전거도 중고로 하나 사 줬더니 학원에서 잃어버렸단다. 그놈의 자전거 찾는다고 밤이 되어도 애가 오질 않아서 오만 걱정을 다하고 있는데 늦게 와서 하는 말이, 자전거 없어져서 찾으러 다니다가 못 찾고 늦게 왔다는 것이다.

얼마나 애쓰고 다녔나 싶어서 안타까워서 괜찮다고... 가져간 사람이 나쁜 사람이니 너만 큰 탈 없으면 된다고 말해 줬다. 스케이트보드도 앞에 큰길에서 들어가는 입구에서 집까지 타면 주르륵 내려오는 것이 재미있었던 모양이다.

아르바이트하면서 타던 자전거도 잃어버리고는, 자기가 벌어서 물어 보지도 않고 오토바이를 샀다. 오토바이 샀다면 혼날까 봐 겁나니까 골목길에다 세워 놓고 얘기를 안 하니 우리는 모르고 있었는데, 미수가 막내가 오토바이 중고로 사서 혼날까 봐 저기 골목에 세워놓았다고 알려 줬다.

애들 아빠는, 어린아이가 무슨 오토바이냐고 얼른 가지고 오라고 하더니 큰아들 공부하러 다니는데 타라고 줘야겠다고 뺏어서 큰아들에게 줘 버렸다.

일 년 동안은 큰애도 졸업 안 했을 때고, 막내도 고등학교 졸업하고 대학을 들어가야 되니 수능은 쳐놓고 학교마다 접수하고 등록금 내고 여기저기 학교 구경은 실컷 하고 다녔다.

한 사람이 세 군데 접수해도 된다 해서 숭실대, 수원대, 세종대 이렇게 세 곳 대학에 접수했는데 세 곳에서 다 붙었다고 연락이 왔다. 그런데 한꺼번에 같이 오는 것이 아니라 미리 오고 나중에 오고 하는 바람에, 제일 먼저 수원대 합격증을 받고 등록금을 은행에 가서 냈다.

그랬는데 나중에 숭실대에서 연락이 와서 수원대 찾아가서 등록금을 반환받았다. 그 돈을 숭실대에다 내고 있으려니 또 세종대에서도 합격 통지서가 오는 게 아닌가. 제일 늦게 왔으므로 거기는 포기하고 끝냈다.

숭실대는 오목교에서 차 한 번에 가고 학교도 좋았다. 막내가 전자공학하고 정보통신하고 같은 과라고 완전 좋아했다. 엄마인 나도 덩달아 좋았다.

수원대 등록금 반환받으러 가서 보니 수원대는 수원역에서 학교까지 가는 스쿨버스가 계속 있는데 들어가는 길이 꽤 멀더라. 학교가 얼마나 큰지, 대지가 수만 평 되는 것 같았고, 얼마나 여러 동인지 셀 수도 없이 많아 어마어마하게 큰 학교를 구경 한번 잘하고 왔다. 아들 덕에 좋은 구경했으며 생각할수록 꿈만 같았다.

막내 오토바이를 뺏어서 큰아들에게 준 후에 일어난 일이다. 큰아들은 늘 친구 기범이를 태우고 다녔다. 그 친구는 집에 와서 같이 밥도 먹고, 잠도 자고, 같이 뒤에 타고 다녔다.

자격시험 본다고 같이 오고 같이 가고 하던 길에, 그날도 함께 오토바이를 타고 오다가 둘 다 안경을 써서 맞은편 헤드라이트 불빛의 반사 때문에 미끄러져 넘어지는 사고가 났다. 그래도 차량과 직접 부딪히지 않아서 얼마나 다행이었는지 모른다.

경찰서에서 사고 났다고 연락이 왔다. 오토바이를 타고 나갔으니 얼마나 놀라고 기겁을 했던지…. 가 보니 기범이를 병원 침대에 눕혀 놓았는데 온몸 전체를 붕대를 감아 놓았더라고. 큰일이 난 줄 알았는데, 그 다음 날 붕대를 다 풀고 나니 조금 까진 것을 그렇게나 많이 감아놓았던 거였더라고. 눈 부위가 우리 아들과 똑같이 안경을 써서 약간 부딪혀 까진 것밖에는 없었다. 정말 다행이었다. 하늘이 도왔다고 생각했다.

어찌든지 운전한 건 우리 큰아들이 했으니 마침 자동차 면허는 있었고, 학생이니 술은 안 먹었고, 그래도 파출소에서 경찰서로 옮겨갔다. 신정 파출소에서 우리가 오목교에 사니 양천경찰서까지 가서 우리는 무조건 공부하는 학생인데 자격증 따려고 공부하러 갔다가 마주 오는 불빛에 반사되어 눈이 부셔서 사고를 냈으니 선처해 달라고 손이 발이 되도록 빌고 또 빌었다.

돈을 좀 달라고 한다. 한 군데도 아니고 두 군데나. 어쩔 수 없이 돈 나올 데는 없고 남편 암보험 몇 년을 넣었는데 해약해서 한 군데 50만 원씩 두 군데 100만 원을 주었다. 경찰서에서 빼 나와서 그때부터 집에서 약과 소독약을 사서 계속 치료해 가며 자격증 공부해서 면허를 여러 개 땄다.

기범이는 병원에서 얼마가 됐든 치료는 끝날 때까지 다 해 주고 친구 사이이니 서로 양보해서 민형사상 고발고소는 없기로 하고 합의서를 받았다. 그랬어도 몇 번 퇴원하기 전 보러 가면서 보약 지어 먹으라고 몇십만 원 봉투에 넣어주곤 했다. 그랬는데도 퇴원하고 나니 그 엄마가 하는 말, 눈이 잘못 돼서 외국에 가서 고쳐야 한다고 치료비를 해 달라고 한다. 그의 아버님한테 합의서 안 받았으면 홈빡 뒤집어쓰고 난리 날 뻔했다.

그때부터는 기범이를 만나지도 말라 했고 미워했다. 절친한 친구란 것을 개네 엄마도 알고 나도 알고 그래서 더 열심히 애를 써서 끝까지 잘했는데 엉뚱한 소리를 하는 바람에 친구고 뭐고 다 소용없다고 냉정하게 하라고 항상 타일렀다.

그 후에는 갈 때마다 자격증을 따고 또 따고 해서 전기 관련한 자격증을 웬만한 것은 다 갖추게 되었다. 처음에 태양전기에 입사해서 조명 전기에 관한 것은 여러 가지를 다 한 것 같았다. 자격증이 있어 어디에 서든 인정해 주니 금방 취직해서 다니는 것이 나로선 자랑이요, 너무도 고마웠다.

그때부터 월급 타면 은행에 몽땅 적금을 넣을 요량으로 월급 받는 대로 가져오면 용돈은 내가 준다고 했다. 말을 듣고 가져와서 오목교에 하나은행에다가 일 년에 천만 원짜리 적금을 불입하니 한 달에 팔십몇만 원씩 다달이 넣게 되었다.

몇 달 다니더니 지네 아빠 술 먹고 난리 치는 것 봤으면 지쳤을 텐데 큰애마저 술을 먹고 다니는 것이었다.

올 시간 된 것 같아 기다리려고 버스 정류소에 가다 보면 누가 길에서 쓰러져 있어 '누가 길에서 이렇게 있냐' 하고 옆에 가서 보면 우리 큰 아들이지 뭐야. 기겁하고 깨워서 붙잡고 집에 와 생각해 보니 아빠가 한 짓을 보고 그대로 배워서 하는 것 같아 울분이 터진다.

어떨 때는 집에까지 오긴 해요. 바깥에 화장실이 있어서 내가 화장 실 간다고 가다 보면 사람이 쓰러져 있다. 놀라서 보면 영락없이 큰애 다. 화장실 그 옆에 쓰러져 있는 큰애 주머니엔 돈이 삐죽삐죽 나와 있 었다. 찾아서 세어 보니, 월급 타서 술값 쓰고 그냥 넣어 가지고 온 것 이었다. 그나마도 어디 다른 데 아니고 집까지 왔다는 것이 천만다행이 었다.

하도 여러 번 그래서 '중고차를 한 대 사서 차를 가지고 다니면 술을 안 먹겠지' 생각하며 아반떼를 사 주었다. 옛날에는 그 차가 참 좋았다.

그런데 자주색 그 차를 사 주었더니 매일 늦게 들어온다. 아무 데서고 술 마시고 늘어져 있는 일은 없는데, 이유인즉, 이젠 회사에서 경리 보는 아가씨하고 연애하느라고 늦게 온다고 한다.

처음에는 몰랐는데 나중에 보니 자기가 다니던 학교 옆에 먹자골목이 많이 있으니 다른 곳에서는 들킬까 봐 늘 거기 와서 한 잔씩 먹고 집까지 데려다주고 오느라 늦게 왔다고 하는 거였다. 나중에 색시를 데리고 와서 결혼하겠다고 선언을 하는데 아빠는 소리를 지르면서 아무 여건도 안 되는데 장가가려고 한다며 야단이었다.

내가 딸하고 둘이 의논해서 시켜 주기로 했다. 딸도 목동중학교에 다니면서 그 반이 1,000명인 속에서 기 안 죽고 잘 다니고, 여기저기 알바도 해 가면서 강서구청 부근 하이웨이주유소 옆 경복여상에 갔다.

거기 다니며 자격증을 따면 돈 번다고 어디서 들었는지, 자격증이란 자격증은 다 땄다. 시험 봤다면 따고 또 따고, 상고라 대학교로는 진학을 안 하고, 내가 사는 것이 워낙 힘들게 사니 자격증 따서 오직 돈 벌겠다는 생각뿐이었다고. 이것저것 자격증은 수없이 따고, 장학금도 타고, 오목교에 가기까지 버스로 30분 이상을 가야 되는 거리인데 열심히 잘 다녀서 졸업을 했다.

졸업 후에 현대자동차 회산데 울산에서 운반하는 차 회사로 취직 길이 열렸다. 그 회사에서 직원이 두 명이 와서 그 회사로 데리고 간다고 꽃을 사고, 봉투에 돈도 넣고, 점심도 사 주고, 그렇게까지 하고 데리고 갔다. 담임선생님이 잘하고, 착하고, 자격증도 많이 따고 했으니 추천을 해 주었던 것이었다. 나로서는 너무나 고마웠다.

그때부터 현장에 다녔는데 거리가 보통이 아니었다. 그때는 지하철이 없어서 문래역까지 버스를 타고 또 걸어서 한참 가야 되고, 그렇게 갈 아타고 삼성역까지 가서 또 거기서 청담동까지 가야 직장이라니 보통 2시간 걸려 2, 3년을 다녔던 것 같다.

그 먼 데를 잘 다녔는데, IMF 외환위기가 갑자기 와서 모든 회사가 인원 감축이니 뭐니 하는 통에 장사도 잘 안된다고 술렁거리고 야단이었다.

그전에 거기 다니면서 6시에 퇴근하니 시간이 남아 같이 있는 언니가 소개해 줘서 꽃집에 알바로 가게 되었다. 그렇게 끝나고 꽃집 알바하고 먼 길에 차 타고 다니면서 참 열심히도 했다.

그 당시에 큰아들이 결혼한다 하니 어쨌든 시켜야겠다 싶었는데, 딸이 모아 놓은 돈 500만 원을 선뜻 주겠다 했다. 내가 은행에 80만 원씩 넘게 적금 넣은 것 한두 달 남았기에 해약할 수 있는지 방법을 은행에 물었다. 은행 측에서는 해약하지 말고 90% 대출이 되니 대출을 하라 해서 그 말대로 하여 8~9백만 원 정도가 되었다.

그 금액과 딸이 주는 500만 원을 합해서 뒷골목 옥탑방을 2천만 원에 얻었고, 그 옆에 터가 큰 것이 있어서 베니어합판으로 방을 한 칸 더 만들었다.

그렇게 해서라도 좋다니 다행이었다. 만든 곳은 보일러 없으니 물건만 들여놓고, 원래 있던 곳엔 불이 들어오니 잠을 자고 충분했다.

결혼을 시켜 놓으니 너무도 홀가분했다. 둘이 지지든 볶든 지네끼리 걱정이 없었다. 결혼을 하고 나니 둘이 한 직장 다니기가 불편했던지 며느리는 그만두었다.

큰아들이 혼자 다니다가 얼마 안 되어 내 생일인가 하는 날에 고깃집에 가서 며느리보고 처음이라고 고맙게 먹었는데, 우리 신랑이 우리는 끝나기 전에 먼저 간다고 얼른 가 버렸다.

　우리는 먹을 것 먹고 천천히 왔는데 한두 시간 있었나 하는데 신랑은 그 뒤로 배가 아프다며 난리가 났지 뭔가. 아파 죽겠다고 데굴데굴 구를 정도니 택시를 불러서 홍익병원으로 응급실로 갔다. 거기서는 무슨 병인 줄 모르니 진정하라고 우선 급하게 약만 좀 먹으란다.

　입원부터 하고 아파 죽겠다는데 2~3일 만에 하는 말이 담석인 것 같으니 용산중앙대학병원에 담석 잘 고치는 명의가 있다며 그리 가란다. 홍익병원에서 검사한 것 이것저것 같이 주면서 가지고 가서 보여 주라고 해서 그때부터 용산 와서 다시 검사를 오만 가지를 다 했다.

　큰아들은 2000년 5월 7일에 결혼시키고, 그해 9월 4일이 내 생일이었는데 그때부터 병원에 있다가 오목교 가서 작업복을 팔기도 하고 매일 왔다 갔다 했다. 혈압이 있어서 금방 수술도 못 하고 혈압을 낮춰야 한다고 계속 병원에서 있으면서 그놈의 잔소리는 사람을 들들 볶았다.

　그때 당시 막내가 군대 공군으로 가 있었다. 공군은 자주 휴가를 나오는데도 아빠가 아파서 수술한다 했더니 또 휴가를 나왔다. 그때까지는 아빠가 아프니까 치료비를 보태 주었다. 자식이 있으니 이럴 때도 있구나 싶어 고마웠다.

　뱃가죽이 두꺼워서 그랬는지 오랫동안 안 아물어서 40일 동안 병원에 있었다. 다른 사람은 늦게 와도 일주일만 되면 나가는데, 우리는 그렇게나 오래 걸렸다.

식사가 입에 안 맞는다고 해서 매일 반찬을 해서 다녔다. 그때는 양 갈보들이 허가를 내고 있어서 역 골목마다 유리관을 만들어 놓고 그 속에 인형같이 있는 것을 보며, 사람이 벌어먹고 사는 방법이 별것이 다 있다 싶었다. 남자들 지나가면 무조건 붙잡아 들여서 놀다 가라고 졸라대는 것을 보며 기막힌 동네란 것을 알았다.

그때는 지하철 오목교역이 개통된 지 얼마 안 돼서 다행히도 용산을 가려면 신길역으로 가서 1호선 갈아타야 하지만, 역이 없었을 때를 생각하면 참 다행이었다.

수술하고 쓸개를 떼서 보여주는데 뭐가 뭉쳐서 돌이 되어 쓸개즙 내려가는 곳을 막아서 그렇다고 쓸개를 몽땅 떼어서 칼로 쭉 쪼개서 보여 주는 것이었다.

의사 선생님이 항상 조심하라며 며칠 후 퇴원할 수 있다고 하신다. 우리 시숙께서 동생 아프다고 일부러 왔는데 빈손이다. 병원비라도 내 줄 줄 알았지만 10년 넘게 부려 먹고 인건비니 뭐니 아무것도 안 줬으니까 뭔가를 생각해서 오셨나 보다 했는데 빈손이라 실망이었다. 평소 동서의 말이, 집이라도 한 채 사 준다면서 형편이 안 될 때는 살 때 보태라도 준다고 하였기로 그동안에 한 것이 있었던 터라 속마음으로는 은근히 기다렸다.

아무 말 없이 가면서 봉투를 하나 주기에 크게 들었는 줄 알고 좋아라 했는데, 간 뒤에 보니 돈 5만 원이 들어 있었다. 우리 동생들도 10만 원씩은 주고 가고 오빠도 10만 원씩은 줬는데... 남에게도 그 정도는 할 수 있으련만.... 진짜 너무한 것 아닌가. 부모 재산 다 해 먹었으니, 같이 벌어 놓은 재산이나 같이 나눠야 하는 것 아니냐고.

우리 시누이가 시숙이 왔다 갔다니까 치료비라도 주고 갔냐고 묻는다. 오만 원 주고 갔다니까 어이없어 하면서 그렇게 인정머리 없다고 기막혀 했다.

병원 생활 끝내고 집에 와서도 술 담배는 여전했다. 남편은 자기가 하고 싶은 대로 하고 살면서 미안해할 줄 모르는 사람, 어디 지하철에 다니다가 파는 물건은 쓰든 못 쓰든 무조건 사들이고 다니다가, 어느 날은 칼을 세트로 파는 것 보고는 한 통을 사 가지고 집에 갖다 놓았다.

처음엔 관심을 안 가져 뭔가 몰랐는데, 욱하고 성질을 내며 나한테 덤비더니, 아 글쎄, 선반 위에 뒀던 그 칼을 꺼내서 내 목에다 대고 죽인다고 설치는 것이었다. 그때는 죽이려면 죽여라 하고, 나도 지쳐서 버텨 봐야 이길 수도 없음을 알고 죽은 듯이 가만히 있었더니 그냥 물러가더라.

옛날에 술을 하도 먹어 콩팥이 잘못 되어 영주 누나 집에서 병원 다니며 치료를 하느라 고생하다가 나았는데도 여전히 술 담배를 한다. 젊은 혈기에 되는대로, 성질나면 나는 대로, 어른이 되고 나이를 먹어도 달라지는 것이 없어 사는 대로 여전히 살고 있다.

무허가 집에서 살다 보니 그 땅을 엉뚱한 사람이 샀다고 나타났다. 이 터에 새로 집을 지을 터이니 비워 달라는 거였다. 내가 장사를 하면 집을 다 지어서 집기니 뭐니 다 해서 준다고, 지을 동안 잠시만 비우라는 바람에 계약서에는 다 지어서 주겠다고 하고, 우리가 살 곳을 얻는 데 1천만 원을 주었다.

보증금 천만 원에 월 20만 원인가~ 그 옆으로 이사를 하면서 강아지 있던 것을 그 주인이 줄 사람이 있다고 가져가서는 어떻게 했나 모를 정도다. 동생네 강아지랑 남매로 교배 붙여서 새끼를 낳았는데 한 마리 안 준다고 우리 신랑이 삐치고 말았다.

나는 강아지를 싫어해서 내가 동생네에게 신랑한테는 주지 말라고 했다. 강아지를 가져간 집 주인이 잠실에서 포장마차 하는 어떤 사람에게 줬다는 바람에 신랑은 거기까지 가서 찾아 헤맸다고 했다.

남의 집에 가니 작업복 장사도 못하는 상황이 되었다. 그러다 보니, 감자탕 하는 것 두 달만 배워서 감자탕 장사를 한다고 영등포 김안과 맞은편에 팔복감자탕을 찾아갔다.

다짜고짜로 그 집에 찾아가서 사람 안 쓰겠냐고 했더니 사람이 없어 쩔쩔매던 참에 잘 되었다고, 그다음 날부터 나오란다. 9시에 가서 9시까지 12시간을 매일 하루도 안 빠지고 일하러 다녔다.

뒤에 개인택시를 하는 기사의 안사람이 늘 식당에 다니는 식당이었다. 그때까지 나는 음식을 할 줄 모르니 어떻게 다닐까 했는데, 내가 다니고 당하니까 옛날 함바집을 하던 생각이 나 더 열심히 했다.

워낙 큰 데가 돼서 홀 사람 따로, 주방 사람 따로, 사람이 여러 사람이었다. 총각이 주방장이었는데, 내가 고기 삶는 것 배우려고 월급 타면 담배도 사다 주고 빵도 가끔 사다 주고 했더니 다정하게시리 잘 가르쳐 주었다. 그러더니 그 주방장은 얼마 안 가서 닭집으로 가게 됐으니 나보고 맡아서 하라고 하였다.

그때부터는 뼈 20kg을 내가 매일 삶고 우거지를 수없이 삶아서 세탁기에 짜고 뼈 삶는 방법이랑 감자탕에 관해서는 환하게 하게 되었다.

그러던 중에 여기서 같이 있던 아줌마가 나갔는데 어느 날 놀러를 왔다. 와서는 하는 말이, 나보고 호프집에 자기 있는데 놀러가자고 난리다.

구경도 하고 가서 한 잔 먹고 아무 생각 없이 있었는데 무조건 그 아줌마가 "내일부터 이 언니가 여기 올 거야."라며 나한테 물어보지도 않고 사람들에게 나를 소개하는 말을 하는 게 아닌가. 무슨 소리냐고 했더니, 감자탕집보다 힘 덜 들고 무거운 것도 들어야 하는 일도 없다면서 하도 꼬셔서 하루만 해 보고 감자탕집에는 집에 무슨 일이 생겼다고 거짓말하고 호프집 일을 해 봤다. 워낙 사람이 많다 보니 튀김하는 사람은 튀김만 하고, 볶는 사람은 볶기만 하고, 과일 깎는 사람은 종일 과일만 깎고, 자기 맡은 일만 하면 되는 거였다.

그래서 그냥 계속 다니기로 했다. 감자탕집에는 못 나올 일이 생겨서 못 하게 됐다고 얘기했더니 월급을 일한 날까지 다 주었다. 거기를 다니다 보니 정말 재미있었다. 사장이 아가씬데 재미있게 일하는 것이었다. 월급을 줄 때는 봉투에다 꼭 글씨를 몇 자 적어서 주고, 매일 웃어주고, 일해 주는 것이 고맙다고 몇 자 적는 것이 감동이었다.

이사 간 집에 1년이나 살았었나~ 그때 라이프빌라 사 놓았던 것을 세가 내려갔다고 내달라고 해서 우리가 이사를 가야 했다.

남의 집 방 두 칸에 살려니 막내아들이 제대를 하게 되면 방이 없어 딸하고 같이 써야 되는데 아들딸이 한방을 쓸 순 없는 것, 그런 상황이니 잘됐다 하고서는 딸내미가 현창에 다니고는 얼마 안 되어 그만두고 꼿꼿이 학원에 다닌다고 꾸준히 잘 다녀 모았던 퇴금직과 집 뺀 것 하고, 집을 담보로 대출받은 것 조금에, 내가 전세 빼주고 그 집으로 이사를 하니 처음에는 내 집이 생겼구나 하는 현실에 너무 좋았다.

이사하는 것도 남을 시키면 돈 들까 봐, 큰아들이 트럭 하나 빌려서 친구랑 같이 날랐다. 모든 짐을 쌌다 풀었다 하는 것과 너무 힘들어서 갖다 놓고 보니 컴퓨터도 처음으로 큰애가 필요해서 산 건데 그만 고장 나 버리고 돈 안 들인다고 한 것이 외려 그것을 못 쓰게 해 버렸으니 고생만 실컷 하고 그게 글쎄 그렇게 되어 버렸다.

거기로 이사해서는 딸이 장도 하나 사고, 침대도 사고, 필요한 것 거의 다 사 주고, 장식장도 샀다. 오목교 지하에 목욕탕도 있고, 그 넓은 데가 다 가구점이었다. 막내아들 책상도 그때 사 주었다. 그것 말고도 이것저것 꽤 여러 가지 샀다.

이사를 그리로 가서 영등포에 일하러 2001~2002년도까지 다니는데, 월드컵 경기할 때 2층까지 돌아가면서 다 텔레비전을 켜 놓으니, 화장실에라도 가려고 할라치면 꼴 들어갈 경우 나를 덜렁 추어올리며 기뻐서 난리였다.

그러다가 오후 장사를 하려고 다섯 시에 나가서 밤 12시까지 하면, 사장이 스포츠카에다가 나를 데려다 준다고 태워주면 서로 오겠다고 해서 같이 몇 명 오면서 아리랑도 부르고 즐겁게 다녔다.

그즈음 우리 신랑이 감기가 들어 계속 기침이 떨어지지 않아서 오목교에 있는 조그마한 박영순 개인병원엘 다녔다. 계속 다녀도 기침이 안 떨어지길래 왜 그러냐고 했더니 소견서를 써 주면서 어디 역에 가서 엑

스레이를 찍어 보란다. 가서 사진을 찍어 봤더니 폐암이고, 세브란스병원으로 가 보라고 한다. 그 병원엔 사람이 너무 많아서 한 달은 기다려야 된다 해서 일단은 접수만 해놓고 기다리다 보니 애가 탔다. 큰애가 태양을 그만두고 장백전기를 다니는데 일산 지역을 지나다 보니 나라에서 하는 국립암센터가 있더라고 알려 준다.

그때는 짓는 중이었고, 개원한 지도 얼마 안 되는 때였는데, 처음이라 접수하니 다행히 금방 날짜가 나왔다.

암센터 와서 또 하나에서 열 가지 다 검사하고 며칠을 또 검사하고 집에서 왔다 갔다 하면서 치료하는 거였다.

항암치료를 3~4시간 링거로 넣는 것을 우리는 2시간이면 놓고, 몇 주를 항암하고 나면 방사선 치료를 하루에 두 번씩 아침 8시에 한다. 그리고 6시간 후에 하려면 오후 2시에 하니 나는 8시까지 암센터엘 가야 했고, 그러려면 새벽 6시에 집에서 나서야 한다. 그리고 영등포까지 버스 타고 나와서 영등포에서 암센터까지 가는 버스를 타고 움직여야만 했다.

옛날에는 807번이었는데 대중교통 통합 이후 지금은 다른 것 같았다. 영등포 농협 앞에서 타면 일산 암센터 앞에 선다. 8시 전에 도착해야 8시에 하고, 2시까지 기다리면 되는데 그때 잠시 쉬는 의자가 내게는 잠자는 곳이다.

몇 시간 자다가 보면 식당에 가서 점심 한술 먹고, 2시에 또 방사선을 한다. 두 번이나 항암 치료를 하니 머리는 빠지고, 음식을 먹으면 자꾸 올라오곤 한다고 했다. 사는 것이 사는 게 아니었다.

나는 2시에 마치고 영등포로 오면 시간이 5시가 되니까 시간이 조금 남기는 하나 집에까지는 갈 시간이 안 돼, 혼자서 경방필이나 신세계 앞 의자에 앉아 1시간 정도를 보낸다. 일터로 5시 전에는 가야 하니까....

매일 그렇게 하다 보니 집에서 가까운 곳에 다닐 데가 없을까 싶어 그때부터는 무심코 다닐 곳을 찾아보니 바로 우리 집 옆에 쪼끼쪼끼라는 호프집 큰 것이 보였다.

무조건 들어가서 일할 수 없냐고 했다. "마침 사람이 없어 구하려던 참이다. 당장 내일부터 하라"라고 한다. 그간 일하던 집을 금방 그만두기가 미안하니까 며칠만 봐 달라고 하고선, 다니던 곳을 마무리 짓고 옆의 쪼끼 집에 다니게 되었다. 가까우니 너무 좋았다.

가게를 하도록 해 준다던 땅 주인은 전라도 식당 한 집이 그렇게 안 비워 줘서 딴 데다 넘겼다고, 약속했던 것 못 해 줘서 미안하다고 한다. 우리 아저씨도 아파서 그렇게 됐다고 했더니, 돈 백만 원 더 주면서 "인연이 아니어서 어쩔 수 없나 보다."라고 하며 끝냈다.

450만 원 주고 산 것을 96년부터 2001까지 살고 1,100만 원 받았다. 거기서 애들도 다 크고, 맨손으로 와서 그 정도 했으면 된 것 아닌가. 욕심이란 끝이 없는 것.

옆에 전라도 아저씨 한 사람이 사는데, 마누라를 둘이나 거느리고 살면서 그 집을 그렇게 안 비워 준다. 세월만 흐르고, 대출 내서 얼른 지어 팔면 계산이 나오는데....

우리가 이사 간 지 몇 년이 되었어도 거기서 살더니 그 사람도 아파트 사 놓은 것을 사기당했다고 하여 안타까워했는데, 나중에 보니 큰마누라 임대아파트 사는 데 거기서 같이 산다더군.

수도도 그렇게 내가 애써서 끌어다가 도로 하수도 공사할 때, 수도 파이프를 공짜로 해 줬어도 고맙다는 말 한마디 없었고, 그렇게 고마운 것을 모르고 혼자 잘난 척, 똑똑한 척하면서 남을 엄청 괴롭히고 살더니, 그 역시 사는 모양새는 별수 없었다.

엄마가 재개발하는 곳에 계실 때였다. 아버님이 다리가 자꾸 아프다고 오셔서 엄마랑 계시면, 고려대학병원에 식당에 올케 언니가 있었으므로 아프다 하면 피가 모자라서 그렇다 하여 피주사를 맞게 해 드리면 괜찮곤 했다. 평소 그렇게도 산에 건강하게 잘 쫓아다녔는데 자주 다리가 아프다고 하면서부터는 잘 못 다니셨다. 다른 병이 아니라 피가 모라란다 하고, 또 연세가 있으니 더할 조치가 없어, 다리가 아프면 피를 넣는 방법만 썼다.

그랬는데, 그것도 잦으니까 별수 없이 누워서 일어나지도 못하시고 한 번 가면 더하시고, 또 한 번 가면 말을 못 하시고, 횟수를 거듭할수록 한쪽 팔다리를 못 움직이더니 나중에는 아예 완전히 마비가 되어 아무도 못 알아보는 지경까지 되었다. 사람이 얼마되지 않아 이렇게 바뀌다니 정말로 가슴이 먹먹하다.

그동안에 나는 그때는 살기에만 바빠 허덕거릴 때라 자주 가 뵙지도 못하고 원망도 많이 했었는데....

부질없고 이렇게 살고 있다는 것이, 부모님의 뿌리가 되어 태어나서 살고 있다는 이 생명이 그저 유감스럽기만 했다. 그러나 내가 낳은 자식들은 또 내가 책임져야 할 운명인지라, 자식을 위해 온 맘 다할 수밖에 없는 현실을 생각하지 않을 수가 없었다. 따지고 보면 부모란 참으로 위대한 존재이다.

그것을 생각할 수 있어도 자주 못 가 보고 긴 병에 효자 없다고, 처음에는 엄마가 계속 계셨는데 너무 오랫동안이다 보니 엄마도 연세 잡숫고 힘드니까 그다음은 아들 삼 형제가 돌아가면서 보기로 했다. 동생댁이 가끔 와서 목욕도 시키고 머리도 깎아드리고 하자, 나중에 엄마 말이 둘째가 엄청 잘했다고 늘 칭찬을 많이 했다.

그런데 우리 올케언니는 그 병원에 있으면서도 식사도 잘 안 가지고 오고, 어떠냐고 인사 한번 안 하고, 너무나 야속하게 해서 엄마가 늘 섭섭해하셨다. 그렇게 보내다가 병원에서조차 가망이 없다고 입원실 밖에다 두어 돌아가시길 기다리는 것처럼 보여서 집으로 모시고 왔다.

집에 와서는 얼굴을 후벼 뜯고 몸부림을 쳐서 끈으로 손을 묶어 움직이지 못하게 해 놓고, 그렇게 며칠을 지내는 상황이 되었다. 위급 시엔 내가 제일 가깝게 있고, 도로 하나 건너면 엄마 집이니까 전화만 하면 쫓아가곤 했다. 그러는 동안에 또 위급 상황이 있었고, 그때는 오빠도 부르고 했는데 내가 쫓아갔을 때는 이내 숨을 거두셨다.

오빠는 큰아들이라 종신을 했다고 했다. 고려병원에서 앰뷸런스를 불러 그 병원으로 가서 초상을 치렀다. 돌아가신 할아버지 할머니의 초상을 치를 때는, 내가 집에 도착 전에 이미 집에서 염을 했던 터여서 사람이 죽은 모습을 이전까지는 한 번도 본 적이 없었다. 아버님으로 말미암아 주검을 처음 본 것이다.

병원에서는 언니하고 나하고 둘이서만 음식을 담당해서 오시는 손님들 음식 갖다 드리고 관리했다. 지금은 상조회가 있어 저들 손을 빌려다 할 수 있지만, 그때는 처음 당하는 일이라 사람을 부르고 하는 것을 몰랐다.

아버님이 가신 날은 1999년 9월 22일 가을이다. 고려병원에 있으면서 상복은 순예 큰고모의 딸 고종사촌이 다 해서 입관할 때는 자식들이 다 보게 했다. 그때 다시 한번 다 보고 고인과의 하직 인사를 끝으로 경상북도 임기 옛날에 우리가 태어나고 살던 옛텟곳으로 가시게 됐다. 산은 큰집 산이었다.

작은 아버님이 일찍 돌아가셨는데 사연은 이러하다.

우리 막내아들이 태어나서 돌도 안 지나 영아 시절이었다. 작은아버지는 역에 계셨는데, 영주 집이 가까우니 점심 잡숫고 나가시다가 중국집 배달하는 아이가 운전하는 오토바이와 얼마나 부딪혔는지 공중으로 날아서 아스팔트에 도로에 뚝 떨어질 정도였고, 돌아볼 것도 없이 즉사하셨다.

그때 할머니는 치매에 걸려서 살아 계시기는 했는데 작은엄마가 "할머니나 데려가지, 멀쩡한 신랑 데려갔다."라고 할머니한테 악담도 많이 했단다.

명이란 대신할 수도 없는 것. 작은엄마는 여태까지 살면서 엄마한테 못되게 하고, 친척이 어쩌다 가면 식사 한번 제대로 안 해 주고 우리 집이랑 밭이랑 다 가져간 못된 사람인데 사는 것은 잘산다.

작은아버지는 역에 계시면서 점심시간에 돌아가셨다. 자녀들 전부 다 대학교까지 공부시켜 주고, 취직도 시켜 주고... 애들 성장에는 지장이 없도록 일일한 것을 다 책임지고 돌아가셨다.

두 형제가 죽어서도 나란히 같이 계신다. 전에도 우리가 울진 갔다 오는 길에 길옆이라 들르면 삼촌이랑 두 분께 으레 다 인사하곤 했다.

입관하는 날, 살던 고향이고, 오빠 동생 집안 친척들도 거기 계시니 모두 연락해서 포크레인까지 불러 땅도 다 파 놓았고, 음식도 다 해 가지고 와서 일은 정말 수월했다. 그렇게 초상을 치르고 집에 와서 보니 초상 다 치르고 천만 원 정도가 남았다.

올케는 그 돈을 아들 승탁이 앞으로 다 해야 된다고 억지를 부린다. 물려줄 재산도 없어서 그것이라도 줘야만 한다고 난리를 치니 얼마나 웃기는 일인지....

엄마가 계시므로 어쩔 수 없이 반은 주고 반은 엄마에게 갖다 드리기로 했다. 엄마 살던 집이 천만 원이었는데 재개발로 그곳을 비워 줘야 해서 시장 쪽에 4천만 원짜리 이층집으로 이사해야 했다. 금액 부분이 이것저것 보태도 모자라 종옥이가 나머지 보태서 얻게 되었다.

부동산에서 재개발 계획 있는 곳이라며 개나리연립을 사라고 권해서 동생댁이 9천 5백만 원인가 주고 샀다. 그때 그렇게 산 것이 바로 재건축을 해서 그 당시 분양가가 4~5억 했는데 오목교역 한방병원 바로 앞이고, 45평짜리였으니 아마 지금은 10억도 넘겠지.

사람이 착한 일을 하면 모든 일이 잘 풀리고 잘 되는 것은 법칙인 것을~!

등촌 시장에도 옛날 어설픈 땅 구옥 92평을 사서 자기네가 들어가서 좀 살았는데, 비도 새고 엉망인 옛날 집을 허물고 새로 지을 동안 작은 아파트에 가서 살면서 빌딩을 멋지게 지었다.

6억 5천만 원에 산 자린데, 1층은 가구점, 2층은 사무실, 3층과 4층은 주택으로 두 집이 살게끔 멋지게 지어서 새집에 조금 살다가 좁다고 김포 가서 60평짜리 집으로 가서 꽤 몇 년을 살았다.

엄마 생신이면 한 번씩 모여서 하루씩 즐기며 놀다가 오곤 했다. 주방이 우리 집만 할 정도로 넓고 운동장 같았다.

그전에 여기 14단지에는 동생댁 친정 부모님께서 군인 장교로 돌아가셔서 연금도 많이 나오고, 아파트도 하나 나라에서 준 건데 사장 어른은 별로 필요치 않고, 다른 자식들은 다 잘사니까 막내딸 준다고 준 집인데, 거기서도 몇 년을 살면서 조카딸 결혼할 때 오빠네 손님 다 치르고 시골에서 멀리 오신 친척들도 다 거기서 잔치를 치르곤 했다.

SBS방송국에서 결혼식을 하는 바람에 시골 손님은 모시고 와서 치러야 하는데 올케가 가자 소리 한마디 않는다. 그때는 처음으로 큰일을 치르니까 당연히 손님들을 집으로 오시게 할 줄 알고 우리가 음식을 하러 집으로 갔더니, 무슨 음식을 하냐고 다 가라고 쫓아서 종옥이 집에 있으면서 대충 해 놓고 모이면 어쩌냐고 걱정을 했던 바였다. 오빠가 사위를 본다면 시골서도 다 올 정도의 인물이었다.

혜화동에 오래 살다가 돈암동으로 이사 간 지 얼마 안 되었을 때다. 부조금은 다 챙겨서 들고 집에 데려다 달라고 한다. 차라리 가려면 지하철 타고 가든지, 돈암동까지 자기 자식 잔치를 치르면서 같이 설쳐서 하든지 얄밉게 시동생 차로 간다는 것은 또 뭐냐고…. 할 수 없이 종옥이가 오목교에서 돈암동까지는 왕복 세 시간 거리를 수고했다.

그렇게 갔다 와서 숙모들이 노래방 가자는데, 오빠는 돈 한 푼 안 들이고 종옥이가 다 내고 쓰고, 정말 사람이 어떻게 그렇게 할 수 있나 싶어 속상했다.

언니하고 둘이서 옛날의 우리 오빠는 최고의 오빠였고, 시골 동네 어디든지 백창화 하면 알아주는 사람이었는데.... 이렇게 바보를 만들어 놓은 것 같아 화가 나서 견딜 수 없을 정도였다.

그러던 그 집에 막냇동생이 이사를 오게 되었다. 그때 등촌동 구옥으로 가면서 자기네가 좀 살아봐야겠다고 하며 그리로 가고, 막냇동생네가 오면서 형 집이니 언제까지 살겠다 싶어서 마루를 다 새로 깔고 인테리를 다시 해서 이사를 왔다.

종옥이네는 트럭터미널 있는 데서도 아파트를 엄청 넓은 것을 사서 거기 살기도 했다. 나중에 그 아파트 팔 때 좀 힘들게 팔았다고 말했던 것 같다. 이사도 많이 하고, 할 때마다 살림이 많이 불으니 그것도 재산 아니겠는가.

김포에 살 때는 월세로 살았었다. 거기서 엄청 오래 살다가 지금은 애들 결혼을 시키고 식구도 둘이 살게 되니, 자기 빌딩 4층 중, 한 채에는 자기네가 살고, 옆 칸엔 작은아들 부부가 손녀 하나를 데리고 살았다. 세를 꼬박꼬박 받아서 혹여 나중에 다시 줄지라도 그렇게 했다고 한다.

큰아들은 나이 사십인데 장가도 안 가고 그 빌딩 3층인가에 사무실과 방을 꾸며서 혼자 쓰고 있었다고 한다. 그러던 조카가 부산 아가씨랑 결혼을 했다.(2023년 43세 3월 4일 결혼)

그 빌딩이 수십억 원 되겠고, 월세 4~5백만 원 나온다면서도 동생은 탤런트 한 지도 벌써 10년이 넘었다.

나보다 다섯 살이 적으니 지금 67세이다. (2023년 70세) 아직은 건강하다는 사람이 동생이지만, 어려서도 항상 물 주는 물조리개에 입을 대고 소리치는 말이, 크면 비행기 타고 엄마 아버지 구경시켜 드리고 큰일을 할 거라고 떵떵댔다. 그러더니 역시 자기 인생은 힘들지 않게 편안하게 살 수 있는 것이, 같은 형제라도 타고난 복이 있긴 한가 보다.

어려서 똑같은 애라도 대우받고 자랐으니까 이제 와서 비교할 것도 따질 것도 없겠으나, 내 인생은 아직 끝이 없다. 쪼끼쪼끼 호프집에서 일을 하며 암센터 다니면서 어떻게 해서라도 버텨야 한다는 것이 나의 생각뿐이다.

병원 갔다 집에 오면 먹을 것을 해 주게 되는데, 뭐라도 먹으면 오바이트를 하는 통에 베지밀을 항상 냉장고에 가득 채워 놓았다. 일단 빨대로 빨면 죽 마실 수 있으니까....

그러는 중에 딸애가 남자를 사귄다고 데리고 왔다. 맨날 하는 말이 아빠하고 반대되는 사람하고 결혼하겠다고 노래 삼아 말했었다. 아빠가 엄마 힘들게 하며 사는 것이 싫으니까 아빠 반대되는 사람을 데리고 와서 결혼하겠다고 왔는데 처음에는 마음에 안 들어서 반대했다.

아빠도 남자 눈이 너무 조그맣다고 싫어했다. 눈 작은 사람은 성질이 못됐다고 하면서 말이다.

갔나 하고 나와 보면 또 있고, 하도 그래서 딸한테 어떻게 알게 됐냐고 했더니, 꽃집을 다니게 됐는데 꽃꽂이 학원에 그 남친의 누나가 다녔대요. 학원에서 남의 밑에 있었는데, 그 선생이 안 하고 그만두게 돼서 우리 딸이 그 학원을 인수하게 되었단다.

집 담보로 대출을 받아서 학원 보증금을 냈고 인수를 하게 돼서 학원을 하였는데, 그 누나가 강남구청에 자기 신랑이 다니고, 애들도 어리고, 꽃꽂이를 배운다고 와서 배우고 되었단다. 나이가 띠동갑이라 언니 언니 하면서 친하게 지냈는데, 그때 자기 동생이 둘이나 있다면서 누구 하나 보라고 해서 일단 한번 보자고 하고 만난 거란다. 막냇동생은 예술 한다고 머리가 길었다나 봐.

딸애는 평소 남자가 머리 길이가 길면 지저분해 보인다고 싫어했다. 그 후에 형을 보니까 머리도 짧고 직업도 정비를 한다 하니 마음에 들었나 보더라고.

연세대학교 꽃꽂이 일 년 다니면서 연수해서 수료증도 받고 꽃으로 여는 세상이라고 학회도 보여 주고, 자기 물품 만들어서 전시하기도 하고, 새로운 것에 도전하며 안 한 것 없이 다 했다.

거기 전시하는 데 가자고 해서 잠시 갔다. 그곳 전시장에서 남자가 왔다 갔다 하는 것을 봤다. 그런데 거기에서 자기 누나도 전시를 했으니까 왔겠지 하면서 봤지만 거기서는 인사도 없이 보기만 하고 왔다. 그러고 나서 얼마 있었는데, 그 학원을 무서워서 못하겠다며 내놓는다는 것이다.

나는 팔으라고 했다. 그런데 부동산에서 사람을 골탕을 먹이니 아주 딸애가 엄청 힘들어했다. 부동산에서 권리금을 속이고 자기네가 다 해 먹고, 딸은 원금만 받았고, 결국은 손해 보고 나와서 목욕탕 건물 안 입구에다 꽃집을 차렸다.

그 건물은 지하에 목욕탕이 있고, 식당도 있어 꽤 큰 건물인데, 거기로 가서 꽃 냉장고도 해 놓고 꽃을 예쁘게 단장하고 장식해서 장사가 잘되었다.

그때 학교 애들 졸업한다 하면, 새벽에 꽃 농장에 가서 꽃을 도매로 떼다가 만들어 학교에 가서 팔았고, 어버이날이 되면 꽃을 포장해서 다 팔았다.

이쁘게 만들어 놓으면 잘 팔렸다. 딸이 만들어 주면 집에서는 내가 팔고, 딸은 가게에서 팔았다. 거기 딸 가게에서는 5만 원이어도 이쁘기만 하면 군말 없이 사 가는데, 오목교는 싸게 달라고 깎아댄다. 역시 강남 지역과 오목교는 수준 차이가 엄청나구나 생각했다.

딸이 운영하는 그 꽃집에 한번 갔는데 그 남자가 왔다고 인사를 시킨다. 나는 아직 우리 딸 보낼 형편도 안 되고, 지금은 아닌 것 같고, 좀 형편이 피면 보내겠다 하면서 특별한 얘기도 않고 왔는데, 집에까지 와서 허락해 줄 때까지 안 가겠다고 떼를 쓴다. 그때 나는 비록 딸이지만 너무 믿고 의지하고 사는 형편이라서, 무슨 일이 있으면 딸과 의논해서 해결하며 살던 때였다.

지금도 그때를 생각하면... 내게 딸이 없었다면... 난 누구를 의지하며 살았을까 할 정도였으니....

병원 다니면서 그때는 카드를 이것 빼서 저것 막고 저것 빼서 이것 막고 그렇게 해결하고 참 힘들게 살았는데, 갑자기 딸이 하는 말이 임신이 됐단다. 벌써 3, 4개월이라 하니 너무 기가 막혀서 내 딸은 안 그럴 줄 알았는데 너무 어이가 없고, 벌써 몇 개월이 되었다니 마음이 급해졌다.

애들 아빠한테 이제는 내가 졸랐다. 자기 좋다 하는 사람에게 보내야지, 억지로 떼어 놓았다가 원망 듣는다고 꼬셨다. 급히 상견례를 하자고 영주 시누이를 오시라고 했다. 갑자기 그 집에도 시어머니가 그때 바로 아파서 병원에 가셨다는데 폐암 진단을 받았다고 한다.

사돈 될 분이 아픈 상태로 상견례 때 오셨다. 우리 애들 아빠도 폐암, 시어머니 될 분도 폐암, 양쪽이 아픈 사람인데 상견례 할 때 사돈이 돈을 3백만 원을 가지고 오셔서 건네주셨다. 2003년 6월 초에 상견례하고 6월 29일에 결혼식을 올렸다. 꽃 가게 할 때 그때 벌써 배가 불러서 몸이 무거울 때라, 시아버지가 6천만 원을 해 줘서 바로 꽃집 앞에 방을 얻어 살았다.

석준이가 2003년 12월 30일에 태어났다. 석준이 낳을 무렵, 라이프 빌라 있을 때 애기 낳는다고 와서 멀쩡하게 잘 있었는데, 12월 30일 아침에 딸이 배가 아프다고 한다.

나올 때가 됐나 보다 하고선 이대병원이 제일 가깝고, 늘 검사하러 다녔던 데고, 대학병원이라 믿고 갔더니 좀 기다리란다. 아주 많이 아프면 준비를 하고 해야 되는데 애를 한 번도 낳아 보지 않은 아가씨들이 이론적으로 배웠다고 제멋대로 아는 소리를 한다. 힘을 줄 때가 있는데 무조건 자꾸 힘주라고만 계속 그러니 애가 힘이 빠져 못하니까 수술해야 된다고 한다. 아침 먹었냐고 물어서 힘들까 봐 아침을 먹여 가지고 왔다고 했다. 기다리라는 시간을 지나 그러고도 더 시간을 기다려서 4시 30분에 애기가 태어났다.

첫 손주를 보았다. 병원에서 일주일을 있었다. 애기를 데리고 와서 젖을 옳게 빨리지도 못하고 가고, 며칠을 애기를 굶겨서 애기가 노랗게 황

달이 들어 에미는 퇴원해도 애기는 병원에 며칠 뒀다가 퇴원해야 한단다. 그 조그마한 애기를 어른들이 잘못해서 이렇게 만든 것이라 생각되어 너무 속상했지만, 어떻게 할 수 없으니 받아들일 수밖에….

며칠 후에 데리러 갔다. 거의 정상으로 나아서 집에 오니 우유도 잘 먹고, 젖도 잘 먹고, 애기가 너무 건강하고 통통했으며, 물에 넣어 놓으면 울지도 않고 잘 크고 있었다.

그전에 9월 막내 시동생 장가를 보내고 그때 우리 큰아들이 운전하고 함창까지 갔다 오면서 문경새재를 넘게 되었다. 이것저것 드라마 세트장도 구경하고 그렇게 다녀왔는데 그때 벌써 사돈이 지팡이를 짚고 나와서 부모 자리에 앉으셨다. 그러더니 10월에 막내까지 결혼을 다 시켜놓고 돌아가셨다.

아들 셋, 딸 셋, 6남매를 키우고 시집 장가 다 보내느라 할 고생은 다 하고 가시다니 자랑이기도 하지만, 인생이 너무 허무하다. 구월에 장가보낼 때랑 시월에 가고… 두 번이나 다녀왔지만, 우리 신랑은 같은 암으로 미리 아팠는데도 이길 힘이 있으니까 나을 수 있었던가 보다.

2000년에 며느리를 보고, 2003년에 사위를 보고, 참 바쁘게 보낸 것 같다. 딸 보낼 때는 너무 형편이 좋지 않았는데 큰아들이 고맙게도 천만 원을 해 줬다. 자기 장가갈 때 여동생이 5백만 원 해 줬대서 고마웠다며 그 동생이 시집간다니 천만 원을 해 준 것이다. 그 돈을 가지고 메이커는 아니어도 가구를 우리 딸 마음에 드는 대로 사고, 사돈이 예물 값으로 3백만 원을 줘서 가실 때 차비 몇십만 원 드리고, 그것으로 이불을 사서 예물로 주고, 서울 논현동 꽃집 옆에 살림을 차렸다. 그릇 같은 것이나 기타 장만해야 할 것은 쓰는 사람이 합당하게 필요한 그릇만 사고서 그렇게 간단하게 신혼살림을 시작하였다.

딸은 애기를 낳고도 꽃집을 했다. 물건 하러 갈 때는 내가 애기를 봐 주었다. 그렇게 하다 보니 어느 날 사위가 카센터를 하겠다고 한다. 남의 집에 다니니 거리도 분당까지 멀었고, 딸린 식구가 있으니 자기가 하게 되면 아무래도 나을 것 같다고 생각했던 모양이다.

논현동 집에서 석준이가 애기일 때, 천장 전등이 바로 위에 있고 침대가 그 등 바로 밑에 있었는데 딸이 직감이 왔나 보다. 석준이를 땅에 눕혀 놓았는데 바로 쳐다보면 전등이 둥그런 건데 엄청 컸다.

그런데 잠시 후 딸이 나하고 얘기하며 주방에 앉아 있다가 갑자기 애기가 누워 있는 방에 들어가더니 그냥 울지도 않는 애기를 안고 나와서 옆 방에 아무도 없는 데다 갖다 눕히는 것이다.

울지도 않는 애기를 왜 단방에 눕힐까? 혼자 곰곰이 생각하고 있는데 뭔가 와장창 하는 소리에 보니 천장에 있던 그 큰 전등이 그냥 뚝 떨어져서 애기 있던 자리에서 박살이 났다.

아무래도 심신할머니가 애기엄마한테 시킨 것 같았다. 너무도 놀라서, "너는 알고 그랬냐?"라고 했더니, 아니 등이 떨어진다는 것은 생각 못 하고 그냥 애기를 데리고 나오고 싶었다는 거였다. 엄마라는 존재는, 자식을 살리는 기운이란 것이 존재하고 있다는 것에 새삼 또 놀랐다.

그 유리를 쓸어 내던 생각을 하면서, 지금도 가슴이 철렁했고, 딸이 애기를 데려다가 옆방에 눕힌 것이 꿈만 같았다.

그 등은, 그 건물을 짓고서 천장에 달고 몇 년이 흘렀는지는 모르겠으나 그렇게 눈 깜짝할 사이에 떨어질 거라고는 상상도 못 했다. 유리를 쓸어 내고 그 후에 조그마한 것을 사다 달았다. 그리고 거기서는 얼마 안 살고 그 집을 빼서 카센터에다가 남이 하던 것을 보증금 3천만 원에다 권리금 2천만 원 주고 시작했다. 그것도 원주인이면 좋은데 세차장 얻은 사람이 다 얻어서 그 사람이 또 세를 놓았으니 전전세 이런 자리였지만, 사가정 길옆이고 도로 가라서 자리는 그런대로 썩 괜찮은 것 같았다.

꽃집을 빼서 방을 얻긴 했는데 월세 나가는 것이 겁나서, 산꼭대기에 지하방을 알아보았다. 나도 그런 방은 처음 봤는데, 땅에 사람 하나 겨우 들어갈 수 있는 방이었다. 그 속에 들어가면 골방도 세 칸이나 있어 그나마 살림을 놓고 잠은 잘 수는 있으니 좋긴 했는데, 너무 소굴 같아서 나도 들어가면 겁이 났다.

주방은 밖으로 빼놓았고, 화장실도 주방 옆에 빼놓았는데, 들어가면 햇볕이 안 들어와서 눅눅하니 벌레가 있을 것 같았고, 애기는 피부병이 생기기까지 했다. 딸이 매일 그 집에 있기 싫어서 애기를 데리고 나한테 자주 오고, 결혼한 지 얼마 안 된 때라서 점심을 해서 늘 애기를 데리고 카센터까지 걸어다녔는데 꽤 먼거리였다.

그때 우리 큰아들도 전기·조명 가게를 차리게 됐다. 전기 회사를 그만두고 자격증이 많으니 강서구청 있는 데다 조명 가게를 꽤 크게 시작했다. 같은 해에 시작해서 개업식을 하게 되었는데, 큰아들은 전기 회사 손님이 엄청 많이 온다고 했다. 사돈들도 전기 일을 같이 했었던 것 같았다.

며느리도 같이 일을 하니 아는 사람이 많아서 홍어무침을 엄청 많이 했다. 큰아들은 이틀 동안 손님을 받고, 며칠 후에는 사위 카센터에서도 개업식을 했다. 거기는 딸 친구들과 우리 가족 그래도 '이렇게 시작했으니 잘 되겠지.' '먹고 사는 것은 걱정 없겠지.' 하는 생각에 큰일을 던 것 같았다. 정말로 뿌듯했다.

열심히 몇 개월을 하더니 조금씩 벌어서 지하 땅속으로 조금 덜 들어가고, 창문이 반 정도 올라오고, 그런 곳으로 이전 계획을 세웠다. 집주인이 돈을 비싸게 달라는 것이 걸렸지만, '돈이 없다고, 밑져봐야 본전이다.' 하고 집주인이 3천 5백만 원 달라는 것을 2천만 원밖에 없다며 그렇게 해 달라고 떼를 썼다. 주인도 우리더러 좋은 사람 만났다고, 젊은 사람이 사람 좋아 보인다고, 우리 요구대로 해 준다 해서 그 땅속 집도 얼른 나가서 이사를 했다.

석준이가 돌 전에 혜인이가 에미 배 속에 들어섰다. 이사를 하고 나서 내가 또 옷집을 차린다고 하니, 딸애가 자기는 엄마처럼 안 살고 신랑이 벌어다 주는 것만 가지고 편하게 살 거라고 한다. 엄마가 아빠를 그렇게 생활력 없는 사람으로 만들었다면서 아무것도 하지 않고 있으면 남자가 뭐라도 할 건데, 자기가 안 해도 살 수 있는 믿음이 있다며 일거리를 찾고 해 볼 생각을 안 하는 거였다. 그러면서 나보고 많이 나무라고 큰소리쳤다. 보고 배운 것이라고는 엄마가 헤매는 것밖에 없었으니, 딸은 엄마 닮는다고 어쩔 수 없는가 보다.

우리도 라이프빌라 집을 팔게 되었다. 7천만 원에 산 집을 1억 3천만 원에 팔아서 큰아들 차 1대와 일을 하자면 물건을 싣고 다녀야 하니까 큰 중형차 중고 카니발을 1천 2백만 원 주고 샀으며, 딸내미 학원 할 때 대출받았던 것 갚고, 나머지 6천만 원 가지고 영등포구청역 있는 데 공원 옆에 6천만 원 전세로 이사를 갔다.

언니네는 그때 한독연립빌라에서 살았다. 옛날에 이사 갔던 집을 빼서 조금 보태서 9천만 원인가 주고 사서 이사 간 그 집은 아버님이 늘 남향이라 좋다고 하셨다. 마당에 조그마한 밭이 있어서, 거기다가 오이도 심고 열무 상추 모든 것 심어서 잘 먹고, 우리도 가끔 얻어먹곤 했었다.

거기로 이사를 가서도 뭘 해서 먹고는 살아야겠는데.... 라이프빌라에 있을 때까지 쪼끼쪼끼 맥줏집에 다녔었다. 그 집에 시어머니가 계실 때는 주인 마누라가 못 나오니 아저씨만 늘 다녔는데, 그 시어머니가 돌아가시니 마누라가 해야겠다고 나와 설친다. 주인이 바뀌고도 그래도 그곳에서 몇 년을 일했다.

거기 있을 때 한번은 깡통을 따다가 손을 베어서 피가 너무 많이 난 적이 있었다. 그냥 고무장갑을 끼고 피 흘리며 일하는데 미수가 결혼하기 전 신랑감 하고 찾아와서 손을 보더니 놀라며 약방에서 약을 사다 바르고, 피가 안 나오게 붕대도 감아 테이프로 붙여 줘서 그 덕에 일을 잘 마치고 왔다.

그때 엄마가 시장 2층에서 살 때 결혼한다고 엄마한테 인사하러 갔다. 국수를 해서 줬는데 잘 먹는다고 엄마가 또 주고 또 주고 하는데 안 먹을 수도 없고 힘들었다고 했다.

우리가 영등포구청 부근으로 간 뒤에 엄마도 목동 오거리 반지하에 가셨다. 이사 다닐 때 한 번도 못 가 봐 미안했는데 종옥이가 항상 집 얻고 옮기고 맡아서 다 해 줘 그나마 다행이었다.

자식이 여럿이니 이런 것 저런 것 다 있어서 조금 살 만한 것은 챙기고, 못사는 것은 매일 자기 앞가림하기도 바쁘니 어쩔 수 없는 경우도 있기도 했다. 아무튼 그러고 사는데 엄마 이사한 거기는 반지하이긴 해도 엄청 넓었다.

엄마는 시간만 있으면 교화원에 가서 살다시피 하셨다. 화장도 이쁘게 하고 깔끔하게 하고 신길동까지 하루도 안 빠지고 다니셨다. 한글도 모르시던 분이 한문을 얼마나 잘 쓰고 잘 아시던지…. 나도 엄마 따라 대구도 가 보고 교화원에 여러 번 따라 나갔던 게 기억난다.

처음에 하도 가자고 졸라서 거역할 수 없었기에 몇 번 갔는데, 남은 설명하는데 왜 그리도 잠이 오던지…. 도대체 잠이 와서 설명을 들을 수가 없으니 다닐 수가 없었다. 나는 교회고 뭐고 아무것도 아니고, 그런 것을 믿는다는 것이 싫고 마음이 가질 않는다.

엄마는 한문을 배워서 대구 가서 시험을 봐서 합격하면, 아버님처럼 학식이 많은 사람, 종옥이 장모도 그렇고, 사방 지역마다 교화원이 있어서 가르치고 하는 자격을 가진다.

엄마는 그만한 능력은 안 되더라도 아픈 사람 고쳐 줄 능력은 생겼는가 보더라. 손으로 아픈 곳을 만지면서 '무량청정정방심'이라는 그 교의 진리를 수식어처럼 외면 마음으로 낫는 것 같은 심정이었다.

우리 딸애가 엉금엉금 기어 다니던 어릴 때 어느 날, 아버지가 오셨다고 닭을 삶아서 솥째로 상위에 얹어 놓았는데 딸애가 엉금엉금 기어 다니다가 그 솥을 잡아당겨 쏟게 되었다. 기름이며 그 뜨거운 것이 보드라운 몸에 다 부었졌으니 애기 죽는다고 나는 막 울고 난리를 쳤다. 그때 아버님이 수선떨지 말고 가만히 있으라고 하더니 우는 애를 끌어

안고 계속 만지면서 '무량청정정방심'을 외우셨다.

그러자 애기가 거짓말처럼 멀쩡했다. 흉터 하나 없이 말이다. 그것을 보면서 도대체 알 수 없는 일에 고개만 갸우뚱했다. 눈으로 봤으니까 믿어야 할지.... 그 일(애기 데인 일)은 지금도 생각하면 아찔한 일이었다.

우리 막내는 군을 제대하고 숭실대에 복학해서 다니고 있었다. 오목교에서 친한 친구 영석, 호영이 그 두 사람은 우리가 힘들 때 영석이네는 오목교 부근 무허가 건물에서 식당을 했다. 누나는 장애가 있었는데 항상 학교에 갈 때 몸을 마음대로 못 가누면서도 고등학교 졸업까지는 한 것 같았다.

거기에 아파트 짓느라고 다 흩어졌는데 영석이네는 집을 사서 신정동으로 이사를 했고, 영석이 엄마는 쉬면서 어디 다닌다고 하고, 호영이네는 그때 제일 잘살아서 어머니는 매일 춤추러 다니고, 호영이 누나가 둘이나 있는데 간호학교 다니다가 큰딸은 시집가고 작은딸은 간호학교 다니다가 외국으로 갔다 했다. 호영이는 대학교를 못 갔지만, IMF 때 건축업을 하며 잘 벌어서 번쩍번쩍했는데, 갑자기 레미콘 차를 월부로 사고 친척들 돈도 다 끌어 쓰다가, 살고 있던 집도 경매로 나와서 홍 씨네가 다 맡아서 사게 되었다.

호영이네는 1층에 살고 홍 씨네는 2층에 살았는데 그렇게 집까지 경매로 다 넘기고 나중에 우리 막내아들이 얘기하기를, 어디 함바식당을 맡아서 한다는 소문이 있었긴 한데....세월이 흐르니 안 죽고 살면 사라지는 건가 보다.

호영이는 대학은 못 가고 김영삼네 경호원 한다 했으며 가끔 우리 막내 아들은 만나는 모양이었다.

영등포구청 부근으로 가서 동네 풍세도 모르는데 여기저기 돌아보다가 비어 있던 복권가게를 발견하게 되었다. 보증금 천만 원에 월세 30만 원인가로 얻었다. 마땅히 할 것도 없었는데, 평해에서 술안주를 했던 생각이 나서 술도 팔고 이것저것 팔면서 감자탕을 해 본 경험으로 그것을 하려고 시작했다.

그 일을 시작하기 전 처음에 영등포구청 부근에 가서 일자리를 찾아다닌 적이 있었다. 교보생명 뒷골목에 가면 문래동 쪽으로 거기 또 쪼끼쪼끼가 있어서 내가 쪼끼에서는 뭐든지 다 할 수 있다고 큰소리쳤더니, 거기는 새로 시작하는 데였고, 업소 측에서도 잘 됐다고 하기에 거기 취직해서 꽤 몇 개월 다녔다.

호프집 가느라고 매일 골목으로 다니는데 가까운 데 있는 사람을 구한다는 광고가 붙어 있길래 그냥 시험 삼아 일할 수 있냐고 물어봤던 적이 있었다. 한 사람이 나가서 마침 사람을 구하는 중인데 내일부터라도 출근하라고 해서 다니던 곳이었다. 하지만 마무리를 지어야 할 때가 되어서 사람을 구하라고, 못 다니게 되었다고.... 그렇게 사람 구할 며칠 동안 다니다가 그 집으로 왔다.

처음에는 미리 있던 아줌마하고 잘 지내라고, 주인아줌마도 고맙다고 부탁까지 했다. 우리가 둘이 친하게 지내고, 목욕탕도 같이 가고, 우리 집에도 오가고....

열무김치를 한 번 담그려면 보통 10~20단 담기도 하고, 주인아저씨는 김칫거리 시장도 봐다 주고 재미있게 몇 개월이 지나갔다. 전에는 아줌마가 매일 싸워서 서로 주인한테 이르고 그렇게 지냈었나 본데, 우리는 그럴 일이 없으니 주인이 오히려 불안해 한다.

둘이 사바사바라도 해서 뭐 없어질까 쓸데없는 걱정을 하면서 괜히 트집을 잡곤 했다. 고추장이 없어졌다고 하지를 않나, 쓸데없이 이런저런 이유로 트집을 잡는 거였다.

자꾸 엉뚱한 의심을 하는 것이 다반사였다. 그 아줌마는 부천에서 몇 년을 다녔단다. 몇 년 동안 그렇게 맘 맞은 사람이 없어서 늘 사람을 바꾸고 바꾸고 하는 중에도 그냥저냥 다녔는데, 이참에 둘이 다 그만두자고 해서 둘 다 그만두게 됐던 거였다. 그만두고 생각하니 무얼 하긴 해야겠다 싶어서 가게를 다시 하게 되었다.

처음에는 감자탕을 한다고 오픈했는데 많이 안 팔리니 안주 삼아 이것저것 만들어서 술도 팔고, 밥도 팔고, 한 일 년 정도를 했다. 그 뒤로 지하철역 앞 지하에 가게가 나와서 보증금 5백만 원에 권리금 없이 거기를 가게 되었는데, 너무 지하라 사람이 없으면 겁이 났다.

돈이 없다 보니 싼 것만 찾고, 내 형편에 맞추다 보니 늘 모자라고, 부족한 곳에 다니면서 힘들고, 사는 것이 녹록지가 않았다.

우리 딸이 중학교 다닐 때였다. 롯데월드가 완공되어 친구들이랑 놀러 가려 한 걸 지금 생각하면 내가 바보였다. 친구 아빠 승용차로 같이 갔다 온다는 것을 아빠가 못 보내게 소리 지르고 야단쳐서 못 보내고, 하루 종일 딸도 울고 나도 속상해서 참을 수 없을 정도로 자책하고 가슴앓이를 하면서 살았다. 그때 당시에는 자꾸 때리니까 안 맞으려고, 그 속을 안 건드리려고, 벌벌 떨기만 하며 애들에게도 마음대로 못 해 줬다. 그냥 밥만 먹이고 학교에 다녀도 공부하라고 한 번도 닦달한 적이 없었다.

그냥 애들 각자가 알아서 큰 말썽 안 부리고 잘 커 준 것이다. 그러나 그런 중에도 우리 큰아들은 양정 처음 들어간 지 얼마 안 되어 강서고등학교 학생과 싸움이 붙어 양천 경찰서까지 가곤 한 적도 있었다. 그때는 약간 힘들었다.

김안과 옆에 있는 학원에 간다고 하여 학원비 내 주고 다니라 했다. 조금 다니다 김안과 골목에서 학원에서 나오다 시비 거는 학생과 부딪힌 것이다. 큰일 날 뻔해서 학원비만 내고 안 다녔고, 책을 사 달라 해서 돈을 주니 잔뜩 사 가지고 와서는 공부를 하는 둥 마는 둥 한다.

그때 당시 나는 화곡동 용문사 절에 가서 옥수수를 쪄서 머리에 이고 다니며 팔고 다녔는데, 처음에는 가는 대로 팔리더니 나중에는 자주 간 만큼 늘 오는 사람이 오니까 팔리는 것이 뜸하고 힘들었다.

이것저것 오만 가지 장사를 다 해 보고 영등포구청 옆 지하 가게를 얻었는데, 큰아들이 가서 전기 손 볼 것은 봐 주고 고칠 것은 다 고치고 해서 거기서 얼마 동안 장사를 했다.

그 사이 딸내미는 석준이 첫돌 지내고 8개월 만에 당월된 혜인이를 낳으러 왔다. 애기를 낳은 딸이 되니 집에 와서 있었다.

그 당시에는 거기서 알게 된 술친구들과 모여 그 좁은 집안에서 화투를 치면서 담배 연기가 자욱한데 애기 데리고 살 수가 없으니 보고 화가 났던 모양이다. 애기가 있는데 담배 연기를 이렇게 내면서 모여서 화투놀이 할 때냐고 엄청 화를 냈나 보더라.

그래놓고 가게로 애기를 데리고 와서 울며 "집이냐고 담배 연기가 자욱하고 도대체 엄마 한 푼 벌겠다고 이 고생을 하는데 집에서 그러고 있으니, 애기는 날 때 돼서 배불러 오늘내일 하는데, 마음이 얼마나 무겁고 불안하냐"라고 볼멘소리를 해댄다.

그때 아빠라고 가게 찾아와서는 소리를 지르고, 재떨이를 배부른 애 앞으로 마구 던지며 애비를 망신시켰다고 소리소리 지르고 난리를 쳤다.

딸애가 신경을 써서 그런지 갑자기 배가 아프다고 하길래 다 집으로 가라고 쫓아놓고 딸을 데리고 석준이도 데리고 목동 오거리 개인 병원 한순심 산부인과로 갔다. 늘 검사도 거기서 했고 기록도 있고 해서 그곳으로 갔다.

가서 하룻밤을 병원에서 지내고 다음 날 아침 8시 반쯤 큰애도 수술해서 낳았으니 작은 애도 수술해서 낳았다. 8월 23일 오전 8시 30분에 두 번째로 이쁜 딸을 낳았다. 병원에 있어서 병원에서 다 해 주니 왔다 갔다 하면서 장사도 하고, 병원도 가고, 한 일주일 동안 그렇게 하다가 퇴원하여 집으로 데리고 왔다.

한 달 정도 있다가 딸애는 사가정 자기 집으로 갔다. 자기 혼자 애들 둘 데리고 힘들게 있으면서 구루마에 둘을 태워서 자주 왔다 갔다 했다. 지하철을 타면 군자역에서 7호선을 갈아타야 되고, 자가용을 태우면 어리니까 울어서 이래저래 다니기가 힘들었다.

꽃 장사할 때 아빠가 운전면허 따라고 접수해 주어서 힘들게 면허를 땄는데, 차는 못 가져가게 해서 연수를 몇 번을 했다. 운전을 해야 기술이 느는데 사고 날까 봐 겁나서 못하고, 한번 어디 가고 없는 뒤에 차를 가지고 강남까지 가지고 갔는데 나는 아빠 돌아오기 전에 돌아와야 될 텐데 겁도 나고, 걱정도 되고, 벌벌 떨고 있는 중에 다행히도 딸이 미리 와서 차를 세우고 나니 아빠가 들어와 들키지는 않았다. 그때부터 딸은 겁이 없이 출퇴근하면서도 가지고 다니고, 꽃 농장도 다녀 보니 너무 일하기가 수월했던 모양이다.

큰아들이 결혼해서 다른 차를 가지고 다니니 이 차는 딸이 가지고 다녀도 되었다.

우리 신랑은 91년도 면허를 힘들게 몇 번 떨어지기를 반복하면서 따기는 애들보다 제일 먼저 땄는데, 워낙 겁이 많아 운전을 잘 안 한다. 암 병원 다닐 때 딱 한 번 자기 손으로 운전해서 왔다 가고 오거리 한번 다녀보고, 시내는 한 번도 안 다녔고, 30년 동안 손에 꼽을 정도로 겁이 많아 운전을 하지 않았다.

그놈의 지하에서 얼마간 하다가 1층에 호프집이 나왔다 해서 보게 됐는데 전에 하던 곳에서 가까운 곳이었다. 통닭집 체인이었다.

체인이라서 본사에서 물건을 다 대주고, 하는 방법도 가르쳐 주었다. 좀 쉽게 생각하고 앞에 탁자 자리도 두서너 개 놓을 수 있고, 배달하는 애도 하나 두고 쉬고 없을 때는 우리 막내가 학교 갔다 와서 많이 도와 주곤 했다. 배달하는 애는 고등학생인데 착한 학생을 두었다.

바비큐 보스 체인이라 처음에는 정말 맛이 있었다. 양념통닭과 바삭 바삭한 프라이드치킨은 정말 맛있었다.

아들도 도와주고 열심히 했는데, 세 얻은 살림집이 거의 기간이 다 되어서 더 살까 고민 중이었으나 주인과는 안 맞아 재계약하기가 싫었

다. 집을 보러 다니다가 보니 화곡동에 월세보다는 내 집을 만들어서 2
년마다 이사 안 다니고 살 것을 생각해 봤다.

　나이 들어서까지 여기저기 다니기가 힘들어하던 중, 오목교에서 막내
하고 같은 학년인 부모가 화곡동 지하철 옆에 부동산 차린 지가 일주일
밖에 안 된다고 처음으로 소개하게 된다고 했다. 온 지 얼마 안 되는지
라 다른 부동산에 연결이 되어 역에서는 조금은 떨어진 곳이지만 '장원
하이빌'이라는 빌라를 계약하려고 했다. 그런데 돈이 모자라 걱정을 하
자, 막내아들이 대학교 졸업도 안 하고 삼성에 실습을 나가는 게 아닌
가. 시험 봐서 들어간 거였다. 졸업 때는 학교에 와서 졸업식을 하였다.

　들어간 지 얼마 되진 않았는데 2천 5백만 원을 해 주어서 세 뺀 것 6
천만 원하고 8천 5백만 원에 사게 되었다. 내 앞으로 이전하고, 가게 보
증금 빼서 이사하고, 세금 이전을 완전히 다 하고 이사 가서는 여기저
기 남의 집 식당 일을 많이 다녔다.

　까치산 오기 전의 영등포구청에서 이야기는 아직 너무 많다. 처음 식
당이라고 차린 곳에 손님이 와서는 소주에다가 매실을 사다 달라 한다.
사 놓은 것이 없어서 가게까지 가려니 밖에 나가야 했다. 모든 사람 대
하기를 내 맘만 같아서 돈을 꺼내 가게에 가서 소주와 매실을 사서 오
니 사람이 보이질 않았다. 화장실 갔나 여기저기 찾아봐도 없었다. 갔나
보다 생각하고 한참 있다가 가방을 확인해 보니 지갑이 몽땅 없어진 거
였다.

　은행마다 카드는 정지시키고 현금은 20만 원 정도였는데 나에게는
그게 매우 큰돈이었는데.... 못된 자식~, 없는 가게 와서 그런 짓을 하

다니....

주민등록증은 그 이튿날 동사무소에 가서 새로 만들었다. 참으로 복잡했다. 그러는 중에도 젊은 분 두 사람이 점잖아 보이고 말도 친절해서 은근히 고마웠다.

그러면서 가게에 자주 와서 "누나, 쉽게 돈을 벌 수 있고 할 텐데 왜 이렇게 힘들게 하냐?"라고 여러 번 말한다. "어디에 그런 곳이 있냐?"라고 물었더니 가르쳐 준다. 우리 집에서 가까운 곳에 바로 국민은행 옆 2층이라기에 구경 삼아 가 봤는데 사람도 엄청 많았다.

우리 가게 왔던 사람이 거기서 이사니 총무니 하면서 설명을 하고, 큰돈이 저절로 들어올 것처럼 큰소리치니 그런 곳도 있나 보다 하고 호기심이 일었다. 그때부터 그곳에 다녔더니 신랑이 못 나가게 야단을 한다. 그때는 딸도 모르니까 아빠는 엄마를 뭐든지 반대만 하고 자유를 안 준다고 자기네 집에 가자고 해서 딸을 따라나섰더니 그때서야 마음대로 하란 식으로 그냥 됐다.

딸이 훈수만 안 두었으면 겁이 나니까 나도 시작도 안 하고 그만두려 했는데 딸이 옆에서 설치는 바람에 끝까지 다니게 되었다.

영등포구청역 부근에서도 가게는 여기저기로 이사를 다녔다. 치킨집 할 때 배달하는 애들 할머니한테도 침대를 소개해서 4건이나 했다가 3개는 해약하고 1건만 두었다. 그리고 그때 침대를 호텔 침실에 갖다 두면 한 번 자는데 5천 원씩 하면서 큰돈을 번다 해서 귀가 솔깃했다. 침대 1개 350만 원씩 소개해 주면 몇% 떨어진다고 해서 나는 내 앞으로 5개를 미아리 하이치호텔에 5개 갖다 놓았다. 한번 찾아가 보았더니 침대는 있었다.

열쇠를 받아서 열어 보았다. 돈은 일주일에 한 번씩 가서 몇만 원씩 걷어오는데, 고장이 자주 나서 고치는 공장에 연락하면 바로 고쳐주지도 않고 몇 달을 다니다 지쳐서 꺼내 달라고 할 수밖에 없었다. 몽땅 싣고 와서 집에 올리다 이웃집에서 하나 달라고 하여 1개 주고, 큰아들네가 침대 사려고 했는데 그냥 놓고 쓴다고 3개를 가지고 갔다. 하나는 집에 두고 내가 자는 방에서 계속 쓰다가 2019년 일산으로 올 때 버렸다.

화곡동 이사 가서도 그렇게까지 하면서 다단계에 정신이 팔려서 아무것도 안 보였다.

막내아들은 졸업하고 구미에 있는 삼성으로 가게 되었다. 방을 하나 얻어서 혼자 살면서 가끔 설이나 추석 명절 때 한 번씩 집에 오면, 친구들 만나서 여기저기 다니다가 집에 오고, 그러느라 바빠서 고작 하루 있다가 가기가 일쑤였다.

영석이랑은 호프집 할 때 거기서 둘이 밤새며 술 먹을 때가 여러 번 있어서 내가 엄청 싫어했다. 둘이 만나면 술을 너무 많이 먹어서 정말 싫었다. 이미 아빠한테 질린 술이라 큰아들 많이 먹지, 막내까지 많이 먹고 못 일어날 정도로 먹을까 봐 항상 겁이 났다.

그러다 보니 이 사람 저 사람 알게 되고 여기저기 안 다닌 데가 없었다.

영등포구청 부근에 있을 때 언니가 와서 나를 도와준다고 하면서 칠백만 원을 카드로 해 주었다. 나는 아무 생각 없었는데 언니도 투자한다고 언니가 해 주면서 자기한테 뭐 떨어지냐고 한다.

한 구좌에 3백 40만 원이었는데 두 구좌 7백만 원을 했으면서 돈이 몇 번 들어가다 끝났는데도 한 번도 물어보지도, 어떻게 되었냐고도 묻지 않았으며, 걱정도 아무것도 없이 나도 잊어버리고 여태껏 지나버렸다.

나는 오랫동안 많은 경험을 했다.

그때에는 휴대폰이 컬러로 나온 지가 얼마 안 되어서 휴대폰을 이 사람 저 사람 수없이 만들어 가지고 있으면 뭐가 될 것 같아 온 식구 주민증 가지고 안 산 것이 없다. 선릉에서도, 강남에서도 한 구좌 두 구좌 내 밑에 사람이 붙는 대로 돈이 되는 그런 때는 강남에 대우빌딩 한 칸 얻어 가지고 부천 있는 애하고 둘이서 선두 꼭대기에서 그때는 내 밑에 사람이 많이 붙어서 많이 벌었다.

충청도 사슴농장을 하는 아저씨 한 분이 사슴의 피에 녹용 술을 담아다가 꽤 많이 갖다 주었다.

우리는 점심 한 끼만 해서 밥만 먹여 주면 엄청 사람이 많이 다녔었다.

영등포구청 부근에서 처음 장사할 때 집 2층에 나이 먹은 아주머니랑 총각이 눈이 맞아 사는데, 여자는 돈도 있고 딸도 결혼할 사위가 있고... 그런데 바보 같은 총각 때문에 아무것도 못 하고 다니는 아줌마였다.

보기에는 똑똑하고 억세 보이는 데도 나보다도 더 바보같이 사는 사람이었다. 그 아주머니는 자기네 집이라지만, 2층에 딸이 사는데 그 집을 몰래 들어가서 권리증을 가져와 대출을 내서 투자했다. 덜렁 많이 투자하면 많이 벌 것 같은 생각이 들었나 보다. 홀러덩 투자해 놓고 꼬박꼬박 뭐가 나오기를 바란다면 부지런히 출근하고 관리도 해야 하는데 신랑 감시 때문에 못 나오고 그냥 날려 버렸다.

양천구청 위에 그런 사무실이 또 생겨서 거기도 꽤 다녔었다. 양천구청에 다닐 때 구청 구내식당에서 점심을 많이 먹고 다녔다.

이웃에 봉순인가, 그이는 자기 집이 단독인데 돈을 빼서 다단계에 몽땅 다 넣고 자기네는 지하에서 살며 아들이 전화기 처음 나왔을 때 전화기 대리점을 했다. 세금을 못 내서 어디를 나가든지 거리를 가다가도 잡히면 세금 못 내 직장생활도 못 해서 나중에 그 집을 팔았다. 하나은행 앞에 콩두라는 먹는 가게를 차려주고, 자기네는 세를 빼서 조그마한 빌라에 세로 갔다 했다.

아저씨는 항상 두 분이 다니면서 돈 자랑 꽤나 해대더니 아저씨가 돌아가셨다.

시아버지는 90이 넘은 노인이 시골에서 오토바이 타고 잘도 다니신다. 여태도 살아 계시는데, 아들이 미리 가버렸으니 어쩌면 좋누. 요즈음 안 만난 지 꽤 오래 되었다. 그때 당시는 많이 만났다.

선릉, 강남교대, 대림, 양천구청, 영등포구청 등 엄청나게 이곳저곳 그렇게 다니면서 큰돈을 날리지는 않았는데, 거기서 벌어서 다니고 내 밑에 사람이 많이 와서 그럭저럭 잘 살아와서 이젠 끝내야겠다고 생각했다. 다니기도 지치고, 그래서 어디 식당에라도 들어가 일해야겠다고 마음을 먹고 까치산역 앞에 있는 닭갈비집을 방문했다. 가겠다고 약속해 놓고 왔는데 아는 사람에게서 전화가 왔다. 그때 안 갔으면 끝났을 텐데…. 강서구청 부근 좋은 데가 있다고 한번 가 보자는 바람에 가 보니까 결국 또 따라가게 되었다. 물건도 가득 갖다 놓고 폐물에 가구까지 없는 것이 없을 정도로 많았고, 다른 데랑은 매우 다른 것 같았다.

집에서 거리도 가깝고, 다니기도 버스 한번 타면 갈 수 있었고, 너무 행복했다. 좀 다니다 보니 5천만 원 정도 넣으면 한 달 반 만에 천만 원씩은 받을 수 있을 것 같았다. 5천만 원 하면 10%짜리 영수증을 받아서 밥도 먹고 그 안의 물건은 무엇이든지 다 살 수 있고, 정말 재미있었다.

그래도 정말이지 혹시나 안 될까 봐 겁은 났지만, '저 정도로 해 놓고 오 개월 만에 망하지는 않겠지' 하는 생각에 큰 결심을 했다. 우리 신랑한테 안 될 거라는 걸 알면서도 한번 용기를 내어서 얘기를 했다.

"우리 집 대출해서 한 번만 넣었다가 빼면 거기서 직급도 올려주고 한다니 한 번만 해 줄 수 없겠냐"라고 물어본 건데 그냥 왔다 갔다 하지 말고 그렇다면 한번 그렇게 하라고 허락하는 것이었다. 그때는 웬일인가 싶은 것이 그저 너무 고마웠다.

그래서 신협에 가서 대출하기로 결정했다. 신협 측에서는 조건부로 효도보험을 하나 넣으라고 권한다. 마지못해 114,000원씩 넣고 대출 아니면 보험 가입할 일도 없는데 그야말로 울며 겨자 먹기로 어쩔 수 없이 시작했다.

다단계 사업처에서 수익이 발생하면 그걸 빼서 대출금을 갚았으면 되는 것을... 사람 마음이란 게 참 모를 일이다. 한번 해서 나오면 다시 또 넣고, 나오면 또다시 재투자하고 그것이 문제였고 탈이었다.

그 상황에 일본도 간다고 여권도 만들어 놓았다. 아침 9시까지 출근하고 저녁 6시면 집에 오고, 무슨 직장 다니는 것처럼 내 집을 넣었으니 어떻게 될까 봐 하루도 안 빠지고 다녔다.

정말 아침마다 조회하고 열심을 낸 덕택으로 내 밑에 들어온 사람이 무척 많았다. 점심때가 되면 내 식구라고 하부라인들에게 다 밥을 사주곤 했다. 그도 그럴 것이, 그 사람들이 열심히 하는 데 따라서 10%씩이 나한테 올라오는 것이 꽤나 재미가 있었기 때문이다.

큰 소파를 딸네 선물이라고 사 줬더니 너무 커서 집 자리만 차지한다고 쓰지 않는다. 그냥 우리 집에서 남편이 있을 동안 쓰고 돌아가신 후에는 버렸다.

한 1년 동안은 재미있게 아무 생각 없이 행복하게 잘 다녔다. 미용하는 사람이 있어서 머리도 해 주고, 아침이면 춤추고 노래도 하면서 여러 사람 하는 그대로 따라 했는데 재미있었다.

사업장은 여자가 사장이었다. 사람들에게 정말 다정하게 잘하고, 가게가 어마어마하게 크고, 물건도 정말 많았으며 처음에는 대단했었다. 나는 그 돈을 넣을 때 차용증 영수증도 받고 증인도 해 주고 했다.

그러던 것이 어느 한계에 도달하니 갑자기 돈도 안 나오고 슬슬 이상한 느낌이 온다. 결국 올 것이 오고야 말았다. 목사 한 분이 집 한 채 정도의 금액을 투자한다고 넣어 놓고 이태리 아들 집에 갔는데 옆에 사람한테 인감과 집 권리증을 맡기고 갔던 모양이다.

그것을 빼서 이태리에 있는 사람한테 전화로만 이렇게 하겠다 저렇게 하겠다 보고했고, 목사는 그 말에 다 허락을 했는데 집 한 채가 그냥 날라가게 되었다. 자기가 다 합의한 것이라 어떻게 해 볼 도리가 없게 된 것을 보면서, 정말 세워놓고 밝은 대낮에 눈 뜨고 코를 베어 가는구나 싶었다. 그 멀리 외국 있는 사람한테 얼마가 필요하니 빼 가겠다 하면서 가게 여기저기 전기세나 공과금을 그 목사 돈으로 빼서 지불했다.

나는 짐을 뺄 때까지 나가서 선풍기고 뭐고 물건을 이것저것 꽤 많이 가져왔는데, 그 목사는 사진첩이 굴러다니던데 그것 하나 챙겨 줄 사람 없이 돈만 요리조리 빼서 쓴 거였다. 회장인가 뭔가는 사고를 당해서 화곡사거리에 화곡역 앞 정형외과에 입원해서 있었다. 사람들이 조상 모시듯 드나들었다.

목사가 나중에 외국에서 들어와 보니 흔적도 없이 사라지고 그 모양인데 자기 집만 두 채 날아갔으니 기막힐 노릇 아니겠는가. 목사가 교회에서 설교나 할 일이지, 그렇게 헛꿈 꾸다가 꿈이 날아가 버린 거였다.

등촌동 보건소 볼일 보러 갔다가 거기서 그 목사를 만났는데 자기 집에 가자고 해서 바로 보건소 옆이라 잠깐 들렀다. 자기도 그렇게 될 줄 몰랐다며 아들한테 다녀온다고 한 것이 그렇게 되었으니 무어라고 말할 수도 없고, 어디다 하소연할 수 있겠냐고 하며, 혼자 속만 썩는다고.... 누구한테 말도 못 하고 참 기막힐 노릇이었다.

아들한테는 무슨 일로 갔냐고 내가 물어봤다. 환갑해 준다고 해서 갔단다. 아들들이 오기보다는 외국 구경도 하고 생신도 해 먹고 왔다 가라니까 마음으로는 무척 고마워서 한 달을 넘게 있다가 왔다며, 이런 일이 일어나게 될 줄 몰랐다는 거였다.

그런 걸 보면서 정말 나도 나를 한심하다 생각했지만, 목사란 인간이 정말 남을 믿고 그렇게 했다는 것이 어이없고 안타까울 뿐이었다. 목사랍시고 대우해 주는 척하며 다 이용해 먹을 대로 이용하는 것도 모르고, 사람들이 목사님 목사님 하면서 잘 따르니 거기 홀렸던 것 같았다.

나도 오천만 원을 갚았다가 또 찾아다 넣었으니 그것이 탈이 돼 버렸다. 그래서 이 악물고 생각하기를, 사람도 한순간에 죽고 사는데 사는 날까지 식당에라도 다녀서 뭐가 되든지 이젠 그런 다단계랑은 절대 하지 않고, 세상 구경 많이 하고 사람도 별사람 다 겪어 보았다고 생각하기로 했다. 강남이란 곳을 내가 어찌 그렇게 활보하고 다니고, 거기 가서 몇 달을 살았는지... 여기저기 많은 구경을 했다고 봐야겠지....

그 후론 모든 것을 잊어버리자고 결심하고, 까치산 사거리 국민은행 맞은편에 있는 짚불 삼겹살집을 참 오랫동안 다녔다.

불 피우는 사람도 있었고, 주방에는 둘이 했다. 옛날에 호프집이야 감자탕이야 다녔기 때문에 업종은 조금 다르더라도 주방에서 하는 것은 비슷하니 일하는 데는 별 지장이 없었다.

내가 무좀이 심해서 발이 가려워 감당을 못했는데, 거기서 같이 일하던 아줌마가 무좀 낫는 방법을 알려 줘서 고쳤다. 결혼하기 전에 아가씨 때 삼양동 살던 집이 다다미방이었는데 겨울에 발이 얼었던 그것이 무좀이 된 모양이다. 얼마나 가려웠는지 손만 대면 피가 날 정도로 긁어야 했고, 약이란 약은 안 해 본 것이 없었다.

마늘집을 삶아서 담가도 보고, 문둥이병에 먹는 약도 사서 먹어보고, 목초액도 발라보고, 치선액이라고 중국 약인데 그것도 발라 보았다. 치선액은 바르면 바를 당시는 낫는 것 같다가 다시 또 가려웠다. 그럴 때 식초를 바르면 낫는다 해서 식초를 발랐다가 껍질 다 벗겨지고 발톱이 다 빠지고 정말 나아지는 약이 없었더랬다. 그런데 그 아주머니가 가르쳐 주는 대로 권내과에 가서 의사한테 보이고 주는 대로 처방약을 받아 지시한 대로 먹고서 바로 그 이튿날 가서 보였다. 한 달 먹고는 가고, 떨어지면 또 가고, 안 가려울 때까지 의사가 오라고 하는 대로 병원엘 다녔다.

계속 먹고 가고, 먹고 가고, 9개월 되니까 안 가려워서 이젠 안 가렵다고 했더니 1개월만 더 먹고 그만두라고 해서 총 10개월 먹고 끝났다. 그런데 몇 년 있자니까 또 간질간질해서 갔더니 한 달치를 주길래 먹었다. 그랬더니 언제 그랬냐는 식으로 몇 년이 흘렀는데도 안 가렵고 발도 깨끗하다. 살다 보면 몇십 년 고생하던 것도 고쳐지고 참 신기한 일이었다.

그 엄마도 신랑이 만화 그리는 사람인데 생활력이 없어서 시장에서 야채 장사를 하다가 발이 얼어 나처럼 그렇게 고생하다가 거기서 10개월치 약을 먹고 고쳤다 했다. 그대로 꾸준히 참고 먹었더니 좋은 결과가 있어 감사했다.

천식은 어려서부터 있었던 거라 아무 약을 먹어도 효과도 없는 것 같고, 병원에도 차도가 없어 못 고칠 병인지, 이대로 살다 죽는 건지, 목구멍에 가래가 낀 것 같은 것이 평생을 그렇게 괴롭히고 있다. 겉에 나타난 표가 없어 남 보기에는 멀쩡한 것처럼 보이니 나만 답답할 뿐이다.

삼겹살집에서 주인이 장사가 잘되니까 비워 달라고 해서 할 수 없이 까치산 사거리 안경집 위로 옮기게 되었다. 가게를 얻어서 옮기자면 인테리어도 해야 되고, 생각보다 오래 걸려서 거기보다 가까운 갈치조림집으로 옮겨 왔다.

지나다가 아줌마 구함이라고 붙었길래 들어가서 일하는 사람 구하냐고 했더니 그날도 당장 사람이 없어서 쩔쩔매던 터라며 당장 하라고 해서 그날부터 하게 됐다. 호돌이공원 앞이라 집에서는 엄청 가까웠다.

4

산다는 것은

주인 아줌마는 반찬이다 뭐다 웬만한 것은 다 자기 손으로 해야 직성이 풀리는 아주 까다로운 사람이었다. 처음 가면 시키는 대로 하고 시켜놓으면 다시 되풀이하지 않게만 하면 고마워하는지라 나도 두 번 말하지 않게 알아서 했더니 정말 좋아했다. 아침 10시에 가서 오후 10시까지 일했고, 좀 늦더라도 손님이 있으면 손님 간 뒤에 퇴근하고, 아침에는 내가 미리 나와서 청소하고 밥하고... 그러다 보면 주인은 시장을 봐 가지고 오고, 마음도 서로 잘 맞아 재미있게 일했다.

얼마나 다녔던가~! 우리 막내가 나 거기 다닐 때 2010년 5월 5일 어린이날 결혼하게 됐다. 주인아줌마도 잠깐 오라 했더니 오지는 않고 부조금만 십만 원 했다. 막내는 결혼할 때, 자기가 다 벌어서 준비를 다 할 테니 걱정하지 말라고 아주 못을 박았다. 색싯감도 대전에 어느 건축회사의 경리로 있으면서 혼자 있었다고 했다. 바깥사돈은 시외버스 기사님이고, 안사돈은 노래방을 직접 경영하시고, 동생도 딴 데 가 있고, 식구가 다 따로 지내는 모양이었다. 제각각 직장과 거처가 다르다 보니 그렇게 사는 것도 편한 것 같아 보였다.

집은 삼성에서 사택을 주는데 심지 뽑기 해서 제일 꼭대기 5층을 계단으로 다녀야 하는 그런 집이었다. 혼자 살면서 생활하다가 식구가 생기고, 공짜로 주는 집이 있으니 감사하고, 부모라 해도 그다지 해 줄 것은 별로 없었다. 그래도 아빠 상해보험 넣었던 것 그것이라도 해약해서 2백만 원인가 줬다. 사돈네서 예물 값을 천만 원 보냈는데 막내아들 주고 네가 알아서 얼마를 드리라고 했더니, 우리 예물 값이나 우리 3백만 원 주고 부모가 되고 해 준 것도 없는데 왜 자기를 좀 안 주냐고 난리다. 양복 한 벌 값을 50만 원 줬더니, 옷은 적은 값어치만큼 사고 나머지는 자기가 다 썼단다. 뭐 순예한테 딸 며느리나 한복 다 한 벌씩 해 입었고, 며느리 한복과 아들 한복 전부 다 순예한테 시켰다. 순예 사는 동네까지 옷 맞추러 몇 번을 가곤 했다.

예식장도 강남에서 자기들이 알아서 다 잡아 놓고 우리는 부모 자리에 앉아 있으라 하여 시키는 대로 했다. 부조금에서 식비와 거기서 필요한 것들의 비용으로 다 쓰고 얼마 정도 남아서 대충 계산해 보니, 가지고 간 것도 있고 예물비로도 한 3백만 원 정도는 쓴 것 같았다.

잔치를 끝내고 며칠 있다가 아들 내외가 신혼여행에서 돌아왔다. 처가에 들러 하룻밤을 지내고서는 음식을 이것저것 많이도 해 가지고 왔다. 하룻밤 온 식구가 다 모여서 지내고, 대사인 이 일을 끝냈다 생각하니 얼마나 홀가분한지 정말 모든 짐을 내려놓은 기분이었다. 상견례 자리에서 보니, 안사돈은 나하고 10년 차이가 나고, 바깥사돈도 점잖으시고 술도 못 마시고, 그집 식구는 하나도 술을 못 마시니 샴페인으로 입만 적셨기에 그냥 돈만 주는 것 같아 너무 아까웠다. 남편은 쓸데없는 얘기만 늘어놓고 술을 안 먹으니 할 얘기도 없었고, 안사돈이 얼마나 젊은지 우리 며느리 언닌 줄 알았다. 언니냐고 물었더니 엄마라고 하는데 보니, 몸도 여리여리하고 옷도 아가씨처럼 입어서 엄마라고 하기엔 적잖이 놀랄 수밖에 없었다. 처음 만나서 술이라도 한잔 해야 얘기가 부드럽게 이어지고 분위기도 괜찮을 텐데, 서로 멋적기만 해서 얼른 자리를 끝내고 왔다.

결혼식 때 만나고 얼마 안 돼서 생각해 보니 1년도 안 된 것 같은데, 손자가 바로 태어나서 애기랑 며느리 보러 조리원으로 갔다. 아들이 혼자 늘 집에 오면 언제 장가갈 것인가 은근히 걱정했는데, 이 얼마나 기쁜 일인가. 마누라에, 자식에 너무나도 좋았다. 집도 5층이라 오르내리기는 좀 힘들겠지만 살 만하고 이렇게 좋은 일이 또 있을까?
며느리도 요새 젊은이치고는 너무 착하다. 우리 아이들은 다 큰 며느리도 착하지, 우리 딸 아들 다 너무 착하다. 내가 남편 복은 없어도 자식 복은 있는 것 같다. 5층을 오르락내리락 꽤나 고생하다가 사택도 5년 되면 돈 벌어서 나가야 한다는 규정에 따라야 했기에 처음에는 좀 작은 평수 얻어서 5년 만에 이사를 나오게 되었다.

우리 손자 태호 첫돌 때 양평동에서 예식장같이 생긴 데를 돌잔치만 하는 데라고 얻어 사돈과 다시 만났다. 그때나 사돈들 만나지, 안 그러면 어디 만날 일이 거의 없었다.

그러는 사이 나도 세월이 흘러 갈치집에도 사람을 하나 더 뽑게 됐는데 애기 엄마가 하나 왔다. 아들 하나 있는데 엄청 여러 번 공들여서 다행히 임신이 되어 그 아들 하나 생겨서 너무도 좋다고 자랑을 했다. 일도 잘하고 싹싹하고 괜찮더니 아들 때문에 오래 못 하고 자꾸 왔다 갔다 하다가 그만두게 되었다. 홀서빙 할 사람을 두면 오래 못 있고 자주 바뀌곤 했다. 중국 여자도 조금 있다가 남편이 건너편에 고깃집 불 피우는 일을 한다고 하더니 큰소리칠 만큼은 일을 못 해 또 잘리곤 했다.

나중에는 술 잘 먹는 아줌마가 들어와서 매일 청하를 한두 병씩 마셨다. 주인은 술은 전혀 안 마신다. 그 아줌마에게 처음에 한두 번은 마시게 그냥 놔뒀는데, 계속 그러니 누가 좋다 하겠는가.

주인이 깡패같은 사람하고 바람이 난 것 같았다. 그 사람만 오면 술도 비싼 것으로 주고, 음식도 맛있는 것으로 주고, 진짜 자기 신랑이 오면 사람 취급도 안 하고, 아들 하나 있는 것이 골프선수 된다 하고, 딸은 일본 슈퍼마켓에서 잘 나가는 경리라고 하더니 가끔 한 번씩 와서 자랑하고 가곤 했다.

그놈의 신랑도 그렇게 생활력 없이 속 썩이는 남편이라고 한번 털어놓고 얘기하는데, 한집에서 말 안 하고 산 지가 오래이고, 할 말 있으면 아들이 중간 역할을 하고... 그야말로 사는 게 사는 게 아니라 했다. 바람피우는 것도 괜찮은 사람이면 좋겠는데 여자가 혼자 장사하다 보니 찝쩍대는 것들이 많아 그런 것 막아달라고 부탁한다는 것이 정들어서 아주 남편 노릇 다 하고, 돈 없으면 와서 달라 해서 가져가고, 가만히 보니 웃기는 일이었다. 온다고 연락이 오면 엄청 신경 쓰는 모양새다. 깡패 두목인 데다 설치는 것 보기 싫어서 그 식당 바로 밑에 오징어집이 새로 개업한 그곳으로 옮겼다. 우리 집에서는 점점 가깝고 좋았다. 시작하는 집이니까 정리부터 같이 장사를 시작하게 되었다.

그때는 우리 신랑도 공덕아파트 경비로 다니게 되었다. 그때 누가 아는 사람이 소개해서 바로 지하철 5호선이 공덕까지 가니까 거기는 열심히 다녔다. 경비 직업은 하루 출근하고 하루 쉬는 형식이었고, 한 2년 동안 잘 다녔다. 처음에는 월급이 80만 원. 그래도 그것은 통장으로 들어오니 좀 나았다. 그런데 무조건 자기 용돈으로 50만 원을 달라 한다. 그러거나 말거나 자기가 벌어서 자기가 쓴다는 것이 얼마나 행복한 일인가. 거기는 별말 없이 다니더니 같이 다니던 사람이 행당동으로 갔다고 거리는 훨씬 먼 거린데 덩달아 그리로 가서 또 몇 년을 꾸준히 다녔다.

폐암 앓았던 것도 완쾌 판정을 받았다. 그러나 담배를 끊지 못해서 병원에 검사하러 같이 가면, 항상 안 피운다고 거짓말을 해 가면서 피우니 내가 의사한테 어쩜 좋냐고 일렀다. 그랬더니 남편이 화를 내면서 "너 혼자 다 해 먹어라"라고 온다는 말도 없이 가 버리는 바람에 나는 나대로 혼자 집에 오게 되었다. 남편이 집에 와서는 "꼭 그런 소리를 해야 되냐?"라고 소리를 질렀다.

병원에서 처음에는 3개월마다 오라더니 한 2년이 지나고선 6개월에 한 번씩 오라 했고, 5년이 지나자 1년에 한 번씩 오라는데 나중에는 갈 필요 없다며 한 7년이 지난 뒤에는 자기가 안 가고 끝내 버렸다. 그래도 특별히 안 아프니까 안 갔는데 다행스럽게도 다시는 재발이 되지 않았다. 오래도록 이진수 소장님이 주치의였는데, 1년에 한 번씩 몇 번 다니다가 병원은 그만 다니고 아파트 경비로 열심히 다녔다. 행당동에서 지하철이 거기까지 가니 딱히 불편함 없이 열심히 다녔다.

그때 당시 삼풍백화점이 무너져서 사람이 수백 명 죽고, 그 큰 백화점이 무너지니 난리가 났었다. 그러다 얼마 안 돼서 대구 지하철에 불이 나서 수많은 사람이 죽고, 그해 들어서 또 생각지도 않았던 성수대교가 무너져 아침에 학교에 가는 학생들이 많이 죽었다. 도대체 이리 죽고 저리 죽고... 그때 당시 사람이 씨가 마르는 것처럼 난리였는데 그래도 또 산 사람은 살고 죽는 사람은 죽고, 인생이란 참으로 허무하게 생각하면 한이 없고, 길게 남아 오래 사는 것은 그나마 죽는 것보다는 행복이지 않을까?

여기저기 난리를 하니 남편도 심란한지 삼풍을 지나다니고 그래도 꽤 몇 년을 다녔다. 거기도 그만두고 일산에도 잠깐 와서 며칠 다녀보고 구로동에는 간다고 가더니 남방을 사고 뭣도 사고 한 2~3일 다녀본다. 그러더니 마침 88체육관에 광고를 보고서 다른 데는 수없이 다녀봐도 거리 핑계도 대고 마땅치 않아 하더니 88체육관에는 거리도 차 한번에 가고 잘됐다 싶었는지 그래도 꾸준히 군소리 않고 다니는 거였다. 한 해 눈이 너무 많이 온 해가 있는데 그 눈을 다 치워야 하니까 보통 일이 아니었겠지. 싫증을 내면서 일 년에 한 번 재계약을 해야 하는데 다니기 싫다고 재계약하지 않고 사표를 낸다고 한다.

그냥 그때는 나이도 그렇게 많지도 않았고 그럭저럭 7년 동안은 다녔나 보다. 평생에 몇 푼이라도 준 것은 경비 일을 했던 7년 동안이 전부였다. 서울에 와서 경비 생활한 것이 평생 한 일 중에 그나마 쉬지 않고 다녀서 나도 힘 좀 덜 들었던 것 같고 자기도 돈을 번다는 생각에 애들 아빠로서 직장이라고 다닌 것은 처음이자 마지막이었다. 그럴 때는 술도 끊었지, 담배도 안 피우지, 내가 남의 일 갔다가 늦게 오지, 그러니 별로 싸울 일이 시간이 없어서도 덜 싸우고, 나한테 시비 안 거니까 싸울 일이 적었다.

일 그만두고 집에 있게 되니 또 잔소리에, 욱하는 성질에 옛날 버릇이 도지곤 했다. 그래도 옛날 생각하면 안 아프고 집이라도 지켜주면 되는 거지 싶어 처음에는 식사를 내가 준비해서 놓고 일 다니게 되었다. 일하다 보면 안 먹고 며칠씩 방치되어 다 버리게 되기도 했다. 그래서 먹고 싶은 대로 해서 먹으면 버릴 게 없을 것 아닌가 싶어서 용돈을 주고, 내게 뭐 좀 사 오라 하면 사다 주며 그렇게 살았다. 김치나 신경 써서 챙겨 주고 했는데 마침 계란 사는 데서 김치도 팔기에 10kg~20kg 사 오면 오래 먹게 되더라.

남편이 아무것도 안 하고 있으니까 그 정도로만 신경 써 주고 서로가 간섭 안 하니 너무나도 편했다.

나도 오징어집에서 개업을 시작으로 다녔는데, 젊은 아줌마 하나가 마누라 친구라고 신랑도 없이 아이들 셋을 데리고 산다네. 여자애는 쌍둥이라 하고, 남자애 하나 있고, 아주 그 집에서 주인 행세하면서 오랫동안 있었다. 그 집은 그 주방 사람이 잘 안 바뀌니 음식 레시피가 변함이 없었고, 꾸준히 한 여자가 하다 보니 항상 똑같았다. 그러다 보니 하루 매상이 보통 백만 원 올리는 것은 보통이고 잘했다.

추석 때는 조카들이 장가를 갔으니 이젠 울진까지 안 가고 영주 산소까지만 가면 된다. 영주 시누이네로 가서 제사 차리느라고 송편도 하고 튀김도 하고 하룻밤을 지내고 나면 제사 지내러 시누이네 친척들도 오게 된다. 그러면 우리는 불편해서 절에 가서 자든가 쉬든가 했다. 절에 가서 제사 지낼 동안 절에 있다가 오곤 한다. 그러는 동안 홍덕이를 두 번 장가 보내느라 엄청 힘들고 고생했다. 처음 색시는 술집 색시인 걸 모르고 돈 있는 부잣집 자식인 줄로만 알았는데, 큰집 큰 조카가 술집에 자주 가서 좋아하게 된 색시라고 했다.

그때 당시 여기 삼익아파트 팔아서 3억 4천 5백만 원 내려 보냈지, 김포 집과 땅을 팔아서 내려 줬다. 게다가 평해에서 고기 장사 그렇게 수년을 했으니 대구 우체국 바로 옆에다가 땅 140평 건물 7억 주고 사서 병원도 있고, 미장원도 있고, 오락실도 있고, 약국도 있고, 책방도 있고... 보증금을 안고 샀지만 월세로 나오는 것이 꽤 몇백만 원은 나온다고 했다.

술집 색시 만나 장가갈 때, 집에서 음식 다 하고, 바다 고래를 한 마리 샀다. 평해서 우리 시숙이 좀 산다는 집이고, 며느리를 처음 보는 것이어서 월송예식장에서 엄청 먹었고, 실로 준비도 많이 해서 동네에서 최고로 거하게 잔치하곤 했다.

그렇게 힘들게 집에서 음식을 다 해서 먹여 가면서 결혼을 시켜놓으니, 결혼하자마자 친구들 만나는데 같이 나가면 옷부터 술집 색시 티나게 입고 가는 바람에 창피하다고 부부가 싸우고 술이 취해서 자고 오게 되는 일이 왕왕 있게 되었단다. 그렇게 하는 것을 보고 있자니까 홍덕이 지갑을 몰래 몽땅 빼가지고 오는 자꾸 이상한 짓들을 하니, 시숙이 맘에 안 들어서 걱정을 했단다.

대구에 있는 빌딩 5층 꼭대기에 140평이나 되는 5층을 전부 혼자 살고 있으니 얼마나 넓고 쓸모가 많은지 엄청난 집이었다. 집들이도 하고, 결혼하고 처음 살림 차려줘서 누나들이랑 우리가 다 모였는데, 사람들 모이라 한다고, 그 일로 둘이 싸워서 어디 나가고 없었다.

형님이 울진서 음식을 다 하고 그때 코란도가 있어서 신고 갔는데 뭐가 싫네, 좋네, 싸우면서 어디 나갔다가 나중에 또 어디 갔다 나타나긴 했다. 우리가 다 챙겨서 먹고 설거지까지 다 하고 저들 신경쓰지 않게 해 줬다. 우리가 그때는 다 젊어서 신경 쓰게 하지도 않았다.

처음 며느리 본다고, 가구는 이태리 가구로 너무 으리으리할 정도 다 해 놓고, 방 네 개에 붙박이가 두 칸이 있고, 창고도 구석구석에 다 있고... 정말 복에 겨워서 감사해도 모자랄 판에, 뭐가 그리도 못마땅한지 이해가 안 갔다. 맏동서 친정 모친이 배다른 모친인데 애기를 데리고 왔다. 그 애기가 한 너덧 살 먹어 보이는데 땅에 엎드려 온 방을 기어다니는 병이 있어서 그렇게만 사는 애기였다. 정말 여러 가지 병이 다 있구나 싶었다. 다섯 살쯤 되는데 그렇게 누워서 못 일어나는 병은 처음 본 것 같았고 정말 듣도 보도 못한 희귀한 병이었다.

그 동생댁 직업이 보건소에서 소장이라는데 배 속에 애기가 들었을 적에 약을 잘못 먹어서 낳고 보니 애기 때는 잘 몰랐는데 조금 크니까 그렇게 됐다고 했다. 시어머니가 그 애 키우느라 아무것도 못 하고 꼼짝없이 애기만 보고 있다는 것이다. 형님 친어머니는 남동생 두 분하고 삼 남매이고, 아버지의 작은 부인이 아들 낳고 딸 낳고 해서 작은 부인의 아들이 며느리는 보건소 소장인데, 그런 자녀를 낳았다는 것이 누가 들어도 믿기지 않을 일이었다.

그때 집들이라고 그렇게 다녀왔는데, 얼마 안 가서 또 오라 해서 우리 신랑하고 누나들만 모였다. 시숙이 평해에서 대구까지 오시면 전화하고 오시는 데도 한 번도 집에 기다리고 있는 법이 없어서 엄청 화가 나셨나 보더라.

어느 때 한번도 오셨을 때 며느리가 없어서 어디 갔냐고 물으면 친정 갔다 하고, 자기 마음대로 행동하고, 사니 못 사니 하고, 친정에서 오지도 않고 마음대로 하니 홍덕이도 헤어지겠다고 했다.

시숙이랑 영주에 계신 누님이랑 우리 신랑이랑 그 친정집으로 찾아갔더니 빌라가 아주 오래된 것이라 엉망이었다. 그래서 "네가 해 온 것 다 가지고 가고, 깨끗이 헤어지라."라고 하니 뭐라 할 말도 없고, 아무것도 해 온 게 없으니 가져갈 것도 없고, 해 준 패물 다 받아 오고, 결혼한 지 두 달도 안 되었기에 끝낼 것도 말 것도 없었다. 혼인신고는 미리 해서 이혼으로 끝냈다.

홍덕이가 마음을 못 잡아서 헤매고 있을 때, 대호 색시가 일산에서 꽃집을 하는데 꽃 하우스 하는 집에 딸이 하나 있어 색시가 이쁘고 야무지다고 소개를 했다. 대호 동생은 길 가다가 트럭이 미끄러져 내려오는 차에 치여서 세상을 떠나고 말았다. 신랑 없이 애들 데리고 일산 와서 꽃집을 하고 살고 있었다. 그 사형이 꽃집 색시를 소개해서 처음에는 결혼한 걸 모르고 만났는데 만나고서 그런 얘기를 했나 보다. 그러니까 인연인지 부모님한테는 알리지 말고 우리끼리만 알고 끝내자면서 작은집이 서울에 계시면 거기 가서 자고 가라고 했다고 우리 집에 와서 하룻밤 자고 내려갔다. 그리고 얼마 안 돼서 폐백은 우리 큰아들이 지고 가고 결혼식을 했다. 상견례 삼아 약혼식은 일산 와서 다이아몬드 반지로 했는데 형님께서 좋아서 난리가 났다. 우리는 오목교 있으니까 오기는 쉬웠지만 그렇게 하고 나서 바로 결혼식을 시켰다. 두 번째 결혼해서 빌딩 그 보금자리로 가게 되었다.

첫 번째 결혼했을 때 신혼살림으로 준비했던 이태리 가구들은 두 달도 안 된 것을 고물값으로 넘기고 새것을 다 해 주었다. 그렇게 해서 새로운 살림을 시작했다.

처음에는 무슨 회사 회계과에 조금 다녔는데, 간이 커지다 보니 땅 300평을 경매로 받아 자동차 부품공장을 차려서 시작했다. 형님 힘들게 번 돈으로 시작해서 몇 년 운영하더니 부도가 나서 정리할 수밖에 없었다. 사람도 하나 죽어 집을 내놓게 되었다. 워낙 집 덩치가 크니까 팔리는 동안 울진 와서 고기 장사도 했다. 부도나고 사망 사고도 있었던 만큼, 사람도 숨어서 다녀야 할 정도여서 뭘 하려면 조카며느리 이름으로 해야 했다.

그 정도까지 했으면 정신을 좀 차려야 하는데, 빌딩 팔아서 급한 것은 대충 해결하고, 칠곡에다가 조그마한 집 하나 사서 그리로 이사를 했다. 시숙 환갑이라 애들이랑 다 갔더니 그래도 두 집은 세를 주고 꼭대기에 조카들이 살고 있었다. 큰 조카는 회사에 다니는데 회계학과를 나왔으니 회계과로 다니고 있었다. 그때는 착하게 있더니 그 후에 처가에서 꽃 하우스를 재건축한다고 하우스 정리하고 거기 돈 나온 것을 정리했으니 다 나누어 준다고 3억을 주었던 모양이다.

그것이 공돈이 생기고 나자 또 잘난 척하고, 형님한테도 큰소리치고, 형님이 여태까지 힘들게 해 준 것은 간 곳 없고 거들먹거리니 괘씸하다고 하시는 거였다. 형님이 있는 것 없는 것 다 밀어 주느라고 생고생을 했는데도, '제 잘 난 멋에 산다.'고 큰소리치니 정말 얄밉더라.

홍두는 결혼할 때도 대우 못 받고, 상견례 할 때부터 무시하고, 며느리 대우도 안 하고, 사돈들도 큰아들 사돈하고 너무 차이 나게 하니 내가 민망할 정도였다. 대구에서 식사 한 끼 하는데, 큰며느리는 알이 큰 다이아몬드 반지 갖다 끼워 줬는데, 막내는 아무것도 없이 겨우 식사 한 끼 때우고 오는 정도로, 같은 자식인데 어떻게 그렇게 할 수 있을까 정말 이해할 수가 없었다.

처음 데리고 왔을 때 내 눈에 흙이 들어가기 전에는 허락 안 한다고 하더니, 배 속에 애가 드니 어쩔 수 없이 시키게 되었다. 방 한 칸을 제대로 안 해 주고 큰 시누이가 가 보니 조그마한 방 한 칸에 주방이 있어 냉장고도 제대로 놓을 수 없고, 어찌 그렇게 해서 살라고 했는지 너무한다는 생각이 들었다.

대학교를 치기공과를 나와서 의치를 만드는 것이 쉽지가 않았겠지. 거기 있을 때 조카며느리를 만났는데, 오래 해서 나이 먹은 사람도 쉽지 않은 것을 금방 학교에서 이론적으로 배운 것이 얼마나 어려웠을까 ~. 처음에는 배운 대로 하면 되겠지 하고 경험 없이 했으니 불량도 나오고, 사람들이 잘 안 맞다고 떼 쓰는 사람이 자꾸 생기니 힘들어서 오래 할 수 없을 것 같아 시숙께서 직업을 바꿔 보라고 하셨다. 치과보다는 안경이 나을 것 같다며 안경 사업하는 것을 배워서 그것을 해 보라 하시는 바람에 다시 안경과를 들어가서 배웠단다.

졸업해서 안경집을 차리려니 돈이 없어서 그 작은 방을 빼고, 안경집을 차리면서 마누라는 애기랑 처가에 가 있으라 하고 조그마하게 안경점을 차려서 시작했는데, 하다 보니 곧잘 되었나 보더라. 처가 생활을 하면서 하던 것을 조금 크게 해서 빨리 벌고 싶었는지, 그때는 결혼할 때도 아무것도 안 해 주었으니 안경집을 좀 크게 하고 싶다고 도와달라고 했대요. 그때는 안 해 줄 수가 없어서 일억 원을 줘서 안경집을 정말 크게 확장하고 직원도 두 사람이나 두게 되었다.

장사는 나가는 것이 많으면 힘드는 것임을 생각해야 하는데, 무조건 크면 돈 버는 줄 알고 했겠지만 들어간 만큼 나오는 것이 쉽지 않았다. 처음에는 그럭저럭 잘하더니 얼마 안 가서 사람 하나 줄이고, 조카 며느리가 같이 출퇴근해서 한다 했고, 또 얼마 안 가서 다 내보내고 두 부부가 하게 되었다. 그러더니 결국 가게를 줄이고 별짓을 다 하더니, 명절 때 한 번씩 큰 집에 가서 만나 산소에 성묘도 같이 하러 가게 되어 잘 되냐고 물어보면, 물어볼 때마다 바뀌어 있었다.

이젠 세월이 흘러서 손자 손녀도 엄청 컸으며, 고등학생 중학생 큰 조카는 애들하고 같은 해에 나서 나이들이 같다.

첫 돌 지나 9월 28일인가를 넘기고, 10월 30일에 내가 시집 왔으니,

우리 큰아들이 배 속에서 10개월 있다가 그 이듬해 7월에 세상에 나왔는데, 두 살 차이지만 학교는 같은 학년이었다. 큰아들을 여섯 살에 넣었기 때문에 동창이 되어버렸다. 우리 큰아들은 50세, 막내 조카 52세, 애들 나이 먹은 것 보고 내 나이 생각하면 정말 많이 먹었다는 생각뿐이다.

큰 조카딸을 생각하니 50이 넘었는데 미경이는 시집간 후에 자주 만나지를 못했다. 명절에 가면 딸이니까 시집에 갔다 오면 우리가 온 뒤에 다녀간다고 말은 들었으나 오고 가는 길이 어긋나서 서로 볼 일이 별로 없었다.

동생들 결혼이나 해야 만날 수 있었는데 그것도 너무 오래돼서 언제 끝난 줄도 모를 지경으로 세월이 오래 흘러버렸다. 2018년 3월에 갑자기 시숙이 돌아가셨다고 연락이 와서 웬일인가 싶어 모든 일을 제쳐놓고 부랴부랴 밤늦게 시골 평해 후포 장례식장으로 갔다.

돌아가신 이유와 이것저것 웬일이냐고 물어봤다. 그랬더니, 건어물을 영해까지 가서 해 왔는데, 물건을 가게에 갖다 놓고는 집에 가서 점심을 빨리 먹고 나온다고 차를 들어가는 입구에 대놓고 집으로 들어가서는 밥을 챙겨 드시다가 화장실을 갔는데 미끄러졌는지? 넘어졌는지? 혼자 계시는 중에 숨이 넘어갔다니 알 수는 없는 일이었다. 형님이 집에 들어가신 뒤에 한참 있다가 마음에 자꾸 이상한 생각이 들어 전화를 했는데 안 받더라는 거였다.

아무런 소식이 없고 기척도 없으니 웬일인가 싶어서 집에 들어와 보니, 밥 먹던 숟가락은 그대로 걸쳐 있고 사람은 화장실에 가서 반듯하게 누운 채로 피가 많이 흘러 있었단다. 숨은 끊어졌으니, 얼마나 놀라고 기절할 일이던가! 조카 딸은 그때 가 보니 혼자 왔더라. 김 서방은 왜 안 왔냐고 했더니 이혼을 했다고 했다. 이혼한 지 꽤 오래됐다고 한다. 우리 큰아들 군에 가서 훈련하고 퇴소식 할 때, 대구에서 훈련을 받고서 뭐가 먹고 싶냐 하니, 김밥을 먹고 싶다고 했다. 큰딸이 집에서 속에 넣을 것을 다 장만해 가지고 현장에 가서 밥만 거기서 하고 가져간 김밥 소로 맛있게 싸서 가져가게 되었다.

큰 조카가 원주에서 퇴소식 할 때, 우리 신랑도 가고 했기에 우리 큰아들 할 때는 대구서 김밥 싸서 조카사위 부부랑 같이 가고, 영주 시누이랑 모시고 조카가 오고, 평해서 시숙과 형님이 오고, 그러다 보니 차가 몇 대가 같이 갔었다. 그때 조카딸의 손녀가 얼마나 울고 그치지를 않던지.... 그 애가 커서 또 애기를 낳아서 데리고 왔으니 정말 놀라울 일이다.

시숙의 생신이 3월 23일이었는데 모두 모여서 축하도 할 겸, 생신도 같이 해 먹을 생각을 하고 어디서 모이자는 생각들을 하고 있었다. 며칠 전 애들한테서 전화가 와서 하는 얘기인즉, "전에 꾸중만 하시던 분이 좋은 말만 하고 끊기에 그냥 웬일인가 했어요. 그렇게 2018년 3월에 가실 줄 알았으면 더 많이 얘기를 할 걸...."

이혼했다고 말도 안 하던 딸인데, 삼겹살 장사를 막내 조카랑 하는데, 듣다가 바쁘니까 이따가 전화하겠다 하고 끊고는 엄청 후회를 많이 하는 거였다. 나를 늘 매몰차게 일만 실컷 부려 먹고, 돈 한 푼 안 주고, 물론 동생이 맘에 안 들어 그러했겠지만, 나와 애들을 봐서라도 그렇게 할 수가 있었을까. 늘 10년은 허송세월을 했다 생각하니 좀 억울했다.

그렇게 죽으며 한 푼 가져가지도 못 하고, 자식들 싸움만 붙여놓고 갈 것이 뭐람.

다 물도 흐르는 대로 그렇게 되는 것이다. 홍덕이는 자기 아버지가 그렇게 가셨는데도 꼴값을 떨면서 어른 행세 하려고 한 것이 나는 너무나도 얄미웠다. 시어른 산소를 죽으나 사나 우리가 애들 크기 전에 남편이 가서 돌봤다. 조카네 해마다 넥타이와 남방을 사 가지고 가서 도왔으며, 내가 제사 지내러 평해로 가면 그렇게 하고, 애들이 커서 거들 만할 때는 애들과 같이 하고, 그러다 큰아들이 커서 혼자 가서 시누이 아들 조카랑 하며 그렇게 수십 년을 산소 돌봄을 해 왔다.

큰아들이 바빠서 못 갈 때는 할 수 없이 막내가 혼자 가게 되었다. 한 해는 벌한테 쏘여서 애를 잡을 뻔했는데, 큰 조카가 벌초한 지는 여태 모른 척하다가 겨우 3년 했고, 그것도 저 혼자 한 것이 아니고 우리 막내를 불러서 항상 같이 했으면서도 마치 자기 혼자 다 한 것처럼 말하고, 남처럼 남의 조상 보듯이 하지 말라고 하면서 이런 말 저런 말 수다를 떤다. 내가 있는데도 미안하지도 않은지... 욕이라도 확 내뱉고 싶었지만, 초상집에서 그렇게 하면 싸움 날 테고 해서 참았다. 안 가면 그만이지만 그럴 수도 없고, 조상 잘 모셔서 나쁠 것은 없으니, 별일 없으면 내가 할 일은 다 했으니 양심에 꺼릴 것은 없었다.

'조상님도 알고 계실 거야, 시숙님 삼우제 때 다시 갔다 왔지. 산에다가 몸 하나 누울 정도 땅밖에 겨우 차지하고 계시면서 그렇게 욕심을 부렸나. 혼은 절에 모신다고 5백만 원 주고, 그 외에도 들어가는 것이 많았다. 49재 때에는 막내아들이 필리핀에 예약을 해 놓아서 나는 거기 따라가느라고 큰집에 못 가고, 큰아들하고 신랑이랑 둘이서만 49재에 다녀왔다.

필리핀에서도 여행지 세부라는 곳을 갔는데 밤에 비행기를 타면 새벽에 내리고 거기서 밤에 타면 여기 새벽에 내렸다. 거기 바다에 가서 물속의 고기를 구경하고 배 타고 저 건너편에 가서 밥 먹고, 물에서 좀 놀고, 그러다가 하루는 손주들이 어리니 애들이 좋아하는 데서 물놀이로 하루를 보내고, 여기서 안 해 보던 안마를 거기서는 두 번이나 받았다. 남의 손에 내 몸을 맡긴다는 것이 너무 시원하고 좋았다.

그것도 지나고 보니 자식 덕분에 먹는 것도 여기서 먹어 보지 못한 것들을 다 먹어보고 모든 것이 새롭고 꿈만 같았다. 좋은 호텔에서 잠자고 있다는 것이 정말 꿈같은 시간이었다.

그 전 해에 우리 딸 아이가 2017년 10월, 일본에 장각인가 거기를 패키지로 갔는데, 혼자보다 여러 사람이 다니는 것도 재미있었던 게 기억났다. 그 높은 산을 땅에서부터 케이블카를 탔는데 꼭대기 몇 천m 되는 곳에 올라가 보니 산도 너무 찬란했고, 유리 다리를 건너서 계곡을 얼마나 걸어갔는지 다리가 아프면 가지도 못할 곳이었다. 텔레비전에서 돌아가는 유리 다리를 벌벌 떨면서 다니는 모습을 가끔 본 적이 있는데, 우리가 갔던 거기도 꽤나 재미있었다. 유람선 타고 다녔던 것과 모든 경치가 꿈속에서나 상상할 그런 곳이었다.

하나하나 생각해 보면 눈 안에 영화 필름처럼 상상이 갔다. 딸 아들 덕분에 좋은 구경 많이 하고 상상 많이 하면서, 내 머릿속에 있는 것을 이렇게 끄집어내니까 책이 몇 권은 되겠다 생각했다. 그렇지만 아직 멀었단 생각~!

우리 딸은 면목동에 애기 둘을 데리고 옷 장사를 한다고 시작을 했다. 옷 하러 간다 하면 가게에 와서 애기들을 맡긴다. 내가 봐 줘야 움직일 수 있기 때문이다. 수없이 먼 거리 면목동을 많이도 왔다 갔다 했다. 동서가 샀던 차라면서 중고 티코 승용차를 사 가지고 물건을 하러 다녔다.

애기 둘을 태워서 다니기도 하고 유모차도 큰 것도 아니고 조그마한 것에다가 둘을 태워 가지고 다니다가 차에 싣고 다니니 좀 수월하기는 한데, 혜인이가 좀 별나서 힘들어했다. 한번 울면 그치지를 않는다. 내가 한번은 같이 타고 가는데, 면목동에서 영등포구청 갈 때까지 운 적이 있었다. 딸은 그렇게 애기들 키우면서 살림만으로도 힘들 판에 옷 장사를 한다고 시작을 했으니, 힘들겠지만 해 나간다는 것이 기특하고 대단하다는 생각이 들었다.

나는 남편과 둘이서 영등포구청 부근에서 지내다가 세월이 흘러 화곡동에 집을 사서 이사를 했다. 월세로 살았던 집은 주인이 좀 별난 사람이었다. 2년을 채우고 이사 갈 집을 찾는데, 그때는 정말 조그마한 빌라였지만 우리로서는 대궐 같은 내 집이었다. 그때는 맘에 들었고, '나도 이런 집에서 살 수 있구나' 생각이 들었고, 그곳에 이사 가면서 빚도 하나 없이 좋은 집에 갔다며 '이럴 때도 있구나' 하는 생각에 그때가 내 마음에서 제일 좋았었다.

우리 집을 보더니, 우리 딸도 집을 산다고 부동산에 다니기 시작했다. 그러고 나서 그 '반석빌라'를 샀다. 우리보다 좀 나와 있으니 집이 우

리 집보다는 못 하고, 베란다가 없어서 좀 안 됐기는 해도, 저가 살기에
는 방이 세 개나 되고 하니 쉽게 장만했던 모양이다.

처음에 살 때는 오래 살려고 집을 샀는데, 이사를 하고 보니 카센터
빼기 전에 화곡동에서 면목동까지 출퇴근을 하는 게 너무 힘들고 거리
가 멀어 다시 면목동 지하로 이사를 가게 되었다. 지하로 이사 간 지 얼
마 안 돼서 카센터를 빼게 되었고, 다시 또 화곡동으로 오게 되었다. 그
동안 집이 안 빠져서 김포 쪽에 차로 1시간 거리쯤 정도에 직장을 잡아
서 우리 집에서 다녔다.

날짜가 되자 집이 금방 빠져서 이사를 하고서는 자기네 집에서 다
녔다.

우리 딸은 날 닮아서인지 생활력이 강했다. 아직 애들이 어린데도 무
엇이든지 한다고 전단지 보고 찾아가 애기를 봐 주기도 하고, 며칠 다니
다가 주인과 잘 안 맞아서 좀 다니다가 그만두기는 했지만 말이다.

그러다가 화곡동 사거리에서 까치산 쪽으로 내려가면 중간쯤에 롯데
슈퍼가 하나 있는데 거기에서 일한다며 자전거를 타고 다녔다. 부지런
하고 성격이 좋아 붙임성도 많고 이것저것 하고 다녔다. 처음에는 화곡
동에 와서 면목동 카센터에 다녔다. 여기서 거기까지 한 시간 이상 걸
리니까 너무 힘들어했다. 면목동에서 화곡동까지 왔다가 다시 또 살던
면목동으로 가서 또 거기다가 지하방을 얻는 바람에 여기 집을 세를
빼서 이사를 갔다.

지하방은 2칸인데 화장실은 밖에 있고, 어마하게 많은 것을 다 갖다
쑤셔 넣어가면서 이삿짐을 정리했다. 방이 두 개인데 주방이 중간에 있

고 양쪽에 방이 있었다. 워낙 정리를 잘하는 아이라 그래도 깔끔하게 잘하고 살았다. 거기 가서 석준이는 면목초등학교 1학년으로 입학을 하였다. 그러나 채 1년을 못 다니고 화곡동으로 오게 되었다.

조그마한 꼬맹이들... 여자아이를 우리 손주는 좋아하는데 여자아이가 못되게 해서 어린 것이 상처를 입을까 봐 2학년 올라갈 때 바로 와서 세 쳤던 집을 빼서 다시 왔다. 호돌이공원도 있고, 아이들 키우기는 아주 좋았다.

5

손주들의 학교생활

눈만 뜨면 혜인이는 공원에 나가서 그네를 타고 잘 놀았다 석준이가
3학년 올라가니 혜인이가 1학년 들어갔다. 거기는 다리(육교)로 올라가
서 행길을 건너야 하니 조금은 걱정이었지만 잘 다니고 있었다.

아주 더 어릴 때 얘기가 생각나 글로 쓴다.

설날이 내일모레라 시골 가려고 우리 딸이 준비하고 있는데, 애기가
나 따라온다고 졸라서 데리고 왔다. 저녁에 다들 잠이 들었고, 막내아
들은 밤늦게 친구들과 한잔하고 와서 잠자고 있었는데, 어린 손녀가 일
찍 일어나서 삼촌 일어나라고 깨우다가 안 일어나니까 와서 찡얼찡얼대
는 거였다. 그러더니 아침을 먹고서 난데없이 잠을 자는 게 아닌가.

일찍 일어나서 다시 자나 보다 하고, 속으로 '일찍 자는 아이가 아닌

데 왜 이렇게 잠을 자지?' 싶은 생각이 흔들어 깨웠다. 내가 어린 손녀를 흔들어 깨워서 일으켰는데 애기 팔이 힘없이 축 늘어졌다. 깜짝 놀라 방에서 자고 있는 애 할아범(남편)한테 "일어나 봐 우리 애기가 힘이 없이 축 늘어졌어."

그전에 딸한테 전화를 했는데 안 받는다. 열이 나니 해열제 있으면 가져오라고 하려고 아무리 전화를 해도 안 받아서 할아범을 깨운 거였다. 남편은 벌떡 일어나더니 놀라서 바늘을 찾아 딴다고 찌른다. 그런데 바늘이 안 들어가고 탁 튄다. 애기 살에 바늘이 안 들어가고 튀는 것은 생각도 못 했으니 그저 가슴이 철렁 내려앉는다. 자는 막내를 깨워서 "큰일 났다, 애기가 다 죽어 간다. 빨리 병원에 가게 차를 가지고 와."라고 했더니 아들도 놀라서 '아침에 깨울 때 일어날 걸 왜 잤을까?' 후회하면서 자가용을 가지러 간 사이가 왜 그리 오래 걸리는지....

애기를 등에다 업긴 업었는데 포대기도 옳게 못 매고 대충 안 떨어질 정도만 붙잡고 4층집에서 내려오는데 얼마나 높은지 정신이 없었다. 내려오는 데도 계단을 어떻게 내려왔는지 몰라 허둥거렸다. 내려와서 막내아들에게 왜 이렇게 늦게 오냐고 난리를 쳤더니, 주차 자리가 없어서 멀리 세웠다가 왔단다. 그러면서 앞에 왔는데 타려 하니 다리가 안 올라간다. 웬 차가 이렇게 높냐고 못 올라가니까 운전석에 있던 막내가 와서 떠받들어서 겨우 타게 됐다. "소렌토라 차가 좀 높긴 높아"라면서 겨우 타고 가는데, 등에서 '캑' 하면서 깨어나는 소리가 났다. 그때는 숨이 틔워지는 소리라도 들으니 이젠 살았구나 안도의 숨이 좀 나왔다.

황내과 병원이 우리 집에서는 가까웠다. 가서 애기가 다 죽게 생겼다고 빨리 좀 조치를 해 달라고 했다. 열이 갑자기 40도나 올라 옷을 다 벗기라고 하기에 옷을 벗기고 거즈를 적셔다가 자꾸 닦아주고 그것밖에는 약이 없었다. 계속 몇 시간을 적셔서 닦기를 반복하다 보니 열이 내려가서 숨이 나왔다.

그동안 신랑은 집에서 엉엉 울며 딸, 며느리, 사방에 전화를 해서 손녀 혜인이가 죽었다고 했다니 모두가 얼마나 놀랐을꼬. 우리 딸은 얼마나 놀랐던지 황내과 병원까지 어떻게 왔는지 정신이 없을 정도였다. 티코를 몰고 숨을 못 쉴 정도로 헐떡거리면서 쫓아와서 보니, 애기가 그때는 멀쩡했었다는... 그 사정을 아직도 잘 모르고 있는 남편만 울고불고... 혜인이가 죽었다 하는 바람에 다들 정말 놀랐을 것이다. 그 사정을 겪지 못해서 아직도 잘 모른다.

지금도 그때 생각하면 참으로 아찔했던 일이었지만, 혜인이는 볼수록 금쪽같이 사랑스럽고 아무리 잘못해도 그때 생각해서 이쁜 생각만 든다. 학교에 처음 입학할 때는 학교에 딸이랑 같이 갔다. 혜인이는 처음으로 겪어 보는 거라 선생님도 무섭다고 하더니 그러던 아이가 1학년, 2학년 올라가니 덩치도 두둑해지고 마음도 얼마나 착한지... 엄마가 이것저것 하다가 시간이 바쁘니까 어릴 때 밥을 물에 말아 김치를 찢어서 주면 그렇게 잘 먹고, 남은 음식은 몽땅 한 곳에 비비거나 볶아서 나랑 딸이랑 혜인이랑 셋이서 삼대가 같이 서로가 맛있다고 잘 먹곤 했다. 언제나 제 엄마와 할머니를 첫 번째로 꼽고, 말도 어른처럼 느긋하게 하고, 따뜻하고 착한 애였다.

일산에 와서도 추리닝만 입고 다녔다. 그런 아이가 4, 5 학년에 올라갈수록 합기도를 약 2년간 배웠는데 다른 사람보다 더 많이 했다. 사람마다 하루에 한 번만 하는 것을 두 코스 세 코스 하면서 연습도 엄청나게 하고, 홀라후프를 천 번씩, 줄넘기를 천 번씩 하니까 살이 쭉 빠져서 너무 이쁜 아가씨가 됐다. 살이 빠지니까 자신감도 생겨나고, 전엔 많이 까칠했던 애였는데 그런 옛날의 우리 혜인이는 어디 가고 없었다. 사춘기라서 그러다가 지나가면 원래대로 돌아오겠지 하고 기다렸다.

옛날 나는 오징어집 다니던 것을 추석 때 시골 다녀와서 그만두고, 건너편에 우가란 고깃집에 다녔다. 한우를 파는 고깃집인데, 남편은 깡패같이 생겨 먹었고, 여자는 남자한테 쥐죽은 듯하게 살면서 속은 별난 사람? 어쨌거나 내가 아쉬워 갔으니 시키는 대로 말만 잘 들으면 나쁜 사람은 없으리라 생각하며 잘 다니고 있었다.

그러다가 우리 딸하고 까치산 시장을 가게 되었는데, 빈 가게가 시장 한복판에 나와 있기에 얼마냐고 물어봤다. 보증금 5만 백원에 월세 50만 원이어서 마음이 갔다. 시장에서 이렇게 싸게 나온 가게라면 무엇이든 팔아도 시장이라서 잘되지 않을까 싶었다. 딸내미는 그때 슈퍼에 다니고, 나는 고깃집에 다니고 할 때니 둘이 같이 뭘 해도 되겠다 싶었던 것이다.

세도 싸고 해서 계약을 했다. 이전에 하던 주인이 뭔 음식을 팔았던 건지 집기가 다 되어 있고, 냉장고도 가스판도 다 되어 있었다. 무얼 할까 고민하다가, 시장이니 포장 장사가 괜찮을 것 같다고 생각해서 탕수육을 만들어 5천 원씩 팔아보자고 했다. 신림동 소문난 탕수육을 일부러 먹으러도 가서 시식을 해 보니까 할 만한 것 같았다. 고기는 마장동까지 가서 등심을 사고 거기서 다 썰어 오니까 그냥 전분가루를 묻혀

튀기면 되었다. 그래도 탕수육 위에 부어 먹는 소스도 해야 되고 할 일은 많았다.

다니던 고깃집에다는 그만둬야겠다고 말했다. 우리 딸이 가게를 얻어 놔서 뭐라도 해 봐야겠다고 하고서는 사람을 구하라고 했다. 그 사이에 도배도 하고, 불도 바깥으로 빼고, 준비를 다 해 놓고 사람 구한 뒤에 그만두고 시장에서 탕수육 장사를 시작했다.

우리 막내가 냉장고에 하나 가득 고기를 넣어 두라며, 김치냉장고 온도를 잘 맞추어 놓으면 숙성도 잘 되고 고기 보관도 잘 된다고 알려주었다. 실제로 너무 잘 되었다. 고기를 처음에는 우리 딸과 같이 다니고 해 날랐는데, 나중에는 전화해서 갖다 달라고 했다. 처음에는 갖다주는 척하더니 나중에는 그것도 힘들어하기에 가까운데 한번 시켜봤더니 고기가 질겨서 맛이 있느니 없느니 하는 말까지 나왔다.

떡볶이, 핫도그, 오뎅 종류로 메뉴를 바꿔 또 한 해 겨울을 해 봤더니 그것도 잠깐 반짝하고 만다. 시장에는 사람들이 먹을 재료만 사 가지고 가는 곳이지, 한갓지게 이것저것 먹고 앉아 있는 곳이 아니어서 더욱 그랬다. 그래서 김 장사를 해 봤다. 청주 어디 김을 구워 파는 곳에 가서 구경도 했는데 그것도 장치 준비를 해야 하고 복잡했다. 그래서 숯을 피워서 하는 것을 했는데, 김은 주문하면 보내 주는 걸로 하고 종일 구워서 봉지에 10장씩 넣어 팔고, 그것만 하기가 썰렁해서 설, 추석 명절에는 두부를 몇 수십 박스 팔고, 거기서 겨울을 몇 번 보낸 것 같다. 두부만 많이 팔다 보니 김은 구울 시간이 없었다.

점점 그러다 보니 김이 없어지고 두부 장사가 되었다. 우리가 떡볶이를 하면 떡볶이집이 몇 개나 생기고, 김을 구워 파니까 김 장사가 수없이 생겼다. 실로 어이가 없었다. 사실 두부 장사도 그날그날 다 팔아야 지 된다. 남으면 안 되니까 그걸 몇 모씩 가지고 전에 다니던 고깃집에 다 오는 길에 갖다주고 했더니 나중에는 몇 모씩 가지고 오라고 부탁을 해서 집에 올 때마다 들러 배달하기도 했다.

그러고 다니다가, 우리 딸은 헌옷 장사를 면목동에서 했고, 나는 또 작업복 장사를 했다. 그랬더니 옷 장사를 하라면서 딸이 옷을 덥석 떼 온 거야. 천호동까지 다니고, 동대문에 가서 떼 오는 일과 다니면서 파 는 것이 힘들었다. 물건도 가서 골라와야 하니까 시간도 많이 걸렸다. 딸이 어디 한 군데 가더니 구제옷 장사를 하던 사람이 가게를 접은 거 라며 몽땅 다 가지고 왔으니 자그마치 1톤 차로 한 차 가득 태산같이 가져왔다.

처음에는 정신이 없었는데 옆 야채 가게에 빈칸이 하나 있어 거기다 가 갖다 재어 놓자 정말 많았다. 그것을 치워야 하니까 창고가 있었는 데 비도 새고 허술해서 천막 하는 아저씨한테 비 새지 않게 잘 좀 해달 라고 했더니, 새로 천막을 씌우고 창고를 잘 만들어서 옷을 조목조목 골라 창고에 차곡차곡 쌓았더니 역시나 양이 많아 가득 찼다. 하나씩 갖다 풀어 팔면 매일 새 옷 갖다 놓은 것처럼 한동안 잘 팔렸다. 가끔 한 번씩 색다른 옷을 가져오면 더 잘 팔렸다.

우리 생각에는 저런 옷을 어떻게 입을까 하는 옷이 더 잘 팔리고, 그 런 옷은 비싼 것보다 중고라도 몸에 맞으면 입다가 버린다 해도 아깝지 않으니 싼 맛에 요상한 옷이 더 잘 팔렸다. 딸은 옷을 해 오고 나는 물 건을 팔았다. 가격을 잘 몰라서 우선 팔고 나면 딸이 와서 이것은 얼마

짜린데 하면서 가격 차이가 나는 것을 알기도 했다. 가격을 일일이 붙여 놓으라 했으나 그 많은 옷에 가격표 붙이기가 쉽지 않았다.

그러는 중에 '우가 고깃집'에서 가게를 내놓았는데 싸게 줄 테니 하라고 자꾸 꼬드기는 바람에 옷 장사는 딸 혼자 하라 하고, 고깃집 장사를 한번 해 볼까도 생각했다.

그들이 부천에서도 가게를 차려서 하는 것을 알기에, 내가 거기 한번 같이 가 보기도 했다. 신랑은 부천에서 하고, 마누라는 여기서 고깃집을 운영하는데, 딸내미 하나 있는 것이 꼭 부모 닮아서 중학교도 졸업 못 할 정도로 낙제생이었다. 이 학교 보내면 저 학교로, 양강에서 가로공원 있는 곳인데 중학교도 몇 번이나 왔다 갔다 했다. 그것도 학교 안 가고 친구들과 여관방 전전하면서 노는 바람에 매일 엄마 아빠가 학교에 불려 다녔다.

중학교도 학교 가는 일수가 빠지면 퇴학당한다고, 중학교 졸업이라도 해야 한다고, 부모가 애원을 했단다. 그리고는 부천으로 갔다. 집도 여기 살다가 가게는 나한테 떠넘기고, 처음에는 고기니 뭐니 다 잘해 줄 것 같았는데... 내가 바보였다는 것을 뒤늦게 알았다.

처음에 할 때는 보증금 2천만 원에 권리금 3천만 원이었다. 보증금은 집을 대출 내서 2천만 원 해 주고 권리금은 그 사람이 아는 은행에 얘기해서 천만 원 해 주고, 국민은행에서 2천만 원 더해서 도합 4천만 원 빚을 잔뜩 내서 일처리하고 보니 약간은 겁이 났다.

처음 다단계 할 때 빚을 낸 것을 말해야 하는데 막내아들한테 입이 안 떨어지는 것을 겨우 입을 열었더니 며느리 방 뺀 돈이라면서 3천 5백만 원을 빌려준다. 저도 그 시기에는 결혼해서 얼마 안 된 때라 무척 힘들었을 텐데, 엄마에게 말없이 주었기에 너무 고마웠다. 죽을 때까지 잊지 못할 일이다. 그걸 갚고 얼마 안 되어서 또 4천만 원 했으니 내 간덩이가 무척 커진 것일까?

그래서 옷 장사는 딸이 혼자서 하고, 나는 고깃집을 하기로 하고 그렇게 시작했다. 가게가 워낙 크고 부엌 주방 홀 모두 육십 평 정도나 돼서 사람을 둘이나 써야 했다. 주방에 하나, 홀에 하나, 나는 고기를 써는 것을 봤기 때문에 내가 고기도 썰고 다 했다. 중국 사람들이 여행을 와서 가게가 크니까 한번 먹었다 하면 몇십만 원씩 먹고 간다. 나는 중국 글을 모르는지라 돈을 얼마를 받아야 되는지 몰라서 중국 아줌마를 하나 두었다.

그러다가 내가 학원에 가서 두 달 동안 중국어를 배우기까지 했다. 그 당시에는 돈에 관해서는 중국 화폐로 만 원이면 우리나라 돈은 17,000원 계산하면 됐다. 우리나라에서 매일 바뀌는데 몇백 원 차이니까 중국 돈 만 원이면 우리나라 돈으로 환전할 시엔 17,000원으로 하면 별 손해 없이 계산되었다. 중국 돈은 은행에 가면 바로 바꾸어 주니 팔기만 하면 손해는 없다.

딸도 옷 장사를 곧잘 하고 있었다. 그 앞에서 팥죽을 파는 아주머니가 있었는데 젊었으며 애들 남매를 데리고 혼자서 장사한다고 했다. 그 죽집에 친구라면서 되게 까탈스러운 아줌마 하나가 매일 오다시피 하는데 되게 무시하면서 꼴 보기 싫게 놀더니 우리 딸이 옷 파는 것은 유심히 봤나 보다. 딸 가게 주변엔 사람이 많이 다녔다. 직장 다니는 사람들이 저녁에 퇴근하고 와서 깔끔하고 이쁜 것들이 있으면 이것저것 한 보따리씩 사 가곤 한다. 가게도 깔끔하게 해 놓고 파니, 차로 가지고 왔던 옷들도 다 팔고 그 많던 것을 엄청나게 팔았다. 그러다 보니 그 죽집 친구가 껄떡껄떡대고 있었나 보더라.

우리 사위가 먼 곳에 다니던 것을 그만두고 동네 정비소에 다녔다. 거기서는 꽤 큰 곳인데 거기 다니다가 다시 카센터를 하고 싶다고 우리 딸을 꼬드겼다. 그러려면 이것저것 다 정리를 해야 하니까 가게를 내놓았다. 그랬더니 그 죽집 친구가 자기가 얻겠다고 한다. 우리 딸이 전화로 누군가 얻겠다고 했으니 빨리 안 하면 그 사람하고 약속을 하겠다고 하자 그녀는 뺏길까 봐 금방 계약했다.

우리 딸이 어디로 나가면서 전화할 일이 있으면 엄마한테 하라고 해선지 나한테다 전화로 다 확인한다. 통장으로 권리금 1천 5백만 원 받고서 그렇게 쉽게 끝내 버렸다. 그리고 사위랑 카센터 얻으려고 돌아다니고 인터넷으로 나온 것을 둘이 보러 다니며 결국 일산에다 얻어서 자리를 잡게 되었다.

나도 가 보니 세차장과 붙어 있는 것이 꼭 면목동 하고 같은데 자리만 엄청나게 컸다. 처음에는 몰랐는데 계약하고 나니 세차장 주인이 전부 다 얻어서 그 사람이 또 세를 준 것이었다. 진짜 땅 주인이 아니었던 것이지. 화곡동에 살던 집을 전세 9천만 원을 받아서 카센터에 보증금 2천만 원 주고, 권리금 3천만 원 주고 그렇게 얻어서 수리하고 기계도 필요한 것으로 샀다.

그러느라고 돈이 적으니 집은 지하방 2칸짜리를 얻게 되었다. 3천 5백만 원에 그래도 처음에는 기대를 품고 시작을 했는데 맘과 뜻대로 안되는 것이 인생이라는데, 수리하고 간판하면서 또 시누이한테 천만 원 빌려서까지 했는데, 월세가 200만 원이나 나가야 되니 세차장을 해서는 세를 내고 생활하기에 너무 힘든 시기였던 모양이었다. 애들이 어리고, 딸은 여기 올 때 사위 수발이나 하고, 손님 차 대접이나 하고, 장부정리나 하고... 이런 계산이었는데 안 되니까 다른 무엇을 하려고 생각하고 다녔나 보더라.

나는 그때 아직 화곡동에서 고깃집을 잘하던 중이었는데 딸이 곱창집을 하면 잘된다고 말한다. 우리 집에서 다리 건너가면 시장을 한참 지나 농협사거리에서 조금 위에 돼지곱창집이 있는데 한번 보니까 너무 사람이 많아 자리를 차지하기도 힘들다며 한번 가 보자고 해서 둘이 가 봤다. 큰길가인데 사람은 많이 다닐 길은 아닌 듯한데 손님이 아주 많았고 북적댔다. 처음에는 조그마하게 했는데 손님이 자꾸 늘어서 크게 하고 크게 하다 보니 이젠 엄청 이 칸 저 칸 자리가 많아졌단다.

먹어 보니 그때는 곱창 맛도 잘 모를 때여서 간 맞으면 맛이 있는 것 같다고 생각했다. 또 인터넷을 보니 면목동에도 맛있고 체인점을 하는 데가 있다고 해서 한번 가 보자며 가 봤더니, 시장 입구인데 하루에 보통 200만 원은 판다고 한다.

볶는 사람은 그 집 남동생이 볶는데 아예 한 보따리 볶아 놓으면 금방 포장에다, 테이블에서 먹는 사람까지 정말 자리가 좋았다. 그걸 하겠다 하고, 일주일을 볶는 방법을 배우러 다녔다. 오전에 얼른 가서 손님 없을 때 가서 배우고 오후 3시가 되면 나도 고기 장사를 해야 했다. 배우는 일은 오전이 아니면 손님이 많이 와서 서툰 사람은 얼씬도 못할 정도로 손님이 많았다. 약 일주일을 배우고 나니 마음에 할 것 같은 용기가 솟았다.

고기 하던 데를 그냥 간판만 바꾸고 볶는 철판만 갖다 놓으면 된다. '우가' 간판을 다니면서 보니 별로 마음에 안 들어, 신선한 쪽으로 간판 이름을 고기 먹고 행복하라고 '황금촌한우'라는 좋은 이름으로 바꾸고 정신없이 했는데, 또 곱창 가게를 하려니 또 바꿔야 했다. 장사를 하려면 손님에게 알려야 하니 간판이 첫째 관문이다. 철판 놓고 볶는 것은 그냥 배운 대로 하면 되는데, 그때는 곱창과 막창을 다 삶았다. 곱창&막창을 가게에서 삶으니 거기는 가게에 장비가 되어 있어서 삶는 데 별일 아니라고 생각하고 몇 년을 그렇게 삶고 씻으며 참 힘들게도 했다.

늘 아줌마가 있었는데 나보다 늦게 나오게 되니 삶는 것은 항상 내 차지다. 돈 주고 사람은 부려도 준비고 뭐고 내가 다 해 놓은 뒤에 홀이고 주방이고 와서 뒷일만 대충하고 시간 되면 가고... 그래도 월급은 하나도 빠짐없이 그때그때 다 챙겨 주었다. 내가 남의 집에 다닐 때, 돈 보고 다니니 제때 안 주면 한 달 고생한 것이 다 생각나고 그 날짜에 주면 한 달 고생한 것을 다 잊어버리게 되니까 나도 일하는 사람들 월급을 꼬박꼬박 챙겨 줄 수밖에 없었다.

어느 날 하루는 곱창 먹으러 손님이 왔다. 몇 번째 온 손님이었다. 늘 오면 곱창 2인분에다 소주를 다섯 병~ 여섯 병씩 먹고 가는 사람인데 그날은 고기 써는 기계를 보고 깜짝 놀라면서 고깃집을 했냐고 묻는다. 고깃집 하다가 곱창집 한다니까, 그럼 같이 온 사람이 고기에는 전문이니 한번 다시 해 볼 생각 없냐고 한다. 좀 귀가 솔깃해지기는 했다. 너무 전문가라고 하면서 술값은 그분이 현찰로 내는데 보기에는 너무 착한 것 같았다. 월급은 100만 원 주고, 돈 많이 벌면 올려 달라고 할 때까지 맘먹고 한번 해 보자고 했다. 내가 고기를 잘 몰라서 못 했었는데, 잘하는 사람이 하게 되면 더 잘될 것 같아서 그 사람들 하라는 대로 하기로 하고 시작했다.

그리고 보니 전기공사에다가 간판에다가 이것저것 돈이 엄청나게 또 들어갔다. 전기공사는 150만 원, 간판은 처음에 우가에서 황금촌한우 한번 참맛깔곱창에서 또 황금촌한우 백억식당, 그리고 간판을 바꾸면 메뉴판도 다 바꿔야 한다. 한번 바꾸는데 돈이 150만 원은 들어간다. 선팅해야지, 가게는 안 바꾸고 그냥 하면 돈 버는 건데 말야... 자꾸 바꾸는데 쓸데없는 뒷돈이 무한정 들어가는 거였다. 큰 가게는 혼자 못하니 사람 둬야지, 인건비 들어가지, 크니까 세도 비싸지, 어지간히 팔아서는 남는 것은 하나도 없고 적자 안 나면 그나마 다행이라고 할 정도다.

큰 것은 정말 빛 좋은 개살구처럼, 겉만 큰 가게 사장이라고 적은 것이 알짜인 것임을 말해 무엇하리. 내가 백가라 백억식당이라고 지으면서 100억 벌으라고 했던 거였다.

처음에는 그 아저씨가 착하게 잘했다. 말도 잘 듣고, 손님에게도 고기를 규모 있게 이쁘게 썰어 나가니 보통 100만 원 파는 것은 쉬울 정도로 잘 되었다. 한 사람은 마트에서 관리소장이라는데 같이 데리고 있던 아줌마를 데리고 와서 자기네끼리 술도 한 잔씩 먹곤 하는데 원래 있던 젊은 아줌마가 일도 잘하고 있었다. 하나는 거리가 멀다고 1시에 와서 10시까지 일하는데 150만 원은 줘야 하고, 까치산에 있는 아줌마는 3시에 와서 12시에 가 버리니까 나머지 모든 것은 내 차지였다. 늦게 손님이 있으면 어쩔 수 없이 실장이 가게에 있으니까 해 주고, 나는 서빙하고, 둘이 팔고 했다. 그랬더니 늦게 오는 사람이 많았다. 그렇게 하다가 데리고 온 아줌마가 시골에 엄마가 편찮으시다고 가더니 아주 돌아가시고 왔다. 그러고는 시간이 무척 오래 되어서 소개소를 찾아가 사람을 보내 달라 했다. 사람이 괜찮고 맘에 들면 그냥 월급제로 쓰라고 그러는데, 그렇게 해서 사람을 고용하게 되었고, 나중에 마트 다니던 아줌마가 한 달이나 지난 뒤에 와서 또 써달라고 한다.

자기네들끼리 술을 많이 먹고 하는 것도 맘에 안 들어 안 쓴다고 하다 보니, 까치산에서 오는 아줌마는 아들이 축구를 하는데 여기저기 다니면서 축구하는데 따라간다고 많이 빠지는 것이었다. 그러더니 또 친정어머니가 다쳐서 병원에 있는데 형제들이 많은데도 굳이 자기가 가 있어야 된다고 전화로만 내일 가네 모레 가네 통보하고 계속 날짜가 바뀌니 내가 너무 힘들어서 소개소 가서 사람을 보내달라 했다.

까치산 딸 집에서 사는 엄마가 하루는 날 찾아왔다. 나이도 지긋하고 해서 그냥 월급제로 있자고 그랬다. 그 아줌마는 밤새 자면 밤새고, 시간 조정을 맘대로 하고, 밤에 오후 7시에 와서 아침 7시까지 200만 원 주고도 몇 달 했다. 거기는 먹자골목이라 밤새도록 손님이 있다. 우리 집엔 영업용 운전기사들이 손님을 모셔다 주고 새벽에 고기 먹으러 온다. 아주 맡아 놓고 오는 분이 많았다. 개업하고 처음에는 우리 앞에 천막까지 쳐놓고 사람이 바글바글할 정도로 바쁘고 정신없었다. 그때는 그렇게 재미나게 장사가 잘 되는 것을 보고, 옆의 오락실에서 우리 가게를 넘기라고 난리였다. 가게 주인한테 물으니 오락실은 절대로 안 준다고 한다. 어쩔 수 없이 그냥 우리가 계속했다.

한번은 그 옆의 술집에서 중국 사람이 한꺼번에 30명이 왔었다. 그들이 와서 음식을 시키려는데, 괜히 자기 신랑이 중국 가서 오락실을 운영하다가 돈만 까먹고 왔다고, 그리고 중국말을 잘 안다고, 꼴값을 떨면서 오더니, 그 손님들을 자기네 집에 와서 닭이랑 맥주 먹으라고 꼬셔서 데리고 싹 가 버리는 것이 아닌가.

그렇게 못된 인간이니 내가 얼마나 약이 올랐겠는가. 음식을 거의 시키다시피 했는데... 그렇게 나쁜 짓을 하는 인간이 뭐가 잘될까. 역시나 훗날에 남자는 다리 한쪽이 썩는 병이 들어서 잘라 내고, 고무다리를 만들어 박아 놓고 사는 신세가 되었다. 모름지기 사람은 바르고 착하게 살아야 한다는 걸 더욱 느끼게 해 주는 사건이었다. 그렇게 남의 가슴에 멍들게 만들고, 나중에 자기네는 맨날 아들 자랑은 어찌나 하던지....

결국 아저씨는 교통사고 나서 고생을 꽤나 했던 것 같았다. 우리 간판 가지고 평소에 있던 것을 자기 땅이라며 뺏으려 하고, 별난 우여곡절을 다 겪으며 그렇게 그 자리에서 6년이나 세월을 보냈고, 참 사연도 많았다.

실장 마누라가 점쟁이라도 불러서 악귀를 물리쳐야 한다 해서 거기도 50만 원 돈을 쓸데없이 많이 쓴 일도 있다. 여자하고는 이혼해서 헤어졌는데 아들이 하나 있는 것이 마주 누워서 일어나지도 못하고 무의

식으로 숨만 쉬고 있었는데, 14년을 그렇게 있으면서 잘 있다가 하필 그 때 한번 보러 갔다 왔는데 얼마 안 되어서 죽었다는 소식을 듣게 됐다. 돈은 미리 가불해서 100만 원 해 갔다. 밥 먹여 주지, 잠 재워 주지, 그 래도 술은 술대로 먹었다 치고, 그런데 고기도 못 썰고, 늘어지고, 막 퍼 주지, 도대체 이것저것 엄청난 정성을 들여서 해 주는데도 감당이 안 될 정도였다. 처음에는 잘하는가 싶었는데 좀 정들고 할 만하니까 맘에 안 드는 일을 왕왕 한다. 그래도 꾹꾹 참았다.

마트 아저씨는 아들들이 있는데 데리고 오면 고기를 엄청나게 먹는 다. 그 사람들에게서는 고깃값은 받는다. 덤으로 더 주기는 하지만 나 중엔 고깃값 오만 원도 결국 떼먹고 끝냈다. 가게에서는 씻을 데도 마땅 찮아서 방을 하나 얻어 줬다. 보증금 100만 원에 월 25만 원 내 돈 들여 얻어서 좀 편하게 지내라고 해 줬더니 오히려 잘 안 나오고 전화하면 뒤늦게 나오고 너무 속을 썩였다.

그래도 좋게 하고 있으려 했는데, 한번은 술 한 잔 먹더니 할 얘기가 있다고 한다. 그래서 뭔 얘긴가 했더니 특별한 얘기도 아니고 장사도 안 하고 가더니 며칠 동안 안 나오는 거였다. 전화도 안 하고 가만히 놔두 었더니 며칠 동안 소식이 없는 거였다. 그래서 나도 화가 나서 문자로 가게 안 나오려면 방을 비우라고 했다. 내 가게 안 나올 거면 뭐하러 거 기 있냐고 문자를 보냈더니 금방 답변이 오기를, 며칠 기다리라고 한다. 나중에는 강서구청에 일을 하러 다니니 월급을 타면 방은 자기가 살겠 다며 보증금만 돌려주겠다고 하였다. 몇 달 후에 재촉해서 돈을 부쳐 왔다. 그러고는 그 후론 그냥 내가 고기 썰고 까치산에 있는 딸과, 같이 있는 아줌마랑 오랫동안 고깃집을 운영했다. 많은 사람을 썼는데, 사람마다 사연도 가지각색이었다.

한 아줌마는, 아들은 장가보내고 딸은 용인대학교에 다니면서 아르바이트하고 다니는데, 이 엄마는 총각과 친해져서 애기를 하나 낳아 이제 초등학교 2학년이라나. 그런데 그 총각이 깡패같이 행동하면서 돈도 못 벌고, 자기 형 싱크대 작업하러 다니는데 뒷모도 하면서 그것도 시원찮으니까 있는 것 없는 것 모아 과일 장사한다고 차리더니 다 까먹고 거리에 나앉게 생겼다면서 하소연을 한다. 일을 오면 달로 있기로 했는데 맨날 가불 타령이다.

또 한 어멈은, 시골에서 강제로 몸을 뺏겨서 애기가 들어섰고, 어쩔수 없이 그 남자한테 시집을 갔는데 할 수 없이 남편이라고 살다 보니 또 딸을 낳았단다. 하도 못살게 괴롭히고 두들겨 패고 그래서 친정엄마한테 딸 둘을 맡기고는, 아들 하나 또 있었는데 그것은 제 애비가 키우겠지 했지만, 그것도 못 키우고 친정에 다 와 있어서 돈 벌어야 애들을 키우겠다 싶어 애들 두고 혼자 서울에 와서 식당을 전전하다 양평해장국 집에 들어가게 되었단다.

화곡 전화국 뒤에 양평해장국집은 엄청 크다. 일하는 사람도 많고 하루에 수백 그릇 팔 정도로 이름난 해장국집이다. 거기서 주방 일을 하고 있는데, 매일 와서 해장국을 먹고는, 집도 있고 차도 있고 개인택시니까 자기 거라고 이 엄마를 아주 엄청 꼬셨나 보더라. 하도 자기만 믿고 따르라고 꼬셔대고 집도 자기집이 있다며 같이 살자 해서 애들을 데리고 오려고 애들을 불러올려서 다 같이 살게 되었단다.

엄마는 항상 일하러 다니니 애들이 집에서 뭔 짓을 했는지 모르겠지. 그러다 보니 세월이 흘러 아들은 군대엘 갔고, 큰딸은 애기를 배서 낳도록 엄마가 몰랐다 한다. 딸의 배가 부르지 않아서 잘 몰랐거니와 아침에 자는 것 보고 일 가고, 또 저녁에 오면 또 자고 있거나 자기 방에서 나오지를 않으니 몰랐던 거였다.

갑자기 하도 배가 아프다 해서 산부인과를 안 가고 엉뚱한 병원에 가니 의사들이 깜짝 놀라 산부인과 가야지 왜 여기로 왔느냐고 야단을 쳤대요. 이 엄마는 산부인과라는 바람에 얼마나 놀랐는지... 그 길로 산부인과로 옮겨서 금방 애기를 낳았단다. 낳아 놓고도 애를 키울 생각을 안 해서 그 엄마가 애기 기저귀, 우유, 다 사서 대고 했대요.

한번 데리고 왔는데 자세히 보니 이 엄마 신랑하고 빼박이었다. 딸이 약간 모자라는 듯하니 엄마 없을 때 아빠가 건드려 낳은 애기가 천상 맞는 것 같았다. 어찌 세상에 이런 일이....

얼마 세월이 흐른 뒤, 그것도 총각 서방이라 차도 팔아먹고, 먹자골목에 주차요원을 하고 있었고 몰래 이사를 했다는데, 복개천 1층 카센터 자리 건물 5층으로 몰래 가만히 보따리 싸 가지고 옮겨 어디로 간 줄 몰라서 나한테 몇 번이나 물어보더라고.

그 후에 그 아저씨는 총각이라던 사람이 아들이라고 데리고 와서 고기를 먹이고 갔는데 아들이라는 애가 꽤 컸다. 고등학생쯤 되고 애비보다 훨씬 나아 보였다. 사람 사는 것이 어찌 그렇게 고르지 못한지, 그렇게 수많은 사람을 겪다 보면 나는 그나마 행복하다고 느껴질 때가 있다.

딸 집에 있다는 엄마는 또 신랑이 아들 하나 있는 사람을 만났는데.

처음에는 경찰이라 하니 총각인 줄 알고 결혼을 했단다. 결혼하고 보니 아이가 있다는 것을 알게 되었고, 결혼은 했고, 물릴 수도 없고, 그렇게 살다 보니 임신이 돼서 딸을 낳았단다. 시어른들은 전처의 아들만 남자라고 추후 떠들고 자기애는 딸이라고 거들떠도 안 보더란다. 그러니 사는 게 사는 것이 아니었다.

그렇게 속을 끓이면서 전처의 아들도 아들이라고 맘이 가야 되는데, 워낙 어른들이 차별을 하니 자기도 자연적으로 정이 안 갈 수밖에 없겠지. 어른들이 큰애만 감싸고 돌며 난리를 치니, 버릇없이 뭐든지 자기 마음대로 하려 하고, 어른 말도 잘 듣지 않고 속을 썩여서 딸을 데리고 집을 나와 버렸단다. 그러다 보니 먹고 살 길이 막막하고 걱정이어서 이것저것 장사를 많이 했던 모양이다.

신랑이, 여자가 딸 데리고 혼자 살려 하면 사는 것은 자기가 책임져야 된다는 생각에, 자기가 아들 있다는 것도 속였으니 그것 저것 해서 돈을 2억 원 줬는데 그걸 가지고 대구에 가서 찻집을 했지만, 몇 년 안 돼서 반 이상은 홀라당 까먹었단다. 그나마 조금 남은 돈을 언니 신랑 형부가 와서 뭣에 투자하면 몇 배로 불려준다고 꼬시니까, 까먹은 돈이나 복구한다고 그 말 듣고 나머지 돈을 몽땅 줬대요. 형부니까 설마하고 믿었던 것이 정말 씨도 없이 다 까먹고는 달라고 하면 말로만 준다 하고, 형부에게 뭐가 있어야 받지.

그러고 나니 거기가 싫어져 서울로 올라와 살면서 별짓을 다 했단다. 딸은 대학교까지 공부시켜 놓으니까 여의도에 있는 농협에서 창구를 보고 있는데 그래도 딸은 뚱뚱하지만 착하게 생겼더라. 착하게 근무를 하니 손님들이 추천해서 상도 타 오고....

　요즘엔 그 낙으로 사는데, 딸이 결혼할 때 또 얼마나 속을 썩었는지 아주 죽고 싶을 정도로 힘들었다고 한다. 누가 부잣집 총각이라고 추천을 했는데, 너무 엄마 바보라서 엄마가 시키면 죽는 시늉까지 하고 색시 말은 아예 들은 척도 안 하고, 아주 세뇌가 되어 있는 그런 남자였대요. 딸이 그 남자에게 그렇게 하지 말고 결혼하면 우리끼리 결정하고, 어머니한테는 할 말만 해도 된다고 해도, 그런 소리까지 다 일러바치는데, 어떻게 결혼을 할 수 있을까.

　결혼 날이 내일이라 다 준비해 놓고, 예물비도 주고, 가전제품 모든 것을 다 갖추고, 아버지도 어느 정도 대주고 해서 할 것 다 마치고 결혼한다고 연락을 했는데, 신부가 갑자기 도망을 가서 결혼 날도 안 나타났으니, 오신 손님이고 모든 것을 다 그냥 손해를 보았단다. 딸이 없어졌으니 예물 비용도 현금으로 준 거니 돌려달라 할 수도 없고, 아무것도 못 건지고, 입도 벙긋 못하고 혹시나 딸이 어디 가서 죽지는 않았을까 그 걱정밖에는 아무 생각이 안 났단다.

　결혼이라 친구들도 다 왔지만 물어볼 수도 없어 답답하고 막막하기 짝이 없었고, 온몸이 바싹바싹 마를 정도로 기다리는 것밖에는....

　시간이 흐르니 어디 여관에 가서 한두 날 넘게 있다가 엄마가 걱정할 생각하니 가슴이 아파서 왔더란다. 엄마 맘은 다 똑같겠지만, 죽은 딸이 살아 돌아온 것만 같아 아무것도 안 물어보고 반겨 주었고, 얼마 동안 그대로 있다가 농협에 다니면서 자기가 맞는 사람 만나 그냥 결혼식 안 하고 엄마하고 살던 집에 그냥 같이 산다고 했다.

젊은 사람이 애기는 안 낳는다 하고 고양이만 여러 마리 키우는데, 월급 타면 아주 고양이 식량에다 놀이 장난감이랑 애들 키우는 것처럼 공을 들이고 있어서 마땅치는 않았지만, 본인들이 좋다니 어쩔 수 없다고 했다.

그 집 동서 하나는 얼마나 못 됐는지 너무 끔찍했단다. 남편도 경찰이었대. 그 집 식구는 형제들이 다 경찰이래요. 여자가 경찰 남편한테 전화를 하자, 경찰 남편은 마누라가 무슨 일인가 싶어서 동료들한테 집에 잠깐 갔다 온다고 나갔대요. 그렇게 전화 받고 나간 뒤 모두 아무 생각 없었는데, 몇 시간이 지나 저녁 때가 되어도 안 오니까 안 올 사람이 아니라며 왜 안 오지 다들 걱정을 했겠지.

전화를 해 봐도 전화벨은 울리는데 안 받더라는 거야. 이상해서 집에 가 보니 집에서 라면을 먹다가 애들하고 다 죽어 있었는데 마누라는 없었다더군. 마누라 전화를 받고 집에 갔다 온다고 갔는데 아들, 딸, 남편이 다 죽어 있고, 여자는 없고, 온 방에 라면은 쏟아져 있고... 확인을 하니 독을 얼마나 넣었던지 먹자마자 죽고, 죽고 했나 보더라고. 아들은 초등학생이고, 딸은 유치원생인데 하나도 학교랑 유치원에 안 보내고 그날 다 죽이려고 작정을 했었던 것 같다.

그래놓고 여자는 거기서 죽는다고 2층에서 떨어졌는데, 어딜 갔나 하고 주위를 다 찾아보니 집 밑에 뚝 떨어져서 죽지는 않고 살아서 도망가다가 붙잡혔다더군. 자기 말로 죽으려고 2층에서 떨어졌는데 안 죽고 살았으니 분명히 잡으러 올까 봐 도망가려던 거였고, 멀리 못 가고 잡힌 거란다. 왜 그렇게 잔인한 짓을 했냐 물으니, 평소에도 죽이고 싶도록 미웠대요. 사람이 어떻게 그렇게 잔일할 수 있을까, 참 사람이 무섭단 생각이 들었다. 여자는 평생 감옥에 갔고, 참 세상에는 이런 사람 저런 사람 유형도 가지가지다. '임정' 그 이름만 보면 그 생각이 문득 떠오른다. 가끔 나도 전화하고 그 사람도 전화를 하곤 한다. 아직도 까치산 그 집에 산다고 했다.

남의 집 얘기 실컷 했으니, 이젠 나의 옛날이야기를 좀 해 보고 싶다. 우리 어릴 때 오빠랑 언니는 나이 차이가 있다 보니 한 번도 싸우거나 갈구지 않았다. 지금 늙어서 생각해 보니, 어릴 때 오빠가 주판을 가르쳐 줘서 정말 주산을 잘했다. 우리 반에서 1등을 할 정도로 귀에 쏙쏙 들어오게 잘 가르쳐 주어서 처음이자 마지막으로 배웠기 때문에 정말 잊히지 않고 기억에 남는다. 너무나도 오래전 이야기지만 기억에 남는다. 옛날이야기를 하나 해 줬는데 너무 웃음이 나고 잊히지 않은 이야기이다. 어떨 때는 갑자기 생각이 나서 웃음도 나고, 기억에 아직까지 남아 있다. 정말 재미있는 얘기다.

박문수란 사람이 과거를 보러 간다고 괴나리봇짐을 지고 가는 길이었다. 옛날에는 시골에서 서울까지 걸어서 가는 길은 과거 날짜까지 도착하려면 날짜를 한두 달 미리 나서야 하니까 가다가 주막에 들려서 자고 가려고 들른다. 하룻밤을 지새고 한양 간다고 아침에 나서는데, 주막 주인이 쥐새끼 죽은 것을 버리려고 나오는 것을 보고는, 그 죽은 쥐 버리려면 자기를 달라고 했단다. 박문수가 쥐를 이쁘게 싸서 가지고 가는데 길가에 고양이가 배가 고파 핼쑥한 것을 보고 고양이에게 쥐를 쥐서 먹여 가지고 고양이를 데리고 가게 된다. 도중에 만난 어떤 사람이, 쥐가 많은데 개는 쫓아만 다니지 잡지 못하니 고양이랑 바꾸자고 해서 개하고 바꾸었다. 개를 바꾸어 도망갈까 봐 목을 끈을 매어서 가다 보니까 당나귀 주인이 개하고 바꾸자고 하더란다. 왜 그러냐고 물으니, 도둑을 맞은 적이 있는데 개는 도둑을 쫓을 수 있으나 당나귀는 집에 있어봤자 아무 소용이 없으니 바꾸자고 해서 당나귀와 개를 바꾸었단다. 당나귀를 타고 가다가 소장수를 만나게 되었다. 소장수가 "덥고 힘들어 죽겠는데. 소가 까불고 날뛰어서 탈 수가 없으니 타고 있는 당나귀를 나에게 좀 주고, 이 소를 가져가시오"라고 했다는 거다. 그렇게 해도 괜찮겠냐고 물었더니, "나는 타고 가는 나귀가 더 소중하니 바꾸어 주시오"라고 해서 죽은 쥐와 바꾸고 바꾸다 보니 소가 되었다며, 이런 신기한 일도 다 있구나 하고 가다가 외딴집에 들어가서 자고 가겠다 했단다. 재워달라고 부탁을 했더니, 자는 것은 괜찮지만 때거리가 없어서 밥을 못해 드리오니 딴 데 가 보시라고 주인이 도리어 사정을 하더란다. 박문수가 "안 먹어도 괜찮으니 하룻밤만 재워주시오"라고 부탁하고 그 집에서 자고는 그 소를 그 집에 주면서 "이 소를 가지고 부자 되시오"라고 주고는 홀가분하게 서울까지 도착하여 과거를 보게 되었고, 과거 출제는 마음대로 글을 지어 올리라 해서, 자기가 지나오면서 겪은 일들을 빠짐없이 적어서 올렸더니 당연히 합격이었다는 얘기였다.

6

음식 장사의 고충

　박문수는 합격해서 암행어사가 되어 어사 관모를 쓰고 어사화를 꽂고, 마패를 차고, 고향으로 승승장구하며 내려오다가 부하들을 시켜서 소를 준 집에 당장 때꺼리가 없으니 소는 농사짓는 데 쓰도록 이르라하고 금덩어리 하나를 주면서 잘 살라고 전해 주고 오라고 시켰다. 고향에 와서 암행어사란 직함을 부끄럽지 않게 최고로 충직한 어사로 각인되어 아직도 박문수란 사람이라면 나이 먹은 사람들은 다 알 수 있는 이름이 되었다. 정말 재미있는 이야기가 아닐 수 없다. 잊히지 않는 열살 때 오빠한테 처음이자 마지막으로 들은 이야기이다.

　사람을 쓰다 보니 이런저런 일 많이 겪고 사는데, 실장도 나가고, 아줌마들도 왔다 갔다 많이 하고, 나중에는 중국 아주머니를 구해 달라고 소개소에다가 부탁했더니 예쁘장하고 괜찮은 아주머니를 보내 줘서 그냥 월급제로 제법 오래 있었다. 그렇게 잘 있다가 비자가 한도 기간이 돼서 중국에 다녀왔고 다시 또 비자를 연장해야 된다기에 그럼 다녀오라고 했다. 중국에 가서도 집도 한 채 사 놓고 왔다고 했다. 한국 와서 안 하는 일이 없을 정도로 열심히 파출부로 뛰고 악착같이 해서 많이 벌었던 모양이다. 그 아줌마도 돈을 벌어 부쳤는데 처음에 남편이 700만 원을 엉뚱한 데 쓰고 없애버려서 아주 욕을 하면서 여기서 저축했다가 가져가서 집을 샀다는 거였다. 거기는 여기처럼 비싸지도 않고, 2~3천만 원이면 웬만한 집은 산다고 했다.

세월이 오래 지나서 아줌마를 뒀더니 몇 개월 후에 와서 어느 개인 집에 가서 아기도 보고 살림도 하고는 나중에 연락이 와서 그렇게 먹고 자고 하는 데로 갔노라고 했다. 얼마나 있다 보니 쉬는 날이라며 놀러 왔더라고. 착하고 해서 우리 집에 가서 같이 자기도 했다. 우리 가게에서 자기도 했었기 때문에 그렇게 했다.

나이 적은 아줌마하고 둘이서 고기 장사를 했더니 점점 매출도 떨어졌다. 그런데다가 도둑도 한번 들고 해서 가게를 넘기려고 내놨다. 오락실이 한다기에 또 주인한테 사정사정해서 허락을 받아 놓았더니 안 한다고 한다. 어쩔 수 없어서 세월없이 하고 있다 보니 힘들었다.

고기 한번 받으면 3~4백만 원이지, 재료값에다 이것저것 너무 힘들수밖에.

또 곱창을 아주 바꾸어서 큰 힘 안 들어도 할 수 있을까. 지난번 곱창 장사하는 동안 애들이 많이 드나들어 늘 증명검사를 하고 있었는데, 그때는 하는 애들이 와서 먹어서 우리 딸이 늘 하던 애들이라 그냥 줘도 된다고 하여 줬더니, 이것들이 남의 것 가져와서 보였던가 보다. 사진은 자기 것 붙이고, 그래서 법원까지 재판을 몇 번씩 하게 됐고, 진정서를 몇 번씩 넣었다. 그랬더니 벌금을 50만 원을 내라고 하는 것이 아니고, 알고만 있으라고 했다. 한 달 정지만 해서 그 한 달 동안도 횟집에 가서 주방일을 해서 150만 원을 벌었다.

정말 사는 동안 맘 편하게 하루도 쉬어 본 적이 없었다. 정지가 끝난 후에 다시 가게를 하였다. 오래 지속하려면, 고기 장사는 사람이 많이 필요해서 간단하게 하려고 다시 곱창 장사를 하려는 것이었고, 이젠 좀 오래도록 하려고 환풍기 닥트 시설도 하고, 연기와 냄새가 빠져나가게끔 해야겠다는 마음에 문을 열어서 기존 여는 문을 다 뜯어내고 시설을 다시 하고 간판도 또 바꾸고, 정말 이것저것 바꾸느라고 간판값만 곱창 두 번, 고깃집 두 번, 간판값만 한 천만 원 정도 들어갔다.

지금 생각해 보니 어이없는 일이었다. 나는 차가 없으니 무엇이든지 걸어서 시장도 봐야 하고, 불편한 것이 하나둘이 아니었다. 눈이 살짝 온 날 시장에 간다고 구르마를 끌고 가다가 미끄러져서 팔에 금이 갔다. 그래서 그때는 우리 딸이 내 대신 곱창을 볶고 장사를 한동안 한 달에 100만 원씩 주고, 3시에 와서 10시까지 꽤 오랫동안 나를 돕기도 했다. 다친 팔이 하루 이틀에 낫는 것이 아니라 깁스를 해서 몇 개월 정도 기다려야 했기 때문에, 딸이 곱창에 관해서는 나보다 더 잘 알게 되었다.

그러다 딸은 일산으로 사위가 남의 카센터 다닌 것이 마음에 안 들었나 보다. 인터넷에 나온 이것저것 가게 보러 다니더니 일산에다 자리를 잡게 되었다.

나는 혼자서 아줌마 하나 두고 계속 일하고 보니, '임정' 그 아줌마도 1년이 다 되어가고, 1년만 되면 법적으로 퇴직금도 줘야 해서 가게를 빼려고 내놓았다.

곱창은 내가 혼자 하다가 가게 나가면 끝나니까 임정 아줌마에게는 언제까지만 하고 그만두라고 했다. 그 수많은 사람을 됐어도 인건비는 제때, 제날짜에 어김없이 주었다.

오락실에는 가게를 안 준다는 바람에 주인아저씨한테 우가한테 내가 바보같이 어리석게 당하고 있으니 좀 도와달라고 편지를 써서 팩스를 보냈더니 허락을 해 줬는데, 이젠 오락실이 하느니 안 하느니 해서 그냥 여기 내놓고 혼자하고 있었다. 나갈 때까지 홀에 오면 홀에서 해 주고 포장이면 포장해 주고, 세월없이 있자니까 어느 날, 우리 환기장치를 만들어 준 아저씨가 와서 술을 먹었다. 막걸리 다섯 병 하고 곱창하고 이것저것 먹었고 그걸 계산했는데, 아 글쎄 분명히 막걸리로 찍었건만 어찌 소주로 되어 있는 거였다. 포스에 분명히 찍은 것이 틀리게 나오니 이상했다. 다행히 가격은 똑같아서 계산은 맞았는데 글이 바뀌었다는 것이 영 마음에 걸렸다. 그리고 그냥 계속 장사는 했다.

어떤 색시가 남자하고 둘이 부부인지는 몰라도 밤늦게 와서 곱창을 4인분 시키더니 볶음밥을 또 4인분을 시킨다. 거기다가 맥주, 소주 먹었지, 너무 많이 먹는 것 같아서 의심을 하고 걱정을 했는데... 아니나 다를까 그 이튿날, 곱창이 잘못 돼서 아침에 배가 아파 일을 못 갔다고 가게에 와서 떼를 쓰는 거였다. 그러면서 인터넷에 올린다고 큰소리쳤다. 그러니 어쩔 수 없이 택시를 불러 타고 홍익병원에 가서 검사를 하게 했다.

병원에서는 음식에 이상이 있어서 그런 것은 아니고, 많이 먹고 저녁에 소화를 좀 시켰으면 될 텐데 그냥 잤으니 음식이 소화가 안 되고 가만히 있으니 그런 증상이 나타난다고 했다. 의사가 약만 좀 복용하고 하루 쉬면 될 것 같다고 했다. 그래서 병원비랑 다 계산하고, 한 사람일 못 한 것 달라고 해서 5만 원까지 주고 병원비까지 15만 원 날렸다. 게다가 왕복 택시비에다가 어쨌든 떼쓰고 시비 거는 손님이 생기면 손해다.

그것들이 식품보건소에 신고를 해서 보건소에서 나와 조사하고 다 확인했는데 별다른 것은 없었으나 보건증 날짜가 이틀 지났다고 그것을 트집 잡았다. 일단 신고가 되면 보건소는 뭐라도 해야 되니까 이것을 이유로 해서 벌금 20만 원을 부과시켰다. 그리고 바로 내면 20% 감해 준다고 알려 주기에 기한 날짜 전에 16만 원 납부하고 끝냈다.

수많은 사람이 있으니 그중에 별일도 다 많고, 1년에 두 번씩 세금도 내야지, 아주 적으면 차라리 덜한데 가게가 크니 담배 끊기 운동하느라고 30평 이상은 미리 못 피우게 해서 피우는 것을 보고 신고하면, 주인과 피우는 사람에게 벌금을 내게 하는 제도도 있었다.

주인은 300~500만 원까지이고, 피우는 사람은 10만 원이었다. 장사하는 사람이 얼마나 억울한지 한 번 걸리면 170만 원, 두 번 걸리면 350만 원, 세 번까지 걸리면 500만 원... 그 후에 작은 가게까지 했지만 큰 가게만 할 때는 술을 마시면서 담배 피우는 사람은 피울 수 있냐고 물어보면 당연히 안 된다고 해야지, 몇 푼어치 팔자고 벌금 물 일은 없어야 하니까. 그러니 30평 이상 큰 가게는 담배 때문에 다 작은 가게로 모이게 된다. 60평이나 되는 큰 가게 때문에 정말 고생 많이 했다.

2년 후부터는 작은 가게도 담배를 못 피우게 하니 좀 나아졌다. 차라리 마음은 편했다. 약이 오르지는 않으니까 말이다.

많은 시간이 흐르기까지 곱창 가게 바꾸어 닥트(환기장치) 만들어 준 사람이랑 술 한 잔 하고 막걸리를 소주로 적어서 영수증을 발행한 그것이 두고두고 늘 마음에 걸렸다.

보건증이 기간이 만료되어서 보건증을 다시 하러 보건소에 갔다. 보건소에서 치매 검사를 한다고 벽보가 붙어 있어서 그냥 검사하면 되냐고 물었다. 2층에 가서 검사하고 가라고 하여 검사했더니 조금 이상하다며 강서구청 경향교회 옆에 치매병원으로 가서 다시 검사를 하라고 한다. 내가 생각할 때는 그렇게 나쁘지 않을 것 같은데 이상이 있다고 한다. 그리고 보건소에서 뭘 적어 주며 이대 병원에 가서 MRI 찍어보고 확인해 보라고 한다.

나는 적어주는 것은 안 가지고 왔는데 며칠 있다가 딸한테 그 얘기를 했더니 검사해 보라면 해야지 그냥 있는 것이 어디 있냐고 야단이다. 딸이 이대병원에 어느 날짜 신청해 놨다고 해서 강서에 내가 검사한 곳에 전화했더니, 딸하고 같이 오라고 한다. 그곳에 딸과 같이 가서 이대병원에 예약을 했다 했더니 거기서 확인을 하고 가야 된다면서 검사했다는 검사지를 준다. 그 검사지를 이대병원에 갖고 가서 확인해 보라고 하기에, 그때는 내가 그런 병이 왔을까 싶은 마음에 의심스러웠지만 가서 사진 찍고 확인을 해 놓았다.

결과는 한 달 있다가 오라 하기에 기다리다가 한 달 후에 결과를 보러 갔다. 생각지도 않게 뇌경색이라고 하니 얼떨떨해서 무슨 이런 일이 있나 하고 딸이 여간 놀란 게 아녔다. 혈관 MRI를 찍어야 하는데 미리 예약한 것이 아니라서 몇 시간 기다려야 한단다. 처음에는 기다릴까 했는데 오후에 와서 장사를 해야 하니 마냥 기다릴 수가 없어서 일산으로 가서 검사를 할 거니까 소견서랑 사진이랑 달라고 했다.

집이 일산이니 여기 병원까지 오기가 너무 힘들어 일산으로 간다고 달라 하니, 그제야 금방 찍어 준다고 야단법석이다. 다른 곳에 가서 확인할 거라며 강경하게 해 달라고 난리를 해서 결국은 받아 가지고 일산 백병원에 왔다. 응급실로 와서 조금 있자니 가서 혈관이랑 두 번을 찍어보고는 뇌경색이 맞다고 했다.

백병원 3층 혈관 보는 부서에 홍근식 담당한테 날짜를 맞추어 예약해 놓고는 딸이 장사하는 데로 왔다. 그다음 날 가게를 열어야 해서 딸 차로 가게에 거의 다 와 가는데 동보부동산에서 전화가 왔다. 가게 얻을 분이 나왔다는 것이다. 내가 가게에 거의 다 왔다고 했더니 가게에 있으라고 한다. 다 가서 장사 준비하려고 하는데 동보부동산에 아주머니가 오더니 권리금을 4천만 원이라 했단다. 자기네가 복비를 5백만 원을 줘야 한다고 해서 내가 한 2백만 원만 주면 되지 그렇게 많이 하나고 뭐라 했더니 양쪽에서 소개가 되었으니 두 군데서 나누어 가져야 해서 어쩔 수 없다고 한다. 할 수 없이 나는 뇌경색도 걸렸다니 임자 있을 때 주는 것이 맞겠다 싶어서 그날 오후에 계약하고 끝냈다. 2016년 9월 18일에 계약하고 2~3일 내로 잔금을 받았다.

가게 주인한테 이것저것 바꾸면서 엉뚱한 돈이 들어가다 보니 그 일 신경 쓰느라 임대료를 계산 안 해 준 것이 꽤나 많았다. 6년(72개월) 동안 60개월 것을 주고 12개월분이 남아 있었다. 보증금은 2천만 원인데 12개월 계산해 보니 2천 40만 원이라 다 까고도 모자라는데, 끝나고 내가 서운해서 100만 원만 보내달라 했더니 그러겠다면서 바로 안태영 명으로 입금해 줬다. 내가 팩스로 편지를 보낸 것 보고 사정을 알고서는 배려를 해 준 거였다. 모든 장사는 끝을 맺었다.

내가 하던 가게를 얻은 사람이 가게를 바닥까지 몽땅 뜯어서 바꾸는데 뒤로 닥트 굴뚝이 나가는 것을 사람 바뀔 때 뜯어야 한다고 난리다. 그러면서 계약할 때 얘기를 안 하고 넘겼다고 닥트 연통 철거하는 값을 100만 원을 달라고 한다. 할 수 없이 다시 입금해 줬다. 시작하는 사람 기분이라도 좋아야 하니까 말이다.

횟집을 하는데 그렇게 바닥까지 다 뜯어 바꾸다니... 주방이고 뭐고 방향을 다 바꾸고, 수도도 바꾸고, 새 건물처럼 바꾸더니 얼마 못 하고 딴 사람한테 넘겼다고 한다. 그래서 내가 필요한 그릇이고 그 사람은 다 버리니까 어지간한 것은 다 가져와서는 딸 가게에다 갖다 줬더니, 쓸 것은 요긴하게 쓰고 그릇이 많아졌다.

그 후에 나는 국민은행에서 대출 받았던 것 갚아야 하는데 엄청 많았다. 처음에 장사 시작할 때 국민은행에서 4천만 원, 우가 아저씨가 천만 원 내어 준 것 장사하면서 갚아주고, 다단계 사업할 때 5천만 원 빚으로 냈던 것 며느리가 3천 5백만 원 갚고, 1천 5백만 원 남은 신협 빚을 국민은행에서 갚아주고, 다른 4천만 원 해서 1천 5백만 원 갚은 것은 떠안고, 2천 5백만 원으로 하려니 모자라서 채워 주느라고 나중에 또 2천만 원 내고, 딸 곱창 장사한다고 또 내어 달라 해서 2천 5백만 원을 또 내어 줬다. 빚 합계가 8천 5백만 원을 웃돌았던 것이다.

권리금 3천 4백만 원을 갚아야 해서 100만 원 보태 3천 5백만 원을 갚으려 몇 년이 흘렀으니, 딸 것 2천 5백만 원을 내가 빌린 것 다 제하고 1천 7백만 원인가 받아서 갚고, 노란우산 공제조합에 처음 10만 원 넣었다가 한 다섯 번 넣었나~!

그리고 20만 원씩 넣은 것이 49회 넣었으니 9백 30만 원에 이자가 조금 붙어 그것을 찾아서 삼성카드 백 만 원, 신협에 2백만 원, 다 갚으라고 하고, 나머지는 딸 것 1천 7백만 원과 나머지 6백만 원, 그리고 통장에 카드 들어온 것까지 다 찾아서 고깃값, 술값, 정방 회사, 음료수 회사, 모든 소소한 것은 다 갚고, 2천 3백만 원에 카드값 들어온 것 2백만 원 보태서 2천 5백만 원 또 갚으니 합 6천만 원을 다 갚고도 나머지 2천 5백만 원이 남았는데 결국 3,500+2,500=6,000만 원 몽땅 갚았다.

내가 뇌경색 때문에 혹시 몰라서 신여성보험에 15년을 납입해 왔다. 거의 다 넣어 가는데 70세가 만기라 몇 년 안 남았지만, 그 보험에서 1천 5백만 원을 받아서 국민은행 빚을 갚고 나니 천만 원 남았다. 내 장사는 다 끝맺음을 하고 바로 일산 딸 집에서 가게를 도와 달라는 부탁을 받고, 아직은 벌어야 하니까 허락했다.

허스맨션에 있을 때 물도 쫄쫄 나오고, 보일러가 LPG라서 겨울에는 전기장판으로 지내고, 가스를 좀 틀면 한 3일만 써도 엄청 요금이 많이 나오니 쓰기가 겁나서 쓰질 않았다. 지하 빌라에 살다가 거기는 2층이라 엄청 좋았다. 허스맨션 그 집에 살면서 곱창 장사를 엄청 잘했다. 얻은 가게가 보증금 5백만 원에 월세 50만 원, 권리금은 5백만 원을 주고 얻은 가게가 역 앞에서 아파트 들어가는 길목이라 엄청 잘됐다.

사위는 카센터를 꾸준히 했다. 딸내미 혼자는 곱창 장사를 못하니까, 여섯 시에 사위가 퇴근하고 와서 도와주어 그나마 하지, 안 도와주면 못할 정도로 바빴다. 그러니 내가 가게를 접기가 바쁘게 오라 해서 같이 있게 되었다.

도저히 둘이 아니면 못할 정도로 바빴다. 매일 손님이 수없이 많아지면서 처음에는 40~50만 원 정도 팔리더니, 나중에는 먹은 사람이 광고가 되어서 더 많이 팔렸다. 생활이 조금씩 나아지고 혜인이는 바로 옆에 한뫼초등학교가 있는데도 전에 다니던 학교로 거리가 멀어도 다니면서 옮기려 하지 않았다. 애가 크니까 친구들한테 초라한 것 보이기 싫었던 것 같았다. 그래서 계속 졸업할 때까지 그냥 다니라고 했다. 그때는 내가 거기 있으면서 같이 한방 쓰고 해도 착하게 잘 지내고 말도 어느 정도 잘 들었다.

지네 엄마 어릴 때 생각하면, 막내가 1학년, 우리 딸이 3학년, 큰아들 중학교 1학년 그랬다. 큰애는 여섯 살에 초등학교에 들어가서 중학생이라 해도 열세 살이었다. 어릴 때 사다 줄 것은 없고 군입정거리라고 초코파이 한 통 산다. 열두 개가 들어 있으니 똑같이 네 개씩 나누어 주고 나면 머슴애들은 얼른 먹고 끝난다. 딸애는 아끼느라 안 먹고 뒀다가 나중에 먹고 있으면 막내가 먹고 싶어서 "누나 하나만 줘"라고 조르는데 누나가 그걸 안 주고 혼자 먹고 있으니 어린 것이 얼마나 먹고 싶었겠냐고. 그래서 속으로 좀 나누어 먹었으면 좋으련만 먹는 것 가지고 서로 곤란하니까 야단치기보다는 글로 전해야겠단 생각에 편지를 써서 싸우지 않고 우애 있게 지내라고 부탁하는 글을 쓰기도 했다.

그 이후에 답장이, 착하고 효도하겠다고 답을 받았는데 그 이후에는 한 번도 싸우거나 속을 썩이는 일이 없고, 너무 착하고 모든 일에 긍정적이고, 옆 사람을 즐겁게 해 주곤 했다. 크고 어른이 되니까 나도 무슨 일이 생기면 딸하고 의논해서 결정하게 되고, 많은 도움을 받은 것 같다. 막내도 무슨 일이 있으면 나한테는 상의를 안 해도 누나와 의논하는 걸 종종 봤다. 자기 선에서 해결할 수 있는 것은 다 해 주니까, 항상 누나가 해 줬다고 나중에 얘기해서 알게 되니 내가 오히려 미안할 때가 많았다.

결혼할 때 편지를 써서 잘 살라고 기도하면서 글을 써 준 것이다. 막내가 방황할 때도 써 주고 또 막내 장가갈 때도 써 주고, 막내 장모와 사돈한테도 서로 자식을 나누었으니 잘 사는 거나 지켜보자고 좋은 글을 올렸다. 답은 없었지만 그렇게 믿고 있을 거라 하고 사는데, 결혼하자마자 손주도 낳고 이젠 둘이나 되었으니, 바라는 대로 잘 살아주고, 자식 잘 낳고, 잘 키우고, 얼마나 행복한 일인지 모르겠다.

물론 본인들은 힘들었겠지만, 힘든 내색 별로 않고, 내가 처음에 며느리 결혼하고서 얼마 안 되어 너무 힘들어 아가씨 때 방 얻어 있던 것

3천 5백만 원을 빌렸다는 것이 항상 미안하고 죄인 같았다. 까치산에서 가게를 빼서 5백만 원 갚아 주고, 오랫동안 있다가 일산에 와서 빚 다 갚고 나서 1천만 원씩, 5백만 원씩 딸 가게에 있으면서 백만 원씩 받은 것을 큰아들이 내가 가게 그만두고 뇌경색이 걸렸다 하니 한 달에 50만 원씩 20개월 계속 넣어 주었다.

그것을 보태서 다 갚아 주려 했는데, 약 5백만 원인가 남았을 때 보내지 말라고 한다. 막내가 왜 자꾸 보내냐고, 그만 보내라고 해서 5백만 원 덜 보내고, 큰아들이 자꾸 보내기에 이젠 빚도 없고 살 만하니까 그만 보내라고 했더니, 그때부터는 20만 원씩 보내주었다. 어쨌거나 큰아들이라고 2016년부터 계속 부쳐줬으니 보통 일은 아니었다. 지금도 고마운 마음에 가슴이 뭉클하다.

아주 어릴 때 초등학교 4~5학년 때 일이 생각나서 적는다. 밭에다 삼을 심어 키우다 보면 키가 2~3미터나 큰다. 그 큰 나무 같은 삼베나무 잎이 요즈음 대마초를 말한다. 그것이 옛날에는 집집에 쌓여 있을 정도로 많이 있었다. 옛날에는 꽃이 예쁜 것이 피어 있어 이것이 무어냐고 물어보면 양귀비꽃인데 배 아픈 데 먹으면 직방이라고 하면서 많이 심으면 나라에서 잡아가니 화초처럼 몇 포기밖에 못 심는다고 하였다.

옛날에는 할머니나 어머니께서 무슨 일을 하시든 참 대단했고, 하는 일이 모두가 힘들고 어렵게 하는 것 같지만, 우리는 잘 모르니까 어른들 하는 일을 구경만 할 뿐, 처음에 하는 것은 아버님이 해야 되는 일이다. 삼베나무, 그 엄청 큰 나무를, 그것도 많은 것을 그 삼밭에서 나무칼로 잎을 치면 잎이 다 떨어져 나간다. 잎을 친 다음엔 땅을 파고 나무가 들어갈 정도로 파 놓고, 그 밑에 불을 때도록 해 놓고 불을 때서 나무가 익도록 한다. 껍질이 허물어져 벗겨질 때까지 삶아서 묻었던 것을 땅을 파서 꺼내어 껍질을 벗기면, 그 안의 대궁은 시골에서 밭이나 울타리를 엮어서 많이 쓴다.

시골에서는 필요한 데가 많다. 하얀 대가 굵고 길어서 쓸모가 많아 버리질 않는다. 벗겨진 껍질을 또 다시 삶는다. 재를 묻혀서 푹 삶아서 물에 가서 껍질을 아주 하나도 없이 벗겨야 하므로, 흐르는 물에 발로 밟고 치대고 엄청 힘들게 벗긴다. 벗기고 나면 그 큰 줄기를 하나하나 쨴다. 긴 것은 발로 차고 쨰도 길이가 남으면, 버티는 기구를 하나 중간에 놓고 걸어가면서 쨴다. 아주 작은 실오라기처럼 쨴다.

다 쨰서 놓으면 하나하나 다 이어야 한다. 실이 될 정도로 삼이 끝날 때까지 이어야 하니 잇는 것을 시골에서는 삼을 삼는다고 한다. 무릎을 드러내어 맨살에다가 삼을 한쪽은 반을 가르고 두 가닥이 나오게 해서 반대쪽 끝을 집어넣고 표시 없이 비비면, 이음매가 감쪽같이 이어져 그 많은 삼배가 처음에서 끝까지 다 삼아서 끝까지 다 이었으면 둥글레라는 기구가 있어야 한다. 둘레가 2~3m 되는 것을 돌리면 돌아가는 발판을 넘어지지 않게 크게 해 놓고 사각으로 무겁지 않게 나무를 열십자로 맞추어서 다리를 만들어 바닥에다 끼우고, 앉아서 돌리면 돌아가게 만들어서 삼아 놓은 실을 네 귀에다가 막대를 꽂고 거기에 걸리게 해 놓고 계속 돌리면서 삼아 놓은 실을 계속 돌려서 실타래를 만든다.

이렇게 해서 몇 타래든 실이 끝날 때까지 감아서 그 많은 것에 독한 양잿물을 넣고 맞추어 찐다. 다 쪄졌을 때 흐르는 물에 깨끗이 씻으면 하얗고 깨끗한 삼베가 될 실이 된다. 그 실을 다시 그 기구에 끼워서 실이 이상이 없는지도 살피면서 하나하나 다시 실이 되도록 돌려서, 체나 바구니 같은 그릇에다가 차곡차곡 풀어놓고, 그것도 끝이 나면 베틀에다 얹어서 풀리도록 하는 도투마리에 감으면서 마당에 잿불도 놓는다.

센 불은 안 되고 풀이 마를 정도로 삼베 밑에 놓고 풀을 쑤어서 실에다 묻히면서 솔로 매끈하게 만들어 말리면서 도투마리에 감아서 날줄을 만든다. 날줄 실을 땅에다가 날줄 될 만큼만 열 개고 스무 개고 치는 바디에 따라 구멍 숫자대로 날줄을 만든다. 만들어 놓고 실이 따라 올라오지 않게 모래를 준비해서 위에 얹어 놓는다. 이렇게 만들어서 베틀에 감아서 날줄을 만든다. 시멘트 바닥이면 그냥 놓고, 모래 위에 얹어 실을 당기면 엉키지 않고 잘 따라 올라온다.

옛날 시골에는 시멘트가 없었으니 멍석을 깔고 실을 쭉 20가닥 30, 40, 50가닥을 바디 구멍에 따라 수없이 늘어놓고 한다. 풀칠을 해 가면서 베틀에 다 해서 감고 도투마리에 감고 나면, 감은 둘레를 얹어 놓고 베로 천을 만드는 틀이 또 따로 있다. 그 위에 날줄을 감은 틀을 사람이 올라앉아 씨줄을 넣어서 짤 수 있는 틀 위에 얹어 놓고 씨줄을 꾸리라고 수수깡 줄기를 나무젓가락만큼 만들어서 한쪽 끝만큼은 표시해서 처음에 감을 때 수수깡 끝에 알아보게 끼워 놓는다.

거기다가 왔다 갔다 하면서 속에서 실을 빼서 씨줄을 하게끔 처음에 시작할 때 표시했던 끝을 당기면, 속에서 솔솔 풀리면서 발로 날줄을 왔다 갔다 바꾸어 가면서 배를 짜기 시작한다. 씨줄을 빙빙 돌려 가면서 감아서 어느 정도 굵게 되면 끝나고 꾸리를 수없이 많이 만들어

놓아야 한다. 씨줄 넣는 북이라는 기구가 있는데 거기다가 씨줄을 넣고 날줄 사이로 왔다 갔다 하면서 바디를 쳐서 삼베천을 만들어 내는 것이다. 기계를 발로 밟으면 날줄이 왔다 갔다 바뀌면서 그 사이에 씨줄을 북에다 감은 실을 넣어 또 손으로 왔다 갔다 바꾸면서 발로 날줄을 당겼다 늦췄다 하고, 북을 넣고 바디를 탁탁 치면서 베를 만들면 삼베가 나온다.

우리 할머니 어머니께서 그렇게 만들었다. 20자가 한 필이라고 하고, 한 필을 팔면 고생한 것에 비하면 얼마 안 되겠지만, 그때는 돈 나올 데가 없으니 그렇게 해서 가정에 쓰고, 여름에 옷을 만들면 얼마나 시원한지 바람이 솔솔 너무나도 시원하다.

그 옛날에는 그렇게 해서 옷을 만들어 입고, 곡식은 무조건 발방앗간에 찧어서 밥해 먹고, 떡거리도 방앗간에서 찧어 떡도 해 먹고, 빨래도 불 땐 잿물 받아서 빨래하고, 삶아서 빨고, 옷이란 게 어른들은 한복만 입고 살고, 일거리를 한없이 만들어서 하곤 하니 그것이 사는 길이라고 당연히 해야 했다.

어머님 열다섯 살에 시집 와서 열일곱 살에 오빠가 태어났으니 아버님을 열일곱 살에 만나서 아버님이 열아홉 살 어린 나이에 아버지가 되셨다고 했다. 엄마가 91세에 돌아가셨는데, 오빠는 75세로 같이 늙고, 엄마한테는 아들이라 하면 다 거짓말이라 한다. 그러던 어머님도 이젠 안 계시고, 아버님도 안 계시고, 세월이 많이 지나갔으며, 모든 것이 생각하면 추억으로 남았다.

한뫼초등학교, 허스빌라에 살면서 곱창집에 열심히 나가고 부지런히 했다. 뇌경색이란 진단을 받아서 항상 불안하고 겁이 나는 터라, 병원에서 오라는 날엔 열심히 다녔다.

그렇게 오라는 때마다 몇 번째 병원을 오가다가 MRI 찍어 봤는데, 오래되지 않고 초기라서인지 막혔던 혈관이 뚫렸다고 한다. 뚫렸다는 소식을 전하는 의사도 이렇게 빨리 막혔던 것이 통과되는 것은 극히 드문 일인데 다행한 일이라고 했다. 그리고 약만 세 알씩 처방해 줘서 약방에서 사다 복용하게 됐다. 처음에는 3개월씩 처방해서 먹고, 끝나면 또 가고 하며 3개월 후에 홍근식 교수를 보러 가 면담을 하게 되었다.

교수님이 치매 검사를 하도록 했는데, 100에서 7을 빼면 93-86-79-72, 72에서 7을 빼면 65, 65에서 7을 빼면 58, 58에서 7을 빼면 51, 또 거기에서 7을 빼면 44에서 또 7을 빼면 37, 그것에서 7을 빼면 30, 이렇게 계속 7 숫자만 빼는 검사를 하고, 칼, 도마, 연필, 소나무, 냄비, 장갑, 이것을 한 번 보고 다시 물으면 외울 수 있어야 하고, 강서구청에서 연락이 와서 몇 번 가서 검사를 했는데 잘했다고, 협조했다고, 차비를 3만 원 주었다.

이대병원에서 관리하는 거라면서 이상이 있으면 그 병원에서 관리하고 치료하고 또는 차비까지 주니 고마운 일이었다. 복지관에 나가 보라해서 1개월 다녀보니 별 재미도 없었다. 그래서 복지관엔 안 가고 장사를 했는데 일산역 2번 출구 아파트 들어가는 길목이라 꾸준히 문만 열면 장사는 잘 되는 편이었다.

손녀딸이 조금 크니까 창피해서 친구들도 못 데려온다고 다른 곳으로 이사 가자고 졸라서 딸과 둘이 돈은 별로 안 되는데 여기저기 집 구경을 하러 엄청 다녔다. 다니다 보니 일산역에서 조금 들어간 곳인데 걸어가면 십 분 거리에 1억 9천만 원이라고 하는데 5백만 원 깎아 달라고 해서 1억 8천 5백만 원에 그 집을 사기로 했다. 1억은 사는 집을 담보로 하고, 허스빌라에서 4천만 원, 곱창집 해서 조금 벌었던 것 하고, 보험 넣은 것 대출 내고, 겨우 사고 나니 그냥 이사하기엔 너무 오래된 아파트였다.

지은 지가 25~30년이 다 되어서 집 자체는 튼튼한데 옛날 그대로는 지저분하니까 기왕에 사서 오는 집 깨끗하게 오고 싶어서 도배, 장판, 유리창 앞뒤 공사를 다 하고, 씽크대에다 신발장, 전기, 모든 것을 다 바꾸니 새집 같았다. 앞에 창문이 없었는데 거기까지 다 하고 보니 천장에 페인트까지 깨끗하게 해 놓으니 정말 다른 집 같았다. 집 타령하던 혜인도 좋아했고, 오는 사람마다 좋다고 할 정도였으며, 아주 오래도록 살려고 그렇게 마음먹고 해 놓고 이사를 오면서 애들 방에 이층침대를 양쪽 방에다 다 들여놓았다.

석준이는 책상하고 붙은 침대인데 1층은 책상이고, 2층은 잠자는 데로 해 놓아서, 혜인이가 그 침대 쓰고 조금 약한 침대는 1층에는 내가 자고, 2층에는 석준이가 올라가서 자곤 했다. 항상 무너질까 봐 은근히 겁이 나곤 했다. 일주일에 한 번씩 나는 화곡동 우리 집에 신랑이 혼자 있으니 지하철 타고 갔다가 오곤 한다. 가 보면 혼자 그래도 밥 잘 해 먹고, 잘 지내고 있다.

그것을 보고 편하게 딸 집에 와서 일을 하고 지내다 보면 다달이 100만 원씩 큰애가 50만 원씩 벌어서 신랑 용돈 주고 먹을 것 사다 주니, 공과금 내고 살면서 국민은행 빚을 다 갚았다. 모두 다 갚고 나니, 월급이랑 아들 주는 것이 통장에 들어오면 쓸 것 쓰고, 나이 먹으니 둘이 노령연금(그때는 두 사람 것으로 삼십이만 원 나왔다)까지 생기는 것이었다. 평생 세금 내던 것을 이젠 늙어서 타 보니 나라에서 공짜로 돈 주는 것 같아서 감사했다.

나는 나서 1년 적은 나이로 호적에 실려 있다. 부모님께서 출생신고를 해서 1949년에 태어났는데 1950년에 신고를 해서 한 살이 늦다. 칠십 년 세월을 돌아보면 살아 있다는 것이 행운인 것 같다. 그런 생각을 하면서 딸 집에 왔다가 일주일이 지나면 내 집이라고 찾아갈 곳이 있다는 게 정말 감사한 일이었다. 갈 곳이 없어 딸 집에서 같이 살아야 한다면 내 자신이 조금은 서러울 것 같은 기분이 들었다.

그러던 사이에 남편은 소변보기가 불편해서 가끔 딸 집에 가자 하면 집이 편하다고 한다. 제일 가까운 홍익병원에 같이 가서 소변보기가 불편하다며 봐 달라고 접수해 놓고 그때부터 시작이다. 가면 금방 보는 것이 아니라 차례를 엄청 기다려야 한다. 기다리다가 혹시나 무슨 전립선 암이나 아닐까 걱정도 했더니 그것은 아니고 전립선에 소변통이 막혀서 그렇다고 한다.

계속해서 또 오라는 예약 날짜 적어주면 딸 집에 왔다가 날짜 맞추어서 나는 일산서 바로 목동 홍익병원으로 가고, 우리 신랑은 화곡동에서 택시를 타고 오고, 늘 병원에서 만나 의사만 보고 같이 집에 가서 자고 올 때도 있고 아니면 바로 올 때도 있다. 그렇게 1년 이상을 지냈다. 매일 가 봐야 약만 처방해 주는데 밑에 홍익약방에 가서 약만 잔뜩 사 오고, 1년 넘게 그렇게 하면 나을 줄 알고 기다렸더니 시간이 흐르니까 오라는 날짜보다 더 먼저 아프다고 가야겠다고 연락해야만 했다.

날짜 전에 참을 수 없어서 가는데도 그대로 약만 주고 도대체 계속 1년이 지났는데도 아파서 오는 사람을 맨날 약만 주고 그냥 가라 한다. 점점 더 아프고 더 괴로워 하는데, 제발 수술이라도 해서 소변이라도 시원하게 할 수 없냐고 의사한테 사정하고 매달리고... 그리고 와서 있자니까 2019년 6월 30일, 예약날 병원에서 만나기로 약속했다.

남편은 나보다 늘 미리 와 있다. 병원에서 9시에 만나기로 약속하면 나는 여기서 7시 반쯤 나선다. 지하철을 갈아타고 거리도 꽤 멀다. 그래서 가려면 보통 2시간 전에 나서야 한다. 그렇게 갔는데 와 있어야 하는 사람이 안 왔지 뭔가. 그래서 설마 하고 조금 더 기다렸는데 아무리 기다려도 안 온다. 전화를 해 봤더니 "조금 있다 갈게"라고 하면서 다른 말은 없어서 마냥 기다렸다.

그런데도 안 와서 1층에 가서 택시 올 때만 기다려도 안 오니 마음만 조바심에 왔다 갔다 하다가 점심시간이 돼서 의사한테 올라갔다. 남편이 여태 안 오니 집에 가 봐야겠다고 말씀드렸다. 뭔일인지 모르니 택시를 타고 집에 도착해 안으로 들어가 보니 세상에 일어나지를 못해 옷을 못 입어서 못 온 것이었다. 계속 설사를 했다나. 몇 개나 되는 속옷을 자기 생각에 웬일로 나 생각한다고 생전에 안 하던 짓을 했다는~!

그 속옷을 다 빨아서 세탁기에 가져가려 했던 모양이다. 화장실에서 세탁기까지 주방을 거쳐 베란다를 지나 그 거리를 가는 하는데 세수대야에 물을 빨래하고 같이 담아서 가지고 가는데 물을 흘려 미끄러져서 넘어지고 일어나지도 못하고 엄청 고생하고 있었던 모양이었다.

7

남편의 참담한 병원 생활

물을 흘려 넘어졌는데, 세숫대야에 물이랑 빨래랑 다 쏟아져 미끄러진 데다가 머리를 세면대 턱에 부딪히고 아예 일어나지도 못하고 누워서 옷도 못 입고 그대로 누워 있었다. 나는 119를 부른다는 생각은 못 했기에 결국 그날은 병원에 못 갔다. 이튿날 날이 새고 옷을 입히고 우리 집이 4층이라 거기를 내려오는데 앉아서 한 층 한 층 내려오려니 두세 시간이나 걸렸다.

겨우 바닥에 와서 택시를 불러서 바로 옆에 대 놓고 기사님한테 부탁해서 같이 잡고 겨우 차에 태워 홍익병원으로 갔다. 가서 내려놓고 병원 휠체어에 태워 2층으로 올라가 비뇨기과 담당 의사와 만나게 되었다. 휠체어 타고 나타난 사람을 보더니 의사도 깜짝 놀란다.

내가 의사한테 "오늘은 수술을 하던지 무슨 조치를 해 줘야지, 매일 왔다 갔다 힘들어 이게 다 무슨 일이냐?"라고 했더니 그 바람에 검사를 다시 이것저것 다 했다. 오만 검사를 다 하려 휠체어에 태워 다니면서 검사를 하고선 오후 3시에 수술해 줄 테니 입원하라고 해서 3층에 입원을 해서 기다리고 있었다. 금방 못 한다 해서 잠깐이라도 집에 가서 치울 것 치우고, 여기저기 변을 지리고 묻히고 해서 그것 정리하려고 급히 가서 빨랫거리는 빨고, 화장실 닦고, 냄새나는 것을 빼고, 정리 정돈을 다 한 다음 밤에 갔더니 밤을 새고 다시 이 검사 저 검사 또 하란다.

또 하룻밤을 지새우고 3일 만에 하는 말이, 대장 검사 한 번 해 보고 할 거라고 한다. 대장 담당 의사가 손에다 비닐장갑을 끼더니 항문으로 손을 쑥 넣어다 빼고는 우리 신랑은 나가 있으란다. 나더러는 있으라고 하더니 생각지도 않던 직장암이라면서 전립선 수술을 못 하고 암병원으로 옮기라고 한다. 며칠을 이렇게 골탕 먹이더니 난데없이 암이라고? 폐암 걸려서 고치고 17년이나 살아왔는데 또 암이라니... 기막힐 노릇이다.

그래서 그냥 퇴원해서 집에 와서 자고 이튿날 일산 암센터에다가 딸이 전화해서 예약을 했다. 예약 날짜에 갔는데, 계속 휠체어 타고 다니니 의사 선생님이 벌써 보통 중증이 아닌가 보다 하면서 이것저것 다시 검사를 하고 난리다. 방사선 치료로 암을 좀 줄이고 항암치료를 해야 된다니, 방사선 담당 의사한테 갔다. 남편이 자꾸 설사 하는 것이 멈추지 않으니 방사선 하기가 불편했던지 계속 미룬다. 설사가 멈춰야 되는데 그것이 맘대로 돼야 말이지.

그러면서 왔다 갔다 하는 사이에 걸음을 제대로 못 걷고, 화장실도 못 가고 하니까 머리 한 번 찍어보자 한다. 내가 집에서 넘어져서 머리를 호되게 박은 것 같다고 했더니 사진을 찍어 봐야겠단다. 찍은 사진을 보면서 머리에 물이 찼다고 물을 빼내야 된다고 한다. 병실도 암병동 10층에 있었는데, 머리 쪽이니까 9층으로 내려와서 있는데, 머리에다가 호스를 꽂고 물을 빼내는데, 세상에 머리에서 노란 물 하얀 물이 그렇게 많이 나올 줄 정말 몰랐다. 많이 놀랐다. 물이 용기에 넘쳐서 다른 곳에 쏟고, 다시 빼내고, 정말 소변줄 채우지, 기저귀 채우지, 머리에서 물 빼지, 도대체 생사람 잡는 기분이 들지만 어떻게 할 수 있는 게 없었다.

일단 병원에 갔으니 병원에서 하는 대로 기다리고 볼 수밖에 없었다. 머리에 호스를 꽂아 놓으니 손으로 자주 빼 버릴까 봐 손에다 장갑을 끼워 놓고 자리도 못 비우고 기다리고 있어야 한다. 그러다가 화장실 가느라고 잠깐 갔다 왔는데 호스를 빼 버려서 깜짝 놀라 의사한테 얘기를 했더니, 다시 수술을 해서 호스를 처음 한 것과 똑같이 골 속에 끼워야 한단다. 그냥 겉에서 끼웠다 뺐다 할 수 있으면 좋겠지만 머리 속이라 마음대로 되는 것이 아니었다.

머리 속에 비어 있는 곳에 물이 차서 그것을 다 빼내자면 아직 멀었다고 했다. 그 작은 머리 속에서 나오는 물을 몇 번이나 받아 냈는데 그래도 자꾸 물이 생기나 보다. 사진에 보니까 보통 사람은 꽉 차서 물 같은 것이 들 자리가 없는데 우리 신랑은 가 쪽이 비어서 공간이 많아 거기에 물이 계속 생기고 차고 했다. 처음에 할 때는 정신도 맑고 식사도 잘하고 그냥저냥 사람 알아보고 괜찮았는데, 두 번째 하고 나니 정신이 오락가락 그렇게 몇 개월을 지냈더니 대장암은 손 볼 사이도 없었다.

겨우 머리를 마무리했다. 머리 안에 지능 테스트가 들어 있다고 하는데, 사람이 이상해지면 그 테스트 기계를 의사들이 머리에 대고 조종하면 조금 변화가 생기는 듯 하더니 머리가 거의 끝났다면서 대장암 치료를 해야 한대서 다시 암 병동 10층으로 또 올라갔다.

대장암 담당의사는 방사선 치료를 해야 항암치료를 할 수 있다고 했다. 방사선 치료할 때 항문과 거리가 4cm도 안 되니 어차피 배에다가 변 나오는 항문을 만들어야 한다고 한다.

우리는 의사들이 시키는 대로 항문 수술을 해 달라고 했다. 그렇게 하면 살릴 수 있다고 하니 그렇게라도 해서 고칠 수 있으면 얼마라도 살 수 있는 것이 우리가 바라는 목적이니까, 그렇게 항문을 배로 뚫어서 갈고 치우는 것을 교육 받아서 내가 했다. 그런데 공교롭게도 그렇게 하고서는 국립병원에서 데모가 일어나 환자들을 다 나가라고 아주 중증 환자만 따로 남기고 웬만하면 나가라고 해서 우리 딸한테 그 사실을 알렸다.

"데모가 나서 환자들 다 내보내고 난리니 어디로 가면 좋겠냐?"라고 했다. 요양병원을 여기저기 알아보다가 우리 같은 병실에 있던 젊은 엄만데 남편이 완전히 뇌암인가로 5년째 병원에 들어와 왔다가 더 고칠 수 없다고 나가라 해서 요양병원에 갔고, 여기저기 엄청 다닌 모양이었다. 얘기를 들어보았더니 사방 전화번호를 가르쳐 주었다. 그 알려 준 전화번호로 사방 여기저기 전화를 해 봤는데 한 군데 적당하여 거기 가기로 했다.

나보고 퇴원 준비랑 나오게끔 깔끔하게 정리하라고 해서 진단서 끊고, 치료비 입원비 다 지인들이 여기저기서 병문안 와서 치료비 하라고 주고, 사돈들도 다 오셨다가 치료비 하라고 돈도 주고 가시고, 우리 언니랑 동생도 왔다 가고, 애들이 3남매 모아서 준 것으로 병원비 모든 것을 정리했다. 진단서까지 다 끊고, 의사들 소견서 CD랑 모두 준비를 하고 있자니, 간다는 요양병원에서 차와 사람이 와서 다 모셔가곤 했다.

나는 딸 차를 타고 갔는데 요양병원이 딸 집에서 가까웠다. 그 전에 병원에 왔을 때 내가 하도 힘들어 목욕도 못 시키니 우리 막내가 두 번이나 와서 밤을 새며 목욕시켜 주곤 했다. 우리 딸은 가게 일이 아직 끝이 안 났어도, 병원에서든 나와서 식사라도 하고 싶다 하면 다 모시고 다녔다. 장사하느라 바쁜데 그런 생각 안 하고 끝까지 차로 다 모시고 다녔다.

큰아들은 어릴 때 상처를 제일 많이 받은 것도 물론 있었겠지만, 그래도 워낙 바빴고 계속 외국에 다니느라 마음대로 오지는 못해도 마음은 큰아들이라는 책임감을 늘 가지고 행동하고 있었다. 막내며느리도 어린애들 데리고 구미에 살면서도 수없이 왔다 갔다 했다.

그 요양병원에서는 의사가 늘 대기하고 있어서 무슨 일이 있으면 봐주고 시설이랑도 괜찮은 것 같았다. 거기 가서는 그 요양병원에서 수발을 해 주니 나는 안 해도 돈만 지불하면 되었다. 1개월에 60만 원, 필요한 것은 갖다 주더라도 조금은 홀가분했다.

병원(일산 국립암센터)에 오라는 날은 우리 딸이랑 차로 태워서 갔고, 그 후에 가니 데모하느라 난리 난 듯 1층 광장에 늘어놓았던 의자도 다 치우고 하룻밤 지나고 끝난 거였다. 일주일 이상 할 수도 있다고 난리를 치면서 쫓아내더니 그렇게 힘없이 끝났네. 그렇다면 원하는 대로 합의가 잘 되었는지…. 사실상 그 난리 아니었으면 우리는 요양병원을 생각도 못 했을 것이고 그대로 그 병원에서 끝날 때까지 있을 뻔했는데, 그러는 바람에 날짜에만 모셔 오고 모셔 가고 했다.

우리 딸이 장사하면서 시간 전에는 가야 하니까 어떤 날은 아침 8시에도 가고, 9시에도 가고, 밤 12시가 넘도록 장사하다가 일찍 애들 학교 보내야지, 아빠 모시고 다녀야지, 너무도 고생을 많이 했다.

그때 도루묵 생선과 육회가 먹고 싶다 해서 내가 시장 가서 도루묵을 사다가 무 넣고 졸이고, 육회지존인가는 늦게 문을 열어서 열 때쯤 사다 줬더니 너무나도 맛있게 먹으면서 매일 이것만 먹었으면 좋겠다고 한다. 하도 맛있게 먹어서 그다음에 또 도루묵 졸이고 육회하고 갖다 주니 안 먹고 나중에 먹는다며 냉장고에 두고 가라 한다.

돈 안 준다고 사람만 보면 돈 주고 가라 하고, 돈을 주면 수발드는 사람 시켜서 뭐 사 와라, 뭐 사 와라 하면서 죽는 날까지 복권 타령만 했다. 갈 때마다 큰 며느리 막내며느리들이 10만 원씩 주면, 간병인 시켜서도 쓰고, 때론 병원 옷에 넣어 그냥 벗어 빨래통에 들어갈 때도 있었다. 간병인이 주머니를 뒤져서 다 찾아보겠지만, 돈이 있으면 그대로 자기들이 갖고 환자는 그냥 무시해 버린다.

간호사들이 돈 주지 말라고 부탁해도 자꾸 달라는 바람에 주다 보니, 그런 일이 있어도 가져가는 것을 못 본 이상 얘기할 수도 없는 일이다. 그렇게 살면서 추울 때는 벌벌 떨면서도 다니고, 요양병원에서 갈 경우엔 거기 있다는 소견서를 가지고 가면 암센터에서는 병원비만 5%

인데 깎이는 것 없이 다 내야 한다. 그 값을 요양병원에서 받아내는 것이다. 끝나기 전에는 주지도 않고, 그렇게 지내면서도 식사는 그럭저럭 잘했는데, 간호사들이 식사를 잘 안 한다 해서 내가 가서 이것저것 사다 줘 봐도 잘 안 먹고 해서 식사 대용으로 맞는 주사를, 한 통에 엄청 비쌌지만 맞게도 해 주었다. 어쨌거나 사람이 살아야 하니까 그것을 맞으라고 했다.

밥 대용인 주사를 밥 먹을 때까지 한 통 놓으라 하고 있었는데, 하루는 전화가 와서 보호자에게 와 보라고 한다. 급히 딸이랑 같이 갔더니 그냥 전같이 별다른 것 없고 똑같아서 가게에 가서 장사를 했다. '뭘 일 있으면 병원에서 먼저 연락하겠지?' 생각하고 엘리베이터를 타고 내려가는데 5층에서 거의 1층에 도착하려 할 때 전화벨이 울렸다. 보호자가 있었으면 좋겠다며 올라오란다.

그래서 다시 올라갔더니 남편이 딸한테 하는 말이, 큰아들은? 막내아들은? 하면서 애들을 다 찾더니 "너희 엄마한테 잘해라"라고 또렷하게 그 말만 하더니 다시는 말을 못 했다. 그러고 나서 그렇게 빨리 간다는 것은 상상도 못 했고, 딸 보고 "나는 있을 테니 너는 가서 장사하여라"라고 했다. 그랬더니 딸이 그럼 살아계실 때 오빠, 동생 다 오라 해야겠다고 하길래, "내일모레면 온다 했는데, 하던 일을 그만두고 오면 되겠어?"라고 걱정을 했더니 딸이 전화를 다 했다.

막내아들은 베트남에 가 있었고, 큰아들은 미국 아주 멀리 일하러 가 있었으니 딸 전화를 받고서 막내는 밤에 비행기로 날아와서 아침에 도착했다. 딸이 그날 큰며느리, 작은며느리에게도 다 전화해 놓았던 모양이다. 나는 전화한 줄도 모르고 있었는데, 저녁 때가 되니 큰 며느리가 인천에서 하던 일을 팽개치고 왔다. 살아계실 때 와서 보고 있었다.

나는 그래도 그리 쉽게 가실 줄은 모르고 곁에 있으면서도 얼마간 살겠지 그런 심정으로 금방 죽는다는 것은 예상도 못 했다. 심장 뛰는 것을 체크하는 측정기를 옆에 놓고 그것 뛰는 것만 계속 지켜 보고 있었다. 그래도 살 것만 생각하고 있었다. 그러다 보니 작은며느리가 구미에서 낮에 시누이 전화 받고서 8시쯤 애들을 데리고 힐레벌떡 올라왔다. 웬일로 이렇게 빨리 왔냐고 했더니 어떻게 온 줄도 모르게 왔다고 한다.

여러 사람이 있는 입원실에서 다 환자라 자야 되고, 옆 사람 시끄러울까 봐 딴 방으로 옮기려고 우리가 왔다 갔다 웅성거리는데, 막 옮기는 순간에 막내며느리가 왔다. 그렇게 며느리들은 시아버지 살아계실 때 다 봤으니까 옮길 때 우리 딸한테 전화하면서 딴 방으로 옮긴다 했더니, 그때 바로 출발해서 왔는데 오자마자 심장 뛰는 것이 계속 뛰더니, 점차 띄엄띄엄 뛴다. 의사한테 심장이 왜 저렇게 뛰냐고 깜짝 놀라 물었더니, 가시는 중이니까 지켜보라고 했다.

며느리 둘하고 나하고 심장이 띄엄띄엄 뛰다가 서서히 줄어들며 정지되는 모습을 다 지켜보았다. 의사의 소견으로 2019년 양력 1월 14일 9시 14분에 운명했다. 의사가 귀는 열려 있으니, 하고 싶은 말이 있으면 하라고 한다. 가슴이 먹먹해지면서 내가 미워하고 원망했던 것 다 용서하고 부부로 살아왔던 46년 동안 남은 것은 아들딸 삼 남매가 잘하니까 감사하는 마음으로 살아가겠다고 속으로 빌었다.

그러고 나서 초상 치를 일이 태산이어서 여기저기 전화해 보고 시원 찮아서 내가 뇌경색을 백병원에서 고쳤으니 그리로 가자 하고 백병원 에 전화했다. 요양원 위치 가르쳐 줬더니 12시가 다 돼서 모시고 갔다.

사망 진단서 떼고 우리도 같이 백병원으로 갔다. 가서 이것저것 다 챙기는 것은 딸이 하고, 나는 나설 일이 못 돼서 가만히 있었다. 죽고 나니 냉동실 속에 들어가 버리고, 사람의 흔적이 남아 있는 것은 아무 것도 없었다. 이렇게 허무하게 끝나는 것을, 살아 있을 때 큰소리치고, 소리 지르고, 보기만 해도 공포스럽고, 무섭고, 겁나고, 트집 거는 것이 싫어서 참고 참고 또 참고 그렇게 살아왔는데, 죽고 나니 모든 것이 허 무할 뿐이었다.

남편의 나이 75세였다. 요새로 치면 많은 나이는 아닌데, 세상 무서 울 것 없이 날뛰니 정말 미워하고 원망도 많이 했는데, 아플 때 같이 다 겪다 보니 그 부분이 실로 안타까웠다.

자기 세상에 갇혀서 큰소리치다가 어디 같이 가고 싶어 가게 되면 애 들을 괴롭혀 잘 안 가고, 외국 같은 데는 걷는 데가 많아서 걸어다니길 싫어해서 구경 가나 마나 한 여행이 되곤 했었다. 울릉도 여행을 동생 들 내외랑 언니랑 우리가 같이 갔는데, 둘레길이고 산꼭대기 사방엘 가 는데 한군데도 안 가고 밑에서 우리가 갔다 올 동안에 가만히 있다가 오니 그렇게 울릉도 한번 가 보고 싶다던 사람이 갔다 와서는 볼 것이 아무것도 없다고 불평을 한 적도 있다.

뭐 볼 것 있냐고 가만히 있다 오니 무엇이 변할 수가 있었겠는가~! 그렇게 살다가 외국 구경도 한번 못해 보고 갔다는 것이 불쌍하기도 하고 안타깝기도 했다. 우리 아들은 둘 다 외국 가서 살다시피 하니 막내 아들은 이튿날 새벽에 베트남에서 왔고, 큰아들은 마침 그때 딸이 전화를 했기 망정이지 아니면 못 올 뻔했단다. 비행기 표가 없는 것을 억지로 구해서 오는데 하루 늦게 와서 4일 만에 초상을 치렀다. 딸이 상조회에 보험을 들어서 도움이 되었다. 화곡동에서 옷 장사할 때 옷을 이것저것 많이 사가던 사람이 보험회사 다닌다면서 보험 하나 가입하라고 못살게 해서 못 이기는 척하고 들어놓은 것이 초상 나면 쓰는 보험이라 아빠 때 쓴다고 불렀다.

계산을 이미 했는데, 우리 막내가 그때 와서 삼성 회사에서 다 치러 줄 테니까 누나 것은 취소하란다. 그리해서 딸 것은 취소하여 돈으로 받고, 삼성 회사에서 사람이 와서 하나부터 열까지 다 차근하게 해 주니 정말 아들 덕 보는구나 싶었다. 모든 것을 다 시키는 대로 하니까 일단 편하긴 했다. 막내가 구미 삼성에 핸드폰 만드는 데 연구팀에 대학교 졸업하기 전 27세에 들어갔으니 당시 42세로 15년이나 되었다. 열심히 해서 장가도 가고, 아들 둘이 생기고, 얼마나 고마운 일인지 모른다.

회사에서 버스가 한 대 왔고, 그냥 오는 사람도 많았고, 손님들은 거의 삼성 손님이었다. 우리 아들이 차장 과장 좀 높은 자리에 있었는지 대우가 대단했다.

큰아들은 조그마한 회사를 하고 있다. 자동차 판넬 조립하는 공장을 하면서 외국에 살다시피 하고, 며느리는 인천에서 사람을 데리고 공장을 하고 있다. 우리 딸은 딸대로 곱창 장사하고, 사위는 카센터를 주인으로 몇십 년을 하다가 요즈음 1~2년 전부터 공업사에 다닌다. 자기가 하다가 기술이 있으니 남의 공업사라 해도 대우받고 거짓 없이 착해서 누구든지 인정해 주는 그런 사람이다.

납골당 정할 때 어디를 정할 거냐고 묻길래, 교회나 절이나 그런 것 탓이 되는 것은 싫고, 무조건 아무것도 탓이 없는 곳을 원하라고 했더니, 청아공원을 계약했다. 우리는 거기가 어딘지도 모르고 했는데 오는 손님 다 치르고 손님이 정말 많이 왔다. 삼성 회사에서 많이 왔다. 사돈들도 세 곳 사돈이 다 오셨는데, 딸 시집에서는 시어머니 돌아가시고 시아버지가 재혼하셨는데, 어머니 자녀가 6남매 아버지 남매가 6남매 그렇게 모두 오셨다. 우리 딸이 시집에서 그만큼 잘했다는 것이 인정이 되니, 12남매가 다 온 거였다.

우리 맏동서랑 조카들도 다 왔다. 우리 형님 오신 중에 살면서 힘들고 고생한 소리를 다 했다. 얼마나 힘들게 살면서 여기까지 왔다는 것을 알리고 싶었다. 꼭 하고 싶은 말을 다 했다. 4~50년이 다 되도록 동서지간으로 살았지만, 한가하게 얘기 한번 조용하게 못 해 본 맏동서라 서운한 것도 많았다. 이젠 서로가 남편들이 다 돌아가시고 나니 산다는 것이 다 허무할 뿐이었다.

밤에 집에 와서 동서끼리 자면서 애들 재산 때문에 서로 말도 안 하고 살았고, 힘들게 평생을 벌어서 모은 돈 시숙은 갑자기 돌아가셨으니 형님이 알아서 정리를 좀 해 주었으면 될 텐데, 큰아이한테 맡겨 놓아 말도 안 되게 했으니 딸이고 아들이고 삐쳐서 아버지 제사에도 안 오고 같이 만나지도 않고 그러고 살며, 큰아들이 제사고 산소고 혼자 다 맡아서 해야 할 판이다.

형님도 기가 막히는 현상인지라 둘이 밤새도록 이런저런 얘기를 하고선 아침에 택시를 타고 백병원에 가서 아침 식사를 마치고 청아공원 납골당으로 갔다.

둘째 조카 홍두가 집이 울산이니 거리가 어느 정도 돼야 오지 했는데, 울산서 여기까지 어제 왔다가 오늘 또다시 온 걸 보면서, 웬만하면 자고 초상 치르고 가면 되지, 가까운 거리도 아니고 그 먼 거리를 갔다 왔다 하나 싶었다. 오랜 시간 애들이 서로 말도 안 하고, 형제간에 불편하게 그 정도밖에 안 되는 관계성이라니 정말 기막혔다. 벽제 화장터에 갈 때, 막내 친구들이 밤에 같이 자고 관을 같이 모시고 따라갔다. 거기에서 또 모시고 불꽃 속에까지 가서 2~3시간이니 모든 것이 끝났다.

사람이 화장하고 나니 한 줌의 재가 되어 납골당에 자리 잡고 보니 허망함에 아쉬움만 가득했다. 그렇게 일을 다 치렀다. 삼성에서도 끝까지 따라다니면서 다 해 주고 떠났고, 시골에서도 점심 식사하고 다 떠났고, 집에는 우리만 오고 말았다.

그 이튿날부터 주변 정리를 시작했다. 우선 남편이 쓰던 변주머니를 몇 달 치 가져와서 별로 안 쓰고 남았기로 병원에 가져갔더니, 한 달 안에는 반납을 받는데 한 달이 넘었다고 안 받아서 요양병원에 공짜로 갖다주었다. 그리고 암병원 할인 적용 안 해서 다 준 비용을 다시 돌려받고, 두 달치 병원비 줄 것은 주고, 받을 것은 받았다.

보험을 신협에서 대출 낼 때 효도보험 하나 들으라고 하도 못살게 졸라서 하나 들었던 것이 어느새 10년 동안 한 달에 11만 4천 원씩 넣었는데 그것도 힘들 때도 있어서 해약할까도 몇 번 했었는데, 넣은 것보다 3분의 1도 안 돼 아까워서 억지로 넣으며 10년을 채우고 있었더니, 돌아가시니까 머리, 대장암, 변주머니 등 이것저것 다 해당이 되어서 4천만 원 정도 나온 것 같았다.

그리고 아들딸 셋이서 큰아들은 계속 용돈을 주는 것이고, 막내랑 딸이 이십만 원씩 셋이 합해 육십만 원 주었고, 노령연금 삼십만 원에다가 집은 화곡동에서 그냥 있겠다 했다. 혼자 떨어져 있으면 무슨 일이 생겼을 때 자식들이 멀리 있어 걱정된다고 하여 월세로 내놓았더니 한번 보고 얻겠다고 해서 1억 3천만 원에 월 20만 원 이 정도면 얼마든지 살 수 있었다. 돈을 별로 쓸 일도 없을 것 같고, 관리비랑 전기세 이것저것 다 쓴다 해도 110만 원이면 살고도 남겠다 싶었다.

계속 나는 딸 집에 살았다. 내 집에 가면 신랑이 늘 있었는데 이젠 텅 비어 있어 빈집으로 둘 수가 없어 세를 주고 오는데, 앞으로 내가 있을 곳을 정해야 된다. 계속 딸 집에 있으면서 내 거처를 어디에다 얻을까 생각 중에, 우리 딸이 집을 하나 사게 되었다. 집 하나 보고 왔으니 엄마 한번 보러 가잔다. 현대아파트 1차 25층이라 했다. "그렇게 높은 데서 어지러워 어떻게 살려고 보나마나 힘들겠지?"라고 했는데 한번만 보고 나 얘기하라고 해서 못 이기는 척 보러 갔다. 앞뒤가 막힌 것이 없어 확 티어서 너무 맘에 들어 얼른 계약하라고 오히려 내가 더 권했다.

그때 돈은 얼마 없었는데 전세가 2억 2천만 원에 올 사람이 있다 해서 그것 안고 사면 얼마 안 갖고도 살 것 같아서 2억 7천만 원짜리를 5백만 원 깎아달라 흥정해서 그리 해 주면 당장 계약하겠다고 했다. 그 집도 4대가 사는데 젊은이들이 나가서 살다가 짐을 다 가지고 들어와

225

서 두 집 짐이라 엄청 많았고 좁게 느껴졌던 모양이었다. 내가 너무 높다고 투정을 부렸더니, 할머니가 자기도 그런 줄 알았는데 와 보니 높은 산 위에 있는 것처럼 너무 좋다고 하셨다.

가게는 재건축한다고 보증금을 받았고, 비우라고 이사 비용조로 1천 5백만 원을 받았다. 처음에는 천만 원만 준다고 하는 걸 늙은 내가 따라다니자 5백만 원 더 주겠다고 해서 1천 5백만 원 받고 얼른 비우기로 했다.

재건축 얘기가 나와서 어디 가게 얻기가 힘들기도 했고 우리 집 앞 불가마 스파렉스 목욕탕 건물 1층에다 가게를 하나 얻어서 옆과 앞을 비우면 여기 와서 같이 한다며 지짐 가게 하던 것을 얻었다. 내가 혼자서 하는데 처음에는 손님이 엄청 많아 아줌마를 하나 두고 했다. 밖에 탁자 내놓고 앉을 수 있게 하니 엄청 잘 되었다.

그런데 시샘인지 누가 밖에서 손님 받는다고 신고를 했나 보더라. 조사 나오고, 또 구청에서 오라고 한다. 구청에 가서 그렇게 손님 안 받겠다고 했다. 손님이 굳이 밖에서 먹겠다 하기도 해서, 안 들어오려면 못 팔겠다면서 갈 테면 가라는 식으로 했더니, 점점 손님이 덜 오고 떨어져 매상이 저조했다. 처음에는 8~90만 원 정도 팔았는데 나중에는 4~50만 원 팔기도 버거웠다.

그러던 중에 우리 딸이 껄떡대며 맘에 있어 하던 가게 자리가 나와서 얼른 그것을 얻었다. 그쪽에서 권리금을 3천만 원 달라고 했다. 안 얻으면 이리 올 줄 아니까, 2천 5백만 원에 주면 하고 아니면 않겠다고 했더니 준다고 했다.

그 주인은 통닭집을 했는데, 남편도 말썽인 데다가 남자 손님들이 징그럽게 말썽을 부려, 피해서 포장마차식으로 더 큰 것 얻어서 가고, 우리 딸이 거기를 얻고, 내가 하던 이 가게를 내놓았더니 딱 1년 만에 순대 아줌마가 얻었다.

나는 거기 있을 때 젊은 아줌마가 백만뷔페를 하였기에 오전에 와서 준비해 두면 식사 손님들이 열두 시에 점심을 먹고 가고, 후에는 하나둘 와도 세 시면 끝나게 된다. 나는 세 시에 나가서 곱창을 하니까 걸리지도 않고 1년 동안 임대료 반씩, 공과금 반씩 그것도 괜찮은 일이었다. 얻을 때 하던 사람을 그냥 인수받아 같이 하게끔 해서 편하게 잘 지내 왔다.

2017년 4월에 시작해서 2018년 4월에 마무리까지 깔끔하게 끝내고, 딸한테 가서 도와주다가 우리 신랑 저세상 가고는 아무것도 하기 싫었고, 내가 태어나서 그만두는 그 시간까지 한 번도 편안하게 쉬어 본 적이 없어 이젠 아무것도 생각지 않고 쉬고 싶었다.

그때 무렵 가게는 닭집 자리였고, 2017년 11월에 이사를 갔는데, 이전의 사람이 얼마나 더럽게 썼는지 기름때다 뭐다 우리끼리 벗기고 닦고, 우리 딸이 페인트까지 노란색으로 칠해 놓았다. 모두 이쁘다고 하고, 우리 사위가 앞쪽 단장은 먼저 우리가 했던 가게에서 우리가 하고 들어갔던 인테리어를 뜯어와 그냥 끼워 맞추어서 아주 감쪽같이 보이게 했다.

간판, 가격표 등 모든 것을 그래도 돈 얼마 안 들이고 한 다음 장사를 시작했으며 꾸준히 잘하고 있다.

거기로 이사하고서 봄 사월이던가, 호수공원에서 음식대회를 한다고 신청을 하라 해서 참여하게 됐다. 우리는 곱창만 줄 서서 계속 하루 종일 볶는 일은 내가 하다가, 사위가 와서 도와주기도 했다. 그럴 때면 나는 뒤에서 수발하고, 돈 받고, 포장하고, 모든 것을 준비해 가지고 간다.

거기서 해 주는 것은 몇 가지였는데 가스하고 전기냉장고는 따로 10만 원 주고 들어가고, 50만 원인가 주고 그렇게 갈 때는 딸 차로 몇 번 날랐고, 올 때는, 사위가 트럭을 가져와서 한꺼번에 날랐다. 호수공원 음식대회에 스물두 팀이 참가했는데 우리가 장려상을 탔다. 애들이 바쁜 관계로 상은 내가 가서 탔다. 사위는 다리 아프다고 난리고, 딸은 소변도 한번 안 보고 밥 먹을 시간도 없을 정도로 바빴던 날이었던 걸로 기억된다.

그때 이틀간 했는데 4백만 원이 넘었지 아마. 며칠 하지는 않았지만 너무 재미있었다. 다음에도 신청해서 걸리면 또 가자고 너무도 재미있다고는 했지만, 실상 준비하는 것이 보통은 아니었다. 곱창을 몇백 근을 받아 보관해야지, 야채는 큰 봉지로 20~30개 정도로 썰어야지, 당면은 1박스에 2kg씩 5봉이 들었는데 7박스 담아 놔야지, 5kg짜리 소스를 한 20봉지 가져가야지....

따지고 보면 준비가 너무 힘들어 쉽게 결단할 일은 아니었다. 돈 번다는 것이 정말 쉬운 일이 아니다. 게다가 포장 그릇도 큰 것, 작은 것과 봉지 또한 엄청 많이 들어갔거든.

그 후에는 이 일 저 일 꽃박람회고 뭐고 해마다 하던 것도 안 하고, 올해는 코로나19 때문에 해마다 하던 막걸리 전시도 아무것도 못 하고... 옛날 생각만 하고 있을 뿐이다.

현대아파트를 살 때는, 돈이 없으니까 사 놓기만 하고 세가 들어 있어서 2년 후에나 들어갈 수 있었으므로 그때까지 벌면 되겠지 하는 맘으로 샀는데, 세 사는 사람이 온 지도 얼마 안 된 데다, 들어오면서 이것저것 고쳐서 들어온 터라 자기네가 빼서라도 나가야겠다고 한다. 그러면 어쩔 수 없겠다 하고 있었는데, 마침 우리 집이 1억 3천만 원에 월 20만 원 반전세로 나가서 일이 그나마 잘 풀려 다행이었다.

현대아파트 살 때 2억 6천 5백만 원이어서 전세 2억 2천만 원 받고, 4천 5백만 원 주면 되니 계약할 때 내가 2천만 원을 빌려줬다. 그랬더니 자기 돈 2천 5백만 원과 4천 5백만 원을 주고 완전히 넘겨받았다. 아파트를 산 다음 내 집 나간 것 1억 3천만 원을 쳤더니 미리 준 것 하고 1억 5천만 원 주었다. 자기네 아파트를 담보로 1억 원을 대출받아서 처음에는 3천만 원 가지고 아파트 2억 6천 5백만 원짜리를 샀다.

2억 2천만 원을 주고서 우리가 이사를 간다고 비워 줄 수 있나 물었더니 이사 와서 두 달 살았는데 자기네도 집 사서 간다고 날짜를 한 달 정도 줄 수 있냐고 되묻는다. 그래서 그렇게 하라고 하고, 나는 세입자가 2019년 5월 3일에 와야 되겠다 하니 어쩔 수 없어서 내가 딸 집으로 몸만 가 있었다. 짐을 다 가지고 오려니 좀 정신이 없어서였다.

신랑 먼저 저세상으로 가고, 경비하면서 주워다 놓은 물건들과 자기 옷들, 쓰던 침대, 뭉그적거리던 소파, 모든 것을 우리 막내가 와서 정리를 다 했다. 고물장수 아저씨에게 주고, 옷 같은 것은 큰 봉지로 무조건 다 넣어 보니 열 개가 넘어서 고물상회로 가져가서 팔았다. 4만 5천 원인가 받아서 재활용으로 버리기 위해 동사무소에 가서 딱지를 사서 붙이는 데 그 돈이 다 들어갔고, 외려 추가로 더 들어갔다.

버릴 것은 웬만해서 다 버렸다. 꼭 필요한 이삿짐은 미리 갖다 놓은 바구니에 다 넣어 놓았다. 집 앞에 있는 이삿짐센터에서는 130만 원을 달라 해서, 일산 사람을 불러 내가 물건은 다 챙겨 넣고, 95만 원 현금으로 주고 5월 3일에 이사를 했다.

짐이 있는 데다 덮게까지 갖다 놓으니 아주 정신이 없었지만, 계속 그렇게 사는 것이 아니니, 늦어 봐야 한 달 기다릴까. 그 집이 이사를 가고 애네가 들어가려면 수리를 다 해야 해서 5월 말인가 유월 초인가 그동안 정신없이 살면서 복지관에도 가고 화곡동 복지관까지도 가고, 노래 선생 따라 여기저기 몇 군데 다녀봤다.

그동안에 세종문화회관에서도 가요대회가 있어서 입장권 1장에 5만 원인데 시골 사람까지 포섭을 해서 얼마나 왔는지 3천 명이 넘는 인원이 모여들었다. 가수들이 나와 노래를 부르고, 가요 창립 10주년 기념 행사라고, 작곡가 이호섭씨가 그 나이에 석사 공부해서 석사가 되었다고, 가요계 회장이라면서 큰소리치고 노래도 여러 곡 하고, 노래 교실 선생들도 두 시간이 넘도록 노래하고, 송해도 나오고, 정말 가요계는 대단한 것 같았다. 그때가 시월인가~!

그런데 세종문화회관 앞에 가니 세종대왕 동상도 있고, 이순신 장군 동상도 있고, 그 앞에서 가훈 써 주기 하느라고 난리였다. 나도 두 장이나 써 달라 해서 가져다가 벽에 붙여 놓았다.

2018년에는 중국 장가계라는 산에 갔는데 너무 재미있었다. 외국이라고는 처음이었다. 비행기는 제주도엘 가느라고 타긴 했지만, 외국이랑은 가는 게 좀 달랐던 것 같다. 패키지로 갔는데 책임자들이 알아서 데리고 다니니 구경하기 좋았고, 도로가에서 케이블카를 타면 보이지 않던 상상 속의 꼭대기에까지 올라가니 정말로 신기하고 구경할 것도 많고 너무 재미있었다. 유리다리를 사람들은 엄청 무섭다고 야단인데 밑이 환하게 다 보이는 것이 너무 신기하고 재미도 났다.

사위랑 손주들이랑 다섯 명이 갔는데, 한 사람이 100만 원 정도 들어야 하니 딸들은 자기들이 돈을 내고 가고, 나는 3남매가 모아놓은 것 딸이 관리하니 덕분에 좋은 구경 잘했다. 배도 타고, 호텔에 가서 좋은 음식 먹고, 잘 자고, 처음으로 외국 구경을 하고 보니 너무도 좋은 세상을 만났구나 싶었다. 계곡은 걷는 데가 엄청 많았다. 올라갔다 내려갔다 다리가 성치 않으면 가지도 못할 곳이었다.

처음으로 외국을 구경하고 나니, 언니가 큰아들이 카드 회사에 다닌 지가 졸업하자 바로 들어가서 어언 50세가 넘었는데 24~25년 되었을까~ 그 회사에서 부모님 효도 관광을 해마다 보내주는 이벤트가 있었던 모양이었다. 관광지를 여행하도록 따로 관리하는 부서가 있나 본데, 언니도 전에는 형부랑 두 분이 가신 적이 있었단다. 형부가 다리가 아파서 못 간다고 나보고 같이 가자고 해서 덕분에 언니 따라 베트남 구경을 하게 되었다. 나는 언니하고는 처음이니까 이젠 나하고 둘이 놀러도 다니고 젊어서 못 해 본 것을 다 하면서 살아보자고 약속도 했다.

좋은 마음으로 새벽에 언니 집에서 자고 큰아들이 차로 인천까지 데려다 줘서 비행기를 타고 베트남까지 도착, 그 회사 직원들이 같이 따라다니며 인솔하고, 식사고 뭐고 다 책임지고 안내해 주니 우리는 그냥 따라 다니면서 신나게 놀기만 하면 되는 거였다.

8

사랑하는 딸을 생각하며

　우리 딸이 자가용을 끌고 애기 둘을 데리고 나를 태워서 울진 평해까지 그 먼 길을 갔다. 큰집 시어머님 제사라고 해서다. 그때 돌아가신지 얼마 안 되어서 10월 26일이었는데, 하룻밤 제사 지내고 요즈음은 조카며느리들이 다 해 놓은 것으로 제사를 지내고만 오니 나도 이럴 때가 있나 싶을 정도로 어른 노릇 하는 것 같아서 편했다.

　하룻밤 자고 올 때, 건어물 장사하는 동서한테서 마른고기를 잔뜩 얻어서 오는 길에 상주 함창 딸 시댁의 과수원에 들러서 문지방 높은 작은방에서 자고 나와 보니 큰방이 있는데 추수한 작물들이 몇 가마니가 잔뜩 쌓여 있었고, 과수원과 논과 합쳐 7천 평이라는데 농사지어 놓은 배추랑 사과랑 주는 대로 잔뜩 가져왔다. 또 오다가 영주 시누이 집에 들러서 거기도 과수원을 하니까 사과랑 고추 이것저것 얻어 왔다.

한 바퀴 돌았더니 차에 한 차 실을 데가 없을 정도로 많았다.

그것들을 얻어 와서 한동안은 시장도 볼 것 없이 김장도 하고 겨울 한동안 잘 먹고 잘 지냈다. 생각해 보니, 서울에서 울진까지 함창, 영주를 돌아돌아 왔는데, 그 먼 길을 운전해서 다녀 왔다는 것에 내 딸이지만 정말이지 대단했다는 생각이다.

몇 해가 지난 뒤에 바깥사돈께서 위암이 왔다는 소식이 들렸다. 시골의 병원만 다니다가 병만 키우는 것 같아서 일산 국립암센터로 모시게 되었다. 간단한 것 같아서 개복하지 않았다고 하더니, 나중에는 다시 또 두 번이나 하느라고 힘들었단다.

우리 딸이 그때는, 화곡동에서 애들은 초등학생이고 어리니 학교 보내랴, 병원에 왔다 갔다 하랴, 그런데다가 시골에서 오신다면 강남에 터미널까지 모시러 가야지, 병원 모시고 다녀야지, 가실 때 터미널까지 모셔다드려야지, 또 병원에 입원해 계시면 안사돈이 곁에 계시면 얼마나 좋겠어요만, 안 계시고 안산 딸 집으로 가 버리면 환자를 혼자 두고 올 수는 없는 노릇이었다. 애기들은 내가 봐서 학교에 보내지만, 하루 이틀도 아니고, 두 번 수술하고 회복될 동안 혼자 왔다 갔다 화곡동에서 일산까지 얼마나 힘들었을까.

그렇게 하면서 바깥사돈이 다 고쳐 회복해서 퇴원할 때 되니까 안사돈이 딸 집에 와서 같이 내려가는데 우리 딸이 터미널까지 모셔다 드렸다. 그 후에도 2~3개월마다 검사하러 오시고, 하룻밤 주무시면 식사 챙겨야지, 터미널까지 모시러 가야지, 모셔다드려야지, 내 딸이지만 요새 젊은이치고는 그렇게까지 하는 사람은 없는 듯했다. 참 대단하다는 것을 느끼게 하는 딸이다. 부모님께 잘하면 자식이 복을 받는 법이고, 설령 힘들어도 공치사는 하지 말라고, 쌓은 복이 날아간다고 가끔은 한 번씩은 그런 말을 해 주곤 했다.

바깥사돈이 큰 병을 앓았으니 이젠 과수원은 못 하게 되어 어쩔 수 없이 큰아들이 부산에서 직장생활을 했는데 과수원을 맡게 되었단다. 그 전에 함창 시청 옆에 아파트를 하나 사 놓았는데 그 아파트로 나가시고 큰아들이 와서 과수원 농사를 하고, 맏동서가 부산 계시다가 같이 와서 장애 아들도 눈치 볼 것 없이 참 편한 생활을 하게 되었다. 시아버지가 다 벌어서 하던 것을 공짜로 가꾸어서 열매만 따면 되니 부모님 잘 모시고 형제간에 우애 있게 도량을 넓게 가진다면 오죽이나 좋으련만....

장애 아들이 있으니 항상 힘들겠지만, 처음에는 안산 장애학교에 대학교까지 다니느라 영등포구청 부근에 있을 때 늘 신경 쓰곤 했다. 옷가지도 사다 주고 시골 갈 때 같이 간다고 한번 데리고 왔는데 세수한다고 화장실에 가더니 손 씻는 데를 부수어 놓을 정도로 장애아였다. 엄청 힘들 것을 생각하니 우리 딸한테 잘하라고 그러는가 하려다가도 평생을 그런 자식 거느리고 있는 사람 생각은 얼마나 가슴 아프겠나 그런 마음으로 바꾸어 생각했다.

실제 그런 마음으로 우리 딸은 법 없이도 잘하고 있는데 항상 별나게 하는 모양이다. 우리 딸이 갈 때마다 불편하게 있다가 오는 것 같다. 시집에 다녀올 때마다 배고프다 하고 오는 걸 보면 여간 짠한 게 아니었다. 먹어도 배부르게 못 먹고 먼 길 오다 다 꺼지고 했나 보다.

사돈은 암이 거의 나을 즈음에 그 땅을 아들딸 여섯 명 한테 분배를 해서 큰아들에게만 과수원 2천 평 주고, 딸 셋과 작은아들 두 명에게는 모두 천 평씩 다 이전까지 했다. 우리 딸은 논 천 평을 받아서 본인이 3~400만 원씩 이전까지 마무리하고 공평하게 해 놓았다. 아파트는 안사돈 앞으로 했겠지. 과수원에서 1년에 천만 원과 큰아들이 주는 것 가지고 생활해 나가고, 하루에 한 번씩 과수원에 나와 보시고, 가면서 큰며느리한테 밥 한 끼를 안 드시고 다닌다니 정말 부모님 재산 거저 물려받아 살면서 그렇게 냉정할 수가 있을까? 지금 연세 84세인데 살면 얼마나 사실까~!

세월이 흐르니 다 지난 과거사일 뿐이다. 지금은 결혼한 지 20년이 가까워지니 조금은 덜하긴 하지만, 막내 동서가 우리 딸보다 나이가 세 살이나 더 먹었다고 지금까지 존대하고, 손아래니까 반말해도 된다고 해도 그걸 못 하고 그렇게 엄청 얌체질을 했나 보더라. 그러거나 말거나 자기 할 일을 하다 보면, 모두가 알아줄 날이 있겠지.

나는 우리 딸이 없었다면 나의 삶 모두가 엉망이었을 거라 본다. 딸아~! 어려서부터 나를 도와서 이것저것 과자 공장에, 주유소에, 네가 할 수 있는 것은 다 했고, 그렇다고 부모 원망도 많이 안 했었고, 그 많은 학생 틈바구니에서 큰소리치며 자란 네가 참으로 대단했다고 생각한다. 중학교 고등학교 어리던 딸이 커서 좋은 직장에서 너를 데리러 왔다는 것은 다 평소에 잘했으니까 가능한 일이었고, 장학금도 타고, 선생님 눈에 잘 보였고, 잘했다는 것이 이 엄마로서는 얼마나 고마운 일인지 모른다.

좋은 직장 그만두고 꽃꽂이 학원을 한다고 할 때도 언제나 나는 너를 믿었다. 고생하고 손해를 보고 꽃집을 차렸을 때도 엄마는 항상 너를 믿었었다. 꽃집을 차렸을 때, 결혼하겠다 했을 때는 여건이 안 되어서 반대를 했지만, 석준이가 배 속에 있다는 바람에 아까운 내 딸을 어떻게 보내랴 하면서도 사돈께서 돈까지 준비해 주시고, 거기다가 오래 비가 주는 바람에 수월하게 시집살이가 시작되었구나.

너도 나처럼 생활전선에서 한 번도 벗어난 적이 없었던 것 같다. 슈퍼에서 애기 보는 것도 하고, 사가정에서부터 옷 장사에, 까치산에서 탕수육, 떡볶이, 핫도그, 김 장사도 하며, 옷 장사 끝나고부터 화곡동에서부터 곱창 장사를 시작한 것까지....

그 어린 애기들 데리고 시댁에 명절 대소사랑 무슨 일만 있으면 한 번도 빠지지 않고 다니고, 그 많았던 생활 언제나 우리는 너와 내가 같이 있었다.

세월이 흘러 수많은 날이 지난 지금도 너와 내가 함께 있다는 것이 너무 즐겁지 않니? 내가 만약 혼자라는 생각을 해 보면 너무나도 삭막하고 외로울 것 같다. 내가 매일 외롭지 않다는 것을 생각해 보면 딸아 네가 옆에 있기 때문이란다. 전화 한 통 하면 볼 수 있고, 가까우니까 쫓아갈 수 있음은 너를 믿고 있기 때문이었다.

네 아빠가 아플 때도, 아침에 일찍 병원 가는 날이면 장사하다 늦게 와서 자는 것 아는데도 그 시간에 운전해서 병원까지 데려가고 데려오고 정말 자식이라도 미안할 때가 얼마나 많았는지 말로 다할 수 없지만, 나 혼자서는 할 수 없는 일이니 속으로만 생각하고 미우나 고우나 부모라는 이름 때문에 자식이니 어쩔 수 없이 끝까지 네가 있어서 처리를 했기에 마무리가 잘된 것 같다. 아들들은 멀리 있으니 든든한 마음

뿐이고, 애틋하게 딸같이 할 수 없는 것이 많았다. 그래도 하나가 아니고 셋이라는 것이 정말 든든했다.

너희 아버지를 평생 미워하고 했던 것이 지금은 아들딸 씨앗이라도 뿌려 준 것에 감사할 뿐이다. 이제는 감사하는 마음으로 항상 살 것이며, 외국 구경 한번 못 하고 아플 때 생각하면 불쌍하다는 생각만 드는구나.

우리는 이 세상을 주어진 대로 지금 코로나19 때문에 난리이지만, 지킬 것 잘 지키고 하라는 대로 하다 보면 언젠가는 끝이 올 거라 믿는다. 너와 나는 착한 유 서방이 담배만 안 피우면 소원이 없겠는데 내 맘대로 안 되니 어쩔 수 없고, 석준이, 혜인이 그만하면 착하니 없는 것 바라지 말고, 있는 것 잘 챙기면서 잘 살자.

2020년 11월 18일 수요일에 엄마가.

9

베트남 여행

　최고 좋은 호텔에 가서도 부부면 부부, 형제면 형제, 다 따로 한 칸씩 편하게 잘하고 있었다. 거기 가서 언니가 소주를 두 병 가방에 넣어 가지고 왔다. 내 생각으론 '나하고 한 잔 하려고 그랬나 보다.' 하고 나는 별다른 의미 없이 한 병은 먹고 한 병은 남겨두었다.

　베트남 시내에는 오토바이를 타고 다니는 사람이 너무도 많았다. 그것이 너무 신기해서 사진 좀 찍으려고 내려와서 다니며 구경하고 있는데도 언니는 수영장에서 사진 한 번 찍더니 가 버린다. 그러고는 버스를 타고 한참을 가더니 배를 탔는데 하루 종일 타는 것이다. 하노리 산봉우리가 3천 개라나? 3만 개라나? 도대체 복판은 바다인데 양쪽 가에는 산봉우리들이다. 배 안에서 먹을 수 있는 식사도 별의별 음식이 다 있었다.

해가 뉘엿뉘엿 질 때쯤에 내려서 1,300m 꼭대기에 올라가는데, 안 가는 사람은 안 가도 된다고 하지만 나는 거기까지 가서 볼 것은 다 봐야 한다는 것을 목적했으니 언니랑 끝까지 올라갔다. 그렇게 힘들게 간 것 치고는 아무것도 없고, 높이 올라가서 아래로 보는 바다 그것뿐이었다. 거기서 보고 사진 한 번 찍고 내려오는데 언니가 모자를 두고 내려오는 바람에 다시 또 헐떡거리고 올라가려 했더니 옆에 아저씨 한 분이 힘드니까 있으라 하고는 자기가 올라가서 가져다 주었다. 그 아저씨가 엄청 고마웠다.

조금 있다가 동굴 구경을 갔는데 엄청 멀었다. 동굴 안에서 수천 수만 년 되는 동굴 구경을 다 하고 다시 돌아와서 또 배를 타고 숙소로 향하는 길에 베트남 시장을 구경하게 되어 부채를 샀다. 여자 것은 두 개 사서 나 하나 언니 하나, 그리고 남자 부채도 두 개를 샀다. 나도 우리 신랑 주려고 여행 선물로 월남 처녀 인형이랑 가방이랑 사서 갖다주었다. 가방은 너무 싸고 실용적이어서 하나 샀다. 내가 산 가방이 2천 원이라 했더니, 똑같이 갔는데도 그렇게 싸게 잘 샀다고 야단들이다.

숙소에 와서 그 부채 하나랑 소주 한 병이랑 산에서 모자를 찾아준 아저씨에게 건네주었다. 고마운 마음과 고생시킨 것으로 미안한 마음이 그렇게나 신경이 쓰이더니 그래도 그거라도 주고 나니 맘고생의 짐을 조금은 덜어 낸 느낌이었다.

숙소를 옮기느라고 짐을 다 빼서 나오는 데도 의자에 조금 앉았다가 움직였는데 차를 타고 보니 언니가 또 휴대폰을 떨어뜨리고 왔더라니까. 그 사람 많은데 누가 주워 갔으면 어쩔까 했는데, 다행히 찾아서 왔다. 의자 밑에 떨어져 있어서 수월하게 찾을 수 있었다. 그렇게 그래도 나는 '언니의 속을 모르고 나이 먹어서 깜빡깜빡하나 보다' 그렇게만 생각하고 이동해서 베트남 슈퍼에 들러 구경하고, 숙소를 이동해서는 절을 구경하고, 옛날 대통령 관저니, 휴양지니, 이것저것 실컷 구경하고 저녁 식사를 하려는데 베트남에서 최고로 잘하는 레스토랑이라나!

하여튼 음식 가짓수는 숫자로 헤아리지 못할 정도였고, 간은 안 맞아도 베트남에 갔으니 베트남 음식 먹는 것이 당연한 거니까 한 개씩 맛만 봐도 종일 걸릴 것 같았다. 어떤 것이 맛이 있는 것인지 모르니 아무거나 갖고 와서 먹다 보면 배부르면 끝나는 것이다. 사람도 엄청 많았다. 구경 한번 실컷 잘했다.

3박 4일인가, 잘 놀다 끝이 나서 한국으로 오게 됐다. 인천비행장에 갈 때는 언니 아들이 데려다줬으니 올 때는 우리 사위를 불렀다. 끝났다고 인천비행장에 도착하니 홍삼정을 하나씩 선물로 주기에 받아 가지고 언니랑 같이 태워서 양평동 오목교 옆 벽산아파트에 계시니까 거기까지 모셔다 주었다. 나는 화곡동에 집이 있지만, 일산으로 사위 따라 왔었다. 그 후에 얼마 안 되어서 4월 초인가 놀러 갔다 왔으니까 집이 세가 나가서 일산으로 아주 이사를 하게 되어 언니 집에 하룻밤 자고 오려고 일부러 갔었다.

그때는 언니가 사골을 여호와증인 다니는 사람한테 시켜서 사 온 건데 국물 우려낸다고 계속 끓이고 기름기 걷어 식혀서 봉지에다가 담아 냉동실에 얼려 놓고 하나씩 먹어야겠다고 하면서 저녁에 나랑 같이 먹었다. 형부는 그거라도 같이 먹으면 좋을 텐데 안 드신단다. 또 반찬을 만들어야 되지 않냐며 신경 쓰인다. 타인을 고달프게 하는 사람이다. 상대방 생각은 조금도 안 하고 자기 생각만 하니, 반찬을 신경 써서 이것저것 해 놓아도 이건 짜고 저건 싱겁고 맛이 있으니 없으니 꼭 식사 자리 앉아서 때마다 잔소리를 한다. 같이 사는 사람은 얼마나 짜증 나고 스트레스 받겠는가 싶어서 속으로 형부가 참 얄미웠다.

시어머니 모시고 있으면서도 일을 다니고, 화장실 모시고 다니려니 얼마나 힘이 들겠는가 말이다. 언니 시어머니는 어디 다니지를 않고, 집에 들어왔다 하면 바깥엔 아예 안 나가신다. 한번 자리에 구부려 앉으시면 그곳에서 꼼짝도 않고 텔레비전이나 보시고, 밤에 겨우 잠만 자니 앉은뱅이가 되어서 서지도 걷지도 못하니 참 못할 일이다. 몇 발짝 안 가면 바로 옆에 영등포구청 공원이 있는데도 나가지를 않는다. 그러거나 말거나 식사는 잘하시니 몸은 커서 언니가 이기지도 못하는 형편인데, 화장실 수발까지 하려니 얼마나 힘들까.

그러다가 한번은 언니가 허리를 다쳐서 병원에 입원해서 수술을 했다. 너무나 고생했다. 그러니 시어머니를 요양병원에서 요양보호사가 나와 휠체어로 모시고 가고 모시고 오고 왔다 갔다 했다. 저녁이면 집에 모시고 오니 언니는 병원에서 나와도 계속 모실 수밖에 없는 형편이었고, 그렇게 몇 년을 모시다가 시어머니는 90세 넘어서 돌아가셨다.

언니가 보람상조에 가입했던 것을 그때 영등포 병원에서 잘 써먹었다. 병원에서 손님맞이를 하고, 시골에 시아버지 산소까지 모시고 가서 봉화 물야란 동네에다가 산소를 썼다.

그 후에 영등포구청 부근에 새로 지은 아파트 6층 40평인데 방은 세 개이고 거실이 얼마나 넓은지 그 큰 집을 가지고 있을 필요 없다며 팔고 새로 지어서 들어갈 때 빚 조금 애들한테 있었던 것 다 주고, 아주 조그마한 벽산아파트 방 두 칸짜리를 샀다. 리모델링을 다 해서 새집처럼 만들어서 들어가고, 나머지 돈으로는 오피스텔 두 채를 사 놓아 늙어서 애들한테 손 안 벌리고 세라도 받아서 살겠다고 계획하고 아파트가 5억 5천만 원 받아서 벽산아파트 17평짜리 2억 8천만 원 주고 샀단다. 그렇게 빚을 갚고 2억 정도 남은 것으로 오피스텔을 사는데 빚 조금 있던 것까지 얼마 전에 다 갚았다고 시원하다고 했다.

내가 갔던 날 술 한잔 먹으면서 이런 얘기 저런 얘기 속에 있던 얘기를 조금 들을 수가 있었다. 베트남 갈 때도 며느리들하고 다투고 갔으니 그렇게 정신이 없었다는 거였다. 나는 언니가 하도 얘기를 안 하니 손주가 아홉 명 큰아들이 아들 둘 카드 회사 한 군데를 오래 다니니 집도 회사에서 모자라는 것은 무이자로 빌려 줘서 집도 사고 오피스텔도 여기저기 사 놓았다고 했다.

둘째 아들은 고등학교 졸업하고 바로 해군에 갔으니 지금은 30년이 다 되어 간다. 나이 스물에 간 애가 벌써 나이 50이 되었으니 말이다. 군에서 대학교 강릉에서 나왔지, 장가도 갔지, 애들이 셋이나 된다. 아들 둘, 딸 하나, 군 생활은 여기저기 이사를 다녀도 사택 다 주지, 애들 그냥 학교에 다니지, 조카며느리가 조그마한 것이 꽤나 똑똑하니 속으로 많이 부러웠다. 셋째 아들은 우리 큰아들하고 동갑인데, 컴퓨터 회사에 다니고, 그것도 벌써 장가를 가서 딸 하나 있는데, 조카며느리가 순진한 것이 착했다.

딸은 우리 딸하고 동갑인데 시집을 오빠들 셋보다 제일 빨리 갔다. 20세 때 볼링 치러 가서 잘 못 치니까 가르쳐주고, 체육에 관한 물건을 팔고 대여도 해 주고 그런 사람이었다. 나이는 열 살이나 많아 언니 형부가 반대를 엄청나게 했다. 둘이 나이 어린 것을 꼬셔서 처음에 홀딱 빠져서 어쩔 수 없이 20세에 보내 버렸다. 첫딸을 스물두 살에 낳아서 지금 나이가 23세. 둘째딸 대학교 1학년, 막내가 중학교 3학년, 큰딸은 직장 생활하고 일찍 딸을 보내 버리니, 며느리들이 속을 썩여도 누구한테 말 한마디 할 사람이 없었던 모양이다.

며느리들이 그렇게 별나게 설엔가 추석엔가 제사를 안 지내니까 막내며느리가 친정이 남해라 멀어서 자주 가 못하니 시댁이 제사를 안 지내므로 친정에 간다고 언니한테 허락을 받으러 왔더란다. "제사 안 지내니 다녀오너라"라며 보냈더니, 큰 며느리가 자기한테 안 물어보고 보냈다고 큰며느리를 무시한다느니, 이러니 저러니 와서 싸움이 시작됐다네. 언니랑 형부가 그렇다면 미안하다 하고 끝냈는데, 그 후부터는 문 열고 들어오면 언니가 오느라고 수고했다 하고 반가워서 말을 해도 대꾸 한마디도 않고, 둘째며느리도 큰며느리에 붙어서 한패로 어울렸단다.

제주도에 사는 것이 오면 어른이 계신 집으로 와야지, 먼저 큰동서 있는 데로 가서 무슨 작당을 꾸미고 똑같이 행동하니 너무나도 속이 뒤집혔단다. 말도 한 마디 하면 열 마디를 하는 통에 참으려니 모두가 스트레스였단다.

언니는 그제야 처음으로 그런 얘기들을 했다. 처음에 큰아들 애인이 오니 나보고 오라 하기에 언니 며느릿감이니 나도 궁금하고 보고 싶어서 갔다. 언니가 "내 동생이니 시이모님이시다. 인사드려라"라고 하니, 인사 한마디 하고는, 내가 그때나 지금이나 배가 나온 게 항상 똑같았는데, 내게 버르장머리 없이 배가 왜 저렇게 튀어나왔냐고 한다. 내가 어이가 없어서 그때부터 나는 그 조카며느리를 별로 탐탁지 않아 했는데, 역시나 언니한테도 그렇게 못되게 했다니 너무 기가 막혀서 말이 안 나왔다. 여태까지 칠십 평생 살면서 배 튀어나왔다는 소리는 한번도 들어본 적이 없다. 항상 똑같은 몸무게로 60kg에서 최고로 뚱뚱할 때가 63kg로 거의 변함없었다. 맨날 꾸준히 거기서 좀 빼려 했으나 그게 쉽지는 않았다. 앞 숫자가 5자로 내려갔으면 좋겠는데 그건 생각에 그쳤다. 별다른 노력이 필요할 것 같은데 더 올라가지만 않아도 다행이라 생각하며 살았다.

언니가 다리를 약간 절룩거리기에 어디가 아프냐고 물었더니, 거실에 깔던 깔판을 빨았는데 무진장 무거웠대나. 짜다가 허리를 삐끗했는데 그 뒤로 다리도 아프고 해서 연세병원에 수술 날짜를 받아놓았다고 했다. 4월 말에 언니네 가서 자고 왔고, 5월 3일, 일산으로 이사를 했다. 여기 와서도 월요일, 금요일에는 화곡동 복지관을 지하철 타고 다니는 것이 재미있었다. 여기 일산 복지관에도 화, 목요일에 나가고, 일주일 내내 여기저기 다녔다.

그러고 있자니까 언니가 이대병원에 와 있다고 연락이 왔다. 놀라서 딸하고 쫓아가 자초지종을 듣게 되었다. 침대 짚으며 조심조심 일어서는데 팔이 미끄러져서 어깨에 금이 가고 부서진 거라네. 그 후 또 화장실 가겠다고 해서 언니 딸이 붙잡고 가려 했으나 그냥 혼자 가겠다고 했다는데, 엄마 부축하던 손을 놓고 돌아서자니까 푹 주저앉아 버렸다는 것이다.

전화로 언니 다리가 부러졌대서 가 보니 팔에 다리에 온 사방에다가 깁스를 해 놓아서 반듯하게 꼼짝달싹도 못하고 누워 있었다. 얼마나 아팠을까. 다리랑 팔이 부서지고 부러지고, 도대체 말이 안 나온다.

오후에 이대병원에서 한남동 무슨 병원이 뼈에 관해서 잘한다고 여호와증인 신자가 그리 가겠다고 옮겨놓고 갔다. 간병인을 하나 두고 며느리가 놀고 있기에 간병이라도 하면 어떠냐고 했다. 막내딸이 한 번씩 가고 형부가 한 번씩 가고, 형부가 암에 걸렸을 때는 언니가 직장 다니던 것도 그만두고 연세병원에서 극진히 간병해서 낫게 해서 건강하게 와 계시는데, 형부라도 따뜻했더라면 얼마나 좋을꼬. 폐암이 4기나 되도록 가족이 한 번도 병원에 가서 검사도 안 하고, 허리 아프면 허리, 다리 아프면 다리, 이런저런 검사할 때 폐사진을 한 번이라도 찍어봤어야 알 것 아닌가. 폐암 4기에다 다리, 팔은 부러지고 얼마나 아프고 힘들었을까.

세 번째 갔을 때는 시골 가서 살고 싶다며 나지막하게 읊조렸다. 우리 신랑도 시골 가서 살고 싶다고 했는데... 내가 "언니 얼른 나아야 시골에 가지, 밥 많이 먹고 건강 되찾아야 돼."라고 했다. 애가 탔다. 내가 특별히 할 수 있는 일도 없으니 집에 왔는데 며칠 안 돼서 또 가 보고 싶다고 우리 딸한테 그랬다. 우리 아저씨 쓰던 기저귀 한 박스 남은 것을 갖다주려고 갔더니 세상에 그새 사람을 못 알아본다. 언니, 언니, 불러도 못 알아보고 정신이 아예 없어진 것 같았다.

우리 딸하고 병원에서 집으로 오면서 사람도 못 알아보니 불쌍해서 어쩌냐~ 그러고서는 우리 오빠네 올케가 있는 병원에를 갔다. 신정동 무슨 병원이고, 7년째 그 병원에 있는데 "나 알아보는 거야"라고 물었더니, "향란이잖아"라고 대답한다. 세상에~ 정신은 있었던 모양이다. 기저귀 차고 대소변 받아내는데 사람을 알아보니 그나마 다행이다 싶었다.

오빠가 올해 팔순이다. 올케는 직장이라고 다닌 것이 고려대학병원 식당에 종로 혜화동 있을 때부터 다녔다. 몇십 년을 한 곳에만 다녔고, 그렇게 번 돈을 가족이나 친척 자녀들한테 한 푼도 쓴 적이 없다. 그렇게 애들 키우며 어쨌거나 살림을 해 가며 몇십 년을 다녔다는 것은 대단하다고 생각한다.

그러나 친척들을 다 적을 만들고, 엄마 가슴에 피멍 들게 만들고, 그렇게 별난 세상을 살더니 지금 보니 그렇게 번 돈 언니 손으로 한 푼이라도 써 봤는가. 그 인생을 반추해 보니 너무나도 불쌍했다. 인생은 내가 하는 대로 받고 사는 것이다. 나는 과일이랑 이것저것 사다 주고 왔지만, 간병인이 다 먹겠지~!

오빠도 안타깝고 조카도 1년, 2년이라야 말이지. 결혼하는 날부터 그러했으니 조카며느리 보기에도 안 됐을 것 같다. 그러니 어쩌겠는가. 내 엄마인데, 언제까지 계실지는 모르지만 받아들이고 살아야지. 수억을 벌면 뭐 하냐고... 제대로 한번 써 보지도 못한 돈, 한심한 노릇이다. 그리고 얼마 안 돼서 언니가 2019년 7월 4일, 하늘나라로 가 버렸다. 나는 너무도 서러웠고 하염없이 눈물만 나왔다.

우리 신랑 돌아갔을 때는 눈물 한 방울 안 흘렸는데, 언니가 갔다 하니 왜 그리 설움이 북받치는지 그저 눈물이 하염없이 흘러내렸다. 우리 5남매가 만나면 언제나 빠짐없이 즐거웠는데, 하나뿐인 언니가 젊어서는 서로 살기 바빠서 돌아볼 새도 없고 무정하게 지냈는데, 서로 나이도 먹고 늙어가면서 놀러도 가고 이젠 좀 편하게 같이 다닐 시간도 만들어 가고 즐기면서 지낼 것 같았는데...

함께 해외여행이라고는 베트남에 처음이자 마지막으로 다녀오게 되었다. 그것도 내가 50만 원 내고, 조카가 얼마 내고 다 대서 가는 것이 아니고 다른 데 베트남 여행보다 더 비싸게 받는데 먹을 것, 호텔, 고급으로 했겠지. 하여튼 언니 덕택에 좋은 구경 잘했었다.

2018년에는 시숙이 3월에 가시더니, 2019년 1월에 우리 신랑이 가고, 언니가 2019년 7월에 우리 곁을 떠나갔다. 가까이 있던 사람들이 하나씩 다시는 볼 수 없는 세상으로 떠나 한 줌의 재로 끝나 버리니, '한솔납골당'인가~ 우리 신랑하고 가까운 거리에 있어서 우리 신랑에게 들르면 언니한테도 들러서 오곤 한다. 어쩜 꿈속에도 한번 안 나타나는지....

우리 신랑 가고 나서 2019년 추석 때 밤에 꿈을 꾸었다. 나는 시아버님 못 보고 있었는데 추석이라고 우리 애들이랑 놀러간다고 나섰다니까 문을 안 걸고 왔다고 자꾸 걱정을 한다. 가서 문 걸고 오라고 기다리고 있을 거라고 해서 내가 집엘 갔다. 간 곳은 옛날 우리 집인데 화곡동 소파 큰 것에 아버님도 거기 누워 계셨다. 우리 신랑이 어찌 그리 유하게 변했는지 아버님한테 절하라 해서 절을 하고는, 내가 "어떡하지 애들이 놀러 간다고 나갔는데 내가 문을 안 잠그고 나온 것 같아서 왔는데 어떡하지?"라고 했더니 나보고 하는 말이,

"우리 걱정을 하지 말고 아버님과 나를 만나 집을 가 보자 하여서 왔을 뿐이지 너희들 괴롭히려고 온 것이 아니니 걱정하지 말고 놀러 가라"라고 하면서, 자기는 아버님을 만나서 잘 있으니 걱정하지 말라 하고는 쉬었다가 문 걸어놓고 갈 테니 가라고 하는 거였다. 그렇게 애들하고

247

나갔다가 왔는데 문도 걸려 있었고, 깨어보니 이상하게도 생시같이 아버님과 신랑이 왔다 간 것 같은 생각이 확 드는 느낌이었다. 가까이 있던 사람들이 떠나가고 나도 나이를 먹어서 70이 벌써 넘었으니 죽는다는 것이 이젠 멀지 않은 것 같다는 생각이 들어, 남은 인생 신나게 살고 싶어졌다.

그래서 딸 가게 도와주던 것도 하지 않겠다고 했고, 그냥 혼자 지내보니 처음에는 화곡동 복지관까지도 가고, 여기 일산 복지관에 일주일에 화, 목요일 두 번 나가고, 화곡동 월, 금요일로 각자 달라서 두 군데를 다니다 보니 너무 시간도 빨리 흐르고 일주일이 후딱후딱 가 버렸다. 그러다 보니 2월부터 코로나19인지 중국에서 건너왔다고 하며, 금방 끝날 것 같다고 며칠 정도 쉬었다가 문자 보낼 테니 그때 오라 했는데 벌써 1년이 다 되어 간다.

처음엔 하루에도 몇백 명씩 전염이 되어 어디 다니지도 못하게 하고, 마스크 사는 것도 줄 서서 한 시간, 두 시간 기다렸다가 파는 시간에 사오고, 그것도 약방마다 시간이 달라서 맞춰 다녀야 하고, 그렇게 힘든 시간이 지나면서 각 지방에서 봉사활동한다고 수백 명, 수천 명이 대구로 몰렸다. 신천지교회란 곳은 수만 명이 모여서 예배를 드린다고 모였다가 그 교회에서 코로나가 확산이 되어서 감당할 수 없이 난리였고, 몇 달을 그렇게 지내고 조금 주춤해지는 듯했다.

대구에서는 주춤해서 봉사자도 다 자기 자리로 돌아갔고, 그런데 곳곳이 검사하고 밝혀내서 치료했으며, 한 사람이 걸렸다 하면 그 주위 사람 다 검사를 해야 해서 비행기도 정지되는 것이 많다 보니 거기 따른 사람이 얼마나 많이 직장을 잃게 되었겠는가. 장사하는 사람도 사람을 많이 못 다니게 하니 장사가 잘될 리가 없고, 사람 사는 것이 요지경인데 여름이 되자 비가 많이 오는 곳에는 가옥이 몽땅 물속에 들어가서 소, 돼지 가축이 다 물속에 둥둥 떠다니고, 논밭이 물속에 들어가서 엉망이고, 댐을 열어야 하는 상황이라 갑자기 많은 물이 내려와서 덮어 버렸으니 누구를 탓하고 그 한을 어디 가서 달랠 수 있을까. 섬진강댐에 물이 많으면 평소에 천천히 내리면 피해가 덜할 것을, 미리미리 내리지 못하고 내리는 비와 더불어 한꺼번에 방출하였으니, 하늘도 야속하지만 사람이란 존재가 한 치 앞의 일을 모르니 머리만 썼으면 덜 했을 텐데....

그 많은 피해를 어찌할 것이며, 얼마나 야속할까나.

올해는 코로나로 나라가 힘든 데다 온 나라가 점점 더 복잡하고 난리이니, 겁나서 가만히 있는 것이 자식들한테나 나라에다나 피해를 덜 주는 것 같아서 1년을 꼼짝하지 않고 있었다. 요즈음 TV에서는 재미있는 프로도 많이 나온다. 트로트 프로에 젊은 사람도 많이 나오고, 세월 보내기는 너무 좋다. 아무것도 생각 않고, 걱정 않고 마음으로 즐겁게 지내는 것이 최고인 것 같아 그렇게 보내고 있다.

꽃도 좋아해서 하나둘 사다 집에 놓고 물도 주어 잘 크는 것을 보니, 전에 생각지 못했던 것들이 하나하나 떠오르는 것 같았다.

전에는 내 몸이 힘드니 숨 쉬고 손을 써서 길러야 하는 것은 무조건 싫어했다. 이쁜 것을 봐도 이쁘단 생각을 못 했었다. 나 자신이 사는 것이 힘드니까 내 마음을 메마르게 했으며, 여가선용 같은 건 꿈도 못 꾸고 살았던 것 같다. 지금은 내가 맘 쓸 곳도 없고 힘든 일도 없으니, 아무 생각 없이 편하다는 생각만 했다. 그 시각으로 이곳저곳을 바라보며 모든 것이 다 아름답고 이쁘고 정말 이렇게도 편한 세상 삶이구나 생각했다. 아프지만 말고 이렇게 오래오래 살고 싶단 생각이다. 물론 수명은 하늘에 맡겨야겠지.

아주 어린 옛날, 누에 기르느라고 뽕 따러 다니던 생각이 나서 몇 자 적고 싶었다. 누에를 기르자면 씨알을 가져와서 며칠 동안 따뜻하게 두면 씨에서 깨어난다.

아주 작은 누에가 꼬물꼬물 깨어나면 그때부터 뽕잎을 아주 작게 썰어서 위에다 솔솔 뿌려주면 다 먹고, 하얀 누에만 남는다. 그러면 뽕잎을 또 주고 계속 하루에도 수없이 주다 보면 누에가 금방 큰다. 누에가 클수록 뽕잎을 큼지막하게 썰어주고, 점점 그러다가 다 자라면 뽕잎을 통째로 그냥 준다. 나뭇가지가 커도 뽕잎만 찾아서 다 먹을 줄 안다. 큰 뽕잎이 달린 나무를 통째로 덮어 주면 누에가 먹게 되는데, 다 큰 뒤에 누에가 한잠, 두잠, 세잠, 네잠까지 자면 더 클 것이 없다 한다.

그렇게 막잠까지 자고 깨면 소나무 가지에다가 누에를 주렁주렁 올려놓는다. 약 일주일이 되면 누에가 실을 뽑아서 집을 지어 고치가 여문다. 그렇게 되면 고치를 따서 좋은 것은 조합에 가서 등급을 잘 받으면 돈도 많이 받고, 등급이 나쁘면 조금 받는다. 등급 따라 그해 고치 농사 잘했다 못했다 하고, 나쁜 것은 모아서 명주를 만든다.

두꺼운 냄비 같은 데에 넣고 불을 피우면 실이 솔솔 나오고 번데기만 남는다. 물레에 감으면서 실을 뽑고, 남은 번데기는 먹는다. 실은 다 뽑아서 날실과 씨실 모두 만들어서 그것도 틀에다 도투마리에 감고 씨줄을 손으로 꾸리를 감아서 삼베 하듯이 날줄, 씨줄 만들어 손발을 같이 움직이면서 짠다. 명주는 엄청 곱다.

무명 목화는 심어서 타서 솜을 하지만, 그것도 무명이라는 천을 짠다. 목화를 따서 씨를 빼내어야 하니까 쐐기라는 기계가 있다. 쐐기라는 기계에 넣으면 씨만 쏙 빠지게끔 만들어졌는데 옛날 사람들이 머리가 정말 좋은 것 같다. 아래위에 동그란 나무를 마주 대고, 돌리는 자루를 만들어서 손으로 잡고, 물레처럼 돌리면 씨만 쏙 빠지고 솜은 솜대로 남는 것이다. 그 옛날에 하던 일들이 나는 꿈같이 하나하나 생각난다.

씨를 없앤 무명 솜이 나오고 그 솜을 쓰려면 그냥 이불에 두툼하게 놓아 만들면 된다. 우리 엄마도 나 시집갈 때 목화솜 이불 하나 해 주어 몇 년을 잘 쓰다가, 애기들이 크고 이불이 좀 무거워져 솜 타는 공장에 가서 다시 솜을 틀어 이불을 세 개 만들어 애들 하나씩 껍데기만 바꿔 끼워서 나눠 줬다. 요긴하게 잘 쓰고 잘살아 온 것 같다. 처음에는 따뜻하고 좋은데 솜이 눌리면 얼마나 무거운지 모른다. 그래서 솜집에 가서 틀면 되는데, 하나를 타면 세 개를 만들 수 있었고 사이즈도 제법 크고 따뜻했다.

그 목화로 옷을 하자면 줄을 가지고 탁탁 튕긴다. 그리고 손가락만큼의 굵기로 길이는 50cm나 1m 정도로 만들어 그걸 가지고 물레에다가 실을 뽑아 만들어서 틀은 같은 방식으로 무명천을 만든다. 우리 어머님, 할머님이 하셨던 모든 것이 기억에 남는다. 사람이 살아가는 데 필요한 것은 의식주라 옛날에는 이렇게 만드는 것은 의복이라 하고, 논밭에 곡식은 먹어야 살 수 있는 것이고, 주라는 것은 주택, 곧 살아가는 공간, 이렇게 세 가지만 만족하면 더 바랄 것 없는 생활을 할 수 있다 함이다. 옛날이나 지금이나 의식주는 사람이 살아가는 데 필수요인이다.

오목교 부근에서 살 때는 금은방 주인아주머니가 통장을 했고, 내가 반장을 했다. 금으로 계를 해서 하나씩 패물을 장만하는 것도 좋다며 제안을 해서 그 바람에 어쩔 수 없이 계를 했다. 그때 작업복 장사를 할 때라 하자는 대로 몇 번을 해서 목걸이에, 반지에, 팔찌까지 한 30돈을 했다. IMF 금융위기를 맞아 금 모으기 할 때 내놓았다가, 얼마 후에 받았는데 몇백만 원이나 되어서 우리 막내 숭실대학교 한 학기 학비를 낼 수 있었다.

다행히 반은 장학금을 받았으니 반만 냈다. 그래도 요긴하게 잘 썼다. 그때 당시 금방에서는 한 돈에 4~5만 원이었는데 나라에서는 5만 9천 원인가 준 것 같아서 그때는 다행이라는 맘과 좋은 생각으로 끝났다. 인생이란, 살다 보면 이런 일 저런 일 참으로 많고 생각지도 않은 일들이 참 많이도 벌어진다.

10

칠순을 맞아

아무 생각 없이 편하게 살다 보니 몇 개월이 지나 여름 가고 가을이 오니 내 생일이 있는 9월이다. 여태까지 생일이란 것을 별로 생각 안 챙기고 살아왔는데 남편이 돌아가시고 1년도 안 돼 71세로 칠순 한다고 제주도에 온 가족이 예약을 했다. 손자 손녀 다 같이 가니 남편한테는 미안했지만, 홀가분한 마음으로 갔는데 모든 것이 새로웠다. 둘째 시누이 환갑 때 조카가 비행기표까지 끊어 주어서 구경했었고, 막내 시누이 식당 차려 개업한다고 할 때는 가서 일만 실컷 했다.

그땐 시누이가 초대한 사람들이 구경 가는 데 따라서 대충 구경했었는데, 이번엔 오로지 나를 위해서 가는 거라 생각을 하니 생전에 생각지 못한 즐거움이란 것을 느낄 수 있었다. 2019년 9월 4일, 음력 생일인데 호적에는 1950년 1월 3일로 되어 있어서 나이는 한 살 줄었지만 빠르게 되어 있어서 내 나이에 치면 제일 빠른 날로 되어 있다. 벌써 70년을 살았다니.... 허둥대면서 사느라 세월 가는 것을 몰랐던 것 같았다.

자식들이 칠순이라 챙겨 주고 모든 음식도 많이 맞추어서 사진도 찍고, 현수막도 써서 걸어놓고 현금 백만 원을 봉투에 넣어서 주고, 우리 딸과 다니면서 좋아하는 곳에서 사진을 많이 찍었던 것을 앨범으로 만들었다. 얼마나 두껍던지 사진이라고 주는데 깜짝 놀랄 정도로 마음이 뭉클했다. 많은 음식에 큰 상까지 차려서 잊지 않고 축하를 해 주니 어쨌든 감사했다. 남편이 있을 때는 이런 기회가 없었는데, 떠나고 없으니 혼자라는 생각에 외로울까 봐 신경을 더 써 주는 것 같았다.

남편이 있을 때는 어떻게 살아왔던지 부부라는 그늘 아래 든든하다는 생각에 70년 긴 세월이었던 것 같다. 잔치를 끝내고 제주도 둘레를 두 바퀴 돌면서 맛있는 음식 이것저것 먹고, 돼지고기 국수, 해물고기 구워서 갈치는 통째로 굽고 한식에다 먹어 보지 못한 음식들을 많이 먹었다. 남편이 1월에 저세상으로 가고 9월에 칠순이라 좋은 구경 좋은 음식 먹고 나니 조금은 양심에 걸렸지만, 나라도 살아 있으니 좋다는 것을 느낀다.

한라산을 죽기 전에 한 번 가 볼까 하고 막내아들과 손자랑 가려고 준비를 다 했다. 다른 사람들은 다 가고, 우리 셋만 남아서 한라산 가려고 있었는데 비가 계속 와서 비행기가 못 뜬다고 하니 어쩔 수 없었다. 그냥 마지막 비행기로 움직이기로 했는데, 제주도에서 10시가 넘어 연착이 되어서 11시가 다 되어서나 타게 되었다.

김포 비행장에 오니 그때까지 큰아들이 기다리고 있었다. 우리보다 미리 비행기를 타고 왔는데 한두 시간을 기다렸다고 한다. 역시 맏이는 맏이구나 싶은 생각이 들었다. 너무 늦었다고 아들네 집에 가자고 하는데 그냥 집으로 왔다. 막내는 구미라서 다른 비행기를 타고 내가 혼자 오게 되었으니 걱정을 많이 했다. 엄청 고마웠다. 온다고 하니 어쩔 수 없이 일산으로 오는 지하철을 타는 것까지 보고 갔다.

김포에서 타고 와 홍대입구에서인가 12시가 넘어 1시가 거의 다 되어 가는데 경의선 지하철 갈아타는 차가 바로 있어서 탔다. 한숨이 나온다. 그렇게 늦게는 처음이었다. 만약에 못 타면 내가 어디에 있으니 데리러 오라고 사위한테 전화하면 오겠지만 데리러 온다는 것을 못 오게 했는데 만약에 차를 못 탔을 경우를 대비해서 그런 생각을 했던 것이지, 일산까지 오는 차만 타면 일산 오니까 걱정은 없었다.

우리 딸은 바로 역 앞에서 곱창 장사를 하니 시간이 늦었지만 올 때까지 기다리고 있었다. 정말 기억에 남는 여행이었다.

새로운 시간이 흐르고 같은 일상 속에 해가 바뀌고 2020년이란 새로운 시절이 왔는데, 친구들과 여행도 가고 동창들과 자주 만나고 꿈같은 시간을 생각하고 정말로 홀가분하게 지내고 싶은 것을 즐기고 싶었다. 그러던 어느 날 갑자기 코로나란 복병이 찾아왔다. 1919년부터 시작해서 코로나19란 이름을 붙여졌고, 처음에는 잠깐이면 없어지겠지 하고 기다린 것이 복지관도 몇 주 몇 주 하고 기다렸으나 1년이 되고 2년이 다 되어 가도록 일상이 마비가 되어 버렸다.

사람 속에 사람이 만나면 옮기는 병이 되어서 가족들도 만나지 못

하고, 친구 친척 모두가 만난다는 것이 겁나는 세상이 되어 가지도 오지도 못하고 집에만 있어야 했다.

코로나에 감염된 사람이 천 명, 2천 명, 매일 달력에 적어놓고 보니 자식들이 보고 싶어도 못 오게 해야 되고, 명절에도 사람이 많이 다니니 휴게소에도 음식도 못 팔게 했다. 겁나서 사람이 다닐 수가 없었다. 식사를 하다가 걸리고, 목욕탕 가서 걸리고, 오다가다 재수 없으면 걸리니 도대체 겁이 나서 다니지도 못했다.

백신 개발하는 시간도 수개월이 걸리다 보니 무방비 시대가 지속되었으며 정말 무섭다는 생각이 들었다. 나 혼자 걸려서 끝나면 그만이지만, 내가 걸리면 옆 사람이 위험하니, 자식들이 겁나서 아예 목욕탕도 안 가고, 집에서 다 해결하고 안 다니는 것이 최고의 도움이다 싶어서 정말 집안에서 텔레비전만 보는 나날이었다.

만약 텔레비전이 없었다면 어떻게 지냈을까? 다행히도 텔레비전만 열심히 보면 세상 돌아가는 것 다 보고, 세계 구경 다 할 수가 있었다. TV에서 극한직업을 보니 정말 우리가 모르는 직업도 너무나도 많고, 사람이 살아나가는 데 상상할 수 없는 직업들이 있어서 참 많이 놀랐다. '생명이 있는 한은 해야 할 일이 참 많구나'라고도 생각했다.

우리 아들들도 막내는 2021 4월 6일, 삼성에서 튀르키예(구, 터키)를 갔는데, 백신도 안 맞고 가서 엄청 걱정이 되었다. 핸드폰 신설 공장을 시작하는데 맨땅에다가 공장 짓고, 사람 뽑아서 제품 만들고 하느라고 얼마가 될지, 몇 년이 될지 모르는 생활을 하고 있으니 며느리와 아이들은 구미에 있고 언제나 끝이 날지 계약도 없이 살고 있으면서 지금은 백신 주사는 다 맞았다 하니 걱정은 덜 되긴 한다.

큰아들은 인도 나라를 가서 한 달 있다 오고 두 달 있다 오곤 한다. 누가 시키는 것이 아니라 본인이 일을 맡아서 갔다 왔다 하는데, 마치 문 앞 드나들 듯 다니고 있다. 연락은 자주 하고 잘 있다 한다. 어련히 잘 있겠나~ 내가 편한 마음으로 사는 것이 나에게도 자식들한테도 걱정을 안 끼치는 것이라 생각하고, 건강이나 잘 챙기고, 백신도 1차, 2차 다 맞고, 감기 백신도 맞았다. 나는 내 몸 하나 잘 챙기는 것이 자식들을 도와주는 것이다 생각하고 열심히 즐겁게 사는 것이 나의 임무다. 가끔은 딸이 데리고 수목원도 가고 바닷가에도 가서 생전에 못 보던 경험도 해 봤다.

동해바다 밀물 썰물을 못 봤는데 안면도란 섬에 우리가 갈 때는 물이 빠져서 다락 같이 허허벌판이었다. 가면서 이렇게 좋은 논에 왜 벼를 안 심고 비어 있지 했는데, 거기서 놀다가 점심 먹고 바닷가 조개껍데기 구경하면서 원래 바다가 이렇게 물이 없이 모래사장이고 펄이고 이처럼 넓은가 보다 했다. 그 안에서 무엇을 팔기도 했고, 신나게 놀자니까 물 들어올 때 됐으니 다 나가라고 한다.

"물이 들어오면 얼마나 들어올까? 나가서 보자"

우리는 나와서 차 다니는 큰길에 올라와 보니 세상에나~! 물이 그렇게 많이 들어오는 것은 처음 봤다. 한꺼번에 확 들어오는 것이 아니라 서서히 슬금슬금 들어오는 것이 그 높은 큰길 있는 데까지 차오르는데 너무 놀라고 칠십 평생 처음 보는 일이었다. 집으로 오는 길에 보니까 내가 논 같다 하던 데가 물이 넘쳐서 가득했다. 자동차를 그전에 뺀 사람도 많았지만 그 시간에 그대로 있는 사람도 많았다.

그 물이 빠질 동안 기다리면서 식당에 가서 밥을 먹고 하세월 하듯 시간을 보내다 나오니 그때야 물이 서서히 빠져서 건너오게 되었다. 거기에 사는 사람은 물이 몇 시에 빠지고 몇 시에 들어오는 것을 아니까 알고 행동하겠지만, 처음 간 사람들은 나처럼 정말 겁나고 무서웠을 것이다. 집에 와서 생각해도 그 좋은 구경 딸 덕분에 다 하는구나 싶었다.

딸은 시간만 있으면 어디든 나를 데리고 다니려고 애를 쓴다. 맛있는 것 먹고 좋은 구경 하고, 딸이 아니면 누가 나를 이렇게 데리고 다닐까 생각하니 항상 고마웠다.

제부도 옆에 또 같은 섬이라던데 이름이 뭐더라~? 나이를 먹어 가니 자꾸 까먹고 생각이 안 난다. 같은 섬이겠지. 국내든 외국이든 사람 사는 것은 똑같겠으니 안 가 본 데를 가 보면 새롭고 신기하다.

외국 안 가 봤을 때에는 외국은 사람과 나무, 짐승, 모든 것이 우리가 안 보면 신기의 세상일 것이라 생각했었는데, 비행기 타고 구름 사이로 몇 시간 하늘 위를 떠서 가 보면 똑같은 세상이란 것을 알 수 있다. 식당이건 카페이건 안마하는 곳도 돈 주고, 대가만큼의 서비스도 받고, 대우받고, 돈이란 것은 어느 나라이든 그 나라마다 화폐는 달라도 한국 돈을 은행에 가면 어느 나라 돈으로든 다 바꾸어 주니 정말 살기 좋은 세상이란 것을 생각하게 된다.

사람들이 열이면 열, 백이면 백 다 돈돈 하는데, 정말 돈이면 다 되는 세상이다. 돈이란 것으로 할 수 있는 것은 다 할 수 있고, 못 할 것이 없다 보니 사람을 죽이고 살리고... 그야말로 돈이 인생을 천국이었다가 지옥이었다가를 반복하게 만든다. 이 세계는 죽어지면 끝나고 살아 있음에는 끊임없이 전쟁을 치러야 한다. 그렇지만, '사람이란 욕심을 내려놓고 물 흐르듯 내 앞에 어떤 일이 닥치면 좋든 싫든 받아들이고, 멀리 있는 것들을 욕심내지 말고 내 것이 아니다'라는 생각으로 살아가면서 조금 부족하면 덜 쓰고 덜 먹고, 부족하면 부족한 대로 형편 대로 살고, 조금 나으면 나은 대로 살고, 살아가는 동안 먹고 자고 입고 사는 것이 인생이지 않은가.

그 의식주를 만들기 위해 수많은 노력과 고통을 겪어야 하는데, 그에 따르는 노력을 하면 합당한 대가를 받고, 인력이 필요한 사람은 사람을 필요로 하고 돈이 필요한 사람은 몸을 써서 일을 하면 그에 합당한 임금을 받으니 사람의 삶이란 천 가지 만 가지 구만 가지이다. 누구든 필요한 대로 사는 것이 한 인생의 일생 태어나서부터 죽는 시간까지의 삶이 아닌가 싶다.

코로나19도 누가 상상이나 했겠는가. 금방 없어질 줄 알았던 것이 2년, 3년, 상상도 못 할 고통 속에서 허우적대고 있으니 언제 종식될 지 아무도 알 수 없다. 처음에는 몇백 명도 벌벌 떨다가 그다음에는 몇천 명, 이젠 2만, 3만, 몇만 명이라 한다. 마음대로 다닐 수도 없고, 이웃 사람과 말을 할 수가 있나, 처음에는 무방비 상태라 엄청 겁이 나서 정말 밖에 못 다녔는데, 후에 예방주사를 1차 2차 3차까지 맞아선지 예방주사의 힘이랄까 조금 안심이 된다.

옛날에도 '윤감'이란 병도 있었고, '하루거리 폐병' 이런 것이 나타났을 때마다 나라에서 예방을 하고 백신을 맞춰 주고 그렇게 살다 보면 지나가곤 했다. 코로나도 또한 지나갈 것이다.

몇 년 동안 트로트 세상이 왔는지 TV만 틀면 나온다. 옛날에는 TV를 볼 시간도 없었고, 보려고 하지도 않았지만, 지금은 나의 친구 나의 보물이 되어 있다. 수없이 경쟁을 치를 때마다 시작부터 끝까지 다 볼 수 있다는 것이 너무 재미있고, 1등은 1억 원에다 자동차, 화장품, 안마기 등 가지가지 주면서 2, 3등은 아무것도 안 주니 좀 허무했다. 고생은 다 같이 하는데 너무 허망하다 싶지만 앞으로 활동하면서 살아가는 것이 보람될 것이다.

국민가수는 3억을 타고, 또 닭요리 대회에는 10억을 타고... 사람 팔자란 것이 순간적으로 뒤바뀔 수 있으니 물론 그렇게까지 하자면 노력이 얼마나 따라야 할까나. 2, 3등도 같은 노력은 했겠지만 풍류대장, 싱어게인, 헬로트로트... 다 열거하려면 한도 없지만, 코로나19 때문에 집에 들어앉아 있을 때 정말 시간 가는 줄 모르고 즐겁게 시간을 잘 보내고 있었다.

외롭거나 슬픈 생각은 전혀 느끼지 못하고 혼자서도 즐겁다. 혼자서도 심심하면 책을 보려고 시작해서 끝까지 읽다가 다 읽고 나면 미리 읽은 것은 까먹어서 생각이 잘 안 난다. 옛날 것은 잊어버리고 있다가 지나온 생각을 떠올리면 영화필름처럼 쫙 지나간다. 70년 지난 일도 생각나는데 지금 일은 잊어버리다니 어떨 때는 '머리가 이상이 생겼나?' 하고 생각도 해 본다.

뇌경색까지 와서 아직도 약은 먹고 있지만 더 이상 나빠지지 않을 것을 바랄 뿐이다. 더 나빠지지 않기 위해서 TV에 나오는 것을 잊을까 봐 노트에다가 쓰고, 쓰고, 또 쓰고, 잊었다가 노트를 보면 생각나니까 재미가 있다. 꽃과 사물을 보면 글짓기도 하고 일기도 써 보고 쓴 것을 다시 보면 흔적이 남아 있으니 얼마나 새롭고 즐거운지 모른다.

2019년에 71세였는데, 그때까지는 정말 하루도 쉬는 날 없이 헤매고 사느라고 즐거운 것도, 기쁜 것도, 슬픈 것도 생각할 여유가 없어서 그냥 하루하루 주어진 일, 먹고사는 일에 얽매여 그날그날 아무 일 없이 지냈으면 오늘을 지냈구나 하고, 월말이 되면 인건비에다, 물건값에다, 가게 월세에다, 1년에 두 번씩 세금에다가 정말 복잡하게도 살았다.

우리 남편은 내 가게에 한 번도 오질 않았다. 한평생을 그렇게 살았어도 궁금해서라도 와 볼 수 있었으련만, 내가 하는 일에 궁금해하지도, 걱정도 해 주질 않았다. 그렇다고 가만히 있는 것이 아니고, 언제나 늘 큰소리치고, 원하는 것은 다 해 바쳐야 직성이 풀리는 그런 사람이었다. 내가 그렇게 고달픈 인생을 살다 보니 내 나이 71세 우리 남편이 75세 이렇게 되었는데, 몸 이곳저곳이 아팠어도 그래도 오래 살 줄만 알았는데 세상을 하직하고 보니, 46년을 같이 산 세월이 허무하게 느껴지기만 하다가 한 짐 짊어지고 있던 그 무언가를 벗어버린 기분이랄까~!

그런 생각이 들었다.

'사람이 그렇게 억세게 세상에는 자기밖에 없는 것처럼 살다가도 목숨 하나 순간 꼴깍 넘어가니 소용없는 게 인생이구나' 하는 생각밖에 들지 않았다.

인생이 너무 허무해서 72세 될 때부터는 아무것도 안 하고 나 하나만 생각하고 즐기며 살기로 스스로와 약속했다. 아름다운 것도 봐 가면서 내 몸 하나 건강 챙기면서 즐거움을 만들기로 말이다.

애들 사진도 휴대폰에 찍어 사진관에서 빼다가 주욱 걸어놓고, 결혼 사진에다 손주들 사진 다 걸어서 방에다 놓았더니 나와 같이 있는 것 같고, 자식들이 한 번씩 전화해 주지, 건강하라고 약 보내 주지, 먹을 음식 보내 주지, 다달이 용돈 주지, 정말 나는 제일 행복하다고 생각하고 사는 것 같았다.

내 인생의 최고인 것 같단 생각이 들었다.

올겨울 동안에는 대통령을 뽑는다고 겨우내 TV토론 유세하러 다닌다면서 나라가 시끌벅적했는데, 늘 TV토론 때 보면 그냥 나라의 일만 가지고 토론하면 얼마나 좋을까만, 욕심과 사심으로 의도가 변질되어 약점을 물고 늘어지고, 서로 무시하고, 제 잘난 듯이 난리 치면서 치열하게 싸우다시피 한다. 결국은 승리한 자만이 당당히 끝이 나고 패배자는 고생은 다 같이 했지만, 아무런 결과도 얻지 못하고 끝이 났으니 허무함은 말할 수 없겠지.

대통령 투표를 수없이 했지만, 찍은 뒤에는 그 사람이 되었는지 안 되었는지도 모르고 살았는데, 요번엔 끝까지 다 봤더니 승리한 사람은 처음에는 집 앞에 사람도 없었는데 결과 후에는 모인 사람만 5백 명이고, 취재진들에, 경호하는 사람에, 차가 몇 대나 줄을 잇고, 어딜 가든지 가는 목적지에도 인산태가 난다.

정말 스포츠든 무슨 경합이든 이기고 봐야 한다. 승패의 차이는 실로 하늘과 땅 차이이다. 패배자 주변엔 처음에 될 것 같았는지 집 주위에 사람이 많이 모였다가 끝에 가니까 슬슬 다 빠지면서 힘없이 당사까지 가서 인사 한마디 하고 바로 뒤돌아서 나오니 좀 쓸쓸한 것은 사실이었다.

올림픽에서도, 메달 딴 사람은 휘날리고, 메달 못 딴 사람은 쓸쓸히 나와서 누가 반기는 사람 없이 있는 것을 보게 되는데, 4년 동안 고생은 같이 했는데 너무 허무하고 정말 한 끗 차이로 안타깝다는 생각이 든다.

이것저것 보다 보니 세상 살면서 나쁜 일은 하지 말고 살아야겠단 생각이다. 좋은 일만 해도 다 못 사는 세상인데, 남한테 손가락질 받는 일은 하지 말고, 법에 어긋난 일도 하지 말고, 사람이 살면서 좋은 일 나쁜 일이 어찌 없겠냐만 지혜롭게 잘 넘어갈 수 있는 사람이라면 무슨 일이 닥쳐도 겁나지 않을 것이고 행복한 삶을 살아나갈 수 있을 것이라 본다.

꽃들을 볼 때도 그렇다. 우리 남편이 꽃을 사다 기르면 나는 손을 쥐어야 하는 것은 다 싫어했다. 당연히 내가 힘드니까 그랬겠지. 그렇게 사다가 기르던 꽃들이 병원에 오랫동안 7~8개월 있다 보니 죽었겠지 했는데... 한 달에 한 번씩 와서 물만 주고 가곤 했는데 수명이 얼마나 긴지 내가 화곡동에서 일산까지 이사를 할 때도 그냥 죽거나 말거나 가지고 왔는데 모두 살아서 10년, 15년 된 것들이 꽃이 피고 새로운 세상을 열어 주고 있다.

사랑초도 영주 산소에 갔다가 2006년에 돌담에 있는 조그마한 것을 가지고 온 것이 여지껏 살아 있고, 한줄기가 뽑혀서 옆에 꽂아 놓았더니 그것도 자라서 새끼를 치고, 꽃도 피고, 생명이란 살아 있다는 것이 얼마나 위대한지 새삼 느끼게 된다. 그러고 보니 꽃은 물만 주면 잘 사니까 거기 취미를 붙여 볼까도 생각했다.

농협에 가면 꽃이 싸고 좋은 것이 많이 있다. 비싼 것 말고도 싼 것 2,000원짜리 취미 들여서 갈 때마다 하나씩 사다가 놓았더니 조그마한 것을 가져와도 엄청 잘 크고 있다. 선인장은, 우리 손자가 2000년도 어버이날에 사다 준 것이 사 올 때는 10cm 안 됐던 것이 지금은 1m가 넘는다. 얼마나 신기한지 잘 자란 선인장만 보면 손자가 생각나곤 한다.

겨울에, 꽃들을 방에 들여놓았다가 힘이 들어서 베란다에 났는데 설마 죽기야 하겠나 싶었다. 화분이 너무 커서 들지 못해 그냥 벤자민과 두어 가지 못 들여 놓았고, 그냥 두고 겨울에 물을 주고 했는데 얼어서 죽었다. 그래서 뽑아버릴까 하다가 빈 화분 두기가 보기 싫어서 하나 사다 심어야겠다 생각하고 꽃집에 물어봤더니 7~8만 원 달라 한다. 엄두가 안 나서 못 사고 그냥 두었더니 죽은 나무에 잎이 하나 피어올랐다. 웬일인가~ 살았나? 하고 물만 꾸준히 주었다. 그랬더니 죽은 나무에 잎이 피고 거기다 꽃까지 피우는 게 아닌가.

벤자민꽃은 처음 봤다. 꽃이 피고 지고를 반복해서 그 꽃을 말려 놓았는데 엄청 많았다. 지금도 잎이 피고 꽃이 피고, 정말 볼수록 신기하고 사랑스럽다. 그런 생명들을 보면 모든 사물이 다 살아 있다는 것을 알리고, 꽃이 피고 잎이 피는 것도 자기의 해야 할 일을 한다는 것이 풀잎 하나 벌레 하나 정말 소중하단 것을 느꼈다. 대나무잎은 우리 딸이 사 준 지가 벌써 4~5년이 지났는데도 항아리 뚜껑에다 물을 부어 놓았더니 뿌리가 가득히 꽉 차 있어 꽃만 봐도 심심할 사이가 없다.

화곡동에 살던 집을 팔고자 해도 빨리 안 팔려서 반전세를 놓았는데, 멀쩡한 싱크대를 새로 해 달라고 한다. 사는 사람이 바뀌 달라니 어쩔 수 없이 2백만 원 주고 새로 해 줬다. 그 집이 팔리면 내가 사는 집이 딸 집이라 살려고 거기서 받은 것 주고 전세로 살고 있는데, 얼른 안 팔리고 세라도 조금씩 나오고 있는데 그것도 이것저것 해 달라고 하니 신경이 쓰인다. 얼른 팔고 정리되면 그나마도 신경 쓸 일이 없어지니 좋을 텐데, 옆에 고가도로가 공원을 만들고 지하로 차도를 빼고 그것 시작한 지가 벌써 4~5년이나 됐는데 아직도 가 보니 까마득했다. 언제나 완공이 될는지 아직도 기약이 없었다. 시작했으니 끝이 있겠지.

우리 막내가 광명시에서 재개발하는 데 조합원으로 집을 하나 마련해 놓았다. 지금 시작이라 했고, 땅이 무진장 넓어 지하철역 옆에 시작도 어마어마해서 큰 시장도 있고, 짓자면 4~5년 걸린다 한다. 몇 년이 든지 다 지을 때까지 며느리는 애들 데리고 구미에서 있고, 우리 아들은 삼성에서 튀르키예에 그룹장인가 책임자로 갔다가 1년이 되어서 작은 손주 입학한다고 얼마 전에 왔다가 나한테 들러 하룻밤 자고 갔는데 내게는 항상 어리고 막내라 걱정이다. 회사에서는 26세에 들어가 지금 44세니 18년, 어느새 20년이 다 되어 간다.

가는 나라마다 언어가 다 통하고, 아들 밑에 사람이 어마어마하게 있다고 한다. 큰아들이 튀르키예에 일 때문에 갔다가 형제가 만나서 3일 동안 같이 있다가 왔는데, "내 동생 어리다고 생각했더니 회사 생활은 대단하다"라고 하룻밤 함께 다 모여서 즐기다가 갔다. 큰아들이 인정해 주니 그런가 하고 인정할 수밖에 없었다. 잘하니까 직급도 올라가고, 책임도 맡게 되고, 그에 따라 대우도 대단한 것 같다. 올 때도 비행기 타고 인천까지 구미 회사에서 차를 보내줘서 오고, 갈 때도 인천까지 데려다 준다는 것을 엄마한테 들른다고 그냥 왔단다. 안 그러면 비행장까지 데려다 준다는 거였는데....

1년 만에 봤으니 음식도 좋아하는 것만 해 주면 맛있다고 잘 먹고, 아빠 납골당에 들렀다. 사위, 큰아들 모두 모여서 큰며느리, 딸, 모두 맛있게 먹고, 남는 것 싸 주고, 외국 다니면서 사다 놓은 양주, 맥주 이것저것 먹고, 다음 날 인천까지 사위가 데려다주었다.

12시간을 간다면서 여기서 9시에 갔는데, 새벽 1시 비행기를 타고 튀르키예에 가면 이튿날 낮에 도착해서 전화한 시간이 오후 2시 30분이었다. 하늘을 날아서 12시간을 넘게 가니 지구 반대편이겠지~. 말을 자꾸 하고 싶어도 피곤할까 봐 쉬라고 하고 밥만 챙겨 줬더니, 가고 나니까 더 물어보고 더 챙겨 줄 걸 아쉽다는 생각이 든다.

8월에 들어오지 않으면 애들하고 식구가 다 간다고 한다. 코로나 때문에 못 본 지가 오래됐는데, 손주들 학교 다니다가 튀르키예로 가게 되면 어찌할지 벌써부터 은근히 걱정이 된다. 아파트도 다 지어 놓은 뒤에 오면 해결이고, 뭐든지 억지로는 안 되는 것. 흘러가는 대로 따라가면 되는 것이다.

딸네 외손자는 벌써 커서 대학교를 들어갔다. 항공대 과학 무슨 대라며 정릉이라는데, 거기 말고도 숭실대랑 3개 학교가 다 합격이 되어서 과학 무슨 대는 너무 먼 이유로 다른 학교가 안 될 때를 생각해서 세 군데 넣었는데 다 되었다는 기쁜 소식이었다. 제일 취업률 좋은 데를 택해서 항공대는 거리는 가까우나 숭실대가 제일 좋을 것 같다고 한다. 우리 막내가 그 학교를 나왔으니 선후배가 된 것이다. 지하철이니 막힘도 없고 갈아타면 되는 고로 그렇게 숭실대에 들어가서 잘 적응하고 있다.

고3에서 대학교 입학할 그 시기에 알바를 해서 자기 손으로 벌어 여행도 가고, 경험 쌓는다고 김포까지 가서 물건도 나르고, 상하차 힘든 일인데 젊으니까 한번 해 본다고, 친구하고 둘이 가서 한 달 정도만 한다고 시작했다. 일주일에 한 번씩 주급으로 주는데, 하루에 3만 원씩 3주를 하고 4주째 출근하는데, 회사에서 일꾼을 실으러 온 차를 타고 가다가 뒤차가 와서 부딪혔단다. 우리 손주가 키가 커서 앞에 못 앉고 뒤쪽에 친구랑 앉았었는데 얼마나 박았는지 허공에 붕 뜨면서 천장에다 머리를 박았는데 그날 출근하다 그랬으니 병원에 있다고 연락이 왔다. 코로나 때문에 병원에는 오지 말라고 한다.

걱정을 엄청나게 했는데 다음 날 딸과 사위가 다녀오더니 병원도 호텔 같고 크게 안 다쳤으니 걱정 안 해도 된다고 했다. 마지막 일주일은 병원에서 보내고, 다쳤다고 병원비는 회사에서 다 지불하고, 다친 비용 150만 원인가 받아서 끝을 맺었다. 아무것도 안 시켰고 못 하던 애가 힘든 일을 조금 했다고 무엇이든지 이길 수 있다며 좋은 경험 했다고 했다.

손주가 20세에 대학교 들어갔다고 여기 저기서 돈을 많이 주었다. 큰 아들이 5백만 원, 막내는 휴대폰을 백만 원이 넘는 것으로 해 주고, 옛날 현대자동차에 우리 딸이 입사 시에 고등학교에서 처음 데려간 현창 회사에서 처음으로 회사 들어가 알게 된 언니 둘이 있었는데 아산에 사는 한 언니로부터는 70만 원인가 받았다 하고, 한 언니에게서는 50만 원인가 받았고, 시아버지가 50만 원인가 주셨으며 여기저기서 사랑의 손길로 돈이 많이 생겨서, 입학금을 내고도 자기 통장에 넣어 줬다고 했다. 내 딸이 힘 안 들이고 좋아하니 나로서는 자식 일인데 얼마나 좋은가. 살다 보니 좋은 일만 생기는 것 같아서 정말 행복이란 단어는 이때 쓰나 보다 했다.

3월 4일 11시에 경북 울진에 산불이 났다. 세상에 최고로 크게 났고, 많이 탔고, 10일 만에 껐다. 14일 불씨까지 다 꺼지기까지 나라가 뒤집히고 이재민이 수없이 나고, 그나마 비가 와서 불씨가 결국 꺼지기는 했다. 거기는 우리 고향 시어른들이 사시던 동네로, 주소가 경북 울진군 울진읍 읍내리 314번지 215인데 너무 황당하고 기겁할 일이었다. 세상에 사람이 일부러 낸 방화라니 어이가 없었다. 도대체 어찌 그렇게 나쁜 사람도 있다는 말인가?

60세 할아버지가 모친을 모시고 두 분이 사는데 지나간 옛날에 소를 네 마리 길렀는데, 난데없이 다 죽어 버리니 이웃 사람이 의심을 했고, 소한테 약을 먹여 죽였다고 야단이니까 상대 집은 억울해서 고소해서 소 죽은 집 어머니가 감옥에 가서 얼마 살다가 나오니 이 아저씨는 소 죽은 것도 억울한데, 어머니까지 옥살이를 하고 나니 항상 앙심을 품고 있었던 모양이었다.

마을 사람들과 말도 잘 안 하고, 어울리지도 않고, 모든 사람을 다 불신하고, 그렇게 모든 것이 쌓이다 보니 이 집, 저 집, 싫은 집, 미운 집, 생각하고 불을 지른 것이 자기 엄마도 불에 타서 돌아가시게 하고, 한 사람의 불만이 이렇게 큰 재앙을 불러올 줄이야.

몇 년 전에도 못된 사람이 숭례문에 불을 질러 대한민국의 가보요 귀한 건축인데 그렇게 허무하게 태워버린 일도 있잖은가. 사람이라고 생겨 똑같은 모습인데 왜 그렇게 마음이 꼬여 버렸는지, 나쁜 심보가 하나씩 다 들어 있나 보다.

옛날에 청계천 공사하기 전에는 지상으로 고가도로가 한없이 여기저기 있었고, 그 위에서 장사도 많이 했었다. 67년도 그 시절엔 청계천에 요꼬 스웨터 짜는 공장 다니면서 못 쓰는 실 버리는 것 갖다가 골라서 내복을 짜서 입었다. 그때는 코바늘도 뜨개질도 스웨터에다 내복, 장갑, 모자를 떠서 다 입고 다녔다.

대통령 바뀐 후로 청계천을 복개한다고 했다. 그 많던 다리와 집을 뜯고, 물길을 만들고, 공원을 만들고, 사람의 힘과 기술이란 죽은 사람은 살리지 못하지만, 웬만한 건 다 할 수 있는 것 같았다.

여의도 그 넓은 광장 자전거 타던 자리도 여의도공원으로 탈바꿈하고, 세상이 맘만 먹으면 안 되는 것이 없다. 한두 사람은 할 수 없겠지만 수많은 사람이 모이면 안 된다는 것은 없다.

광주에 부실시공 때문에 분노한 사건을 조명해 보고자 한다. 물을 탄 시멘트가 굳기 전에 힘없이 무너졌다니 도대체 하루 이틀 건물을 지은 회사도 아니고, 여태까지 나라에 좋은 일을 많이 했던 현대산업이 그렇게 부실한 공사를 하다니 정말로 믿기지가 않았다. 사람이 바뀌고 빨리빨리 짧은 기간에 고층 아파트를 지으려고 무리해서 맞추다 보니 무너지고, 사람이 죽고, 그 얼마 전에 철거하다가 무너져서 버스가 깔리고, 정말 세상이 언제 어디서나 깔리고, 죽고, 무너지고, 사고 나고를 수없이 반복하고 산다는 것이 세상에 태어나서 죽을 때까지 이런저런 것들을 겪으면서 살아남는 것이 제일 성공한 것임을 알았다.

그러다가도 어떠한 일이 벌어질지 앞으로 일어날 사람의 일은 아무도 모르거늘, 알고 살면 더 위험할진대는, 차라리 한 치 앞의 일도 모르고 사는 것이 오히려 행복한 사람인 것 같다. 지나온 것과 잊을 것은 잊어도, 이렇게 생각나는 대로 적어 보니, 보면 사람의 작은 몸이 생각이란 걸 하게 되고, 실천하고, 행동하고, 정말 모두가 신기하고 새로울 뿐이다.

막내며느리가 가족 증명서를 떼서 보내라 하기에 떼러 갔다. 가족증명서 상세로 떼라 해서 떼고 보니, 우리 친정 부모님, 내 남편, 내 자식들은 항상 같이 붙어 나온다. 사람의 연결고리는 끊으려야 끊을 수 없는 부모 자식의 연이다. 정말 남편이 있어야 자식이 생기니 뗄 수 없는 연결고리요, 죽어도 어느 부모한테서 태어났다는 이유로 내가 죽어지면 부모님이 없어지려나… 살아 있는 동안은 부모의 끈은 없어질 수 없는 것이다.

며느리가 유치원에 교사로 다닐 때는 처음 한 번 떼어 보냈더니 며느리 앞으로 해 놓았다가, 막내 손자를 초등학교 1학년에 넣느라고 그만두게 되니 다시 아들 앞으로 옮긴다고 떼어 보내라 해서 팩스로 보내게 되는데, 아 글쎄 031이 표기돼 있기로 그건 여기 고양시라서 잘못 됐나 싶어 봤더니, 031을 누르지 말라고 했는데 눌러 다른 곳이 나와 버렸다.

잘못된 것 아닌가 싶어 전화해서 받았나 확인하고 손주들에게 물어봤더니, 코로나에 걸려서 학교를 못 가다가 오늘 처음 나갔다고 하니 정말 혼자 애썼다고 걱정했었다. 오늘도 36,000명이 넘는다니 이놈의 코로나 언제나 끝이 날지 걱정이다. 애들까지 고생하다가 이젠 나아서 학교 나간다고 하니 도대체 끝이 언제일까?

나는 점점 더 겁나서 꼼짝도 않고 있다. 나가고 싶어도 겁나서 오늘도 나갔다가 꽃 하나랑 이것저것 사 가지고 무거워서 몇 번씩 앉아서 쉬었다가 왔다. 꽃을 사다 놓으니 환하고, 이쁘고, 사랑초의 꽃이 만발하여 보고 있으면 나가고 싶지 않고, 그냥 그 자체로 정말 행복했다.

집에 오니 딸한테 전화가 와서 별일 없냐고 한다. 나는 "별일 없으니 내 걱정일랑 하지 말아라. 어디 다니려면 천식 때문에 숨이 차서 그렇지, 다른 것은 아무 이상 없으니 걱정 말아라."라고 걱정할까 봐 항상 씩씩하게 말했다. 집에 있으면 아무런 생각도 걱정도 없어진다. 앞을 보면 스파렉스 사우나가 있고, 목욕하러 가지 않아도 항상 눈으로 보이니 기분이 좋다. 코로나 때문에 목욕은 집에서 해결한다. 전에야 자주 갔지만 지금은 눈만 뜨면 보니 그것으로 만족한다.

TV를 보니 어제 처음으로 하는 프로인데 뜨거운 싱어즈 배우들이 모였다. 나이는 김영옥 씨가 86세, 나문희 씨는 82세, 제일 적은 사람이 78년생으로 43세라니, 요즈음은 나이는 숫자라 따질 필요도 없다. 현미 씨도 86세. 그렇다면 내 나이가 74세니 띠동갑 같은데, 내가 12년을 더 산다고 생각하면 저 정도로 쌩쌩하게 살 수 있을까?

우리 딸 시아버지도 위암 앓고 늘 골골하는 것 같더니 요즈음 오토 바이 타고 다니다가 뼈에 금이 갔다네. 세월이 흐르니 그런 것도 저런 것도 잘 끝내고 건강하게 과수원 농사일에 하루도 빠짐없이 다니면서 식사는 집에 와서 하고 큰아들에게 주었어도 하던 것이 있으니 늘 가서 모르는 부분 가르치고, 손수 도와주고, 그렇게 수년을 활동하고 계신다.

안사돈은 아직도 명절이면 딸네 집으로 가신다. 아들네가 편치 않으시니 그러겠지? 부모님 잘 모시면 모든 일이 잘 된다는 것을 모르는 건지. 언제나 착한 끝은 복이 오고, 악한 끝은 재앙이 온다.

2022년 3월 15일

나머지 3년 것이 여기 있을까~ 옛날에 생각 안 난 것도 이것저것 적어본다. 약혼 때 예물로 받은 시계를 50년 차고 있다고 생각하니 자랑스럽다. 고장이 한번도 나지 않은 내 시계가 정말 자랑스러워!

11

보금자리 찾아

2014년, 화곡동에서 살다가 인터넷으로 카센터를 보고 일산에 좋은 데가 있다 해서 얻으러 왔더니 세차장 안에 카센터가 있어서 조금 맘에만 안 들었다. 그런데다 그것마저 주인이 따로 있고, 세차장 주인이 그것 전체를 얻어서 또 세를 놓는다니 너무 화가 났다. 면목동에서도 그런 것을 얻어서 권리금 하나도 못 받고 그냥 나왔던 전례가 있었다. 그런 것을 얻지 못하게 했는데도 주인을 만나게 해서 계약한다고 분명히 큰소리해 놓고 계약할 때는 주인이 볼 일이 바빠서 못 나왔다고 하니 어쩔 수 없이 하면서도 찝찝하고 개운하지가 않았다. 세차장 주인이 싹싹하게 다 해 줄 듯이 하는 것에 넘어가 어리석게 그냥 해 버렸다.

화곡동에 빌라 하나 있던 것을 전세로 9천만 원 받아서 세차장에 보증금 2천만 원, 그리고 기계가 있었으니 권리금 3천만 원을 주고, 간판

세팅하려 이것저것 천만 원 정도 들이고 나니, 겨우 3천만 원 남아 방을 얻으러 다녔다. 그 금액으로 얻기엔 지하방밖에 없었다. 카센터 옆 빌라 지하방을 3천만 원에 얻었는데 하수도 물이 올라오고, 냄새가 나고, 방도 두 개이고, 애들은 3학년, 5학년이니 학교는 가깝고 어리니까 아무것도 모르고 살게 됐다.

카센터가 잘 돼서 빨리 벗어날 수 있으면 다행인데, 잘 안 되고 세가 2백만 원인데 월세 주고 나면 먹고 살 길이 막막하게 된다. 우리 딸도 올 때는 카센터 청소나 해 주고, 전화나 받고, 서류 정리나 해 주려고 왔는데, 월세 주고 나면 아무것도 남는 것이 없으니 애들하고 어떻게 살아나갈까 걱정이 태산이었다.

그때 내가 화곡동에서 곱창 장사를 하고 있었는데 화곡동에 살 때 내가 시장 가다 눈길에 넘어져서 팔에 금이 가서 딸이 와서 수개월 도와서 일을 한 적이 있다. 어느 날, 나보고 한번 보러 가자 해서 보러 일산까지 왔더니 자리는 좋았다. 아파트 들어가는 길옆이고, 포장마차 하던 집인데 안 되어 내놓았다 했다.

그때 당시는 급하니까 돈 나올 곳은 없고, 내가 화곡동 빌라 가게 얻느라고 대출이 있었는데 2천 5백만 원을 더 내어서 줬더니 보증금 천만 원에 권리금 5백만 원, 이것저것 준비해서 시작했다. 처음에는 별로 장사도 안 되었지만 혼자서는 힘드니까 사람도 하나 썼다. 그런데 얼마 안 되어서 아가씨가 나가 버리고 사위가 카센터 일 마치고 6시 넘어 가게에 와서 도와주곤 했다.

그렇게 해서 집을 반지하에서 2층으로 옮겼다. 그러나 거기도 4천만 원 주고 왔는데, 연료가 LPG여서 겨울에는 하루 이틀만 열어놓으면 가스비가 너무 많이 나오는 거였다. 가스는 쓰지 못하고 전기장판으로 방방마다 쓰고 있었다. 물도 다른 집이 쓰면 수압이 약해 빨래를 할 수 없을 정도로 나와 한 번 세탁하려면 몇 시간은 걸려야 했다.

그래도 지하보다 낫다 생각하고 그냥 살고 있었는데 애들이 학교를 옮기지 않는다. 옆에 한뫼초등학교가 있는데 그 옆 '평화빌라'인가를 갔는데 그냥 헌산 다니면서 이젠 조금 컸다고 애들이 보면 창피하다고 먼 학교를 그냥 다니고 있었다. 사위가 카센터 가면서 태워다 주고 올 때는 걸어오고 이사를 했어도 그렇게 다녔다.

내가 보건증을 1년에 한 번씩 바꾸는데, 2016년에 기간이 만료되어서 보건소에 가서 보건증을 해 놓고 나오다가 치매 검사를 공짜로 해 준다고 써 붙여 놓았기에 한번 해 보고 가자 싶었다. 몇 가지 검사하고는 조금 이상하니 화곡사거리 경향교회 부근 무슨 병원으로 오라고 한다. 갔더니 갑자기 뇌경색이라며 이대병원에 가서 사진을 찍어보라고 한다. 쪽지 적어 주는 것을 안 받고 그냥 와서 딸한테 이런 일이 있었다고 얘기를 했더니 당장 가 보자고 이대병원에 예약을 하고 난리다.

딸 성화에 못 이겨 할 수 없이 그 병원에 전화를 했더니, 딸하고 같이 그리로 오라 해서 딸과 같이 갔다. 거기서 검사했다는 용지를 적어 주면서 가지고 가라 해서 같이 이대병원에 갔더니, 사진을 찍어 보고는 한 달 후에 결과가 나오니 한 달 후에 오라 한다.

처음이니까 시키는 대로 한 달 후에 갔다. 뇌경색이 맞다고 혈관 사진을 찍어야 한다면서 예약을 안 했으니 예약한 사람 끝나면 찍어준다고 하는데 장사도 해야 되고, 일산 가서 병원도 다녀야 하니까 가야겠다며 찍은 사진만 달라고 했다. 할 수 없이 가지고 백병원 응급실로 갔더니 사진을 찍고 금방 주는 것을 이대병원에서는 한 달을 기다렸다니… 모르면 이렇게 당하는구나 싶었다. 바로 홍근식 의사를 만나 확인을 하고 약을 지금까지도 먹고 있다.

처음에는 한 달도 안 되어 오라 해서 갔는데, 막혔던 핏줄이 통과가 되었다고 이런 일이 드문데 잘되었다고 3개월에 한 번씩만 오라더니, 몇 달 지나서 6개월에 한 번씩, 지금은 8년 동안 6개월에 한 번 가서 검사하고 혈압약 하나, 콜레스테롤 약 하나, 혈전제 하나, 이렇게 세 개를 지금까지 먹고 있다. 딱히 다른 별다른 이상은 없는 것 같다.

오랫동안 장사하고 힘들어서 허리에 협착증도 좀 있기는 해서 오래 서 있으면 가끔씩 다리도 아프고, 쥐가 자주 나서 쩔쩔매는 때가 있기는 하다. 손녀딸이 이사 가자고 졸라서 세라도 괜찮은 데가 있을까 찾아보러 다녔다. 나도 뇌경색이라 해서 2016년에 가게를 빼고, 남편 혼자 살라 하고 딸 집에 와서 도와주고 몸은 아주 와 있었다.

있으면서 병원도 가고, 곱창집도 도와주고, 살면서 집 보러 다녔더니 미주8차아파트를 보게 되었다. 좀 오래되긴 했지만 1억 8천 5백만 원이라 했다. 그때는 살 형편도 안 돼서 끄트머리 깎아주면 사겠다 했더니 깎아 주었다.

그 집을 담보로 해서 1억을 대출 받고 보증금 4천만 원 빼고 이리저리 모아서 사고 나니 너무 좋았다. 집수리를 깨끗하게 다 하고 2017년에 4월에 이사를 했다. 이젠 정말 집 같은 집에 사는 기분이 들었다. 애들이 전학 안 하더니 더 가까워져서 안 하길 잘했고 더 좋았다.

그러고 나니 곱창 가게 했던 그 자리에 재건축을 한다고 비우라 한다. 49층 아파트를 짓는다고 비우라고 야단이니 가게를 옮길 데가 없어 걱정을 하다가 집 옆에 스파렉스 목욕탕이 있는 건물 1층에 비어 있는 가게가 있어서 관심이 갔다. 그곳은 전 부침개 장사를 하긴 하는데, 하다 말다 하고 점심만 뷔페로 하는 아줌마가 있었다. 그 가게를 얻어서 뷔페하는 아줌마는 아주 같이 인수를 하고 나는 2시에 나가기로 했다.

그 전에 점심 식사 끝나니 월세도 2분의 1, 공과금도 2분의 1, 그때는 세가 백만 원인데 50만 원씩으로, 그리고 공과금도 나온 대로 나누니 정말 피차간 좋은 일이었다.

서로 부담도 없고 부딪힐 일도 없고 그렇게 같이 1년을 했다. 우리 딸은 그 가게 빼면 여기 합세하려 했었다. 역 앞에 통닭집을 늘 마음에 두고 있던 상태였는데 웬일로 가게 주인이 내놓는다고 한다. 권리금을 주더라도 빨리 얻는다고 2천 5백만 원을 주고 얻어서 나는 가게를 빼게되었다. 1년 만에 빼고, 일산역 앞에 합세를 해서 내가 그리로 출근했다. 몇 년을 했는데 그럭저럭 잘되었다. 가게가 좁긴 하지만 그 앞에 아파트 올라갈 동안에 2017년 11월에 가서 장사는 잘하고 있었다.

그 앞에 집들은 우리 나오기 전부터 시작했다. 비우고 부수고 몇 년이 걸려서 공사를 시작했고, 지하를 팔 때는 엄청 오랜 시간이 걸리더니 지상에서는 금방금방 멋있게 올라갔다. 그 당시에 주인도 그 건물을 샀고, 우리 딸도 그 가게 오자 주인이 바뀌니 예전에 하던 대로 하고 세도 인상하는 일 없이 그대로 내면서 5년 동안 잘 살았다. 2017년 몇 달

전에 주인도 건물을 샀고 우리 딸도 여기로 왔다.

2018년 3월, 장사하는 도중 갑자기 멀쩡하던 시숙이 돌아가셨다는 연락이 왔다. 놀라서 웬일인가 싶어 딸 식구랑 우리 식구랑 허둥지둥 울진까지 내려갔다. 맏동서가 건어물 장사를 하는데 영해 시장에 가서 장사할 물건을 다 사다 주고 집에 들어가서 식사하고 온다고 갔다던데 아무리 기다려도 안 오시기에 이상한 기운을 느낀 맏동서가 전화를 했대요. 전화를 안 받으니 웬일인가 싶어 집으로 부리나케 달려갔단다.

가게는 5분 10분도 안 되는 거리인지라 형님이 쫓아가 봤더니, 차는 집 앞에 세워놓은 상태이고, 들어가 보니 식사하던 밥그릇에 숟가락이 얹어 있고, 사람이 없더란다. 화장실에 가 봤더니 바로 앞에 넘어져서 입에서는 피가 났고, 벌써 숨을 거두었다니 얼마나 놀라서 기겁할 일인가~. 남편이 그렇게 갔다고 생각하니 황당하고 놀라서 자식들한테 전화를 했고, 우리도 놀라서 쫓아가 보니 황망할 따름이었다.

우리 신랑도 친형은 한 분뿐인데, 평소 별다른 정은 없었어도 꿈인지 생시인지 정말 참담했지만 초상을 치러야 했다. 울진에 자기 누울 만큼의 산소를 쓰고 보니, 살아생전 욕심을 부린 날들이 무슨 소용이 있나 싶고, 죽은 사람은 말이 없다는데….

모든 재산관리를 시숙이 해서 우리 동서는 돈만 벌 줄 알지 돈이 어떻게 돌아가는지도 모르고 살았대요. 보니 아들 둘, 딸 하나, 삼 남매가 초상 치렀고 바로 인감을 큰 조카가 알아서 하겠지 하고 모두 줬는데, 아 글쎄 큰 조카가 모든 재산을 자기 앞으로 다 해 놓고, 얄망스럽게 누나와 동생이 있는데도 하나도 안 남겼단다. 형님은 정신이 없으니 하는 대로 두고 있었는데, 나중에 삼 남매가 싸움을 해서 서로 말도 안 하고, 시숙 사고 1년 후에 소상을 지낼 때 갔더니, 딸이고 막내고 집으로는 하나도 안 오고 산소에만 다녀갔다고 한다. 형님과 시숙이 평생 일구어 놓은 재산을 어찌 혼자 꿀꺽한 건지. 빌딩에 건물도 있고, 평해 아파트도 있고 괘씸하기 짝이 없었다.

우리 맏동서가 힘들게 돈 번 것 내가 다 안다. 속상하고 억울하지만, 힘 빠지고 몸이 불편하니 용돈 몇 푼 주는 걸로 사는 모양인데 장사하느라 몸이 다 망가져서 자기 몸도 가누지 못할 정도이니, 보건소에서 도우미가 일주일에 두서너 번 와서 도와준다고 한다.

정말 큰소리치던 형님은 그렇게 힘없이 살고 있고, 설움만 받고 눈물 빼고 살던 나는 외국 구경하고 자식들한테 대우받고 사는데, 인생이란 수없이 바뀌고 언제 어떻게 될지 모르니 현실을 잘 파악해서 만들어가는 것이 즐거운 인생인 것 같다.

막내아들과 며느리랑 필리핀도 가서 깊은 바다와 건너편 산속에 가서 맛있는 밥도 먹고 즐기면서 구경하고 와서 안마를 세 번이나 받았고, 호텔도 옮기지 않고 있다 보니 비행장까지 태워다 주곤 했다.

시숙이 가시고 얼마 안 되어서 비행기표를 미리 사 놓았기로 어쩔 수 없이 갔다 왔는데 마음이 영 개운하지 않았다. 늘 가슴에는 10년 동안 아이들을 낳고 기르면서 울진 석류굴에서 대흥동까지 도로공사 한 밥집을 몇 년을 했었고, 선미 광산에서 한 밥집을 하고, 내가 시집가던 해에 1973년부터 공영토건 한 밥집을 계속하다가 끝나고, 광산에 가서 하고… 10년 세월을 월급 한 푼 없이 살았다는 건 내 인생을 저당 잡힌 것 같았다. 그때는 새색시가 시집가면 하는 건 줄 알고 했다. 그때 맏동서가 하는 말이 "두 형제뿐인데 돈 벌면 집이라도 살게끔 할 테니 고생스럽더라도 나중을 생각해서 같이 살자"라고 했던 사람이었다.

쌀 한 말만 사 달라 하면, "나도 살기 힘든데 무슨 쌀 살 돈이 어디 있냐"라고 잘라 말하며 거절했었다. 그나마 둘째 시누이가 떡방앗간을 해서 도움을 많이 받았다. 쌀도 주고, 떡도 주고, 애들도 돌봐주고, 많은 도움을 받았다. 죽으면 가져갈 것도 아니요, 애들 싸움만 붙이고 욕심 부려 무슨 소용인가 가슴이 아렸다.

여름에 우리 남편이 소변을 제대로 못 본다고 전립선 때문에 홍익병원에 갔다 왔다 할 때다. 병원에 가는 날은 일산서 나는 지하철을 타고 가고, 우리 남편은 화곡동에서 택시를 타고 온다. 이렇게 오랫동안 다니다가 하루는 병원에서 만나는 날이었는데 나는 일산에서 두 시간을 타고 가서 보니 늘 미리 와서 기다리던 사람이었는데 아직도 도착을 안한 거였다. 한참을 기다렸는데도, 의사 볼 시간이 지나도 안 와서 집에 가봐야겠다 하고 기다리다 못해 집에 다녀오려고 택시를 탔다.

집에 들어가 봤더니 누워서 바지를 못 입고 일어나지도 못 하고 있었다. 웬일인가 물어 봤더니 빨래를 빨아서 세탁기에 넣으러 가다가 물이 흘러서 미끄러지고 넘어지면서 머리를 부딪혔단다. 그렇게 움직이지도 못하고 있는데 그때는 119가 생각이 안 나고 병원까지 어떻게라도 모시고 가야 한다는 생각밖에 안 들었다.

우리 집이 4층인데 계단으로 내려오려니 몇 시간 걸렸다. 간신히 내려와서 도로에 가서 택시를 불러서 기사님한테 같이 태우자고 부추겨 간신히 태워 병원까지 갔다. 의사를 보고 다쳐서 오는 시간이 많이 걸렸다고 하면서 수술이라도 해서 살려달라 했더니 다시 검사하고 수술해 준다고 한다. 입원실에 가서 있으라기에 기다리고 있는데, 다른 의사에게 검사를 의뢰해 봐야겠다면서 나보고 대장암이라고 다른 병원으로 가라고 한다.

그다음 날 일산 우리 딸 있는 옆으로 오게 되었고, 국립암센터에 예약을 하고 병원에 입원했다. 그리고 바로 검사를 했다. 대장암이라고 갔는데 머리부터 검사해 봐야겠다더니 머리에 물이 차서 물부터 빼야 한단다. 머리에 호스를 꽂아 물을 빼내는데, 그렇게 많은 물이 머리에서 나온다는 것은 처음 보는 일이었고, 한번도 상상해 보지 못한 일이었다. 이질감이 느껴졌는지 남편이 자꾸만 호스를 빼려 해서 손에 장갑을 끼워놓고 호스를 못 빼게 했다. 그런데 잠깐 화장실 갔다 오니 빼버려서 놀라 의사한테 얘기했더니, 호스를 넣기 위해 다시 수술을 했다.

끼워놓고 물 빼내지, 대소변 받아내지... 물빼기는 거의 끝났는지 대장암은 방사선으로 줄여서 항암해야 한단다. 시키는 대로 하는 중, 설사를 하니 변 주머니를 배에다가 차야 한다며 그것도 수술했고, 그걸할 수 있게끔 수발하는 것은 배워서 내가 했다.

시키는 대로 하고 있었는데 병원에서 데모가 나서 환자들을 나가라고 난리다. 요양병원을 알아봐서 집에서 가까운 곳에 모시기로 했다. 암병원에서 오라 하는 날은 잊지 않고 우리 딸이 잘 모시고 다니면서 왔다 갔다 했다. 처음에는 정신도 맑고, 음식도 잘 드시고, 적응을 잘하고 있는 것 같아서 음식 먹고 싶은 것 얘기하라고 했더니, 도루묵과 육회랑 사 오라고 한다. 도루묵 사서 졸이고, 육회랑 갖다줬더니 맛있게 먹고, 매일 먹었으면 좋겠다 해서 그다음에 또 갖다주면서 맛있게 드시라고 했다. 냉장고에 넣어 놓으면 나중에 먹는다더니 다른 것을 주어도 잘 안 먹는다. 병원에 일찍 가고, 시간 맞춰 딸이 모시고 다니고, 병원일 보러 항상 나랑 같이 다녔다.

하루는 병원에 왔다 가라기에 가서 보니 평상시랑 같았다. 보고 내려오라니까 5층인데 끝까지 안 내려오고 전화가 와서 다시 올라갔다. 우리 딸 보고 큰애랑 막내랑 안 왔냐고 물어봐서 며칠 전에 미리 연락해서 오라고 했다. 큰아들은 미국에 있었고, 막내아들은 베트남에 가 있었을 때라 너무 멀리 있어서 미리 연락을 해 놓았다.

그날따라 내가 병원에 있고 딸이 가면서 아빠 다시 올게 하니까 애들 아빠가 "너희들 엄마한테 잘해라. 네 엄마 잘 모시고 잘해야 한다."라고는 다시는 말을 못 하였다. 딸이 며느리들한테 전화를 했는지, 큰며느리 오고, 막내는 구미에서 애들 데리고 얼마나 빨리 왔는지 세 시간도 안 걸려서 왔다. 사고 안 나고 왔으니 다행이었다.

사람이 죽는 것을 직접 보는 건 처음이었다. 기계만 보고 있는데 그것이 움직이더니 갑자기 정지가 되어서 의사한테 물어봤더니 지금 숨을 거두는 시점이라며 귀는 열려 있으니 하고픈 말이 있으면 모두 다 하라고 한다. 의사의 그 말에 '큰소리치고 센 사람도 이렇게 힘없이 가는구나' 싶은 생각이 들어 가슴이 아렸다. 이렇게 쉽게 갈 줄 몰랐는데 마음이 서글퍼졌다. 20대에 만나 70대까지 살다가 이렇게 헤어지나 생각하면서 자식 셋 남겨 주고 간 일 등 모든 삶이 주마등처럼 지나간다.

사는 것이 지겨워서 많이 미워했는데, 다 용서했으니 편하게 가시라고 마지막 인사를 끝냈다.

의사가 1919년 1월 14일 오후 몇 시까지로 사망진단서를 적어 주면서 끝남을 알았다. 일산 백병원에 연락을 하니 바로 모시러 와서 거기서 장례를 치르게 되었고 모든 절차가 거기서 이루어진다. 우리 딸이 장례 보험을 들었던 보험회사에 연락했더니 절차를 시작하려고 왔다. 그런데 마침 그 시간에 막내가 베트남에서 도착해서 삼성회사에서 다 해 주니 취소하라는 말에 취소했으며, 돈으로 해결하고 끝내고, 삼성에서 필요한 그릇이고, 사람이고, 진행하는 것까지 다 해 줘서 너무 좋았다. 가만히 있으면 납골당까지 장의사 차량으로 화장해서 장소만 정해 놓으면 다 해 주니 삼성이란 큰 회사가 좋다는 것을 새삼 느꼈다.

구미에서 버스가 몇 차 다녀가고, 조그마했던 막내아들 덕분에 모든 것이 쉽게 끝나고, 친척들도 수없이 왔다. 3남매의 사돈들은 술을 입에 대지도 않았다. 우리 남편으로 말미암아 술에 지친 내가 생각하기에 얼마나 다행인지... 고르라 해도 힘든 일인데, 술 안 드시는 사돈이 정말 신기할 정도로 고마운 일이었다.

언니 큰아들이 카드 회사에 다니는데 관광부서가 따로 있어서 언니 부부가 해마다 관광을 갔는데, 형부가 다리가 아파서 못 간다고 하여 처음으로 언니랑 베트남으로 먼 여행을 떠났다. 지하 동굴에 석순이 엄청 많이 있었고, 지하 동굴로 빠져나오니 산 전체가 동굴 속이다. 바닷속에 수많은 섬이 3천 개도 넘는단다. 배 위에서 음식도 먹을 수 있었고, 최고의 관광을 시켜 주고, 최고의 호텔에서 최고의 음식, 최고의 대우를 받고 구경 잘하고 오는데 인천 공항에서 선물까지 주고, 사위가 공항까지 와서 집까지 잘 왔다.

　4월에 베트남을 다녀와서 혼자 있기가 쓸쓸한데 딸이 옆으로 오라고 한다. 애들이 혼자 있으면 안 된다고 그래서 4월 말경, 언니에게 일산으로 이사 갈 거라고 얘기도 할 겸, 하룻밤 자고 오려고 언니 집에 갔다. 여태까지 한갓지게 대화할 시간도 없었고, 언니나 나나 삶이 바빠서 이야기 한번 한 적도 없고, 여행이라도 다녀왔으니 5월 3일 일산으로 갈 거라고 하룻밤 보내며 속 이야기도 하고서, 다음 날은 화곡동에 와서 이사 간다고 짐 꾸리고 며칠 안 되어 일산으로 이사를 했다.

　우리 딸이 현대아파트 25층을 사서 가게 되고 딸이 살던 집에 내가 살게 되었다. 여기 미주아파트도 넓고 밝고 해 잘 들고 너무 좋다. 여기와서도 혼자이지만 딸이 가까이 있으니 아이들도 자주 다니고 외롭지 않아서 좋다.
　내가 여기 온 지 얼마 안 되었는데 언니가 이대병원에 입원했다고 연락이 왔다. 힘이 없으니 침대를 잡았는데 잘못 잡아서 허공에 넘어지면서 팔뼈가 부러져서 병원을 갔단다. 깁스를 한 상태였는데 화장실에 갈 상황이라 딸이 붙잡아 주려 했는데 그냥 혼자 간다고 가다가 넘어져 다리도 부러졌단다. 그리하여 갑자기 팔다리를 못 쓰니 대소변도 가리지 못해 기저귀를 차야 하는 처지가 되었다.
　우리가 몇 번을 가 보니 정신이 있을 때는 이런저런 얘기도 하면서 시골에 가 살고 싶다 하더니 그다음에 갔을 때는 사람도 못 알아보고, 그 뒤로 얼마 있다가 2019년 7월에 세상을 떠나버렸다.

앞으로 둘이 놀러나 다니고 즐기며 살자 했더니 처음이자 마지막으로 여행 다녀온 것이 평생 잊지 못할 추억이 되어버릴 줄 누가 알았으리요. 사람이 나이를 먹고 이 사람 저 사람 순서 없이 떠나는 걸 보면서, 사는 동안에 아웅다웅할 것 없이 전쟁도 없고 평화롭게 살았으면 얼마나 좋을까! 하는 생각이 들었다.

세상 이치가 마음을 곱게 쓰면 좋게 살다 가고, 남을 괴롭히는 사람은 힘든 삶을 살기 마련이다. 더 이상 미워할 일도, 화해할 일도 없이 뒤도 돌아볼 일 없는 인생, 사는 동안 잘 살았으면 좋겠다. 그래서 이젠 건강하고 힘 있을 때 자식들이 여행을 가자면 어디든 가 보려고 한다. 힘들다고 하면 안 데리고 가니까 항상 즐겁게 가자면 가고, 있으라면 있고, 자녀들이 하자는 대로 많은 시간 잘 활용해서 즐거운 인생을 살다가 가고 싶다.

큰아들이 2022년 8월에 말레이시아 비행기표를 예약해서 며느리 어머니인 사돈과 같이 가게 되었다. 며느리 아버님도 2021년에 폐암으로 돌아가시고 이젠 남은 우리 안사돈끼리 따라다니고 보니, 오나가나 잔소리할 사람도 없고, 뒤돌아볼 것도 없고, 후회할 일도 없고, 그냥 간 사람은 가고 산 사람은 즐기면서 살아 보자는 마음으로 안 가 본 곳이라 여기저기 좋은 곳을 다녔다. 아직 그때는 코로나가 다 끝나지 않아서 가는 곳마다 코로나 검사하느라고 복잡스럽기는 했지만, 외국 어디에서도 하는 것이고, 그런 것을 다 거쳐서 구경하고, 바다에 가서 고기도 잡아 보고, 보트도 타 보고, 많은 못 해 본 것을 자식 덕에 해 보니 재미있었다.

반딧불 구경을 갔다. 시골에 저녁이면 반딧불이 날아다니는 것이 무슨 구경거리가 되는가 했는데, 그것도 일부러 가 보니 반짝반짝 볼만했다. 3박 4일 동안 구경 잘하고 집까지 잘 데려다주니 정말 이런 것이 행복이구나 싶었다.

말레이시아 다녀온 지 1년도 안 되었는데, 막내아들이 삼성을 26세에 입사해 지금 46세까지 20년 동안 열심히 살아와 지금은 부장인데 튀르키예에 처음부터 가서 회사를 짓고 사람을 뽑아 시작했으며 주재원으로 가 있으니, 여행 가서 막내도 보고, 유럽을 돌고 오자고 해서 2023 2월 2일 출발, 20일의 여행 계획을 잡고 갔다.

처음에 헝가리로 갔는데 우리 막내도 며느리랑 손주들 데리고 헝가리로 왔고, 묵게 된 호텔도 가까웠다. 국회의사당 시청 앞 야경을 본다고 그 옆에 있었고, 우리는 헝가리 BNB호텔에서 이틀밤을 지내면서 막내랑 같이 구경하고, 저녁에 같이 술도 한잔 하고, 그 넓은 유럽 외국에서 큰아들 작은아들이 서로 만나서 즐길 수 있다는 것이 신기했다.
약속도 안 했는데, 꿈인가 생시인가 정말 상상도 못 할 일이... 그러나 현실이었다.
이틀 동안 같이 구경하고, 놀고, 비행기 시간이 우리가 빨라서 미리 이스탄불로 갔다. 막내의 자가용이 있는 곳을 가르쳐 줘서 타고 막내 집으로 가는데, 그때는 혼자 있었기 때문에 삼성 회사 옆이라 비행장에서 40km가 넘는 길을 가야 했다. 애들이 방학이라고 며느리랑 가 있었기 때문에 만나게 되었고, 100리가 넘는 길을 찾아서 비밀번호를 열고 들어가 조금 쉬다가 큰아들은 그 먼 길을 동생 데리러 또 가야 했다. 차를 우리가 타고 갔으니 태우러 100리가 넘는 길을 가서 만나 집까지 도착했고, 그 시간이 밤 10시가 넘었다. 한잠 자고 나니 왔다.

밤을 지내고 차를 한 대 렌트하고, 두 대가 가족을 다 태워서 큰아들이 운전하는 차량엔 큰 며느리랑 내가 타고, 막내가 운전하는 차에는 자기 식구를 태우고 실컷 다녔다. 그러다가 맛있는 식사도 하고, 거기는 주식이 다 빵이어서 빵집이 엄청 많다 무엇이든지 시키면 빵은 서비스로 나온다.

막내 집에서 5일엔 구경하고, 6일에는 막내며느리 생일이라 모였는데 2023년 2월 6일 땅이 꺼졌다. 집이 무너졌다. 난리도 아니고 7일에 바닷가에 가 보니 태극기가 높이 달린 것이 아니라 밑에 내려 달렸지 뭔가. 한국에서는 튀르키예에 지진이 그렇게 크게 났다고 친척들이 막내아들 터키 갔다더니 괜찮냐고, 걱정된다며 전화가 많이 왔다. 정말 아찔했다. 우리 아들이 사는 곳과 반대쪽이긴 하나 그래도 걱정이 돼서 얼른 빨리 귀국하길 바랐다. 6일 밤에 자고 7일, 사방 구경하고 다른 곳으로 떠났다. 미리 힐튼호텔을 잡아서 요금을 지불하고 거기서 쉬면서 박물관을 구경하고, 유적지도 보고, 식사도 하고 싶은 대로 찾아다니면서 먹고, 그다음 날은 열기구 탄다고 새벽에 일어났다. 시간을 지켜야 되고, 게다가 처음 타는 거라 무서울 것 같았는데 타 보니 너무 재미있었다. 그 전날 파묵칼레를 갔었는데 온 산천이 하얀 솜 같은 산이 가도 가도 끝이 안 보일 정도였다. 열기구에 타서 내려다보니 한눈에 다 보였다. 공중에서 보니 자동차도 개미가 기어다니는 것 같았고, 정말 아들 덕에 별 호사를 다 누린다 싶었다. 다 타고 내려와서 와인도 한 잔씩 하고, 열기구 탔다는 증서도 주고, 우리는 팁으로 돈도 주고, 우리 아들은 100달러나 주고 야단이다. 아깝지만 세상은 주고받는 것이니까 뭐 그런 대로 이해는 됐다.

옛날에 경기하던 운동장도 보았고, 신기한 구경 많이 하고, 렌트한 차를 돌려줘야 하니까 막내 집으로 온다고 하니 막내며느리는 양고기에 닭에 맛있는 음식을 다 해 놓고 기다리고 있었다. 재미있게 하룻밤을 보내는 그 밤, 오늘 가면 다시 못 할 것 같은 마음에 안마기 목욕탕에서 목욕도 하고, 열찜질방에서 찜질도 하고, 혼자 사는 집이 얼마나 넓은지 이것저것 해 볼 것 다 해 보고, 그다음 날은 프랑스로 떠났다.

새벽에 나와서 비행기를 타고 프랑스에 가니, 가이드 예약을 해서 차를 가지고 마중을 나와 짐을 다 싣고 다니면서 산 정상 꼭대기도 들렀다. 어찌 식물들이 그렇게 잘 자라고 또 이쁘던지... 힘은 들었지만 좋은 구경 많이 하고, 유적도 보고, 식사도 하고, 호텔까지 데려다주고 가이드는 떠났다.

모나코로 갔다. 밀라노 시장 바닥이 너무 깨끗하고 그림이 너무 좋았다. 호랑 머리에 대고 사진을 찍고 나면 좋은 일 생긴다고 사람마다 사진을 찍으려 야단이다. 가는 곳마다 호텔에 하루씩 자고 나면 가이드가 문 앞에 와서 기다렸다가 같이 가서 구경도 했다. 어느 호텔에 데려다 달라 하면 그렇게 하고, 정말 가는 곳마다 가이드 하나씩 붙여서 가고, 한국 사람 찾아서 가이드를 붙였기 때문에 구경하는 데 불편함이 전혀 없었다.

중앙역 해리 하우스에도 음식을 한식으로 해서 엄청 맛있게 먹었다. 기차를 타고 베니스 물의 도시로 갔더니, 역에서 가방을 맡기고 바로 역 앞 배표를 사서 다니는 것이 여기 버스와 같았다. 최고 높은 탑에 올라가 보니 물의 나라가 한눈에 다 보이고, 유리공예 하는 데는 별걸 다 만들고 있었다.

실컷 구경하고 와서 가방을 찾아 기차로 세 정거장을 타고 우리가 묵을 호텔 비엔나까지 와서 하룻밤을 잤다. 이태리에서 기차를 타고 종일 왔더니 기차 안에서 점심 주고, 와인도 주고, 커피도 주고, 실컷 잘 먹었다. 한국에 돌아와서 보니, 오스트레일리아 외 몇 나라를 다녔는지, 유람선도 타고, 뷔페도 먹고, 공연도 하고, 와인도 마시고, 사진도 많이 찍었는데 안익태 동상에서도 찍었다.

이 호텔 저 호텔 아들 덕에 좋은 구경으로 호강하고 잘 놀다 돌아왔는데 이젠 안 가도 더는 소원 없이 많이 구경한 것 같고, 여기저기 다녀보니 외국이라도 별것 아니라는 생각이 들었다. 20일 동안 실컷 구경했고, 더 갈 생각 안 하는데 가야 될 일이 자꾸 생겼다.

막내가 한국 들어온다고 좋아라 했더니, 2023년 2월 말에 들어왔다가 식구들 다 데리고 애들 학교도 거기서 다니고, 2023년 6월에 다 가서 지금은 이스탄불 비행장 옆에서 살고 있다. 매일 100리 길을 출퇴근 하는데 애들 학교 때문에 어쩔 수 없다고 한다. 아직 앞으로 몇 년을 더 살지 걱정이다. 애들은 적응 잘하고 있고, 며느리도 적응 잘하고 있었다. 7월에 막내가 회사 일로 와서 구미에 갔다가, 수원으로 갔다가, 일주일간 있다 가는데, 나 있는 데로 와서는 하룻밤만 자고 갔다. 물건만 잔뜩 사 가지고 갔다.

딸이 여름휴가를 튀르키예로 갔다. 2024년 8월 14일에 가서 여기저기 마음 놓고 차 두 대, 막내 차 며느리 차 두 대에 태워서 구경을 잘했다. 8일을 쉬었는데도 팔이 자꾸 아프다고 놀러 다니면서도 개운치 않다고 쉬면 나아야 할 텐데, 오랫동안 쉬어도 아파서 병원에 가서 MRI를 찍어보니 힘줄 끊어지기 직전이라고 수술을 해야 한단다. 더 나빠지기 전에 해야 한다고 하니, 목과 어깨도 하고 보호대를 차고 있으니 환자도 그런 환자가 어디 또 있을까?

튀르키예 가서 여기저기 구경 다니고, 먹고 즐기면서 막내네 집에서 계속 자고 편하게 있으며 큰 걱정 없이 잘 있다가 왔는데 지금 손자가 또 유럽 여행 중이다. 한 달 정도 다니다가 온다고 혼자 갔는데 며칠 동안 이스탄불 구경은 다 시켜 주겠지만 다른 나라로 가면 혼자 호텔 잡고, 식사하고, 보통 일이 아닐 텐데 걱정이 되었다. 다니면서 매일 딸한테 문자 보내고, 수시로 화상 통화를 하고, 사진 찍은 것 보내주긴 하지만, 얼른 와야 마음을 놓겠지. 10월 2일에 갔으니 신나게 구경하고 있겠지?

내 생일이 10월 6일, 일요일이라 큰아들 부부랑 딸네랑 같이 한강 선상에서 뷔페 먹고 바람을 쐬면서 차 마시며 즐거운 시간을 보내고 왔다. 기분이 좋았다. 내가 좋아하면 애들도 즐거워하니까 서로 보람을 찾고 모이는 것이 즐겁고 내 자식들이라 다들 사랑스럽다.

언제까지 살지 기약은 없지만, 인생이란 이렇게 한때이니 잘 마무리해 볼까 한다.

나는 모든 삶을 통틀어서 이 자서전에 게재한 글로 세상에 알리고도 싶고, 삶 속에서 여러 가지 풍파를 겪었지만, 겪은 모든 것이 나쁜 것만도 아니고, 살아가는 과정이라는 것을 보면서 내가 이렇게 살아있다는 것이 마지막 나의 삶이고 인생이었다고 자랑하고 싶었다.

인생아 안녕! 정말 웃으면서 안녕!

2024년 10월 12일

편지

1

아들아, 보아라

큰아들, 우리 장남!

이 엄마가 곰곰이 생각해 보니 어디서부터 잘못됐는지 살아온 지난 날을 상상하며 생활했던 25년. 길다면 길고 짧다면 짧은 나날들, 수많은 고통을 겪어야 했던 너와 내가 아니냐. 항상 너한테 죄스럽고 미안한 생각을 떨쳐버릴 수가 없구나.

네가 어릴 때, 엄마 아빠로서 보여 준다는 것이 매일 술 마시고 싸우는 것 외에는 없었으니, 너의 내성적인 성격과 말을 잘 안 하는 것도 그런 영향인가 싶어 항상 미안하구나.

그 지겹고 고통스러운 나날을 보내면서도 너희들 3남매를 책임지려고 겉으로 표현은 못했지만, 속으로 사랑하며 제발 남에게 뒤지지 않고 훌륭한 사람이 되어 주길 늘 속으로만 빌고 빌었다. 그렇게 고생을 낙으로 알고 살면서 너희들을 보면 즐거웠고 대견스럽고... 너는 나의 전부였다.

이 엄마의 생각에는 너희들만 보면 수많은 얘기도 하고 싶고 웃음도 나누고 즐기고 싶었다. 하지만 모든 여건이 허락지 않았고 항상 너는 불만투성이고, 군대에서 3년 세월을 보내고 왔어도 이 어미한테 한마디의 덕담도 없었다.

사회생활을 하면서 좋은 일 나쁜 일 수많은 것을 겪어야 하는 것이 사람이 산다는 의미가 아니냐.

우리 가정만 해도 살아온 생활이 너도 알다시피 꾸준하게 들어오는 수입도 없고, 헌 옷가지 팔아서 우리 식구가 의식주 해결에, 너희들 교육비에, 크고 작은 경조사 일을 해결하고, 남에게 빚 안 지고 살아나가려니 내가 늘 너의 용돈 한번 넉넉하게 줘 보지 못했다. 물론 너도 사회생활을 하다 보면 엄마가 생각하는 것과는 너무 차이가 많았겠지.

그런 차이점을 너는 너 혼자만 생각하고 해결하려 하니 거리가 멀어지고 문제가 생기지 않았겠느냐. 뭐든지 이건 이렇고 저건 저렇고 이 무식한 엄마지만 알아듣게 얘기만 해 주면 나 또한 그런 것쯤은 이해할 수 있어. 너무 도가 지나치지만 않는다면 말이다. 알겠니!

늘 생활의 한계를 가지고 쥐고 짜다 보니 너까지 금전의 노예가 된 것 같다.

어떻게 해결 방법을 찾아서 지나온 과거도 잊어버리고 주어진 생활 속에서 이젠 너의 아빠도 술도 끊고 새사람이 되어 옛날의 아버지가 아니시잖니.

평생 자기 버릇을 못 고치고 무덤까지 가는 사람도 있는데, 너의 아버지는 벌써 술을 끊은 지가 지나간 3년 세월부터 앞으로 나날도 적지 않으니 큰 영광으로 삼고, 너는 우리의 장남으로서 책임이 무거울뿐더러 동생들한테도 본보기가 되어야잖겠니.

우리 식구 다섯이 똘똘 뭉쳐서 재미나게 좀 살아 보자.

식구 중에 누구 하나만 빗나가면 모두의 슬픔이고, 사는 것이 수렁 속에 빠져서 헤어나지 못하는 가슴 아픈 일이란 것을 알아야 한다.

사람이란 언제나 상대를 먼저 생각하고 세상을 모두 아름답게 즐겁게 보면, 내 마음도 항상 편안하고 모든 일이 순리대로 풀리는 거란다.

불평, 불만, 짜증을 내면 그런 일만 생기는 거야. 모든 사물을 아름답게 보고 즐거운 마음으로 본인의 위치를 망각하지 마라. 꼭 내 자리를 지키며, 성실하게 누구에게도 거짓말하지 말고 정직하게 무엇이든지 참고 인내하면서 웃으면서 살자꾸나.

이 엄마, 집에서 쓴 편지는 처음이다만 끝까지 읽어주고 실천하기 바란다.

네가 어릴 때 여러 상을 비롯해 효행상까지 타 놓은 것이 박스로 하나 가득 있다. 통지표 하나 안 버리고 다 모아 놓았단다. 지금도 보고 싶으면 언제라도 보여 줄게.

나는 언제나 내 아들을 자랑스럽게 생각하고 있단다.

1995년 5월 20일 엄마가.

2

사랑하는 아들 보아라

인생의 삶이란 모두가 때가 있단다.

그때를 놓치면 다시는 기회를 잡기가 어려운 것이란 말이야. 물론 돈도 있어야 하고, 버는 것이 삶의 목적이기도 하겠지만, 가정이 행복해야 모든 것이 잘 풀리는 거란다.

사랑하는 아내를 아낌없이 사랑도 해 주고, 말과 행동도 상대가 들어서 불쾌하지 않게 하고, 상대방의 의견도 수용해서 존중해 주고 서로의 의견을 상의해서 재미있게 짧은 인생 살아주면 얼마나 좋겠냐.

아버지랑 나는 너희한테 보여 준 것도 물려준 것도 아무것도 없으니 이래라저래라 하기도 부끄럽고 민망하다.

나는 어쩔 수 없이 그렇게 살았지만, 자식들은 불만 없는 행복을 만들어 갔으면 좋겠다.

너의 세대는 영리하고 똑똑해서 무엇이든지 원하면 원하는 대로 만들어 가면서 서로가 즐기면서 아름답게 살 수 있을 것 같은데, 무엇 때문에 마음대로 안 되고 불만이 쌓이는지 너의 속을 탁 털어 알고 싶은데 그러지도 못하고 나도 답답하구나.

며늘아기가 같은 여자 처지에서 너무 안 됐다는 생각이 들어 안타깝지만 어떻게 할 수가 없구나. 엄마로서 해 줄 수 있는 게 있으면 뭐든지 다 해 주고 싶은데, 내가 할 수 있는 것이 하나도 없구나. 너의 부부 둘이서 해결하고 노력해야 하는데 아무도 끼어들 수 없으니 어찌하면 좋으냐.

남의 귀한 자식 데려다가 특별나게 호강은 못 시켜 주더라도 최소한의 가슴 아프게 하지는 말았으면 좋겠다.

제발 부탁이다.

아기를 갖고 싶어 그렇게도 원하는데 사랑도 진하게 해 주고 그래야지, 집이라고 들어가면 술 먹고 잠만 자고 코 골고 말도 안 하고 도대체 어느 여자가 살맛 나겠냐.

이 좋은 세상에 둘이 좋은 인연으로 만났으면 서로 행복이 넘치도록 살아도 짧은 인생인데, 사네 못 사네 하며 제발 가슴 아프게 하지 말아라. 부탁한다.

"하늘을 봐야 별을 딴다"라고 하는데 부부간에 늘 같이 있으면서 할 소리가 아니잖어.

노력해서 안 되면 병원에도 가 보고 노력을 해 봐.

부탁한다. 아들아

이 엄마가 다른 것 물려준 것 없어도 건강한 몸은 물려준 것 같은데 왜 노력을 하지 않니.

다른 사람은 너보다 늦게 결혼해서도 전부가 둘셋 다 만들었는데 왜 너는 재주가 없냐, 이상이 생겼느냐?

현대는 의학이 발달해서 너무 좋은데 노력하면 안 될 게 무엇이 있겠느냐.

제발 며느리가 하자는 대로 따라서 해 봐.

가슴 아프게 하지 말고.

마음이 예민한데 네가 코 골고 술 먹고 도대체 무슨 살맛 나겠냐.

밤마다 몇 년 동안 잠을 편하게 잤겠냐.

마음을 편하게 살았겠냐.

내 가슴이 이렇게 아픈데 부모님이 아시면 얼마나 마음이 쓰리겠냐.

앞으로는 이것저것 노력해서 떳떳한 남편으로 사랑받고 사랑하고 잘 살아줬으면 좋겠다.

제발 이 엄마의 부탁이다.

2003년 6월 엄마가.

3

큰아들아, 미안하다 큰아들아!

지금 영주 고모네 용세가 살고 있는 그곳이 우리 친정집이었다.

배움이란 초등학교 겨우 졸업하고 시골에 있으면서 부모님이 하는 농사일 거들고 세월을 보내다가 춘양자수학원이란 30리가 넘는 그 먼 길을 하루도 안 빠지고 다녔다. 3개월이면 끝나는 거니까 졸업하고 다시 일상으로 농사일을 하다 보니 이 좁은 시골 하늘만 쳐다보고 산다는 것이 답답해서 서울 구경 좀 시켜달라고 졸랐다.

큰 고모님이 흑석동에 살고 계셨고, 오빠가 군 제대하고 처음에는 휘방사역에서 근무를 했다. 얼마 안 되어서 결혼도 하게 되었으나 정직원이 아니다 보니 퇴직하고 서울로 와서 혜화여고에서 서무 보는 서기로 일을 하게 되었다.

학벌이 많이 없다 보니 오래 못 다니고 출판사를 다니게 되었다.

고모네 집에 같이 있게 되었으나 고모님이 뜨개질해서 먹고사는 데 얼마나 힘드셨겠어.

집도 없어서, 아버님이 흑석동 국립묘지 꼭대기에다가 흙벽돌집을 지어 방 한 칸 부엌 한 칸 만들어 놓았는데 오빠랑 나랑 와 있었던 것이지. 고모부님은 철도국에 다니셨다. 옛날에 부잣집 아들에다 좀 배웠다는 그분이 술로 다 망치고 돈 한 푼 안 갖다주니 고모가 얼마나 힘들었겠어. 애들은 아들 둘 딸 둘 넷이나 되고 우리까지 있으니 기가 막힐 노릇이지.

오빠는 엄마가 스테인리스 그릇 장사한다고 그릇 사 보내라고 보낸 돈으로 방을 얻었어. 올케 불러서 살림을 내어 주고 나는 노량진 요꼬 짜는 공장에 갔어. 그때는 수출을 하는 때라 그런 공장이 여기저기 엄청 많더라고.

전차도 다니고 할 때라 67년 한강 다리 갔다 왔다 하면서 노량진 롯데제과 있는 골목으로 갔더니 일할 데가 이곳저곳 많았었고, 가고 싶은 대로 찾아가면 되겠더라고.

요꼬 공장에 들어가서 미싱자수를 했기 때문에 미싱 좀 한다고 했더니 오버로크(휘갑치기)를 하라고 시키더구나.

그 기계는 보지도 못한 기계였다. 그래도 밟는 것은 같으니까 하는 방식만 배우면 돼서 그렇게 그때부터 직장이라고 다니게 되었다. 같이 일하는 동료들이 객지에 나와 방을 얻어서 있고, 기숙사도 있고 해서 그날부터 안 들어가고 그냥 살게 되었다.

전화기가 있나 어떻게 연락할 방법이 없는 거야. 집에 가서 얘기하면 못 가게 붙잡을 것이고, 며칠 지난 뒤에 자리 좀 잡히면 말씀드리려 했는데 고모님과 고모부가 난리가 나서 찾아다니고 걱정 많이 하셨나 봐.

아버님은, 내가 안 간다고 버티니까 고모부한테 며칠 있다 내려보내라고 신신당부하고 가셨는데 얼마나 걱정을 하셨겠냐고.

그렇게 해서 서울 생활이 시작되었다. 기술을 좀 배우고 늘면 다른 데로 옮긴다. 월급이 조금씩 올라가니까 또 옮기게 되고 나중에 구파발 삼송리 쪽 우체국도 있는 곳에 방을 하나 얻어서 살았다. 종옥이도 용산공고를 합격해서 서울에 오게 되니 오빠네 집에서 다니다가 졸업을 하고 잠깐 구파발 나한테 와서 같이 있었다.

그때는 춘양중학교 졸업하고 용산 와서 합격했다고 시골에서는 난리였다니까.

그때 우리 공장이 파주에다 땅을 사서 크게 건물을 지어 이사하는 바람에 나는 파주로 가야 했고, 종옥이는 종합청사 서대문 있을 때 거기 시험 봐서 들어간 것이 오랫동안 다녔지. 거기서 장가가고 종합청사가 과천으로 이사 가서도 오랫동안 다녔었다.

파주 가서 살고 있는 동안에 우리 삼촌 작은 아버님이 좋은 사람이 있으니 선보라고 내려오라 한다. 그때 나이 스물다섯 살이나 되고 하니까 시골에서는 늦다고 걱정을 해서, 어떤 사람인가 보고나 온다고 한 것이 한방에 코가 꿰어 버렸다.

1973년 1월 3일, 영주 별다방에서 한번 보고 식당으로 데려가더니 약혼이라고 몇 시간만에 다 끝난 것이다.

마치 도깨비한테 홀린 것처럼 끝난 거야.

어떤 사람인지, 무엇을 하는지, 성격은 어떤지, 식구가 몇인지, 누가 누가 사는지, 도대체 아무것도 모르고 단지 우리 작은아버지가 소개해 준 사람이니 괜찮겠지 그 맘 하나 생각하고 만난 것이다. 그쪽에서는 서 돈짜리 반지를 준비해 왔다. 우리는 아무것도 준비 없이 만났다. 마침 내가 반지 두 돈짜리를 끼고 있었는데 금방에 가서 한 돈 더 보태어 만들어 주었다. 그때는 금값이 쌌다. 월급이 보통 2만 원, 1만 5천 원이었고, 최고 많이 받으면 3만 원이었다.

나는 다니던 직장을 끝을 내고 와야 하니 다시 서울에 왔다. 일을 하면서 약혼을 했던 터라 결혼 날짜만 잡으면 한다고 했더니, 같이 일하던 동료들은 진심으로 좋아해 주고 난리다. 나는 기쁜 마음으로 그 회사에 내가 사용하던 미싱으로 수를 놓아서 '승림산업 발전하라'고 수 놓아 선물도 하였다. 시골로 가려고 차근히 준비하는 동안, 그 사이에 김영국 신랑이 거기까지 왔다. 올 줄은 꿈에도 몰랐는데 데리러 온 거라고 하면서 왔으니 어쩔 수 없이 1973년 8월 15일 모두 모여 송별식도 해 주었다. 많은 격려를 받으면서 송별해 주는 사진을 보니 그때 즐거웠던 시간과 사연들이 영화필름처럼 생각나는구나.

서울 생활의 모든 것을 끝내고 집에 와서 두 달도 안 되어 결혼을 했다.

1973년 10월 30일이 결혼한 날이다.

그때부터 내 인생은 새로 시작인 것이다.

결혼하자마자 임신이 되었고, 바로 나는 큰집에 가서 궂은일은 다하고 있었다. 근남 석류굴 앞에 방을 한 칸 얻어 놓았는데 네 아빠는 그 방에서 친구들이랑 화투를 치고, 돈 떨어지면 약혼반지 팔아먹고, 그것도 안 되면 내 것까지 빼달라 하길래 시어머니한테 일렀다.

그때부터 사람을 숨도 못 쉬게 하고 먹을 것이 없어 같이 가 있게 되니 밥도 같이 한 상에서 안 먹고 따로 차려야 하고, 겨울에 일거리가 없을 때는 새마을 사업하는 데 나가 받아오는 밀가루 정부미로 큰아버지는 그렇게 해서 며칠씩 먹고 산다.

때로는 큰 싸움이 벌어져서 초저녁에서부터 밤새도록 싸우곤 했다. 그러다 봄이 오고 도로공사를 시작하면서 경비실 하나 지어서 거기서 지내게 되었다. 나는 점점 배가 불러오고, 어머니랑 수십 명의 인부가 먹은 것을 치우는 생활을 수개월을 하다가 윤달인 칠월이 아기 낳을 달이라 낳을 데가 없어서 친정에 가서 낳게 되었다.

친정 동네 이름은 늘산이다.

친정에도 농사철이라 역시나 바쁜 때였다.

온 식구가 일하러 가면 혼자 있는데 잠시나마 편했다.

하지만 날짜가 다가오니 혼자 있다가 애기가 나올까 봐 겁이 났다. 엄마가 일하러 가면 걱정이 돼서 연락할 길이 없으니 왔다 갔다 애를 쓰신다.

그런데 갑자기 몸이 으스러질 정도로 아프다가 잠에 순간 눈이 감기는 거야. 그러기를 계속하니 엄마가 겁이 났는지 종옥이 남의 풀 베러 갔는데 사람을 보내 불러서 택시를 좀 부르라고 했다.

그때는 동네에 이장이나 반장 집에 전화가 하나밖에 없었던 때다.

그렇게 택시를 불러서 춘양병원에 갔다. 병원에만 가면 홀떡 꺼내는 줄 알았는데 그러지도 않고 그냥 보고만 있는 거야.

하도 아파서 왜 가만히 있냐고 병원에만 오면 그냥 꺼내는 것이 아니

305

냐고 했더니, 의사가 사람 속에서 사람이 나오는데 그렇게 쉽게 나오겠냐고 하늘이 노랗고 맷돌이 몰랑몰랑해야 된다고 약만 올리더라.

언제 나올까? 그 생각만 하고 있었는데 저절로 힘이 불끈 솟더니 애기가 나오는 거야. 나오다가 잠깐 쉬어서 엄마가 얼굴을 살살 만졌더니 길었던 머리가 예쁘게 되더라고. 낳은 뒤에 속이 시원하면서 날아갈 것 같은 기분, 게다가 아들을 낳았다는 생각에 너무나도 좋았었다.

애기 낳고 조리할 사이도 없이 10일도 안 돼서 데리러 왔다. 금방 낳은 애기를 녹동까지 걸어가서 버스를 타고 가니 버스가 가면 안 울고 버스가 서면 울고, 마치 애기가 뭘 아는 것처럼 그렇게 울진까지 갔다. 공사 현장까지 와서 그때부터는 울면 젖만 먹여 놓고 일을 해야 했다. 쉴 시간 없이 시어머니랑 둘이지만 어머니는 큰 것만 하고 잔 것은 다 나를 시키니 노가다도 그런 노가다는 없을 거야.

그렇게 10년 세월을 설미 가서도 광산 함바집을 하느라 계속 힘들 때 뒷골목 끝의 헌 사택에 살면서 네 여동생을 낳았다. 네가 세 살 먹어서 낳았지. 막내는 새로 지은 사택에 와서 딸 낳고 2년 있다가 났으니, 셋을 키우면서 그때는 기저귀 다 빨고 삶고 해야 했고, 애들 낳고 산후조리란 것은 해 본 적 없었다. 일주일 안 되어서 털고 일어나야 했고, 할머니는 매일 눈만 뜨면 문앞에 빨래를 갖다 놓고 가시는 거야.

그렇다고 애기라도 봐 주냐고~ 그것도 아니었거든.

한번 빨래를 하려면 젖 먹이려 대여섯 번은 쫓아다녀야 된다. 그 냇가까지는 한참을 걸어가야 하는 먼 거리였다. 그렇게 다니다가 너무 힘이 들어 어떻게 하면 빨리할 수 있을까 생각하다가, 집에서 치대고 도랑에 가서 헹구기만 하면 쉽게 해 오겠다 싶어서 그 후에는 애기를 옆에서 봐 가며 치대고 냇가에 가서 구정물만 빼고 빨리 해 오곤 했다. 그래도 한두 번 왔다 갔다 해야 다 할 정도니 빨래가 얼마나 많았겠냐.

집에 오면 그 시간부터 점심 차리고, 광산 사람들이 얼마나 많았는지 또 같은 시간에 먹는 것이 아니라 오는 대로 줘야 하니까 하루 종일 그러다 보면 저녁 시간 사람이 숨 쉴 시간도 없어 그렇게 헤매면서 10년을 헤매었단다.

그리고 평해 와서도 집을 지어 여인숙이랑 가게랑 하면서 이불 빨래 어머니 빨래는 항상 리어카에 끌고 가 큰 다리 밑에서 발로 밟아 수많은 이불이랑 옷 빨래랑 정말 세탁기도 하나 없이 손으로 다했다는 것이 지금도 생각하면 정말 지긋지긋한 인생이었어.

지금도 생각하면 사람의 인생을 착취한 것 아니냐. 인건비 한 푼 없이 호랑이 털 같은 친칠라 돕바 하나가 끝이야. 10년을 그렇게 보내면서 뭐라도 살게끔 해 주겠지 믿고 헤매었는데, 아무것도 안 해 주니 제천 가서도 그렇게 고생을 했다.

그때부터 우리 큰아들이 동생들 때문에 고생했고 너무 힘들었을 거야. 너네 아빠가 생활력이 워낙 없으니 돈을 한 번도 갖다 준 적 없었다. 그래서 애들하고 먹고는 살아야 하니까 남의 농사일을 하면서 품값이라도 몇 푼 받아 밥이라도 해 먹고 살려고 그 어린것들 두고 이 일 저 일 그나마 농촌이라 내가 하려고만 하면 일은 많았으니까, 밭매고 모심기하고 벼 베고 무엇이든지 닥치는 대로 했다.

애들이 먹을 것이 없으니 미원을 설탕인 줄 알고 먹었다가 맛이 없자 부엌에 다 쏟아놓은 적도 있다. 주인집 재관 엄마한테 좀 봐달라고 했지만 자기도 바쁜데 살뜰히 볼 수가 없었겠지.

끝나고 집에 오면 엉망이고 그러다가 학교 건너편에 넓은 집으로 이사를 갔다. 가서 보니 집이 넓어 뭐라도 하겠다 싶어서 방 한 칸을 광산에서 일하는 과장인가 하는 사람한테 세를 주고 광산 직원들에게 점심을 해다 주기도 했다. 그때부터 농사일도 품일로 하면서 점심을 해 주었지.

아침에 일찍 나가 일을 하다가 11시에 들어와 점심을 해서 한참 가야 하는 광산까지 갖다 주고 밤에 가면 1시쯤 돼. 다른 사람보다 부지런히 하면 그 사람들 하는 것은 다 따라 하니까 그렇게 힘들게 왔다 갔다 하면서 숨이 넘어갈 정도로 뛰었다. 그런데 말야, 그토록 몸부림치며 해 놓은 밥값을 계산해 달라고 갔더니, 아 글쎄 네 아빠가 찾아갔다는 거야.

돈 한 푼 안 갖다 주면서 그것까지 가져갔다고 하니 정말 속이 상하고 맥이 풀리더라.

저녁에 집에 들어 왔기에 설마 쓰진 않았겠지 싶어서 수금한 밥값을 달라 했더니 직원들과 회식하고 다 썼다는구나.

도대체 인간이 자기가 갖다주지도 않고 그것까지 썼다니 너무 기가 막히더라고. 애들하고 밥이라도 먹고 살아야지, 도대체 무슨 생각으로 내가 힘들게 번 것까지 그렇게 날리면 우린 어떻게 살라는 거냐고 몇 마디 했더니 그때부터 때리기 시작하는데... 남자가 그럴 수도 있지, 그것 가지고 잔소리한다고 얼마나 난리를 치는지....

그런데 놀라운 건, 옆방에 과장 아저씨도 안 말리고 이웃집도 구경만 하고 있었다는 것이다.

그래서 그때 도망가서 너를 고생시켰던 거란다. 그 후에 다시 후포로 와서 좀 살다가, 노가리를 까는 일을 매일 했다. 그런데 네 아빠가 노가리 푸대를 매일 밖에 버려서 흙투성이를 만들었지 뭐니. 먹고는 살아야 하는데, 어떻게 해야 되냐고... 그렇다고 도둑질은 못 하고 뭐라도 해서 식구들 풀칠이라도 해야 하는 것이 목적이었으니....

그나마 위안인 것은, 너는 가는 곳마다 늘 상을 타 왔으니까 그것이 나의 낙이었다.

네 아빠는 직장 구할 생각도 안 하고 있어 할 수 없이 큰집에 가서 애들하고 살 수가 없다고 했더니 다시 평해로 오라 하시더라. 큰아버지가 "온정에 땅 사 놓은 것이 있는데, 거기 뭐가 나오는 것이 있어 동생(네 아빠)을 책임자로 하고 발굴을 하면 밥은 먹고 살 것이다."라고 해서 왔는데 몇 달이 되어도 월급을 안 받았다는 거야.

사람이 먹고살 거리는 해 줘야 하는 거 아닌가.

그때 큰집에서 월급을 못 받았으니 큰엄마한테 쌀이라도 한 포 사 달라고 했더니, 자기네도 없다며 그런 말 하지도 말라고 딱 잘라 거절하는 거야. 그때 큰집은 여인숙 가게를 할 때니까 남에게도 해 줄 수 있을 때인데 우리를 그렇게 대하니 얼마나 야속했겠냐.

고모네 집에 가서 조금씩 일해 주면서 살고, 고추 꼭지 한 근 다듬으면 50원 하는 것을 100근 다듬어서 5천 원 벌려고, 그것도 있을 때 한다고 밤새며 다듬었더니 입술이 부르트고 난리도 아니었다. 그러다

할 수 없이 정류소에 포장마차 하던 아줌마가 자기는 가게를 얻어서 하게 되었다고 내놓는다 한다. 나는 그걸 해 보려 했으나 어디 돈이 있어야지.

마침, 우리가 우체국 뒤에 여고 넘어가는 언덕에 살 때, 같은 집에 살며 면사무소에 다니는 쌍둥이가 있었는데, 그 사람한테 15만 원을 빌리게 됐다. 빌려주면 포장마차 사고 장사해서 제일 먼저 갚을 것을 약속하고선 난생 처음으로 남한테 돈을 빌렸다.

그걸 빌려서 포장마차 10만 원 주고 사고, 5만 원 가지고 재료 준비해서 김밥도 했다. 시장 입구에다 자리잡고 장사를 하는데, 처음에는 음식을 주고 손님이 주는 돈을 쳐다보지도 못해 옆으로 서서 받았다. 제대로 쳐다볼 수가 없을 정도로 부끄러웠다.

장사를 시작하고는 그나마 밥은 먹고 살았다.

그렇게 조금 장사하다가 시장 옆에 비어 있는 가게를 물어보니 보증금 없이 월세만 25만 원이란다. 사는 집도 월세 10만 원이니까 조금만 더 보태면 되겠다 싶어서 하던 포장마차를 안 하고 가게로 전환하였다. 점포에서 장사를 하면서 애들이 항상 같이 있으니까 제일 좋았다.

이사 간 곳은 방이 엄청 넓어서 중간에 농을 하나 사 놓으면 두 칸으로 쓰겠다 싶어서 시장 안의 농방을 찾아가 물어보았다. 티크 장롱이 크고 맘에 들어 2만 원이란 거금을 주고 사다가 중간에 놓았다. 두 칸으로 써도 널찍하니 애들도 좋아하고 두 칸 방을 처음으로 만들어 썼다.

이름도 포차식당이라고 지었다. 포장마차 하다가 가게를 시작했으니 포차식당이고, 허가도 내야 하고, 그런대로 준비해서 시작했는데 곧잘 됐다.

시골에는 5일마다 장이 선다. 2일과 7일 장날은 시골에서 다 나오니까 버글버글하면서 회 먹으러도 오고, 붉은 게 먹으러도 온다. 내가 손님에게 어서 오세요, 맛있게 드셨냐고 인사하면, 네 아빠는 소리소리 지르면서 불러 놓고 네가 술집 색시냐, 기생이냐 야단을 하면서 술 가져오라 한다. 술을 한번 시작하면 하루 종일 마시고 앉아서 사람 나가지도 못하게 난리고, 음식 먹은 사람에게 돈도 못 받게 그 앞에서 때리면 다 도망간다. 그뿐인가, 그것도 장사라고 여기저기 다니며 자기가 포차식당 사장이라고 떠벌리면서 다방, 식당 다니면서 외상을 하고 다니기도 했다.

그러면 내가 어떻게 외상한 것을 알고 다니면서 갚을 수가 있겠냐고. 그다음에 가서 다방이나 식당에서 먼저 외상한 것 있다고 달라 하면 집에 와서 그날은 자기 위신, 체면 깎이게 했다고 남아나는 것이 없게 때리고 부수고 난리였지.

그러면서도 나는, 장날 아닌 날엔 시장에서 하던 음식을 포장해 다리 밑에 갖고 가서 닭 다리에 짜장을 넣어서 큰 솥으로 하나씩 해 놓으면 (그때 다리는 엄청 컸다), 학생들이 다리 밑에 놀러 와서 잘 사 먹었다.

그날그날 다 팔리니까 재미있어서 장 아닌 날은 솥으로 하나씩을 준비해 거기서 닭발 장사를 했다.

그러다 보면 우리 큰아들은 상도 많이 타 왔다.

저 멀리서 손에 들고 "엄마 오늘도 상 탔어."

그럴 때면 엄만 참 기뻤어. 그렇게 좋은 일이 어디 있냐고. 아들아, 네가 상을 그렇게 많이 타 와도 한번도 너의 아빠한테 칭찬을 받아 본 적 있나?

인생을 너무 기쁨도 슬픔도 모르는 채, 혼자 잘난 멋에 사는 사람은 3척 때문에 망한다는 말이 있는데… 없는 것이 있는 척, 못난 것이 잘난 척, 모르는 것이 아는 척, 3척이 망친다는 게 맞는 것 같다. 사람이 언제나 분수를 알고 산다는 것은 쉽진 않지만 너무 힘들게 산 것 같다.

그런 세상을 살면서도 애들 보는 낙으로 살아왔었는데, 네가 13세로 중학교 2학년, 네 여동생이 초등학교 3학년, 막내는 1986년 3월 3일 입학시켜 놓고 열흘도 안 되어서 집 짓는 사람들이 찾아왔다. 그들은, 옆에서 집을 짓는데 밥을 해 줄 수 있냐고 해서 그러겠다고 했더니, 노가다 사람들 밥해 준다 했다고 트집을 잡으며 얼마나 때리고 패고 술을 먹고 또 먹고 하던지….
제발 때리지만 않으면 살겠는데….

오죽하면 제천에 바람피운 여자 집에서 자고 아침에 와서 도시락만 가지고 가도 나만 안 때리면 무슨 짓을 하든 말든 상관 안 하겠다 하고 있었는데, 내가 그 여자를 한번 보여달라 했더니 제천에 나오라고 하더라.
그래서 나갔더니 같이 왔더라고. 그 여자와 잘 왔다고 인사하고 나서, 가면 잘해 주고 우리 집에도 놀러 오라고 했더니 한번 왔더라고. 그래서 막걸리 사다 주고, 밥해 주고, 놀고 있으라며 애들 데리고 피해 주고는 제발 때리지만 않으면 살겠다고 애원을 했었다.

네 아빠가 제천에서 영월까지 다니는데 오토바이를 사 달라 조르더

라. 평해서도 걸어 다닐 수 없다고 오토바이를 사 달라 해서 술 안 먹기로 약속하고 사 줬다. 그러나 정작 사자마자 또 술을 먹고 타고 달린다. 술에 취해 감각이 둔하니 오토바이가 잘 나가는 것 같지가 않았나 봐. 자꾸 달리다 보니 넘어져서 파출소에서 신고가 들어왔지 뭐야.

나한테 연락이 와서 데리러 갔더니 누가 밀어서 넘어졌다고 사고처리 안 해 준다고 경찰에게 떼를 쓰니 경찰이 나를 불러 그냥 모셔 가라 하더라고. 그런 데도 사고 처리 안 해 준다고 떼를 쓰는 바람에 벌금 20만 원 물은 것 아니냐.

어찌 그렇게 사람을 힘들게 하는지 너무 야속하기만 했다.

노가다 밥은 안 하겠다고 했는데도 한번 시작한 것이 얼른 끝이 안 나고, 또 때리고 귀신 들린 사람처럼 못살게 하여 집을 뛰쳐나갔는데 다시 들어오긴 너무 겁이 났다.

속으로는 범이 자기 새끼 잡아먹진 않으니까 내가 없으면 거두겠지 하는 마음도 조금은 있었기에 버스를 타고 가다 보니 봉화교화원 엄마 계신 곳까지 가게 되었어.

엄마가 엉망진창인 나를 보더니 놀래서 왜 그러냐고 물으시더라. 김서방한테 맞고 도망쳐 나오는 길이라 했더니, 딴사람 볼까 봐, 서울 종옥이한테로라도 가서 며칠 있다가 가라면서 주소 있는 봉투를 하나 주시더라.

기차 타고 청량리에서 택시를 타고 동암역까지 가자고 했더니, 기사가 나를 보고 "어디서 오는데 그렇게 됐냐?"라고 묻는데 아무 말도 못

하고 "목적지만 데려다 주세요"라고 하고서는 동암아파트 앞에 내렸다. 그때는 종옥이 결혼한 지 얼마 안 돼서 미안하기도 하고 창피하기도 하고 해서 하룻밤만 자고 언니 집에 찾아간다고 거짓말했다.

종옥이네 집에서 나와 차를 타고 영등포역에 내려서 여기저기 어디에서 어떻게 자리를 잡을까 하며 옆 골목으로 들어갔는데, 양갈보 동네야. 남자들 지나가면 막 붙잡아 들이고, 여자들이 화려하게 차려입고 문 앞에 서서 지나는 사람들에게 눈 흘기는 동네라 식겁을 했지.

다시 흑석동으로 가는 버스를 탔는데 가 보니 고모네가 재건축 때문에 이사를 난곡동으로 했다데. 그래도 아가씨 때에 얼마라도 있었으니 고모를 찾아가야겠다 생각하고 난곡동 가는 버스를 타고 가는데, 가다 보니 중간에 고물상회가 하나 있고 포장마차가 하나 떡하니 서 있는 것이 주인이 없는 것 같더라고.

거기 내려서 고물상회 주인한테 물었더니 주인 없는 거니까 사려면 10만 원 내라기에 그길로 당장 종옥이한테 가서

"돈 50만 원 빌려주면 내가 남의 집 일하는 것보다 포장마차를 해서 제일 먼저 네 돈부터 갚아줄게."

그렇게 50만 원 빌려다가 포장마차 10만 원 주고, 당장 있을 데가 필요해서 찾아보니 때마침 지하방 30만 원에 월 5만 원짜리가 있어 얻고, 10만 원을 가지고 장사를 시작했다.

난곡사거리에서 포장마차를 하고 있었는데 두 달이 좀 넘어서 낮에는 국회의원이 이 길로 다니니 밤에만 하고 낮에는 치우라고 하더라. 몇 번 끌고 다녀보니 힘이 들어서 할 수가 없더라구.

포장마차를 그 자리 두고 할 때는 아무 생각 없었는데 끌고 다녀보니 보통 힘든 게 아니더라. 그때 언니네 집을 한번 찾아가 보려고 양평동 차를 탔는데 오목교 다리 전에 내려야 되는데 다리를 지나버렸어. 오면서 보니, 골목이 어수룩한 것이 뭐라도 찾아보면 되겠다 싶어서 하차 후 골목을 접어들어 보니 빈 가게가 많이 있더라.

보증금 100만 원에 월세 5만 원 붙어 있는 게 보여 옆의 사람한테 주인 좀 불러달라고 했지. 내가 조심스럽게 "돈이 좀 모자라는데 덜하고 할 수 없겠느냐?"라고 했더니 자기가 백만 원 받게 되면, 보증을 서고 일수를 내게끔 일수 아줌마를 소개를 해 주겠단다.

그렇게 100만 원 내서 보증금을 주고 난곡동에서 살던 방 보증금 빼고, 운영하던 포장마차 10만 원에 파니까 금방 팔고 종옥이 돈 갚고 남은 몇 푼 가지고 재료를 사서 장사를 시작했단다. 한 달이 채 안 돼서 형부와 동서가 애들을 다 데리고 왔다 하길래 정말 깜짝 놀랐다.

난곡 있을 때 너희들 생각나서 버스를 타고 이 종점 갔다 저 종점 갔다 했다. 시간이 한가하면 생각나고 걱정되어서 주인집에 손주를 데려다 키우는 애길 많이 봐주곤 했어.

그러면서 '자리 좀 잡으면 애들을 데리고 와야지' 그 생각밖에 없었는데, 방학도 아닌 지금 학교 다니는 애들을 다 데리고 왔다는 바람에, 애들도 시기가 있는데 시기를 놓치면 어떡하지 그것이 걱정이었어.

그래도 속으로는, '애들도 고생스럽지만 잘 참아 주겠지.'

'큰엄마, 고모, 아빠, 할머니까지 다 있으니까 애들은 잘 거두고 있겠지.'

'그렇게 두들겨 패서 쫓아냈으니까, 자기도 나 없고 때릴 대상이 없으

니 정신 좀 차리겠지.'

'자기 새끼를 잘 거두고 있겠지'

이런 약간의 믿음으로 버틸 수 있었던 것 같다.

저녁에 언니 집에 쫓아갔더니 애들을 다 칼로 찔러 죽이고 자기도 같이 죽는다고 애들을 찔러 가지고 엉망을 해 놓은 거야. 언니네는 둘 다 일 가고 애들은 넷이 다 학교 가고 자기네만 있으니 그 난리를 치고....

애들이 얼마나 겁에 질렸을까.... 속으로 피눈물이 나왔어.

애비란 작자가 다 키워놓은 자식들을 죽이다니....

그것이 아버지의 할 노릇이냐고~ 정말 가슴 아팠다.

이후 내가 있는 곳에 좁거나 말거나 같이 있다는 것만으로 행복했다.

네 여동생이랑 막냇동생은 초등학생이니까 가입학이 되는데, 중학생은 가입학이 안 되고, 교육구청에 신청을 해 놓고 너는 내려가서 티오가 나서야 올 수가 있었다.

거의 한 달 정도 있으니 영등포 교육구청에 신청했던 것이 연락이 왔다. 산목중학교, 그때는 목동아파트 지을 때 학교를 지었고 전학생 1학년 2학년만 받을 때여서 2학년에 들어갔다. 졸업하고, 고등학교도 만리동에 있던 양정고등학교가 목동에 지어 이사하는 바람에 첫해에 들어가게 되어, 학교 걱정이라도 안 해서 다행이라는 생각이 들었단다.

어려서 중학교, 고등학교 지내면서도 나는 사느라고 바쁘다 보니 큰

일이 있어 오라 하면 가고, 특별한 신경을 못 썼었지.

졸업할 때, 직업학교 졸업장과 고등학교 졸업장 두 개를 가지고 온 것을 보며 얼마나 애를 썼겠는지를 알겠고, 직업학교에서도 상장에 정보처리 자격증까지 땄다는 것이 정말 깜짝 놀랄 일이었지.

살기가 힘드니 아들이 빨리 돈 벌어서 집안을 일으키겠다는 심정이었잖아.

동양전문대에서도, 정보처리 자격증도 있겠다, 정보통신과를 갔든지, 컴퓨터과를 갔든지 했다면 고생을 덜 했을 텐데, 굳이 아빠가 전기과로 난리를 쳐서 맘에도 없는 전기과 들어가 과가 맘에 안 들어 그렇게 여러모로 애먹이고 속 썩고 했지. 군대 다녀오느라 2년제를 7년 만에 졸업하고....

그때부터 잘못된 것 같았다.

졸업 후, 자격증 공부한다고 할 때 엄청 고마웠던 막내가 오토바이만 안 샀더라면 엉뚱하게 사고는 안 났겠지. 그 오토바이 때문에 학교에서 오다가 안경에 불빛이 비쳐서 넘어졌어. 그나마 넘어진 건 다행이지. 박았으면 어쩔 뻔했나 싶어서 지금도 그 생각하면 아찔해. 천행으로 크게 안 다친 것이 정말 다행이었다.

다쳤다고, 사고가 났다고 파출소에서 연락이 와서 놀라 허둥지둥 쫓아가 보니, 얼굴은 바닥에 갈아서 엉망이고 피투성이였지만, 크게 다치지 않았던 것이 얼마나 천만다행이었던지. 현장을 보고는 사고 수습을 해야 하니까 파출소에서 손이야 발이야 무조건 비는 것밖에는 없었다.

술도 안 먹었고, 면허 시험공부 하러 간 학생이었고, 안경을 써서 불빛에 앞이 잘 안 보여서 넘어진 것뿐이니 선처해 달라고 애원하며 빌었다.

그런데 돈을 달라고 요구를 하는 거야. 바로 경찰서로 넘겼으니 신정파출소하고, 우리가 사는 곳이 양천구니까 두 군데 50만 원씩 100만 원을 가져오라는 거야. 갑자기 돈이 어디 있겠어. 결국 아빠 암보험 들었던 게 꽤나 된 것 같은데 해약할 수밖에 없었지. 손해는 좀 보고 했어도 남한테 꾸는 것보다는 백번 낫더라고.

그렇게라도 일 처리를 할 수 있었다는 것이 얼마나 다행인지 조상이 도우셨다 생각했다.

너는 집에 와서 약만 사다가 치료하고 들어앉아서 그동안 자격증 시험을 봐서 다 따 오곤 했다.

그리고 경찰서 돈 문제를 해결하고 네 친구 기범이를 보러 신정병원을 갔더니 처음에는 온몸에 붕대를 다 감아서 사람 기겁하게 만들어 놓았더라고.

그래서 어쨌든 치료를 잘해야 하니까, 사람이 먼저니까 치료부터 하라 하고, 그 이튿날 다시 갔더니 붕대를 풀 수 있게 되었다. 특별하게 다친 곳은 없었고 여기저기 까진 것을 갖고 그렇게 사람을 식겁하게 했던 거여. 기범이 아버님을 다방으로 불러서 네 아빠가 치료비는 다 해 주고, 퇴원할 때까지 경과에 따라 조치하고, 병원에서 일어난 일은 책임질 테니 민형사상 법적 일은 거론하지 않겠다는 각서를 받았다.

그리고서는 병원은 내가 매일 왔다 갔다 퇴원할 때까지 치료비 다 부담하고 깨끗이 끝내고 가고 오고 했어. 그런데 그 후에 기범이 엄마한테서 눈을 외국에서 고쳐야 한다며 치료비를 내놓으라 하니 얼마나 화가 나던지.

병원에서 다 확인하고 갔는데 눈을 다쳤다면 그 즉시 난리가 났을 텐데, 실컷 있다가 그런 소리 하는 것도 화가 났지만, 몇 수년을 고등학교, 대학교 둘도 없이 친구라고 같이 다녔는데, 일부러 다치게 한 것도 아니고 같이 타고 오던 오토바이가 넘어져서 그런 건데 그렇게 죄인 취급을 하고 너무나도 화가 났어.

그 후에 너는 자격증 따고 취직하고 열심히 잘하고 다니다가, 태양전기 들어가서 한 1년 되고부터는 아가씨를 데려와서 장가를 갈 거라는 말에, 네 아빠는 형편이 안 되니까 소리치고 했지만, 나는 너무나도 반가웠다.

형편에 따라 그냥 보내고 싶었어. 좁은 집에서 복작거리는 것보다는 월세방이라도 얻어서 둘이 마음 맞추어 살면 좋겠다 싶었다. 네 여동생한테 하나은행에 오빠 월급 타 온 것을 1년간 적금 넣은 것이 있으니 아직은 한두 달 남아 있는데 해약하든 대출을 하든 해 보자고 얘기했다. 네 여동생이 5백만 원 보태 준다 하여 나머지는 맘을 내서 은행에 물어보니 대출은 90%를 내 준다고 했다더구나. 천만 원짜리를 9백만 원 받아 나머지 두 달 내고 계산해서 깔끔하게 끝났다.

팔십몇만 원씩 넣었던 거라 두 달 뒤에 끝나고 나니 마음은 시원했다.

옥탑 2천만 원짜리 방에다 방 한 개를 더 만들어서 짐은 거기다 놓고 그렇게 시작해서 둘이 재미있게 좋아하며 잘 살아 주었다. 같이 다니는 것이 부담이 되었던지 며느리는 그만두고 놀기 뭐하니까 이웃의

책방에 다니면서도 한 달 월급 얼마 탄다고 나한테 꼬박꼬박 20만 원을 주더라. 처음으로 다른 사람한테서 용돈을 받았다는 것이 너무나 고마워서 생전 잊히지 않는 일이 됐다.

그때는 조그마한 것이 이쁜 짓도 많이 했다.

그러다가 직장 그만두고 처음에는 조명가게 한다고 시작할 때는 참 좋았었다. 그런데 점점 커지기 시작하여 며느리 혼자 조명가게 하기가 벅차게 되면서 사람을 쓰고 하더니 결국은 치우고, 같이 하면서 맨날 외국을 문지방 넘듯이 다니고, 공장에 가 보면 맨주먹으로 이렇게 큰 공장을 했다는 것이 대단한데 너무 힘이 들었던 것 같아.

사람을 쓰다 보면 본인 마음 같은 사람이 어디 있겠냐고.

마음이 너무 착하고 모질지 못해 돈은 돈대로 날리고, 사람은 사람대로 힘들고, 너무 복잡하게 사는 것 같아서 가슴이 아팠었다. 며느리는 건물을 이것저것 사서 집 두 채, 공장 두 개 자기 앞으로 해 놓고 세금만 엄청 많이 내야 한다니 이것을 어찌 헤쳐 나갈까 큰 걱정이 됐다.

나오는 돈 없이 세금만 몇천만 원이라니 기가 막혔다. 얼른 모든 걸 해결하여 내려놓고, 몸만 의지할 집만 가지면 될 것 같은데....

나의 아들아, 너무 맏이라는 부담은 갖지 않았으면 좋겠다.

나는 네가 그렇게까지 부담을 갖고 평생 지워지지 않는 가슴앓이를 했다는 얘기를 들었을 때, 내가 정말 자식의 마음을 안다 해도 그렇게 속에 응어리져서 있는 것을 정작 몰랐으니 엄마라는 자신이 너무 한스럽고 미안하다.

그런 말을 한마디씩 해도 제천에서 내가 없어서.... 그 생각만 했지.

평해에서는 그래도 친척들이 옆에 주렁주렁 있었으니 애들에게 그렇게까지 설움을 주지는 않았겠지 했던 것이 너에겐 가슴앓이를 하게 했던 것 같다.

밥때를 못 맞춰도 조마조마하고, 반찬이 마땅치 않아도 동생들은 뭐먹지? 밥그릇을 긁어도 동생들이 혼나니까 눈치 보고 애타고, 김이라도 한 조각 감춰 놓았다 주고 싶은 그 마음.... 그 정도로 맏이라는 책임감을 가지고 열세 살 그 어린 나이에 얼마나 가슴앓이를 했을지....

그 얘기 듣고 나는 죄인이었구나 싶은 생각에 피눈물이 나는 듯했다. 어떻게 하면 그 상처 받은 마음이 메꾸어질까.

아들아, 언제 한번 거두지 못할 자식이라면 낳고 싶지 않다는 말을 들은 적 있다.

모든 것을 잊고 새로운 인생을 살자.

부모 때문에 자식이 없다는 것은 슬픈 일인데 어떻게 하면 치유가될까?

2021. 1. 6. 엄마가

4

막내아들아, 막둥아 사랑한다

태어나야 할 아기가 안 나와서 영해병원까지 갔더니 배 속에서 여물어서 날 때까지 병원에 입원해야 한다기에, 그럴 형편이 안 되는 나는 죽어도 집에 가서 있어야 한다고 그냥 돌아왔다. 4월에 날 아기가 얼른 안 태어나서 배 속에 뭐가 다른 것이 들었나 싶어 걱정도 참 많이 했었다.

2개월 동안 엄청 속이 탔는데 6월 중순이 지나 21일, 저녁 먹고 설거지하고 나니 배가 살살 아팠어.

그냥 겁이 났다. 이웃에 백 씨 아줌마가 평소 늘 걱정을 해 주던 분이어서 아기가 나올지 모르니까 와 달라고 했더니 와 있으면서 엄청 걱정을 했다.

날 때가 많이 지나서 잘못될까 병원도 안 가고 있던 어느 날, 때는 여름이라 9시라도 깜깜하지는 않았는데 혼자 걱정을 하던 중, 9시 5분쯤에 머리가 새까만 아기가 쑥 빠져나왔다.

아주머니가 놀라서 아기를 보고는 "진짜 여물었나 봐. 머리도 숱도 많고 처음 난 애기가 이렇게 잘생긴 건 처음 봤다"라고 깜짝 놀라는 거야. 그 아주머니는 아기만 받아놓고 국도 한 그릇 안 끓여주고 가 버렸다.

시어머니는 영주 딸 집에 가시고, 맏동서는 광산 함바 하느라 아직 끝이 안 났고, 우리 신랑이라도 좀 챙겨 주면 좋으련만 아무것도 모르니 그냥 자고 있었다.

나 역시 한참을 자다 보니 배도 고프고 허전하고 견딜 수가 없어서 옆방에서 자고 있던 남편을 깨워 밥 좀 달라고 했더니, 그 밤에 백 씨 아주머니를 부르는 거야. 결국 아주머니가 와서 미역국을 끓이고 밥을 해서 먹게 해 주고 갔다. 미안하지만 답답하니까 할 수가 없었다.

그리고 나서는 이틀, 3일째는 내가 다 해 먹었다. 산후조리란 것은 없었다. 그냥 큰 애기들 밥 먹여야지. 호강스러운 조리를 못 한 몸이지만, 나의 식구 다 같이 살려면 어쩔 수가 없었다.

며칠 지난 뒤에 시어머니가 오셨다. 국과 밥을 해 주시는데 마음이 불편하더라. 언어먹을 팔자가 못 되는지 내가 해 먹는 것이 차라리 편하다.

시누이 조카딸이 밥해 준다고 오더니, 한때를 못 하고 가 버린다. 그럼 그렇지. 차라리 나 혼자 애기들 보면서 밥해 먹어 가며 사는 것이 편하다. 이 사람 저 사람 왔다 갔다 하니 오히려 성가시다.

그렇게 삼칠일(21일)이 지나고 한 달이 되었다. 그때부터 큰집 빨래를 대문 앞에 갖다 놓기 시작하는데….

애기가 울거나 말거나 개울가에까지 다라이에 태산같이 담아 나르고, 애기 기저귀에다가 우리 애들, 식구 빨래까지 함께 다 하니 얼마나 많았겠냐고.

그때는 집 안에 세탁기도 하나 없고 5분, 10분 거리에 개울이 있었는데, 거기가 빨래터였다. 애기가 울면 몇 번씩 왔다 갔다 다녀야 했고, 그런 세월이 흘러 애들이 조금 커서 네 큰형은 여섯 살에 초등학교에 들여보내고, 누나는 세 살, 막내 너는 돌도 안 지나고....

형은 자기도 어릴 땐데도 동생들을 잘 데리고 놀았다.

형이 3학년 때 제천으로 이사를 가자고 해서 뭐 좋은 덴가 싶었는데, 이사해서 시댁과 떨어져 사니 시어머니와 맏동서 구속을 안 받고 너무 좋았다.

가서 보니 좋은 것은 잠깐이고, 이 고생 저 고생 온갖 고생 다 하고 살 수가 없어서 다시 시댁이 있는 곳으로 왔다. 돌아와 살다 보니 새로운 직업도 없고 사람만 험악해지고 있었다.

후포에 형이 5학년 때 와서 평해 6학년 때 갔으니, 어린아이가 이 학교 저 학교 얼마나 헤매고 다녔는지....

그래도 가는 곳마다 상을 많이 타 왔다. 무조건 시험 보면 100점 맞으니 선생님도 "나이는 두 살이나 어린데 신기하다"라고 했단다.

막내 너는 7세 때 유치원에 시누이 손녀가 간다기에 같이 넣었다. 조카딸의 딸이니 나에게도 손녀다.

둘이 동갑이라서 재미있게 무용도 하고 오락도 하며 즐기면서 잘 다니더니 1년 지나 졸업을 하고, 초등학교 입학을 했다. 10일도 안 되어

내가 네 아빠랑 싸워서 맞고 또 맞는 바람에 견딜 수가 없어 도망을 나오게 되었다. 애들 걱정이 너무 되는데, '범이 자기 새끼는 안 잡아 먹는다는데 설마 제 자식은 거두겠지, 이젠 정신 좀 차리겠지.' 하고 다시 돌아가려니 겁이 나서 가기가 싫었다.

그래서 울진에서 서울까지 도망을 왔다.

정말 애들한테 엄마로서 해서는 안 될 일을 했다. 지금도 그것만은 자책한다. 큰형은 자기들을 버리고 떠난 엄마로 생각해서 용서가 안 되고 한이 안 풀린다고 하더구나.

말을 잘 안 하고 무엇을 물어봐도 대답도 겨우 하고, 그래도 그런 내용은 모르고 무엇이 속상한 일이 있냐 했더니 그런 거 아니라고만 하고 세월이 흘렀는데….

아빠 돌아가시고 이런저런 얘기를 하다가 그런 얘기를 해서 너무 놀랐다. 마음의 앙금이 있었더구나.

부모가 다 부모가 아니구나 싶었다. 어떻게 하면 풀어질 수 있을까?

그 말을 들은 순간부터 가슴이 찢어지고 남편이 더 미워졌다. 이젠 저도 어른이 되고 세상을 살면서 겪는 것이 많다 보니 엄마를 이해한다면서 풀었고, 유럽 가서 세계 일주 구경도 하고 잘 지내고 있다.

막둥이는 여덟 살 먹은 애가 처음으로 학교라고 갔다 오니 엄마가 없다? 상상이나 했겠냐고.

바로 나가면 평해 버스정류장이다. 울진행 차가 많으니 무조건 타고 울진까지는 갔으나 내려서 가는 길은 모르니까 사람 많이 오가는 자리에 기다리고 있었다지. 어떤 아주머니가 지켜보니 누굴 기다리는 것 같아서 물어봤더니, 엄마 기다린다고 했대. 너의 엄마가 어디 간 줄 알고? 그리고는 어디서 왔느냐 물어서 동네와 학교를 얘기했겠지.

그 아주머니가 평해초등학교를 찾아서 1학년 이런 애가 울진 버스정류장에 있으니 찾아가라 했대요. 학교 측에서 다시 평해행 차를 태워 보내라 했고, 버스를 다시 태워서 평해에 보내서 그제서야 집과 연락이 닿아 네 아빠가 찾아와서 엄청 혼냈다고 하더구나.

그때부터는 딸이 3학년이니까 막냇동생을 데리고 다니면서 애어른이 되어서 챙겨 주고, 고모 집에 가서 밥 얻어다가 아빠도 먹이고…. 아빠가 자기가 가서 먹고 애들도 챙기면 얼마나 좋았을까.

그 어린 것을 힘들게 하고 고생시키니 무슨 아빠가 자식이건 무엇이건 아무런 생각 없이 사는 것 같아.

네 아빠는 너희들 큰아빠한테는 무서우니까 잘 가지도 않고, 고모는 만만한지 떡방앗간을 하는데, 그나마 그 누나가 다행히 살 만하니까 덕을 많이 보고 살았지.

너희들도 고모 덕에 그나마도 보살폈던 것 같다. 큰아버지도 자기 동생이 자기밖에 모르는 인간이니 엄마 보고 고생한다고 항상 그 시누이가 너의 엄마 나를 챙겼거든.

그럭저럭 시간이 흘러서 3월 중순에 쫓겨나온 내가 그동안 포장마차하고 오목교에다가 자리를 잡고 장사를 했는데 6월에 딱 100일 만에 애들 데리고 엄마 언니 이모 집으로 찾아왔다.

이모는 있다가 가겠지 하고 놔두었는데, 이모부가 애가 타서 몰래 와서 동서가 애들 다 데리고 왔는데 처제가 어떻겠냐고 물어보길래 적잖이 놀랐다.

애들 학교도 시기가 있는데, 조금 있으면 방학인데, 이렇게 대책 없이 찾아오면 어쩌냐고, 쫓아가서 초등학생은 목동초등학교 가입학시키고, 중학생은 교육구청에 신청을 하라 해서 그대로 따라 목동초등학교 1학년으로 입학시키고, 누나는 3학년, 형은 열두 살인데 다시 평해 가서 신청한 것이 됐다고 어디로 넣으랴고 하니, 한 달 정도 있다가 신목중학교 전학생만 받는데 넣으면 된다기에 신청했고, 그전엔 1학년, 지금 2학년, 2년째 되는 학교였다.

막내 너는 목동에서 6년 동안 부반장을 하면서 졸업을 하고, 양정중학교에 가서 고등학교까지 나오고, 대학교는 원서 넣을 때 세 군데 넣었는데 다 된 것이다.

처음에 수원대가 돼서 등록금을 부쳤다. 날짜에 맞춰 다 하다 보니 어긋나기도 했다. 세종대도 되고, 나중에 숭실대가 붙었는데 집에서 한번에 갈 수 있고 너무 좋았다.

수원대를 포기하려고 전화를 하니 본인이 직접 와서 사유서를 내야한단다. 너는 그때 당시 집 옆 스카이락이란 카페 음식점에서 아르바이트를 하던 때였다.

고등학교 다니면서 계속해서 대학교 원서는 내가 사러 다니고 써서주면 내가 내러 가곤 했다.

수원대학에서 등록금을 받아야 하니까 내가 가 봤더니 학교가 얼마나 큰지 한마을이 전부 학교였다. 마을버스가 수시로 다니고 대단한 학교라는 것을 알았다.

수원대를 막내 너 대신 찾아가서 "다른 학교(숭실대)에 합격되었어요. 집도 가깝고 해서 거기로 가야겠습니다."라고 하니 등록금을 반납해 주었다. 그 등록금을 찾아서 숭실대에다 입학을 시켰고, 아르바이트도 퇴직금까지도 받고 마무리 잘하고 끝냈다.

31번을 타면 한 번에 학교에 갈 수 있어 너무 좋았다.

오목교에서 애들 학교는 집에서 다 다닐 수 있고, 형도 신목중 졸업하고, 양정고가 만리동에서 이사 온 그해 첫 번째에 들어가서 무사히 졸업하고 동양전문대를 갔다. 거기는 30번, 숭실대는 31번, 번호도 잊지 않을 정도로 기억에 잘 남는다.

막내 너는 숭실대를 입학 후 1년 다니다 휴학하고 공군에 입대해 30개월 복무를 마치고. 미국 가서 영어를 좀 배워 온다고 형제끼리 얘기를 다 해 놓은 상태였던가 보더라.

큰며느리가 결혼한 지 얼마 안 되어서 시동생이 미국으로 어학연수를 간다 하니 비행기값을 4백만 원 대췄다고 했지. 나한테는 내일모레 며칠에 간다고 통보만 하니 너무 놀랐다. 어떻게 가냐 물으니까 형수가 돈 대줘서 간다고 하데. 너무나 고마웠지.

자기네도 결혼해서 겨우 사는데 대견하고 감사했지.

나는 해 줄 형편도 못되고 잘 갔다 오라는 말밖에 할 수 없었다.

1년 동안 아르바이트하면서 영어도 배우고, 미국 구경도 하고 다니면서 맨해튼 사거리에 '삼성'이란 큰 간판 광고가 있는 것을 보고 '저 회사에 들어가서 최고가 될 것이다.' 하고 맹세를 했다지.

1년 동안 잘 있다가 때가 되어서 한국에 들어와 복학하여 공부 잘하고 있을 때, 4학년 초에 삼성에서 시험을 봐서 합격하고 4학년 말 졸업할 무렵에는 사진기 같은 것 팔아 오라고 시키면 1등으로 팔고 머리를 써서 잘하니까 졸업도 하기 전에 구미로 갔다.

어느 부서로 가니까 학교 졸업하고 오랬다 해서 졸업하고 바로 구미로 내려가 방 하나 얻어서 자취생활을 하게 됐다.

그럭저럭 새내기 생활을 4, 5년 하다가 26세에 들어가서 32살에 결혼한다고 색싯감을 데리고 와서 바로 상견례하고, 결혼 2010년 5월 5일 결혼식을 우리는 알지도 못하는 강남의 어느 예식장에서 둘이서만 다 챙기고, 부모님은 자리나 지켜 달라고 해서 수월하게 끝났다.

결혼하자마자 구미로 살림을 갔지.

회사에서 혼자(싱글) 있을 때는 집을 안 주고, 결혼해야 아파트를 주는데, 뽑아서 당첨되는 대로 가는 거래. 처음에 해서 1층이 됐다면서 다시 한번 더 하자고 해서 5층 꼭대기 되었다지. 다시 바꿀 수도 없고, 사느라고 네 색시가 고생깨나 했을 거야.

애기를 금방 낳는 바람에 엘리베이터도 없고 옛날 아파트라 오르내리기가 보통 일이 아니었을 텐데 말이다.

5년 살다 자기가 벌어서 나가라 하니, 세 2억짜리로 넓고 다니기도 좋은 아파트를 얻어 이사를 했다. 가 보니까 너무 넓고 방이 네 개나 되고 정말 내 아들이 성공했구나 싶더라.

특별하게 해 준 것도 없는데 잘 살아주니 감사한 일이다.

큰 애가 네 살이 되던 해 둘째가 태어났다. 아들만 둘이 되었다. 둘째

가 태어날 때는 너는 베트남에 가 있었다.

자라면서 너무 이쁘고 사랑스러운데 어미 욕심에는 딸 하나 있었으면 좋겠다 싶은 생각이었나 봐. 우리 딸이 하나에서 열까지 세심하게 하는 것이 너무 좋은데, 아들만 있는 집은 아무래도 며느리가 내 자식은 아니니까 살뜰한 게 덜할 것 같아서지. 그래서 내가 딸 생각해 보면 어떠냐 했다.

입도 벙긋 못하게 하는 통에 며느리 혼자 애기 둘을 키우느라 고생했고, 태어날 때 베트남 가서 있다가 세 살 후에 왔으니 애기가 낯가려서 보기만 하면 울었다.

더 욕심부리지 말고 있는 그대로 살면 되는 거다. 더 이상 바라지도 말고 살면서 건강하게 잘 자라 주면 그만이지.

학교도 아파트 안에서 다니면서 가깝고, 작은 손자는 어린이집을 다니는데 네 색시가 어린이집 교사로 다녔었는데 막내가 학교 들어가니 손이 많이 가잖니. 그만두고 애들 돌보게 되었다니 다행이다 싶었다.

회사에 다니던 아비는 터키에 가서 회사를 차려야 한다고 회사에서 몇 사람 보내는 바람에 처음에는 맨땅에 헤딩하듯이 가서 모든 자재고 뭐고 다 대어주니까 지어서 거기 사람을 뽑고 몇백 명 책임져 가며 많은 일을 해낸다는 것이 쉽진 않았겠지. 처음에 혼자 가 있으면서 일을 처리해 가며 바쁜 나날을 보냈겠지.

2020년도에 가서 23년도에 들어오라는 바람에 들어왔다 다시 또 나가라 해서 23년도 2월 22일 들어왔다가 다시 23년 6월에 가라니 혼자 갈 수 없다 했잖아. 그러자 가족이 다 가라 해서 지금은 터키 땅에서 애들은 특수학교에 큰 애가 중1이고, 작은애는 초3학년인데 그냥저냥 잘 적응하고 있다고 했다.

작년에 가족이 가기 전에 나온다기에 큰아들과 큰며느리 가서 유럽 구경 실컷 하고 터키 지진 나서 땅이 꺼질 때도 거기 같이 있었지.

2023년 2월 6일 날짜도 생생하구나. 며느리 생일이어서.

그리고 우리는 덕분에 여러 나라 구경하고 돌아왔지만 막내도 2월 말일에 왔다가 다시 갔으니 사람이 어떻게 바뀔지는 아무도 몰라. 이젠 유럽 생활도 적응돼서 온 식구가 잘살고 있더구나.

올여름 8월에 여름휴가로 누나네랑 엄마랑 함께 갔다 오면서, 두 번째 유럽을 보고는, 사람이 살다 이런 행운도 있구나 싶었다.

한번 가자면 비행기표만 몇백 드는 유럽인데 비행기 안에서도 식사 주지, 와인도 주지, 모든 음료는 원하는 대로 커피는 수시로 필요하면 주더구먼.

오고 가는 것이 구경이고 여행이더구나. 구름 위를 수없이 올라가지, 몇만 리를 하늘을 날아서 간다는 것이 꿈꾸는 인생이었다.

도착하니 아들 며느리 손자들 마중 나오고, 자가용 태워서 집까지 데려갔어. 지금은 비행장 옆이라 가깝고 가 보니 집도 넓고 내가 생각했던 것보다 훨씬 좋았다. 방이 5칸에 화장실이 3개, 누구 하나 부딪힐 일 없고 너무 좋았다.

수영장, 공동 수영장이 바로 집 앞이라 수영하고 싶으면 아무 때나 누구나 할 수 있고, 옆에 땅이 베란다 같은데도 베란다는 아니고, 넓고 고기 구워 먹고 배드민턴 칠 정도로 가에는 꽃도 심어 놓고, 아파트마다 개인 터를 만들어 놓았더구나. 집도 넓은데 거기에서까지 놀 수 있다니 멀리 갈 것 없이 재미있는 놀잇감이더군.

거기는 우리나라와 6시간 차이가 나서, 10시 25분인가 출발했고, 12시간을 갔는데 거기 도착해 보니 밤 12시가 넘어야 되는 것이 오후 6시가 되었다.

저녁 먹기가 딱 좋은 시간이라, 외식 거리에 구경도 할 겸 나가서 이것저것 양고기 여러 가지 마음대로 맛있다는 것 시켜서 먹고 보니 비용이 보통이 아니었지? 술도 소주 1잔씩 먹고 와인도 먹고 보통 4~50만 원 나온다던데.... 어쨌든 모였으니 먹고 즐기는 것이 최고지.

거리 구경하고 집에 와서 방 한 칸씩 줘서 짐 풀고 피곤하니 푹 자고 다음 날 놀러 갈 생각에 한바탕 씻고 잤다. 열기구 타는 곳으로 가려면 그 근처에 호텔을 예약해 놓아서 비행기를 타고 1시간 정도 가야 하는지라, 가이드가 와서 차에 태워 호텔까지 데려다 줬다가 그다음 날 새벽에 또 데리러 오고 다 알아서 해 주니 그나마 할 수 있었지, 우리끼리 갔더라면 아무것도 모르고 구경도 못 하고 왔을 것 같다.

열기구 타 보고, 해 지며 노을 지는 높은 산도 올라가 보고, 비둘기집도 높은 산 위에 구멍을 뚫어 엄청 많이 만들어 놓고, 그것을 보러 관광객이 많이 오니 그 높은 산꼭대기에서 음료수도 팔고 물도 파는데, 거기까지 수도를 끌어서 호스에 꼭지를 틀면 물이 나오더라고. 신기했다.

사람이 살아가는 곳은 다 살아가게끔 해 놓은 것을 보며, 정말 인간이란 대단한 존재임을 느낀다.

오랜만에 좋은 구경 실컷 했다. 비행기를 타고 갔으니 또 비행기를 타야 집으로 올 수 있다. 가이드 아저씨들이 비행장에 시간 맞춰 데려다줬으나, 비행기가 연착이라네. 8시에 탄다고 도착해 1시간, 2시간을 기다리는데, 바람이 갑자기 얼마나 부는지 사람이 날아갈 지경이고, 비행기는 뜨니 못 뜨니 난리고, 마냥 있다 보니 10시 40분 돼서 밖에 나가니 바람이 분다. 공항 안에 사람이 꽉 차서 기다리느라고 난리도 아닌데, 마지막에 11시 돼서 타라고 한다. 혹시나 바람 불어 또 어떻게 될까 걱정은 엄청 했는데 시키는 대로 타고 보니 서서히 뜨더구나. 거리가 다행히 가까워서 집에까지 오니 12시가 다 되었다.

집에 애들도 기다리느라 잠 못 자고 그 밤에 모였단다. 바람 불어 겁났는데 시간이야 늦건 말건 상관없는데 탈 없이 왔다는 것이 중요한 거잖니.

밤늦게 술도 한잔하고 밤을 새웠다. 다음 날부터는 아들 차 며느리 차 두 차에 나눠 타고 이스탄불로 여기저기 구경하고, 맛있는 것 먹고, 좋은 호텔 다니면서 차도 마시고, 바닷가에서 배도 타고, 안 해 본 것 없이 다 해 보면서 인생의 원도 한도 없다는 것을 느꼈다.

패키지는 가자면 가고 시간을 정확히 지켜야 하고, 여러 사람이 하는 거라 개인행동은 절대 안 되고, 엄청 마음이 바쁘고 불안한데, 이런 여행은, 제약 없이 편안하게 가자면 가고, 오자면 오고, 먹고 싶으면 먹고, 마음이 편하고 자유스러워서 더욱 좋았다.

성당엘 갔다. 천 년이 넘는 성당이다, 고궁으로 많은 신전을 구경하고 가는 곳마다 사람도 많았다.

먹고 살기 바쁜 데도 구경도 많이 오나 보더라. 가는 곳마다 사람이 어디서 그렇게 쏟아져 나오는지 여러 나라 사람 구경을 많이도 하는구나 싶었다.

내 인생에서 꿈도 못 꿔 볼 외국을 몇 번이나 오고 하는 것은 실상 따지고 보면 증오했던 남편 덕분이었다. 좋은 자식을 만들어 줘서 이젠 나 혼자 느끼게 되니 조금은 죄스럽고 미안하더구나.

2024년 8월 14일에 가서 22일에 왔다. 8일 동안 먹고 놀고 즐기며 옆 공터에서는 양고기랑 소고기랑 구워서 너무 맛있고 신나게 와인도 먹고, 사위랑 아들이랑 고기를 굽고 챙기면서 세상에 이런 행복이 또 있을까?

오후에는 수영장에 들어가 보고 가자고 했더니, 2시에 비행기 시간이라 11시에서 12시까지만 할 수 있다네. 알았다 하고서는 들어가는데, 수영장 높이가 15m, 한쪽은 18m 너무 깊더라고. 옆에 튜브가 걸려 있어서 몸 허리에다 넣고서 안전하게 왔다 갔다 해 봤다. 물도 맑고 깨끗해서 기분이 좋았다.

애들하고 실컷 놀다가 사진도 찍고 올라와서 점심 식사도 하고 마지막 차 한잔하고 공항으로 출발했다.

네 색시가 끝까지 모시며 운전을 안전하게 잘해 줘서 고마웠다. 그 험한 길도 잘 가는 것과, 터키 시내를 안 다닌 곳이 없을 정도로 잘하니 사는 데 지장은 없겠다 싶었고, 우리 아들한테 내조를 잘해서 고맙고, 손주들 잘 키우고....참 착한 며느리다.

우리가 비행기 타러 오는 길에 계속 서서 손 흔들고 애들도 인사하고 정말 좋은 경험을 했다.

우리 아들은 회사 출근한 터라 전화로 "건강하고 행복해야 해"라고 하니 온 천하를 얻은 기분이었다.

그러고 왔는데 네 누나가 팔이 아프단다. 쉬면 괜찮을 줄 알았는데 계속 아프니 병원에 한번 가 봐야겠다고 갔는데, MRI 사진을 찍어보니 힘줄이 끊어질 정도이고, 목도 고장이 나고, 말이 아니었다.

고쳐서 써야지. 8월 22일에 와서 계속 장사를 했는데 어깨가 몹시 아프다고 9월 19일에 사진을 찍어 본 결과 빨리 수술을 해야 한다고 한다.

20일은 일요일이라 22일 목 수술하고, 23일 어깨 수술을 했다. 사람이 목 어깨 보호대를 차고 있으니, 병원에 가면 밖에 나와서 보고, 애 구경하기도 힘들고, 사진 찍어서 사진으로만 보고 이틀만 장사 좀 해 달라데. 한 달이 넘었는데 언제가 될지도 모르고 이왕 고치는 것 끝까지 고친 뒤에나 장사할 수 있을 텐데... 지금은 네 매형을 가르쳐서 하나 둘 볶을 줄 알게 됐으니 숨을 좀 쉴 수가 있다.

2시부터 12시까지 힘에 부칠 정도로 힘들어서 몸살도 났었는데 자식이라 말도 못 했다. 11월 22일부터는 누나가 알아서 5시까지는 나와 있을 테니 엄마는 5시부터 나오라 하여 그나마 좀 수월해진 것 같다.

손자(네 누나 아들)가 숭실대 휴학하고 군대 갔다가 8월 26일 제대했는데, 우리가 다녀온 후라서 지금은 혼자 유럽을 갔다 온다고 10월 2일에 떠났다.

군대에서도 상장을 여섯 개나 타 가지고 왔더라구.

1년 6개월 동안 아무 사고 없이 잘 있다가 제대한다고 육군용사상을 받았고, 책 읽고 귀감이 되었다고 주는 상에, 총 한 발도 놓치지 않고 쐈다고 상 받았고, 대군 신뢰도 향상 기여도 표창장, 모범용사 표창장, 전투사격 성과상, 거기다가 군인 월급 한 푼도 안 쓰고 술, 담배 안 하니 전부 모았더라고. 지금 외국 유럽 여행하는 것도 부모님 보조 한 푼도 안 받고, 자기가 모은 금액으로 1달 동안(10월 2일~11월 2일) 다녀온다고 간 거란다.

매일 어디이고, 무엇을 먹었고, 사진도 찍어 보내고, 행선지를 꼭 전화로 사진 찍어 보내고....

안 그러면 걱정한다고 하니까, 어딜 갈 때는 무엇을 타고 가고, 누굴 만나고, 한국 사람 만나면 반가웠다고 하고, 호텔에서 잘 때면 한국 사람 하나씩 만나서 반가웠다고 하면서 재미있다고 한다.

이스탄불에서는 외삼촌, 외숙모가 구경시켜 줬겠지만, 다른 나라는 혼자 다니니까 위험하고 겁날 텐데도 잘하고 있다 하니 참으로 감사하다.

대학교 복학할 시간이 많이 남아 있으니 그동안에 해 볼 것 다 해 본다고 용기를 낸 누나 아들이 대단하단 생각이 드는구나.

누나는 자식이 두 남매인데 동생은 간호대학 다니고 점수도 괜찮게 잘 받고 알바를 열심히 잘하고 있는 것을 보면 참 대견하다. 고등학교 졸업하고 대학교 들어가기 전부터 편의점, 빵집, 카페 등 몇 개를 하고,

학교도 집에서 인천까지(경인여대) 다니면서 알바를 하는 것을 보면, 네 누나가 그렇게 열심히 사니까 보는 대로 아들이고 딸이고 열심히 하는 거 아니겠니.

애쓰고 가르치려고 애쓸 것 없이, 애들 보는데 열심히 살고 남한테 나쁜 일 안 하면, 애들은 보고 배운 대로 꼭 따라 한다는 것을 명심하면 될 것이다.

누나 아들은 전자공학이라 컴퓨터는 아주 도가 텄으니 못하는 것 없이 잘해서 뭐라도 될 것이고, 아직 대학교 1학년이니 2학년 복학하면 배울 것이 많겠지.

프랑스로 스위스로 수많은 나라를 다니면서 이름 있는 건축가들 지었다는 건축물들을 사진 찍어서 보내 주었고, 가만히 앉아서도 좋은 건물 구경 실컷 하고 정말 좋은 세상이로구나.

아직 진행 중이니 이 글은 여기서 마무리해야겠구나.

그 손자가 11월 2일에 온다고 한다. 나중에라도 이 글을 읽을 수 있다면 우리 할머니가 이 글을 썼구나 생각은 하겠지.

우리 막둥이가 유럽에 가 있으니 우리 손주까지 이런 세상을 볼 수 있다는 것에 내 마음이 언제나 행복하구나.

2024년 10월 27일
우리 막내아들을 생각하며
엄마 백향란 쓴 글